I0761765

MISS DOLITTLES GEHEIMNIS

BAND 13-15

MOLLY FITZ

KATZENGEHEIMNISSE

Übersetzung ins Deutsche: Ursula Mirwald
Cover-Designer: Lou Harper, Cover Affairs

PO Box 873543
Wasilla, AK 99687

ÜBER DIESES BUCH

Seit Angie Russo nach einem beinahe tödlichen Zusammenstoß mit einer Kaffeemaschine wieder zu sich gekommen ist, kann sie mit einem sehr verwöhnten Kater namens Octavius reden – und, was noch schlimmer ist, ihn auch verstehen.

Diese Sammlung enthält Grizzlys in Gefahr, Die perfide Perserkatze und Falsches Spiel am Futterplatz. Begleitet Octocat und Pringle auf einer romantischen Reise, die eigentlich nur für Angie und Charles gedacht war, und fiebert mit, wie lang vermisste Familienmitglieder wieder zusammenfinden, ihre ureigenen Geheimnisse lüften, und Angie in einen Mordfall verwickelt wird, der dazu führen könnte, dass sie im Gefängnis landet.

Wenn ihr ein Fan von Katzendetektiven und schrulligem Humor seid, solltet ihr euch diese USA-Today-Bestsellerreihe nicht entgehen lassen und euch die Bücher dreizehn bis fünfzehn in dieser speziellen Sammelbox zulegen ... Viel Spaß beim Lesen!

ANMERKUNG DER AUTORIN

Hallo. Danke, dass du dieses Buch gekauft hast. Wenn du ebenfalls ein großer Fan von spannenden, schrägen Tierkrimis bist, sollten wir unbedingt Freunde werden.

Wie wäre es, wenn du direkt einmal meine Facebook-Seite besuchst, die ich speziell für meine treuen deutschen Leser eingerichtet habe? Hier der Link dazu: **Facebook.com/Katzengeheimnisse**

Oder melde dich für meinen Newsletter an und sichere dir als Abonnent gratis ein digitales Geschenkpaket, einschließlich einer exklusiven Kurzgeschichte über Octocat: **Katzengeheimnisse.-com/Abonnieren**

Ich bin sicher, wir werden eine Menge Spaß miteinander haben. Also schnell umblättern ...

Wir sehen uns dann auf der nächsten Seite.

MOLLY

GRIZZLYS IN GEFAHR

Da unser Leben in letzter Zeit ziemlich hektisch war, haben Charles und ich beschlossen, einen kleinen Trip mit einem gemieteten Wohnmobil zu unternehmen und uns ein entspanntes Wochenende zu gönnen, bei dem nur die drei R's zählen: Ruhe, Regeneration und Romantik.

Leider stellt sich direkt bei unserer Ankunft heraus, dass aus der trauten Zweisamkeit wohl nichts werden wird, denn wir haben zwei pelzige blinde Passagiere an Bord: einen herrischen sprechenden Kater und einen überdrehten, nervigen Waschbären.

. . .

Und als ob das nicht schon des Guten genug wäre, taucht auf dem Campingplatz auch noch eine Leiche auf. Dazu kommen eine Grizzly-Mama, die uns um Hilfe anfleht, ihre Jungen zu suchen, ein angehender Reality-TV-Star, der unbedingt von allen gemocht werden möchte sowie ein paar eigene Geheimnisse.

Uns steht ein wildes Wochenende bevor!

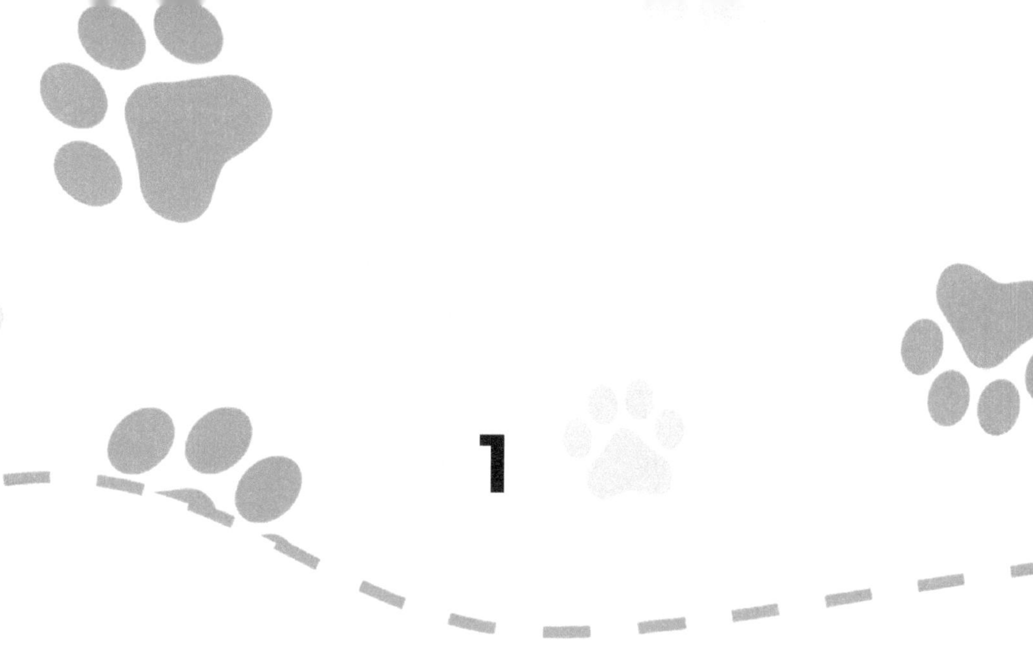

1

Ich bin Angie Russo, und in letzter Zeit passiert in meinem Leben ein Unglück nach dem anderen. Das meine ich durchaus wörtlich, denn vor etwa sechs Monaten fanden mein Kater und ich uns in einem entgleisten Zug wieder, und dann, vor ein paar Wochen, hatten wir einen Unfall mit Großmutters Sportwagen, als wir gerade auf der Autobahn unterwegs waren.

Deswegen habe ich inzwischen Bedenken, mich überhaupt noch in irgendein Verkehrsmittel zu begeben und fürchte mich davor fast genauso sehr wie vor elektrischen Kaffeemaschinen, mit denen ich ebenfalls höchst unangenehme Erfahrungen gemacht habe – genau genommen begann alles mit so einem Ding.

Ich wurde nämlich von einer alten Kaffeemaschine ausgeknockt, die mir einen heftigen Stromschlag versetzt hatte, und wachte daraufhin mit der seltsamen Fähigkeit auf, mit Tieren sprechen zu können. Dieser Umstand hat vor allem zu diversen tierischen Verwicklungen und Problemen geführt. Der erwähnte Autocrash ist nur ein Beispiel von vielen. Zudem wurde ich mit mehr als genug Morden, Diebstählen, Entführungen und anderen schändlichen Verbrechen konfrontiert. Das hat man wohl davon, wenn man sich als Privatdetektivin selbstständig macht.

Also, ich will mich nicht beklagen, aber trotzdem könnte ich wirklich mal ein oder zwei entspannte Wochen ohne irgendwelche verstörenden oder gar lebensverändernden Ereignisse gebrauchen.

Ich kann mich nicht einmal mehr daran erinnern, wann ich mir das letzte Mal einfach nur gemütlich ein paar Netflix-Sendungen reingezogen oder einen ganzen Tag mit Lesen im Bett verbracht habe. Außerdem werde ich fast nie für meine Ermittlungsarbeit bezahlt, was die Frage aufwirft: Warum erkläre ich mich eigentlich immer wieder bereit, mich in einen neuen Fall zu stürzen?

Mein Partner bei „Pet Whisperer P.I." – so heißt meine Detektei – hat keine Probleme damit, Nein zu sagen. Zum Glück bekomme nur ich das zu Gehör. Für ihn gibt es kaum etwas Schöneres, als an einem sonnigen Fleckchen zu dösen oder sich eine ausgiebige Katzenwäsche zu gönnen ... Oh, habe ich schon erwähnt, dass mein Kollege ein Kater ist?

Er sieht aus wie eine gewöhnliche getigerte Hauskatze, bildet sich jedoch ein, etwas Besonderes zu sein. Aber pst, er darf nicht erfahren, dass ich das gesagt habe. Sein vollständiger Name lautet Octavius Maxwell Ricardo Edmund Frederick Fulton Russo. Allerdings nenne ich ihn kurz und knapp Octocat, wovon er nicht begeistert ist, doch zumindest hat er aufgehört, sich mit mir darüber zu streiten. Dass er mich eigentlich ziemlich gut leiden kann, zeigt er mir bedauerlicherweise nur selten, aber hin und wieder lässt er sich doch dazu hinreißen, und das ist dann für mich immer das Highlight des Tages.

Seine frühere Besitzerin hat ihm neben einem stattlichen Treuhandfonds, aus dem wir uns derzeit finanzieren, auch noch ein Haus hinterlassen. In dieser unserer – oder besser gesagt seiner – riesigen Villa leben wir also, zusammen mit meiner Großmutter und ihrer Chihuahua-Hündin Paisley, die sie aus dem Tierschutz gerettet hat. Außerdem gibt es da noch den neugierigen Waschbären Pringle, der zwei Baumhäuser in unserem Garten bewohnt und süchtig nach Reality-TV ist. Abgerundet wird unsere bunte Truppe durch meinen Freund Charles, seines Zeichens Rechtsanwalt und ein absoluter Schatz.

Unser jüngstes Abenteuer führte Grandma, Octocat, Paisley und mich auf eine Reise quer durchs Land, um die Freundin meines Katers zu besuchen, eine Himalayakatze und ehemaliges Showmodel namens Grizabella. Auf dem Weg dorthin erfuhr ich, dass Grandma diversen Internetfreunden von meiner besonderen Fähigkeit erzählt hat, die ich eigentlich vor allen Leuten streng geheim halte.

Kurz vor diesem Trip wurde ich obendrein von einem Schwarm Möwen heimgesucht, die mich übel erpressten, um mich dazu zu bringen, ihnen bei ihrem Revierkampf zu helfen. Notgedrungen mussten daraufhin Charles und Pringle, die nicht mitgefahren waren, die Federführung in diesem Fall übernehmen.

Sie schafften es, sodass wir unseren Teil der Abmachung mit den Vögeln einhalten konnten. Diese jedoch haben das Versprechen, das sie mir gegeben haben, bislang noch nicht eingelöst, weil unerwartete Schwierigkeiten aufgetreten sind. Aber ich vertraue ihnen. Sicher werden sie mich schon in wenigen Tagen zu meiner seit Langem verschollenen Großmutter führen, und ich werde endlich die Wahrheit über meine Abstammung erfahren.

Bis es so weit ist, versuche ich mich auf andere Dinge zu konzentrieren. Jedoch werde ich ständig abgelenkt, hauptsächlich weil Octocat ununterbrochen Forderungen stellt und ich es einfach leid bin, mit ihm zu streiten. Deshalb fahre ich heute zum Beispiel für ihn nach Misty Harbor, was eine gute halbe Stunde dauert, da es am anderen Ende von Blueberry Bay liegt, nur um ihm in seinem Lieblingslokal, dem Little Dog Diner, ein Hummerbrötchen zu kaufen. Und am Ende wird er mir wahrscheinlich noch nicht einmal dafür danken, dass ich ihm seine Bitte erfüllt habe. Ja, so läuft das im Moment bei uns ...

Habe ich schon erwähnt, dass ich wirklich dringend eine Pause von meinem verrückten Leben brauche?

. . .

Als ich an diesem Nachmittag mit einer Tüte Hummerbrötchen in der Hand nach Hause kam, saßen zwei Möwen auf meiner Veranda, die offenbar auf mich gewartet hatten.

„Bravo?", rief ich, als ich mich den beiden näherte, um sie zu begrüßen. „Und ist das Möwina? Das gibt's doch nicht."

Der kleinere der beiden Vögel plusterte sein Gefieder auf und stieß ein trällerndes Kichern aus. Als ich sie vor ein paar Wochen das letzte Mal gesehen hatte, war sie kaum mehr als ein kleines, trauriges Küken gewesen. Jetzt war sie fast so groß wie ihr Adoptivvater und machte noch dazu einen sehr glücklichen Eindruck.

„Wir haben die Suche nach deiner Großmutter beendet", informierte mich Bravo ohne Umschweife. Er hatte versprochen, auszukundschaften, wo meine verschollene leibliche Großmutter wohnte, wenn Charles, Pringle und ich im Gegenzug bei ihrem Revierstreit mit einem anderen Schwarm helfen würden. Ich wusste, dass er sein Bestes tat, um seinen Teil der Abmachung einzuhalten, aber je mehr Zeit verging, desto weniger glaubte ich daran, dass er es schaffen würde.

Jetzt wurde mir klar, dass meine Zweifel an den Möwen unberechtigt gewesen waren, und ich lächelte von einem Ohr zum anderen. „Das ist ja wunderbar! Könnt ihr mich zu ihr führen?" Ich ging zurück zu meinem Auto, doch die Möwen folgten mir nicht.

„Sie ist nicht mehr hier“, sagte Möwina mit einem betrübten Kopfschütteln.

Bravo ergriff erneut das Wort: „Sie hat lange Zeit hier in der Bucht gelebt, aber jetzt ist sie nicht mehr auffindbar.“

„Ist sie …?“ Ich schluckte schwer, weil ich das Schlimmste befürchtete. „Ist sie gestorben?“

„O Gott, nein!“, piepste die kleine Möwin und verlagerte ihr Gewicht von einem Fuß auf den anderen. „Sie ist nicht tot.“

„Ich habe meine besten Möwen als Kundschafter ausgesandt, aber bisher konnten wir ihren neuen Wohnsitz noch nicht ausfindig machen“, fügte Bravo in geschäftlichem Ton hinzu, während Möwina mich mitfühlend ansah.

„Und was jetzt?“, fragte ich mit einem Seufzer. Ich wusste es zu schätzen, dass sie es mit allen Mitteln versucht hatten, gleichzeitig brach es mir jedoch das Herz, dass ich meine leibliche Großmutter vielleicht doch nie kennenlernen würde.

„Wir werden die Suche fortsetzen, aber wir müssen den Radius vergrößern. Möglicherweise hat sie den Staat verlassen. Das ist kein Problem, wirklich. Wir werden sie finden, allerdings wird es ein wenig länger dauern als ursprünglich angenommen.“

„Danke“, sagte ich und rang mir ein Lächeln ab, obwohl mich die Nachricht, die sie mir gerade überbracht hatten, zutiefst enttäuschte. „Danke, dass ihr nicht aufgebt.“

„Nichts kann einen Vogel, der eine Mission hat, aufhalten“, erklärte mir Bravo mit entschlossenem Blick.

„Genau!“, pflichtete seine Adoptivtochter ihm energisch bei.

„Jetzt müssen wir aber wieder los.“ Bravo erhob sich in die Lüfte, dicht gefolgt von Möwina.

„Tschüss, Angie“, rief das Möwenmädchen, und schon segelten sie mit dem Wind davon.

Ich ließ mich auf die ausgetretenen Eichenholzstufen der Veranda sinken und betrachtete den Sonnenuntergang, während es langsam kühler wurde.

Was würde ich tun, wenn die Suche des Schwarms nach meiner Großmutter erfolglos blieb? Den Rest meiner neu entdeckten Familie in Larkhaven hatte ich bereits ausführlich befragt, jeden Winkel des Internets durchstöbert, und sogar bei einem Portal für Ahnenforschung hatte ich es versucht, aber auch dort nichts in Erfahrung bringen können.

Irgendwo da draußen hatte ich eine Großmutter, von der ich bis letztes Jahr nicht einmal wusste, dass es sie gab. Ihre gesamte Familie war ihr genommen worden, als mein Großvater ihr Baby – meine Mutter – mitnahm und Grandma bat, das kleine Mädchen weit weg zu bringen.

Keiner von uns wusste, warum er das getan hatte, und mein Großvater war bereits verstorben, als ich von seiner Existenz erfuhr. Und so blieben diese beiden Menschen, die eine entscheidende Rolle in meiner eigenen persönlichen Geschichte gespielt hatten, für mich ein Rätsel. Ein Teil von mir fehlte, und ich bezweifelte, dass ich mich jemals wieder komplett fühlen würde, solange ich sie nicht gefunden hatte.

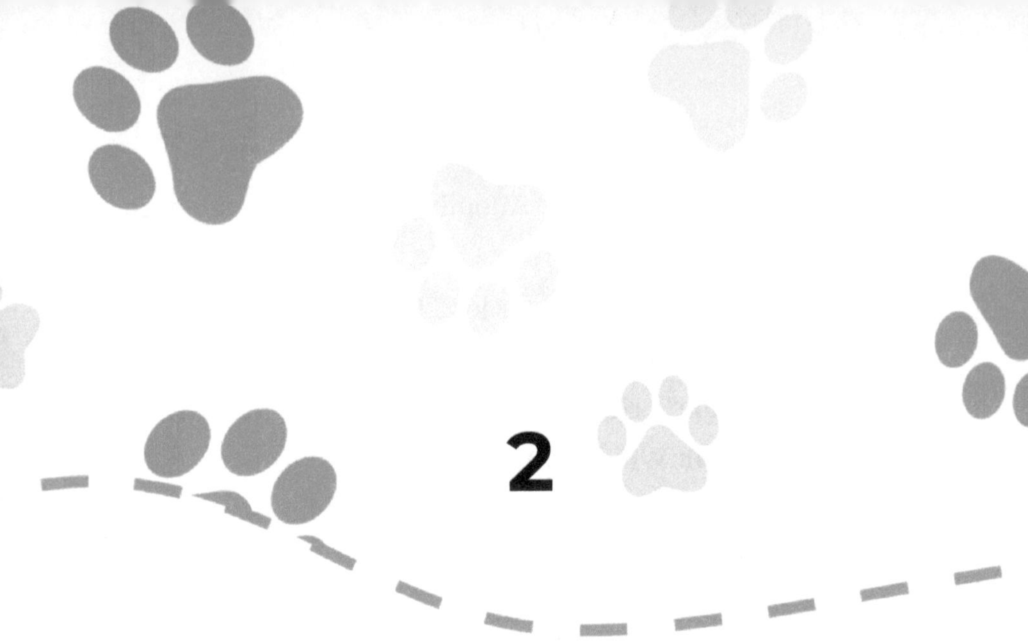

2

Irgendwann erschien Octocat neben mir auf der Veranda. Ich war mir nicht sicher, wie viel Zeit vergangen war, seit die Möwen mir die Nachricht überbracht hatten, dass ihre Suche noch länger dauern würde. Es musste aber schon eine Weile her sein, denn mittlerweile war es fast dunkel, und mich fröstelte ein wenig.

„Was machst du denn hier draußen?“, fragte Octocat, nachdem sich die automatische Haustierklappe hinter ihm geschlossen und er sich neben mich gesetzt hatte.

Für einen Augenblick keimte in mir die vage Hoffnung auf, er würde mir ein wenig Zuneigung schenken wollen, die jedoch jäh zerstört wurde, als er sagte: „Und wo ist mein Hummerbrötchen?“

Ich seufzte und schob die Papiertüte zu ihm hinüber. Sogleich steckte er seinen Kopf hinein.

„Das ist ja schon ganz kalt“, jammerte er, zog es aber dennoch ein Stück aus der Tüte heraus und begann zu essen.

Ich saß da und beobachtete, wie sich die Äste der Weißeschen, die unser Grundstück säumten, im Wind wiegten.

„Willst du, äh, willst du auch was?“, fragte mein Kater zögernd. Dabei ließ er den angeknabberten Leckerbissen nicht aus den Augen und verzog das Gesicht, als befürchtete er, ich könnte sein Angebot annehmen.

Ich schüttelte den Kopf. „Nein danke, lass es dir schmecken.“

„Du scheinst ...“ Er tauchte in die Tüte ab, um den Rest herauszuholen. In der nächsten Sekunde riss das fettdurchtränkte Papier, woraufhin Kater und Hummerbrötchen über die Veranda purzelten. Er schnappte sich das Essen mit den Pfoten und bemühte sich, seine gewohnt würdevolle Haltung wiederzuerlangen. Mit einem Funkeln in den Augen drehte er den Kopf von einer Seite zur anderen Seite und musterte mich. „Du wirkst leicht betrübt“, meinte er schließlich. „Was ist los?“

„Bravo hat Schwierigkeiten, meine Großmutter zu finden.“ Ich zuckte mit den Schultern und versuchte, meine Verzweiflung zu überspielen.

„Was ist denn daran so schlimm? Du hast so lange ohne sie gelebt. Außerdem habe ich meine Mutter und meine Geschwister nicht mehr gesehen, seit ich ein kleines Kätzchen war. Und aus dem Alter bist du doch schon lange raus, Angela.“

Über seine Logik musste ich ein wenig schmunzeln. „Aber man kann Katzen doch nicht mit Menschen vergleichen. Das müsstest du ja eigentlich am besten wissen."

„Weißt du, ich habe in letzter Zeit auch viel an meine Familie gedacht", gab er zurück. An seinem Kinn und in seinen Schnurrhaaren klebten immer noch einige Hummerstückchen. „Irgendwie verbringe ich viel zu viel Zeit mit Menschen und anderen komischen Kreaturen …"

Er machte eine rhetorische Pause, und ich nahm an, dass er mit den anderen Kreaturen Paisley und Pringle meinte, fragte jedoch bewusst nicht genauer nach.

„Es wäre schön zu wissen, was aus meinen Wurfgeschwistern geworden ist", fuhr er fort und strich sich mit einer Pfote über das Gesicht. „Das beschäftigt mich, seit wir letztens diese kleinen Kätzchen gefunden haben. Vielleicht sind ja aus allen meinen Brüdern und Schwestern solche Prachtexemplare geworden wie ich. Das könnte doch sein, oder?"

„Das erscheint mir sehr unwahrscheinlich", erwiderte ich lachend. Octocat hatte es mal wieder geschafft, sich selbst in den Mittelpunkt zu rücken und mein persönliches Dilemma komplett zu ignorieren.

„Da hast du recht, und es würde einen umhauen, wenn doch, aber dieses Risiko bin ich bereit einzugehen."

Ich drehte mich zu ihm um, stützte die Ellbogen auf die Oberschenkel und den Kopf in die Hände. „Was meinst du?"

Er kaute seinen Bissen zu Ende und schluckte schwer.

„Wenn wir deine Familie suchen, will ich auch nach meiner suchen."

„Aber …"

„Nichts aber. Ich denke, meine Bitte ist berechtigt und es wäre nur fair, da es mein Treuhandfonds ist, aus dem wir alle unsere Rechnungen bezahlen."

„Vergiss nicht, *Curiosity Killed the Cat*", erwiderte ich mit einer hochgezogenen Augenbraue und einem schiefen Grinsen.

„Das ist doch bloß wieder so eine furchtbare Verallgemeinerung, und das weißt du auch. Aber gut, zugegeben, ich bin neugierig. Was ist daran so falsch?", entgegnete mein Kater patzig.

Darauf konnte ich nichts erwidern. Es war nur verständlich, dass Octocat sich bei all dem Wirbel um meine Herkunft auch über seine eigene Familie Gedanken machte.

„Okay", sagte ich und nickte bekräftigend. „Ich werde dir helfen."

„Zwing mich nicht, meine …" Abrupt hielt er inne. „Warte, du willst mir helfen? Echt jetzt?"

„Echt jetzt", bestätigte ich mit einem breiten Lächeln.

„Oh, okay, ja dann. Ich danke dir." Er wandte sich wieder seinem Hummerbrötchen zu und schlang den nächsten Bissen so schnell herunter, dass ich befürchtete, er könnte daran ersticken.

Just in diesem Moment kam ein gewisser Waschbär die

Verandastufen hinaufgehüpft und schnappte sich mit seinen kleinen, schwarzen Fingern gierig das restliche Sandwich.

Octocat fauchte drohend und holte zum Schlag aus, aber Pringle hatte es bereits geschafft, das Geländer hochzuklettern und sich vor dem wütenden Kater in Sicherheit zu bringen.

„Für mich?", krähte der Waschbär. „Ach, Angie, das wäre doch nicht nötig gewesen."

„Das ist nicht für dich!", kreischte Octocat mit wild peitschendem Schwanz.

Pringle stopfte sich das ganze restliche Brötchen in den Mund, sodass er riesige Hamsterbacken bekam, dann schluckte er es hinunter und leckte demonstrativ jede seiner Fingerspitzen einzeln ab.

„Ich hasse dich", murmelte mein Tiger, bevor er durch die Haustierklappe zurück ins Haus rannte.

Ich stieß einen tiefen Seufzer aus. „Warum musst du ihn immer so ärgern?"

„Dieser Kater konnte mich noch nie leiden. Ich schätze, er hat eine Geschmacksverirrung. Obwohl das Hummerbrötchen köstlich war. Noch besser geschmeckt hätte es mir jedoch ohne Katzensabber darauf." Pringle kicherte vor sich hin, dann kletterte er vom Geländer herunter und setzte sich neben mich. „Wann legen wir denn mit unserem nächsten Fall los?"

Ich seufzte erneut – irgendwie passierte mir das laufend in Gegenwart des Waschbären. „Sobald uns jemand engagiert."

„Hey, keinen Auftrag zu haben, hat dich doch noch nie abgehalten. Du bist schon in so viele Fälle einfach zufällig hineingestolpert. Lass uns einen netten Spaziergang durch die Stadt machen, mal sehen, ob wir irgendetwas Spannendes entdecken, irgendwo wird es ja wohl Ärger geben."

Ich starrte ihn einen Moment lang an, aber Pringle hatte offenbar keinen Schimmer, warum ich das für keine gute Idee hielt. Also versuchte ich, es ihm zu erklären: „Wenn ich am helllichten Tag mit einem Waschbären an meiner Seite mitten durch die Fußgängerzone marschiere, wird es definitiv Ärger geben. Und zwar keinen, der uns beiden Spaß machen würde. Außerdem will ich im Moment vielleicht gar keinen neuen Fall. Ehrlich gesagt, könnte ich eine Pause gebrauchen."

„Na schön, aber ich werde hier bald noch verrückt vor Langeweile. Ich sehe mir nun schon zum zweiten Mal alle vierzig Staffeln von Survivor an, und damit bin ich fast durch. Was soll ich denn danach bitte machen?"

„Schau sie dir ein drittes Mal an?", schlug ich achselzuckend vor.

Ihm fiel die Kinnlade herunter, als hätte ich ihm gerade den schockierendsten und beleidigendsten Vorschlag aller Zeiten gemacht. Doch bevor er etwas erwidern konnte, bog ein Auto in unsere lange Einfahrt ein und näherte sich dem Haus.

Pringle hoppelte davon, um sich zu verstecken, denn so sehr er es auch mochte, in unserer Nähe zu sein und Grandma und mir auf der Nase herumzutanzen, war er doch immer noch misstrauisch gegenüber anderen Menschen. Hätte er nur ein paar Sekunden abgewartet, hätte er jedoch gesehen, dass da jemand kam, dem er vertrauen konnte und mit dem zusammen er sogar kürzlich einen abenteuerlichen Fall aufgeklärt hatte, während sich der Rest von uns auf Reisen befand.

„Hi, Charles", begrüßte ich meinen Freund, als er aus dem Wagen stieg. Er trug ein sportlich-schickes Businesshemd, dessen Ärmel er bis zu den Ellbogen hochgekrempelt hatte, dazu eine Anzughose; Jackett und Krawatte hatte er offenbar schon abgelegt.

„Bist du bereit?", fragte er, wartete an der Autotür und beäugte mich misstrauisch.

Ich stand auf und klopfte mir die Krümel ab, die auf meinem Schoß gelandet waren, während Octocat und Pringle sich um das Hummerbrötchen stritten.

„Angiiiie", stieß Charles hervor. „Sag bloß nicht, du hast es vergessen!"

Irgendwie schien „Was vergessen?" keine gute Antwort zu sein, also lächelte ich nur und klimperte mit den Wimpern.

„Den Film", erinnerte er mich. „Es war deine Idee, dass wir ihn uns heute Abend ansehen."

„Oh! Oh, sorry, stimmt ja. Tut mir echt leid, Charles." Ich sprang auf. „Ich war einfach so ..." Hm, wie sollte ich das beschreiben? Beschäftigt war nicht das richtige Wort, es gab nur viel, das mich beschäftigte. „Es war alles ein bisschen viel für mich in letzter Zeit. Gib mir fünf Minuten, ich muss mir nur kurz die Haare richten, dann können wir gehen."

Er schüttelte den Kopf, und noch bevor ich ins Haus schlüpfen konnte, kam er die Verandatreppe hinaufgetrabt und nahm mich in den Arm. „Lass uns heute Abend einfach hierbleiben", sagte er und drückte mir einen zärtlichen Kuss auf die Stirn. Da wurde mir mal wieder bewusst, warum ich diesen Mann so verdammt lieb hatte.

Gedankenverloren blickte ich zu ihm auf. „Macht dir das wirklich nichts aus?"

„Ach Quatsch, nein." Er zog mich an seine Brust und hielt mich fest. „Solange ich Zeit mit dir verbringen kann, ist mir alles andere egal. Wie wäre es, wenn du entscheidest, was du heute Abend machen willst, und ich überlege mir etwas fürs nächste Mal."

Er drückte mich an sich, und wir küssten uns hingebungsvoll, wurden jedoch unterbrochen, als die Haustierklappe hinter uns schepperte und Octocat rief: „Pfui, bah! Du weißt, dass ich es hasse, wenn ihr euch in meiner Gegenwart abschleckt."

Ich lachte und knutschte Charles erneut. Mein Kater würde einfach damit klarkommen müssen.

3

An diesem Abend sahen wir uns letztendlich einen Film auf dem Disney-Kanal an, der genau die richtige Mischung aus heiler Welt und Humor enthielt, um meine trüben Gedanken zu verscheuchen – und um mich früh einschlafen zu lassen.

Am nächsten Morgen nahm ich nach dem Aufstehen eine kurze Dusche, in der Hoffnung, danach hellwach und erfrischt in den Tag starten zu können. Leider klappte das nicht so richtig.

Also zog ich meinen Lieblingsbademantel an und schlurfte in die Küche, wo Grandma gerade an der Spüle stand und ein paar gemischte Beeren in einem Sieb abspülte.

„Guten Morgen, du Schlafmütze", rief sie fröhlich. „Dir ist schon bewusst, dass es bereits nach zehn ist, oder?"

„Tut mir leid“, erwiderte ich gähnend. „Ich weiß nicht warum, aber ich bin in letzter Zeit immer so was von platt.“

Grandma war mit den Beeren fertig und trocknete sich die Hände ab. „Im Kühlschrank ist ein Vanillejoghurt und im Schrank steht Müsli, falls du einen Energieschub brauchst.“

„Im Moment brauche ich nur Kaffee“, murmelte ich, holte die French Press aus der Spülmaschine und befüllte den Wasserkocher. Die Stempelkanne war mein jüngstes Experiment, meinen Koffeindurst zu stillen, ohne auf eine elektrische Kaffeemaschine angewiesen zu sein. Es kostete zwar etwas mehr Arbeit, aber inzwischen bevorzugte ich dieses Verfahren, denn mein Lieblingsgetränk schmeckte so noch aromatischer.

„Hast du heute etwas Schönes vor?“, fragte ich, während ich darauf wartete, dass das Wasser heiß wurde.

Grandma steckte sich eine besonders große Himbeere in den Mund und seufzte genüsslich auf. „Grant und ich werden mit der Fähre nach Caraway Island fahren und einen Schaufensterbummel machen.“

Warum waren ältere Leutchen bloß so scharf darauf, sich Geschäfte von außen anzuschauen? Machte das wirklich Spaß? Als Einkaufsbummel konnte man das ja nicht bezeichnen. Auch wenn ich ziemlich sparsam mit meinem Geld umging, war mir der Reiz dieses Zeitvertreibs bislang ein Rätsel geblieben.

„Klingt nach einem entspannten Tag“, sagte ich und zwang mich zu einem schiefen Lächeln.

„Ach, hör auf, es ist grottenlangweilig, und das weißt du auch." Sie zwinkerte mir zu, und wir kicherten beide.

„Warum macht ihr es dann?"

„So läuft das eben manchmal in der Liebe, mein Schatz. An einem Tag stimme ich dem zu, was Grant gerne unternehmen möchte, weil ich weiß, dass er sich am nächsten Tag auf meine Pläne einlassen wird."

Meine Großmutter und Mr. Gable, der Besitzer des örtlichen Juweliergeschäfts und darüber hinaus Leiter des Komitees für den Handel in der Innenstadt, waren seit Anfang des Jahres zusammen und gaben ein absolut süßes Paar ab.

Sogar Grandmas Chihuahua Paisley und Grants Kaninchen Nini waren inzwischen dicke Freunde geworden. Zwar hatte das verschüchterte Mümmelchen anfänglich eine Riesenangst vor ihr gehabt, doch selbst sie erkannte schon bald, dass das kleine Hundchen keiner Seele etwas zuleide tun würde. Octocat hingegen bekam bei Ninis Anblick regelmäßig Appetit auf Kanincheneintopf.

„So etwas Ähnliches hat Charles gestern Abend auch gesagt", murmelte ich und suchte im Schrank nach einem passenden Kaffeebecher. Nennt mich abergläubisch, aber ich war der festen Überzeugung, dass die Wahl der Tasse den ganzen Tag beeinflussen konnte. Die mit der Aufschrift „Meisterdetektivin", die Charles mir zum Valentinstag geschenkt hatte, ließ ich stehen und entschied mich stattdessen für ein fröhlich-buntes Exemplar, das mit einer meiner liebsten Buchheldinnen und einigen ihrer flotten Sprüche bedruckt war. Jedes Mal, wenn ich diese Tasse benutzte, fühlte ich mich dazu inspiriert, auch mal ein wenig aufmüpfig zu sein. Und das brachte mich immer zum Lächeln.

Genüsslich nahm ich den ersten Schluck des herrlichen Gebräus, als es an der Haustür klopfte. Ich drehte mich zu Grandma um, aber sie zuckte nur mit den Schultern und hantierte geschäftig mit den Beeren herum.

Also latschte ich in meinem ollen Bademantel, mit strubbeligem Haar und weiterhin völlig unzureichendem Koffeinspiegel zur Tür und öffnete sie.

Vor mir stand Charles in khakifarbenen Cargo-Shorts und einem taillierten T-Shirt, die Sonnenbrille ins Haar geschoben. Ehrlich gesagt erkannte ich ihn kaum wieder, weil ich ihn sonst fast immer nur in einem seiner schicken Anzüge sah.

Er zog die Augenbrauen zusammen und warf einen Blick über meine Schulter. „Hast du es ihr noch nicht gesagt?“, rief er.

„Nein“, antwortete Grandma, die plötzlich hinter mir stand. „Du wolltest doch, dass es eine Überraschung wird. Ich gehe rasch ihre Tasche holen.“

„Was ist hier los?“, fragte ich, drehte mich um und ließ meinen Blick zwischen den beiden hin und her wandern, in der Hoffnung auf eine Erklärung.

Großmutter huschte davon und hob dabei eine Hand über die Schulter. Also drehte ich mich wieder zu Charles um, der mich mit großen Augen und einem breiten Lächeln betrachtete. „Ich habe eine Überraschung für dich, wir machen einen Ausflug“, verkündete er, ergriff meine Hände und drückte sie fest.

„Aber ich war doch gerade erst eine Woche unterwegs“, erwiderte ich stirnrunzelnd. Ich wollte nun wirklich keine Spaßbremse sein, allerdings war meine letzte Reise alles andere als erholsam gewesen. Wir waren quer durchs Land gefahren, hatten auf halber Strecke einen Autounfall gehabt, und zu allem Übel musste ich auch noch herausfinden, dass Grandma mein größtes Geheimnis an diverse Leute ausgeplaudert hatte. Seit diesem Trip war ich völlig ausgelaugt.

„Ja, aber nicht mit mir. Wir starten jetzt in ein langes, chilliges Wochenende, nur du und ich“, erklärte er, bevor er mir zuflüsterte: „Ohne irgendwelche Vierbeiner.“

Letzteres ließ mich verzückt aufseufzen. Natürlich liebte ich meine Tiere über alles, konnte mich in ihrer Gegenwart aber nie ganz entspannen, da ich stets auf der Hut sein musste, mein Geheimnis nicht vor den falschen Leuten zu enthüllen. Und obwohl die Fellnasen genau wussten, dass ich in Anwesenheit von Fremden nicht mit ihnen sprechen konnte, hielt sie das nicht davon ab, weiterzuplappern und in meinem Kopf ein ständiges Hintergrundrauschen zu verursachen. Am schlimmsten war es, wenn ich versuchen musste, zwei verschiedenen Gesprächen gleichzeitig zu folgen. Das ermüdete mich derart, dass ich nicht mehr klar denken konnte. Da könnte ein Wochenendausflug tatsächlich genau das Richtige sein, um mal zur Ruhe zu kommen.

Wenig später tauchte Grandma wieder auf, mit einem kleinen Rollkoffer im Schlepptau. „Alles gepackt, ihr seid gleich startklar. Ich brauche nur noch fünf Minuten für den Picknickkorb.“ Sie stellte das Gepäck bei uns ab und eilte zurück in die Küche.

„Wohin fahren wir denn?“, fragte ich und merkte, dass ich nun doch ein wenig aufgeregt war.

Charles presste die Lippen fest zusammen und schüttelte den Kopf. „Das ist eine Überraschung.“

„Aber wir werden ein Picknick machen?“ Ich legte den Kopf schief und versuchte, seinem Gesichtsausdruck einen Hinweis zu entnehmen. „Heißt das, wir gehen wandern oder so?“

Er fuhr sich mit einer Reißverschlussgeste über den Mund. „Verrate ich nicht. Wart’s ab!“

Ich hob eine Augenbraue. „Was ist mit deiner Arbeit?“

„Die Kanzlei kann einen Tag lang ohne mich auskommen. Ich habe mir noch nie Urlaub genommen, nicht einmal für vierundzwanzig Stunden. Es war an der Zeit. Und außerdem war ich vielleicht schon heute früh im Büro, um noch ein paar Dinge zu erledigen, bevor ich mich hierher auf den Weg gemacht habe.“

„Ah-ha. Wusste ich’s doch!“

Charles lachte. „Ich glaube, eine kleine Auszeit können wir beide gut gebrauchen, oder?“

Grandma kehrte mit einem hübschen Weidenkorb in der Hand zurück und reichte ihn Charles.

„Danke“, sagte er mit einem freundlichen Lächeln. „Und du bist sicher, dass du dich um Jacques und Jillianne kümmern kannst, während wir weg sind?“

Die beiden Sphynx-Katzen hatte er letztes Jahr von meiner ehemaligen Nachbarin übernommen, nachdem diese überraschend verstorben war. Mich behandelten sie weiterhin ziemlich von oben herab, und ich bezweifelte, dass sie mit Großmutter warm werden würden. Trotzdem war Charles vernarrt in seine beiden haarlosen Babys.

Grandma nickte energisch und schob uns in Richtung Tür. „Ich habe alles im Griff. Paisley und ich werden ihnen heute am Spätnachmittag einen Besuch abstatten. Und jetzt verschwindet von hier. Erholt euch ein bisschen. Ihr habt es beide bitter nötig!“

Tja, da musste ich ihr wohl recht geben. Ich hoffte nur, dass das, was Charles für uns geplant hatte, wirklich so entspannend sein würde wie versprochen.

Und dass Octocat nicht allzu böse auf mich sein würde, weil ich ihn dieses Wochenende allein ließ.

4

Draußen, ein Stück die Einfahrt runter, stand ein großes, weißes Fahrzeug.

„Überraschung!“, rief Charles, der mit dem Koffer und dem Picknickkorb vor mir herlief.

Ich keuchte erstaunt auf, blieb stehen und blinzelte zweimal, um sicherzugehen, dass meine Augen mich nicht täuschten. „Du hast ein Wohnmobil gekauft?“

Er drehte sich um und lächelte mich kurz an, bevor er weiterging. „Nein, natürlich nicht. Es gibt da so eine neue App, eine Mischung aus Airbnb und Uber, könnte man sagen, über die man solche Dinger mieten kann. Ich habe es von jemandem hier aus der Gegend, aus Cooper's Cove. Bis Montag können wir damit herumgondeln. Deine Großmutter hat sich auch schon bereit erklärt, es für mich zurückzubringen.“

Ich joggte los und schloss zu ihm auf. „Du wirst Grandma auf keinen Fall damit fahren lassen. Diese Frau fährt wie eine Irre, und das weißt du auch.“

Charles lachte nur und öffnete mir die Beifahrertür. „Hüpf rein. Wir werden etwa drei Stunden bis zu unserem Ziel brauchen, also keine halbe Weltreise.“

„Hüpf rein?“, entgegnete ich. „Ich habe zufällig nur meinen schäbigen Bademantel an. Ich gehe nirgendwo hin, bevor ich mich nicht umgezogen habe.“

„Deshalb habe ich Grandma ja gebeten, dir eine Tasche zu packen. Du kannst dich auf dem Weg umziehen.“

„War für ein Unsinn. Wir sind doch noch hier. Ich flitze jetzt rein, schlüpfe rasch in vernünftige Klamotten, und dann können wir los.“

Bevor er mich ins Wohnmobil schieben konnte, drehte ich mich um, eilte auf die Veranda und zog an der Tür. Verriegelt.

„Echt jetzt, Grandma?“, rief ich, während ich versuchte, durch die Buntglasscheiben neben der Tür ins Innere zu spähen. „Du schickst mich nur im Bademantel bekleidet auf große Fahrt?“

„Keine Sorge, ich habe dir etwas Schönes eingepackt“, hörte ich sie rufen.

Offensichtlich war dies Teil des Plans, den sie mit Charles ausgeheckt hatte, und ich konnte nichts tun, um aus der Nummer herauszukommen. Seufzend wickelte ich den Bademantel noch enger um mich und ging zurück zum Wohnmobil.

Dort angekommen, kletterte ich auf den Beifahrersitz, während Charles hinten im Wohnbereich rumorte, wo er anscheinend gerade meinen Koffer und den Picknickkorb verstaute. Anstatt mich anzuschnallen, zog ich an dem Hebel, mit dem man den Sitz herumdrehen konnte, um unser Mini-Hotel auf Rädern in Augenschein zu nehmen. Da gab es eine Küchenzeile mit Linoleumboden, die über eine Spüle, drei Kochfelder und einen kleinen Kühlschrank verfügte. Gegenüber befand sich eine gemütlich aussehende Sitzecke mit Tisch, und weiter hinten konnte ich einen Schlafbereich mit dunklen Vorhängen und einem Kingsize-Bett erahnen. Okay, vielleicht nicht ganz so riesig, aber auf jeden Fall wirkte es relativ geräumig und gemütlich.

Charles schwang sich auf den Fahrersitz. „Hinten gibt es auch ein kleines Bad mit Toilette, und wir haben genug zu essen für das Wochenende an Bord."

„Du scheinst an alles gedacht zu haben", sagte ich, während ich meinen Sitz wieder nach vorne drehte und mich anschnallte.

„Grandma und ich haben diesen Trip spontan gestern Abend gemeinsam geplant, während du auf der Couch geschlummert hast", erklärte er mir mit einem verlegenen Grinsen.

„Warum hast du es mir nicht gesagt, dann hätte ich doch …"

„… bestimmt einen Grund gefunden, das Ganze abzublasen“, unterbrach er mich. Das stimmte wahrscheinlich sogar, und so ließ ich die Sache auf sich beruhen.

„Na schön, aber bist du sicher, dass Grandma mir vernünftige Anziehsachen mitgegeben hat? Ich würde es ihr durchaus zutrauen, dass sie nur Abendkleider oder Schlafanzughosen und irgendwelche Seidenblusen oder nur alte Halloween-Kostüme in den Koffer gepackt hat.“

Ein erschrockener Ausdruck huschte über Charles' Gesicht, aber dann schüttelte er den Kopf und setzte wieder sein charmantestes Lächeln auf. „Nein, sie wusste doch, wo es hingeht.“

„Seit wann spielt das für meine Großmutter eine Rolle?“, fragte ich und konnte ein nervöses Lachen nicht unterdrücken, während er den Schlüssel im Zündschloss umdrehte und das Wohnmobil langsam die Einfahrt hinuntersteuerte.

„Nicht zu wissen, was einen erwartet, macht die Sache doch gerade spannend, oder?“ Er hielt an und warf mir einen kurzen Blick zu, bevor er vorsichtig auf die Hauptstraße abbog.

„Oh, ich weiß genau, was mich erwartet“, erwiderte ich. „Ein komplettes Chaos, darauf würde ich wetten. Du hättest mir wenigstens die Zeit geben können, etwas Anständiges anzuziehen, bevor wir losgefahren sind. Ich komme mir blöd vor in diesem Bademantel.“

Charles klopfte auf die Uhr an seinem Handgelenk, wandte den Blick jedoch nicht von der Straße ab. „Du, wir haben einen straffen Zeitplan einzuhalten.“

Ich neigte den Kopf zur Seite und dachte darüber nach. „Aber sagtest du nicht, an diesem Wochenende ginge es nur um Entspannung?“

„Ja, genau. Im Rahmen unseres Zeitplans. Außerdem habe ich mir für später etwas Besonderes überlegt.“

„Ich nehme nicht an, dass du mir verrätst, was das ist?“

„Ach Mensch, Süße, warum lässt du dich nicht mal von mir überraschen? Ich bin schließlich dein Freund und finde es gerade schön, dich hin und wieder zu verwöhnen, wenn du es am wenigsten erwartest.“

„Entschuldigung, aber wie du weißt, stehen bei mir Morde, Entführungen und Diebstähle quasi auf der Tagesordnung. Wie könnte ich da jemals etwas ganz locker auf mich zukommen lassen?“, gab ich zurück und biss mir auf die Unterlippe, weil mich erneut die schlimmsten Befürchtungen beschlichen.

Entweder bemerkte Charles meine Verunsicherung nicht oder er ging darüber hinweg. „Und genau deshalb brauchen wir dieses Wochenende“, sagte er. „Jetzt lehn dich zurück und mach dich mal locker. Hier, das sollte helfen.“

Er schloss sein Telefon mit einem USB-Kabel an das Autoradio an und schaltete es ein. Sogleich ertönten beschwingte Schlagzeugklänge und ein unverkennbarer Reggae-Sound. Ich konnte nicht anders, als die Augen zu verdrehen.

„Bob Marley?“, fragte ich lachend.

„Das ist dein persönlicher ‚Don‘t worry, be happy‘-Mix. Und der musste einfach mit dem Titel ‚Jamming‘ beginnen.

Mal im Ernst, jetzt hör bitte auf, dir Sorgen zu machen, und sei einfach happy.“ Er war mal wieder so süß, dass ich ihn am liebsten geknutscht hätte, aber ich wollte ihn nicht vom Fahren ablenken.

„Und ich nehme an, bei diesem Musikmix hat dir Grandma auch geholfen?“

„Sagen wir mal so: Auf *meiner* Playlist hätte wahrscheinlich weniger Sinatra gestanden.“

„Okay, aber das muss nicht unbedingt schlecht sein, ich mag Sinatra“, sagte ich und hielt mir die Hand vor den Mund, um ein Gähnen zu verbergen.

„Siehst du, dein Körper will sich entspannen. Lass deinen Geist folgen“, raunte Charles mit einer entrückten Stimme, die mich an die komischen Leute im Massagesalon in Dewdrop Springs erinnerte.

„Ja, ich bin schrecklich müde“, sagte ich, schloss die Augen und hing der Erinnerung an eine Partnermassage mit Charles nach. Dann musste ich für eine Weile eingenickt sein und kam erst wieder zu mir, als es im hinteren Teil des Wohnmobils lautstark krachte.

„Was war das?“ Erschrocken wollte ich aufspringen, doch der Sicherheitsgurt hielt mich zurück und zurrte sich über meiner Brust fest. Ich brauchte einen Moment, bis ich wieder wusste, wo ich war und warum.

„Wir sind fast da, aber ich fahre an der nächsten Ausfahrt raus, damit wir checken können, was da so gescheppert hat“, beruhigte mich Charles neben mir.

Ich schüttelte den Kopf. „Nein, du brauchst nicht rauszufahren. Ich gehe mal schnell nachschauen."

Bevor er etwas einwenden konnte, hatte ich mich bereits abgeschnallt und war nach hinten geschlüpft. Da stand ich nun auf wackligen Füßen im Gang, wobei ich mich mit beiden Händen abstützen musste, um das Gleichgewicht zu halten. Ich brauchte einen Moment, um festzustellen, wo der Lärm hergekommen war, denn zunächst sah alles noch genauso aus wie kurz vor unserer Abfahrt.

Vorsichtig bahnte ich mir meinen Weg an der Küche und der Sitzecke vorbei zur Schlafnische, konnte dort aber nichts Ungewöhnliches feststellen.

Schließlich öffnete ich die Tür zu dem winzigen Badezimmer und entdeckte genau das, womit ich eigentlich gerechnet hatte. Verschiedene Toilettenartikel lagen auf dem Boden, und der Duschkopf hatte sich aus seiner Halterung gelöst und baumelte herunter.

„Alles in Ordnung da hinten?", wollte Charles wissen.

„Ja, alles gut. Im Bad sind nur ein paar Sachen runtergefallen", brüllte ich zurück.

„Autsch, meine Ohren", quäkte eine vertraute Stimme, die ich in diesem Moment nicht erwartet hatte.

Ich blickte hinab und entdeckte Pringle, der in der Ecke neben dem WC auf dem Boden kauerte. „Pringle, was machst du denn hier?", rief ich ungläubig aus. Er war wirklich der Allerletzte, den ich an meinem entspannten Wochenende mit dabei haben wollte.

„Wir haben uns hier versteckt", verkündete der Waschbär grinsend.

Vor Entsetzen wurde mir ganz flau in der Magengegend. „Wir?"

„Warum habt ihr uns nicht früher hier rausgelassen? Es ist überhaupt nicht gemütlich in dieser Nasszelle", jammerte Octocat und kam aus dem schmalen Schrank unter dem Waschbecken hervor.

Empört starrte ich ihn an. „Sag mal, geht's noch? Du hast gerade wirklich kein Recht, sauer auf mich zu sein. Ihr habt hier nichts verloren!"

„Wir hielten es für ein Versehen, dass ihr uns nicht eingeladen habt mitzukommen, also haben wir uns selbst eingeladen", informierte mich der dreiste Waschbär in einem sachlichen Ton.

Ich spürte, wie mein Herz pochte und mein Blut in Wallung geriet. „Wie bitte?", fauchte ich ihn mit zusammengebissenen Zähnen an.

Pringle zeigte zur Decke und lenkte meinen Blick auf ein kleines Fenster, das offen stand und das die beiden unverschämten Viecher offenbar genutzt hatten, um hineinzuklettern.

„Charles", rief ich verzweifelt, während ich immer noch auf die geöffnete Luke über mir starrte. „Wir haben hier hinten doch ein kleines Problem!"

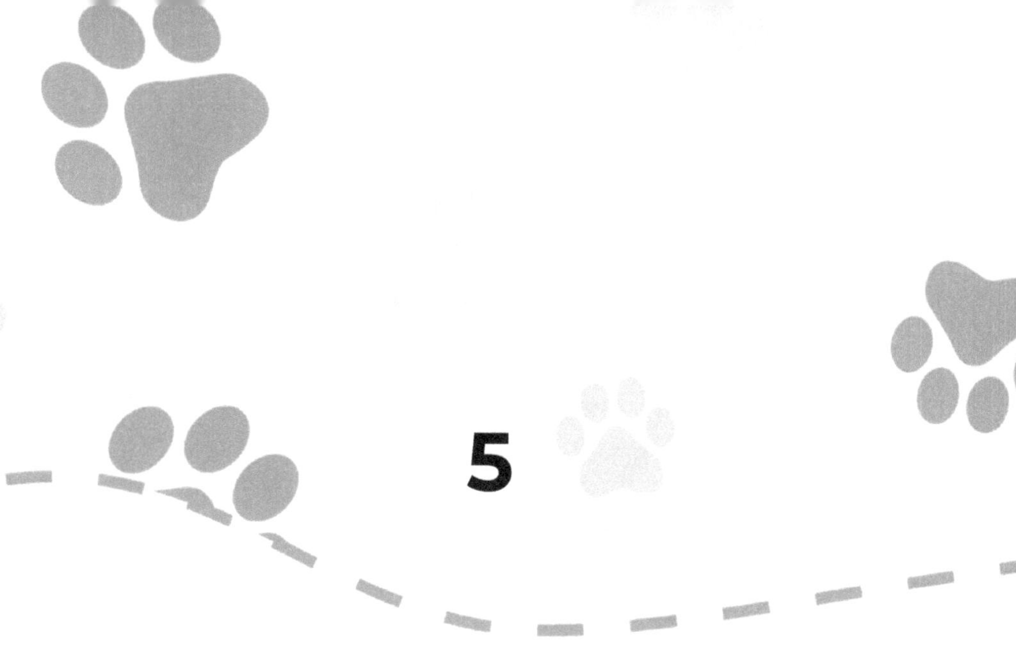

5

Als Charles und ich unsere beiden blinden Passagiere entdeckten, waren wir weniger als eine halbe Stunde von unserem Ziel entfernt, was uns in eine ziemliche Zwickmühle brachte.

„Natürlich müssen wir sie zurückbringen", versuchte ich zu argumentieren.

Er jedoch bestand darauf, dass wir uns an den Zeitplan hielten, den er bereits ausbaldowert hatte, was bedeutete, dass wir uns keine fünfstündige Verspätung erlauben konnten, indem wir nach Hause zurückfuhren, um Pringle und Octocat abzusetzen.

„Es wird schon gut gehen", versuchte er mich zu beruhigen, obwohl ich merkte, dass auch er über diese besondere Wendung der Ereignisse nicht glücklich war. „Sie können im

Wohnmobil bleiben, während wir etwas unternehmen“, fügte er hinzu und drehte die Musik von unserer ‚Don't worry, be happy‘-Playlist lauter. Ehrlich gesagt, war ich gerade nicht so happy, und es gab einiges, das mich sehr beunruhigte, aber es hatte keinen Sinn, weiter darauf herumzukauen. Am besten, ich folgte Charles' Beispiel, schob die Sorgen beiseite und gab mein Bestes, mich zu amüsieren.

Ich lauschte der Musik, und nach nur wenigen Songs rollten wir auf einen kleinen Campingplatz am Fuße des Mount Katahdin, der in einem großen Naturpark lag.

„Wir sind da!“, rief Charles und steuerte auf einen freien Stellplatz zu. Natürlich hatte ich schon vor einer Weile erkannt, wo er hinwollte, es mir jedoch nicht anmerken lassen, weil ich wusste, dass er mich damit überraschen wollte.

„Mount Katahdin, die höchste Erhebung im Bundesstaat Maine. Es soll hier wirklich schön sein“, fuhr er fort. „Der perfekte Ort, um abzuschalten. Ich dachte, wir machen als Erstes einen Spaziergang! Mount Kathahdin bedeutet übrigens in der Sprache der Ureinwohner so viel wie ‚Großer Berg‘.“

Einen Berg zu erklimmen, war definitiv nicht das, was ich mir unter Erholung vorstellte, aber wenigstens konnte ich sicher sein, dass unsere beiden faulen Fellnasen nicht versuchen würden, uns dorthinauf zu folgen.

Charles beugte sich vor, um mir einen Kuss auf die Wange

zu geben. „Du ziehst dich um, und ich melde uns bei der Leiterin des Campingplatzes an, damit sie weiß, dass wir da sind." Er öffnete die Fahrertür und schwang sich behände aus dem Wagen, während ich nun die wenig beneidenswerte Aufgabe hatte, in dem von meiner verrückten Großmutter zusammengestellten Reisegepäck nach angemessener Kleidung zu suchen.

Ich schlenderte nach hinten und kletterte auf das komfortable Bett, wo mein Koffer auf mich wartete. Rechts und links davon lagen Octocat und Pringle lang ausgestreckt und dösten vor sich hin, als ob sie sich um nichts in der Welt kümmern müssten.

Ich klatschte so laut wie möglich in die Hände und schreckte damit beide auf. „Husch, husch, raus hier!", rief ich, als sie die Köpfe hoben und mich irritiert ansahen.

„Geh weg, du störst uns bei unserem Nickerchen", brummte mein Kater.

„Und ihr stört mich bei meinem Urlaub", feuerte ich zurück.

„Mensch, muss das sein?", stöhnte Pringle, während Octocat aufstand und sich mehrfach im Kreis drehte, bevor er sich erneut niederließ.

Ich hatte mich schon hunderte Male vor meiner Katze umgezogen, aber ich fühlte mich nicht wohl dabei, den Waschbären dabei direkt vor meiner Nase zu haben. Das mit der Privatsphäre war eine heikle Angelegenheit, wenn man ein paar sprechende Tiere um sich hatte. Natürlich hatten sie einen anderen Blick auf die Dinge als wir Menschen, aber Pringle war ein guter Beobachter. Wenn er irgendetwas an mir entdeckte, etwa ein seltsames Muttermal, dann würde er das nicht vergessen und mich immer damit aufziehen. Und ich war nicht bereit, ihm diese Art von Macht über mich zuzugestehen.

„Raus", wiederholte ich und stampfte mit dem Fuß auf, um meiner Forderung Nachdruck zu verleihen. Als Pringle sich weiterhin nicht rührte, zog ich den Bademantel aus und warf ihn über ihn. Dann hob ich das Bündel auf, setzte es vor dem Schlafbereich auf den Boden und zog die Schiebetür fest hinter mir zu.

„Dein Schlafanzugober- und unterteil passen nicht zusammen", informierte Octocat mich. Zu allem Überfluss hatte er sich jetzt auch noch auf meinem Koffer breitgemacht.

Ich hob ihn hoch und setzte ihn zurück aufs Bett. Er verzog das Gesicht, aber zumindest konnte ich darauf vertrauen, dass er mich nicht gleich beißen würde, wie er es früher manchmal getan hatte.

Ich atmete tief durch, öffnete den Koffer und machte mich auf das Schlimmste gefasst. Wahrscheinlich hatte sich Grandma irgendwelche Klamotten herausgeangelt, die ich schon lange in die hinterste Ecke meines Kleiderschranks verbannt hatte. Allerdings hatte ich nicht damit gerechnet, dass der Koffer mit Outfits gefüllt sein würde, die nicht einmal mir gehörten.

Rasch zückte ich meine Handykamera und schickte Grandma das Bild mit dem Untertitel: „Erklär mir das bitte!"

Ein paar Sekunden später klingelte mein Telefon, und sogleich plapperte sie los: „Es sollte eine Überraschung sein, und du warst die ganze Zeit in deinem Zimmer, bis Charles kam. Ich hatte keine andere Möglichkeit, also habe ich das Beste daraus gemacht."

„Dir ist schon klar, dass wir nicht dieselbe Größe tragen, ja?", sagte ich und beäugte die Kleidungsstücke misstrauisch.

„Deshalb habe ich stretchige Sachen ausgesucht. Entspann dich, du wirst fabelhaft darin aussehen!"

Ich stieß einen langen Seufzer aus. Langsam hatte ich es satt, dass mir jeder sagte, ich solle mich entspannen. „Okay. Übrigens, Octocat ist bei uns. Lange Geschichte. Erzähl ich dir ein andermal. Keine Zeit jetzt", murmelte ich, bevor ich den Anruf beendete.

Nachdem ich alles durchwühlt hatte, stellte ich fest, dass mir nur zwei Möglichkeiten blieben: Entweder, ich quetschte mich in eines der langen, figurbetonten Kleider, die sie mir mitgegeben hatte, oder ich zog ihren pinken Trainingsanzug an, was jedoch bedeutete, dass ich mit dem Wort KNACKIG auf dem Popo herumrennen musste.

„Verdammt, das ist doch zum Mäusemelken", stöhnte ich, während ich wieder und wieder versuchte zu entscheiden, welche meiner Optionen das kleinere Übel darstellte.

„Könntest du damit warten, bis ich mit meinem Nickerchen fertig bin“, brummte mein Kater daraufhin wenig hilfreich.

Am Ende entschied ich mich für den Jogginganzug, wobei ich mein Pyjamaoberteil anbehielt und mir die Trainingsjacke um die Taille band, um den Schriftzug über dem Hintern zu verstecken.

Ich hatte mir gerade die Haare zu einem hohen Pferdeschwanz gebunden, als Charles an die Tür klopfte. „Bereit für unseren Ausflug?“, rief er.

„Jep, bin bereit.“ Ich öffnete und ließ ihn herein, und er reichte mir grinsend eine Flasche Wasser.

„Gut siehst du aus.“ Er zwinkerte mir zu und bedeutete mir vorzugehen.

Ich trat hinaus in die helle Sonne und wünschte, ich wäre zuhause so vorausschauend gewesen, mir auf dem Weg nach draußen meine Sonnenbrille zu schnappen. Aber da war ich praktisch noch im Halbschlaf, und richtig wach war ich jetzt immer noch nicht.

Charles stieg nach mir aus dem Wohnmobil aus, den Picknickkorb über dem Arm.

„Wäre ein Rucksack nicht praktischer?“, fragte ich und deutete auf sein unhandliches Gepäck.

„Wir haben es nicht weit. Es ist nur ein kurzer Spaziergang zu einer hübschen Lichtung mit Blick auf den See.“ Er schloss die Tür ab und steckte die Schlüssel in seine Tasche. „Oder hattest du etwa geglaubt, dass ich an deinem großen

Entspannungstag sportliche Höchstleistungen von dir erwarte? Also ehrlich, Angie, ich kenne dich doch."

Ich lächelte, lehnte mich an ihn, und er legte einen Arm um meine Schultern.

Vielleicht würde es doch kein Horrortrip werden, wie ich kurzzeitig befürchtet hatte.

6

Charles und ich gingen Hand in Hand zu dem von ihm angepeilten Picknickplatz, und er hatte nicht zu viel versprochen – es war ein wirklich zauberhaftes Fleckchen.

Allerdings war dieses Wochenende auch das erste nach einem langen, harten Winter, an dem das schöne Wetter zu Aktivitäten im Freien einlud, weshalb sich schon eine ganze Reihe Ausflügler dort tummelten. Tatsächlich waren sämtliche der rustikalen Holztische bereits besetzt.

„Komm", sagte Charles und zog mich mit sich. „Wir suchen uns ein ruhigeres Plätzchen, hier ist mir zu viel Gewühl."

Zum Glück war meine miese Laune bereits wie weggeblasen, dank der frischen Luft und der malerischen Landschaft. Während wir weitergingen, warf ich mehrfach einen Blick über die Schulter, um sicherzugehen, dass sich uns keine ungebetenen Tiere angeschlossen hatten, und jedes Mal, wenn ich niemanden entdeckte, lächelte ich noch ein bisschen mehr.

Dankbar dachte ich, was ich doch für einen wunderbaren Freund hatte, der einen spontanen Kurzurlaub für mich geplant hatte, weil er wusste, dass ich eine Auszeit brauchte. Was war ich doch für ein Glückspilz!

Wir liefen noch fünf Minuten weiter, bis wir an eine riesige Weißesche kamen, an deren Fuß wir uns niederließen, und ich war mehr als bereit für eine Pause und eine Stärkung. An diesem Morgen hatte ich nur eine halbe Tasse Kaffee getrunken, bevor unser großes Abenteuer begann, und ich freute mich auf das fürstliche Picknick, das Grandma mit Sicherheit für uns vorbereitet hatte. So schrecklich sie auch darin sein mochte, Klamotten für mich auszusuchen, ihre Kochkünste übertreffen alles.

„Mal sehen, was wir hier haben", sagte Charles und rieb sich die Hände, bevor er den Deckel des Korbes anhob. Darauf folgte ein gellendes Kreischen, das uns entsetzt einen Satz rückwärts machen ließ.

„Was war das?", rief ich entgeistert.

Charles antwortete nicht, sondern deutete nur mit zittrigen Fingern auf das Innere des Korbes.

Okay. Ich schluckte und rutschte auf Knien an das Objekt des Anstoßes heran, um mir selbst ein Bild zu machen.

Als ich hineinsah, stieß ich eine Reihe von Flüchen aus,

die mir rückblickend doch etwas peinlich sind. Ich brauche wohl nicht zu sagen, dass in dem Korb kein leckeres Picknick auf uns wartete. Was ich stattdessen darin vorfand, war ein vollgefressener und sehr zufrieden dreinblickender Waschbär, in dessen Fell überall roter Beerensaft klebte.

„Pringle!“, donnerte ich. „Wie konntest du nur?“

Er ließ sich aus dem Korb plumpsen und rollte direkt in mich hinein, wobei er meinen beziehungsweise Grandmas Trainingsanzug mit tiefrotem Saft bespritzte.

Ich seufzte frustriert auf.

Pringle stöhnte und lamentierte dann: „Ich wollte nur kurz probieren, als wir im Wohnmobil waren, aber dann hörte ich Charles kommen, also habe ich mich versteckt. Ich wusste ja nicht, dass er den Korb mit mir darin mitnehmen würde. Und dann seid ihr eine gefühlte Ewigkeit gelaufen, und da ich ein nervöser Esser bin, habe ich den Rest auch noch vertilgt.“

„Warum hast du dich nicht bemerkbar gemacht?“, schnauzte ich ihn mit hochgezogenen Augenbrauen an.

Er verdrehte die Augen, als ob die ganze Sache meine Schuld wäre und nicht seine. „Hab ich doch gerade.“

„Davor, meine ich.“

Der Waschbär stöhnte erneut auf und hielt sich den Bauch. „Alles war so lecker. Ich konnte einfach nicht aufhören.“ Er rollte sich auf die Seite und musterte mich aus dunklen, glitzernden Augen. „Sag mal, meinst du, Grandma macht mir noch einmal so eine Erdbeersahnetorte, wenn wir wieder zu Hause sind? Das war nämlich eines der köstlichsten Dinge, die ich je gegessen habe."

„Ich werde persönlich dafür sorgen, dass sie das *nicht* tut", wetterte ich. Wenigstens war keiner der anderen Ausflügler in der Nähe, der sich über die verrückte Frau, die einen Waschbären anschrie, hätte wundern können.

„Jetzt geh und säubere dich, in einem Bach oder so. Du siehst aus, als hättest du gerade ein Verbrechen begangen", sagte ich mit finsterer Miene, bevor ich die Unterhaltung mit dem kleinen Gangster für Charles wiederholte.

Indessen trottete Pringle davon. Sein ganzes Fell war mit Beerensaft befleckt, sodass er wie ein blutrünstiger Zombie aussah, was uns beide erschaudern ließ.

„Ist doch nicht so schlimm. Alles wird gut", sagte Charles mit einem Lächeln, das gezwungen wirkte. „Lass uns hier einfach noch ein wenig ausruhen, bevor wir zurückgehen. Und wenn wir wieder im Womo sind, machen wir uns dort etwas zu essen."

„Ja, wenn Octocat nicht schon alles aufgefuttert hat." Ich verschränkte die Arme vor der Brust und runzelte die Stirn. Ich wollte keine Spielverderberin sein, war aber einfach extrem enttäuscht, und ich wusste, dass es Charles genauso ging.

„Wir können das Ruder noch herumreißen", versprach er. „Ab sofort machen wir uns eine schöne Zeit". Er lehnte sich an den dicken Baumstamm, zog mich an seine Brust und wiederholte zum x-ten Mal sein Mantra für dieses Wochenende: „Ich habe einen Plan."

Danach erzählte er mir, was er alles mit mir vorhatte: Lagerfeuer, Schwimmen, Faulenzen im Wohnmobil und einfach nur die Gesellschaft des anderen genießen. „Das Angeln lassen wir allerdings ausfallen. Ich dachte mir, dass das bei deinen Fähigkeiten schnell zum Albtraum für dich werden könnte." Und mit einer albernen, hohen Stimme rief er: „Ah, bitte friss mich nicht!"

Ehrlich gesagt stand ich ohnehin schon sehr kurz davor, Vegetarierin zu werden. Das Einzige, was mich davon abhielt, war, dass alle meine tierischen Freunde auch Fleisch aßen.

„Sollen wir uns aufmachen?", fragte Charles, nachdem wir gut zwanzig Minuten dicht aneinander gekuschelt unter dem Baum gesessen hatten.

Ich streckte die Arme über den Kopf und rekelte mich. „Wir können nicht ohne Pringle gehen. Wer weiß, ob er allein zurückfindet."

Charles zog eine Augenbraue hoch. „Und? Ist das unser Problem?"

Ich schubste ihn spielerisch. „Ich weiß, dass er eine Nervensäge sein kann, aber er gehört nun mal zu uns."

„Du wirst mich nicht mehr als Nervensäge bezeichnen, wenn du erst das Geschenk siehst, das ich dir mitgebracht habe", rief Pringle und kam rückwärts aus dem angrenzenden Gebüsch gekrochen.

Oh-oh. Ein Geschenk von Pringle konnte nichts Gutes bedeuten. Ein silberner Schimmer erregte meine Aufmerksamkeit, und im nächsten Moment erblickte ich einen riesigen, glänzenden Lachs, den er hinter sich herzog.

„Wie hast du den denn ergattert?", fragte ich erstaunt.

Er hielt inne und bedachte uns mit einem breiten Grinsen. „Ich hatte ein schlechtes Gewissen, weil ich euer ganzes Picknick aufgemampft habe, also habe ich euch neues Essen besorgt."

„Und mit ‚besorgt' meinst du ...?"

Pringle schleppte den Fisch bis vor unsere Füße, stellte sich dann auf die Hinterbeine und gab zu: „Okay, ich hatte ein wenig Hilfe. Gloria, du kannst jetzt rauskommen!"

Ich folgte seinem Blick in Richtung Gebüsch, wo ein riesiger Grizzlybär auftauchte.

Charles sprang auf und breitete schützend seine Arme vor mir aus. „Angie, geh in Deckung! Oder lauf weg! Ich lenke ihn von dir ab!"

Ich schluckte schwer, stand dann ebenfalls auf und legte meinem Freund eine Hand auf die Schulter. „Ist schon gut. Ich glaube, der Bär ist ein Freund von Pringle. Lass mich mal mit ihnen reden, bevor du einen Herzinfarkt kriegst. Okay?"

Ich wandte mich an den Waschbären, damit er es mir erklären konnte.

„Kein Freund. Eine Klientin", korrigierte Pringle mich, wobei er es betont deutlich aussprach. „Gloria hat uns gerade mit einem neuen Fall beauftragt, und sie hat bereits im

Voraus bezahlt, mit diesem Prachtexemplar." Er deutete auf den Fisch. „Ist das nicht großartig?"

Mir fielen spontan viele Worte ein, wie sich diese Situation beschreiben ließe, aber „großartig" gehörte definitiv nicht dazu.

7

„Was hast du uns da eingebrockt?“, flüsterte ich Pringle zu und hoffte, dass Grizzlys nicht so gut hören konnten. Einem leibhaftigen Bären war ich noch nie begegnet und wusste daher nicht, was mich erwartete.

„Entspann dich“, meinte Pringle und streckte beschwichtigend die Hände aus. „Sie möchte dich nur um einen kleinen Gefallen bitten. Nichts Schwieriges, versprochen.“

„Wir reden später“, raunte ich ihm aus dem Mundwinkel zu. Dann schritt ich mit einem Lächeln auf die Bärin zu, wobei ich die Lippen aufeinanderpresste, denn ich wusste nicht genug über diese Kraftpakete, um einschätzen zu können, ob das Zeigen meiner Zähne als Bedrohung aufgefasst werden könnte. Und bei einem so großen und mächtigen Tier wie diesem wollte ich kein Risiko eingehen.

„Hallo“, rief ich freundlich und blieb einige Meter vor ihr stehen. „Gloria, richtig?“

Die Grizzlybärin neigte den Kopf und nickte. „Und du bist diese Tierflüsterin und Privatdetektivin, Pet Whisperer P.I.?“, fragte sie mit sanfter, weiblicher Stimme.

Den Namen Pet Whisperer P.I. hatten Grandma und meine Mutter mir verpasst. Sie fanden ihn witzig, aber meiner Meinung nach gab er zu viel von meinem seltsamen Geheimnis preis. Und deshalb hielt mich die Hälfte der Leute für verrückt, während die andere Hälfte glaubte, dass ich wirklich magische oder übersinnliche Kräfte besaß.

„Ja, ich bin Angie“, antwortete ich und ahmte die Geste der Bärin nach, indem ich den Kopf ebenso vor ihr verneigte. „Aber ich bin nur übers Wochenende hier. Kann ich dir bei irgendetwas helfen?“

Gloria kam auf allen Vieren auf mich zu, und ich musste mich wirklich zusammenreißen, um nicht zurückzuweichen. „Ich tue dir nichts“, sagte sie.

„Ich weiß. Tut mir leid. Aber du bist der erste Bär, den ich in meinem Leben treffe.“

Sie ließ sich in eine sitzende Position nieder und seufzte. „Das ist ja das Problem. Alle Menschen halten uns Bären für furchterregend, aber in Wirklichkeit sind wir es, die Angst vor euch haben.“

Ich hob einen Finger, zeigte auf sie und dann auf mich selbst. „Du? Du hast Angst vor mir?“

Sie nickte. „Du scheinst ein ganz netter Mensch zu sein, aber so viele andere …“ Sie verstummte, und ein Schauer durchlief ihren massigen Körper. Wir sahen uns schweigend an.

Pringle blieb mit seinem Fisch zurück, aber Charles trat langsam neben mich, verschränkte seine Finger mit meinen und drückte fest meine Hand.

„Ist das dein Partner?“, fragte Gloria und musterte ihn mit großen Augen.

„Ja genau“, antwortete ich nachdrücklich. Charles und ich waren zwar nicht verheiratet und noch nicht einmal verlobt, aber im Tierreich war es eben oft so üblich, dass sich Paare schon kurz nach ihrer ersten Begegnung aneinander banden. Für tierische Verhältnisse waren Charles und ich zu diesem Zeitpunkt also wohl schon eher so etwas wie ein altes Ehepaar.

„Er beschützt dich. Das ist gut.“ Gloria nickte anerkennend, dann senkte sie den Blick. „Mein Partner war nicht so ein guter Kerl. Anfangs schon, aber als unsere Zwillinge geboren waren, wollte er sie töten – seine eigenen Kinder –, und deshalb bin ich mit den Kleinen weggelaufen und hier gelandet. Es ist dicht genug bei den Menschen, dass er nicht versuchen wird, uns hierher zu folgen. Aber dadurch, dass die Menschen uns hier so nahekommen, hat meine kleine Familie jetzt andere Schwierigkeiten.“

In diesem Moment verspürte ich großes Mitleid mit ihr.

Natürlich würde ich ihr helfen, wenn ich könnte. Ich war nicht einmal mehr wütend auf Pringle, weil er Gloria zu mir gebracht hatte. Wegen einer ganzen Reihe anderer Dinge nach wie vor, definitiv, aber nicht deswegen.

„Wie kann ich dir helfen?", fragte ich und sah Bären auf einmal in einem ganz neuen Licht – zumindest die weiblichen.

„Wir sind erst vor ein paar Tagen aus dem Winterschlaf erwacht, aber schon jetzt haben wir große Probleme. Die Menschen, die diesen Park besuchen, kommen zu nahe an unsere Höhle heran. Sie wandern dort herum, und manchmal bringen sie laute, explodierende Blitze mit, die den Kleinen große Angst einjagen."

Es dauerte einen Moment, bis ich begriff, dass sie Feuerwerkskörper meinte. Kein Wunder, dass sie und ihr Nachwuchs so verängstigt waren.

„Ich bin mir ziemlich sicher, dass die Leute diese Dinger gar nicht mit in den Park bringen dürfen."

„Mag sein, aber sie tun es trotzdem."

„Wenn es ohnehin bereits verboten ist, weiß ich nicht so recht, was ich dagegen unternehmen könnte."

Gloria warf einen Blick über ihre Schulter, als ob sie etwas suchte. Plötzlich wirkte sie nervös und fuhr hastig fort: „Es gibt eine Frau, die für den Campingplatz zuständig ist und die sich auch um die Parkbesucher kümmert. Vielleicht ist ihr nicht klar, was hier vor sich geht und wie beunruhigend das ist – nicht nur für die Bären, sondern für alle Wildtiere, die hier leben. Würdest du bitte in unserem Namen mit ihr sprechen?“

„Du willst, dass ich mit ihr rede?“, fragte ich und neigte den Kopf zur Seite.

Die Bärin nickte. „Sei unsere Stimme.“

„Okay, Gloria. Das tue ich gerne für dich.“ Ich lächelte und vergaß dabei, nicht meine Zähne zu zeigen.

Sie stolperte einen Schritt zurück, fing sich aber wieder. „Bitte versprich mir, dass du es bald tust. Ich bin mir nicht sicher, ob meine Jungen noch eine weitere schlaflose Nacht verkraften können.“

Ich verneigte mich vor ihr. „Du hast mein Wort.“

„Wenn du mit ihr gesprochen hast, komm zurück an diese Stelle und ruf meinen Namen. Ich werde dir einen weiteren Lachs bringen als Dank dafür, was du für meine Familie getan hast.“ Sie stand auf und bedachte mich mit einem prüfenden Blick.

Abwehrend hob ich die Hand. „Schon in Ordnung. Das ist wirklich nicht nötig.“

„Doch, bitte. Dann weiß ich auch, dass du dein Versprechen eingelöst hast. Ich danke dir. Du bist ein guter Mensch. Und du erweist den Tieren in diesem Wald einen großen Dienst.“ Und mit diesen Worten drehte sie sich um und verschwand in die Richtung, aus der sie gekommen war.

Kurz fragte ich mich, wann denn nun endlich die Erholung beginnen würde, aber darauf kam es nun auch nicht mehr an. Letztendlich würde es für mich keine große Mühe bedeuten, aber für Gloria, ihre Jungen und die anderen Tiere, die diesen Park ihr Zuhause nannten, eine große Hilfe sein.

Charles drückte meine Hand, und ich drehte mich zu ihm um. „Ist alles in Ordnung?“, fragte er.

„Ja, wir müssen nur vor dem Essen einen kurzen Zwischenstopp einlegen. Komm, los geht’s.“

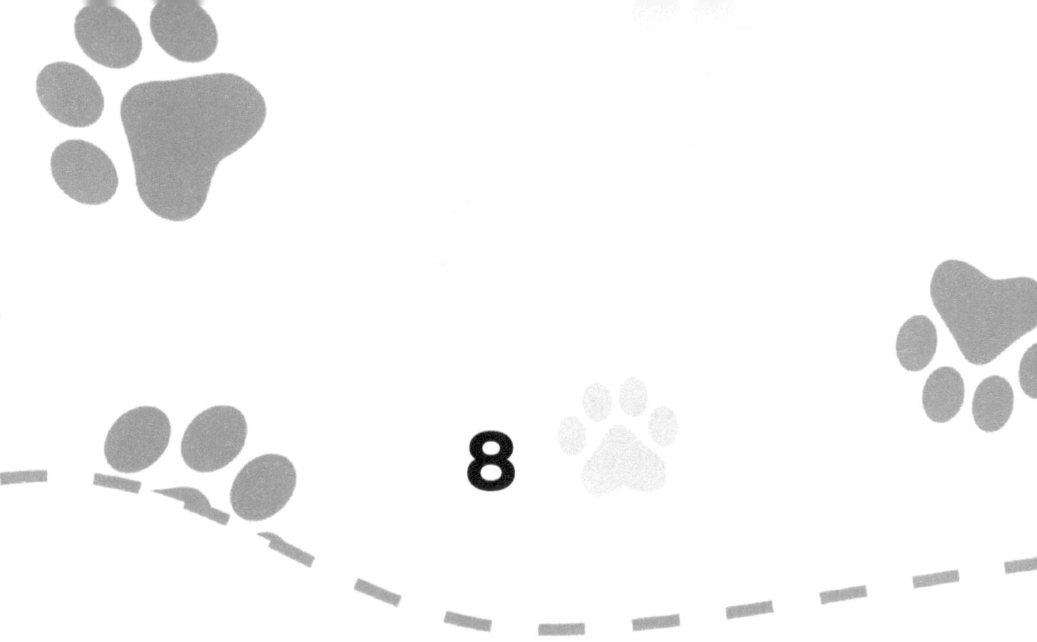

8

Charles und ich machten uns schnell auf den Weg zurück zum Campingplatz, vor allem, weil ich einen Bärenhunger hatte – und das nicht nur wegen unserer unerwarteten Begegnung eben.

Pringle verfrachteten wir wieder in den mit roten Saftflecken übersäten Picknickkorb, den ich schleppte, während Charles den Lachs trug. Um zu verhindern, dass sich unser kleiner blinder Passagier erneut besudelte, polsterte ich das Innere des Korbes mit Grandmas Trainingsjacke aus. Allerdings war dadurch mein als „knackig" betitelter Hintern leider nun für jeden sichtbar, der es wagte, einen Blick darauf zu werfen. Wie peinlich!

Und das war auch noch nicht alles: Auf dem Weg über die Anlage hoffte ich inständig, dass uns niemand fragen würde, wie wir es geschafft hatten, diesen riesigen Lachs ohne Angelausrüstung zu fangen, denn ich hatte keine Ahnung, mit welcher Notlüge ich das plausibel erklären könnte.

So marschierten wir also in Richtung unseres Wohnmobils - ich in meinem rot befleckten Trainingsanzug mit einem versteckten Waschbären im Gepäck und Charles mit unserem unübersehbaren „Fang". Es wunderte mich nicht, dass ein paar Leute innehielten und uns anglotzten, aber die meisten interessierten sich zum Glück nicht für uns.

„Der Wohnwagen da drüben gehört der Frau, die den Platz betreut." Charles deutete mit dem Kinn auf ein älteres Gefährt, an dessen Vorderseite eine Armee von Plastikflamingos eine Art Zaun bildete.

Er nahm mir mit einer Hand den Korb ab und geriet mit dem schweren Fisch in der anderen Hand leicht ins Trudeln.

Pringle murmelte etwas, als er hin und her geschaukelt wurde, jedoch konnte ich es nicht genau verstehen. Außerdem war es mir egal. Offen gestanden fand ich, dass es ihm nur recht geschah.

„Dann bis gleich, ich warte bei uns im Womo auf dich", sagte Charles, der nun den Lachs auf dem Korb balancierend davonwankte. „Viel Glück. Ich weiß, du wirst das gut hinkriegen!"

Wie schön, dass zumindest einer von uns Vertrauen in mich und meine Überzeugungskraft hatte.

Ich versuchte, mir den dunklen Saft, der vom Korb auf meine Finger übergegangen war, an der Vorderseite meiner

Hose abzuwischen, dann ging ich an den aufgereihten Flamingos vorbei und klopfte an die Tür.

Als niemand reagierte, klopfte ich erneut.

„Wenn sie dich nicht hört, kannst du ruhig reingehen. Den Campingplatzgästen steht Junettas Tür immer offen“, rief eine Frau und steckte ihren Kopf durch das offene Fenster eines Airstream-Caravans mit türkisblauen Akzenten, der rechts neben Junettas Behausung stand. Sie strich sich ihre Locken, die ähnlich türkisblaue Strähnchen aufwiesen, aus dem Gesicht und musterte mich skeptisch, bevor sie wieder in ihrem schicken Wohnwagen verschwand.

„Danke!“, rief ich ihr nach, stieß die Tür auf und trat in das schwach beleuchtete Innere.

Es war nicht annähernd so luxuriös wie das Wohnmobil, das Charles für uns gemietet hatte. Die farbliche Gestaltung erinnerte mich an einen Teil der Sachen in meinem Kleiderschrank, allerdings an die dunklere Seite. Nicht alles in den Achtzigerjahren war flott und bunt gewesen. Hier drinnen herrschten Braun- und Orangetöne vor. Der Kühlschrank war in einem bräunlichen Grün gehalten, und der Wasserhahn an der Spüle daneben wies leichte Roststellen auf. Das alles passte irgendwie nicht zu den rosa Flamingos vor dem Wagen und dem witzigen Känguru-Logo an dessen Außenseite.

Aber das spielte ja jetzt keine Rolle, und ich wollte das auch nicht bewerten, sondern einzig und allein mein Anliegen im Namen der Tiere vorbringen. Ich kannte diese Person nicht und hatte keine Ahnung, was mich erwartete.

Doch was sollte schon passieren? Schlimmstenfalls würde sie meine Bitte ablehnen. Ich stellte mir vor, was die Dame wohl sagen würde, wenn Gloria selbst mit ihr sprechen könnte und plötzlich vor ihr stünde. Bei dem Gedanken kicherte ich leise vor mich hin.

„Hallo“, rief ich und schlich auf Zehenspitzen weiter Richtung Schlafzimmer.

Die Tür stand nur einen Spalt offen, sodass ich keinen Blick hineinwerfen konnte. Da ich Junetta nicht überrumpeln und sie eine unangenehme Situation bringen wollte, klopfte ich vorsichtig an.

Mit einem Knarren öffnete sich die Tür noch ein Stück weiter, und in der nächsten Sekunde stieg mir ein vertrauter ekelerregender Geruch in die Nase.

„Hallo?“, fragte ich erneut und betete, dass sich mein Verdacht nicht bestätigen möge. Als niemand antwortete, holte ich tief Luft, hielt mir die Nase zu und stieß die Tür ganz auf.

Auf dem Bett lag eine ältere Frau mit einem faltigen Gesicht und unnatürlich lockigem, kupferfarbenem Haar. Eine Hand lag auf ihrem Bauch, die andere umklammerte die Tagesdecke – oder zumindest hatte sie das getan, bis alles Leben aus ihr gewichen war. Das Bett war ordentlich gemacht, aber danach teilweise zerwühlt worden. Die Szene bot eine irritierende Mischung aus Ruhe und Chaos.

Junetta musste gelitten und mit dem Tod gerungen haben. Der Geruch, den ich wahrgenommen hatte, stammte von einer Lache aus rosa gefärbtem Erbrochenem, die in den Teppich vor dem Bett gesickert war.

Ich trat wieder hinaus und schloss die Tür hinter mir, um der armen Frau, na ja, so etwas wie Privatsphäre zu geben. Und irgendwie auch, um den Geruch auszusperren. Meine Fingerabdrücke waren ja sowieso schon auf der Klinke.

Als ich durch den Mittelgang des Wohnwagens vorsichtig zurück nach draußen schlich, fiel mir ein halb gegessenes Stück Kuchen auf dem Tisch auf. Die Gabel war auf den Boden gefallen und der Rest des Kuchens nirgends zu entdecken.

Ich trat an den Tisch heran und betrachtete das Gebäck genauer: ein mit Beeren belegter Mürbeteig. Höchstwahrscheinlich vergiftet, nach dem zu urteilen, was ich eben im Schlafzimmer gesehen hatte.

Es fiel mir schwer, die Augen von dem mörderischen Kuchen abzuwenden, aber ich musste jetzt unbedingt jemanden informieren! Also stürmte ich hinaus und rannte direkt auf den silber-türkisen Airstream zu, dessen Bewohnerin den Kopf durch das Fenster gesteckt und mich ermutigt hatte, einfach hineinzugehen, nachdem Junetta auf mein Klopfen hin nicht erschienen war.

Ich musste wohl etwas zu energisch an ihre Tür gehämmert haben, denn als diese geöffnet wurde, musterte mich die Frau konsterniert durch ihre große Brille, die sie wie eine Eule aussehen ließ.

„Sie ist tot“, stotterte ich, trat einen Schritt zurück und deutete auf den Wagen mit den fröhlichen Flamingos davor.

„Was?“ Die Frau stieg das Treppchen herab und baute sich vor mir auf. Während sie noch im Türrahmen stand, war mir nicht aufgefallen, wie klein sie war, wahrscheinlich nur gut ein Meter fünfzig.

Ich atmete einmal tief durch, bevor ich es erneut aussprach und ihr meine Vermutung mitteilte: „Junetta. Sie ist tot. Jemand hat sie vergiftet, glaube ich.“

Sie starrte mich aus zusammengekniffenen Augen an, als ob die Sonne sie blenden würde, was vielleicht sogar der Fall war, da sie den Kopf neigen musste, um mir in die Augen zu sehen. „Wer sind Sie?“

„Ich bin Angie. Mein Freund und ich sind erst heute angekommen. Ich wollte mit ihr über etwas reden, und Sie sagten mir, ich solle einfach reingehen. Das habe ich gemacht, und dann habe ich ihre Leiche im Schlafzimmer gefunden.“

Sie musterte mich sekundenlang wortlos. Und obwohl ich sie überragte und sie wie ein Gartenzwerg aus den Fünfzigerjahren aussah, empfand ich sie dennoch als ziemlich einschüchternd, wie sie mich so taxierte und anscheinend überlegte, ob sie mir meine Geschichte abkaufen sollte.

Ihre Augen bohrten sich in meine, als sie verkündete: „Ich rufe jetzt die Polizei!“, woraufhin sie zurück in ihren Caravan eilte und die Tür hinter sich zuknallte.

Verdammt. Das war nicht so gelaufen wie geplant. Nein, ganz und gar nicht.

9

Als ich zu unserem Wohnmobil zurückkehrte, stand Charles mit einem Pfannenwender in der Hand an der Küchenzeile.

„Ich hoffe, du hast Lust auf gegrillten Käse. Das ist heute die Spezialität des Hauses, äh, besser gesagt, des Womos“, sagte er. Dann jedoch bemerkte er meinen Gesichtsausdruck, legte den Küchenhelfer beiseite, schaltete den Herd aus und kam auf mich zu, während ich wie angewurzelt dastand. „Was ist denn los? Hast du mit der Verwalterin gesprochen? Wird sie den Tieren helfen?“

Ich starrte ins Leere, schüttelte den Kopf und sah alles um mich herum irgendwie verschwommen, da ich immer noch die schreckliche Szene vor Augen hatte, in die ich nur wenige Minuten zuvor hineingestolpert war.

„Angie?“, fragte Charles mit besorgter Stimme und legte eine Hand auf meinen Arm.

„Sie kann ihnen nicht mehr helfen“, flüsterte ich, als ich ihn endlich richtig ansehen konnte. Ein kalter Schauer lief mir den Rücken hinunter. „Sie ist tot.“

„Wer ist tot?“, quietschte Pringle von irgendwo vorne und holte mich in die Gegenwart zurück. Ich drehte den Kopf und entdeckte ihn auf dem Fahrersitz, wo er mit seinen winzigen Händen das Lenkrad festhielt und so tat, als würde er mit dem großen Gefährt durch die Gegend düsen.

„Komm sofort wieder nach hinten“, befahl ich ihm. „Diese Fenster sind nicht getönt. Ich möchte nicht, dass dich jemand sieht.“

Normalerweise hätte er mir widersprochen, doch heute fügte er sich wortlos, worüber ich in dem Moment wirklich froh war, denn ich hatte einfach nicht die Energie für eine Diskussion. Gleichzeitig machte es mich jedoch auch ein wenig stutzig, weil dieser kleine Bär zweifellos der größte Schelm unter der Sonne war. Hoffentlich würde ihn niemand entdecken, denn ganz sicher hätte ich auch keine Nerven, neugierige Fragen zu beantworten, ob ich mir tatsächlich einen Waschbären als Haustier halten würde oder so ähnlich.

Pringle hüpfte hinunter, hoppelte an mir vorbei und sprang auf die Couch. „Mich hat aber niemand gesehen. Also, was ist los, Mama Bär? Jemand ist tot? Wer denn? Sollten wir uns besser aus dem Staub machen, bevor es hier von Cops und Pressefuzzis wimmelt? Oder haben wir einen neuen Fall?“

Ich ließ mich auf die Sitzbank sinken, stützte die Ellbogen auf den Tisch und legte den Kopf in die Hände. Pringle war von Natur aus anstrengend, aber in diesem Augenblick fühlte ich mich von seinem Geplapper vollkommen überfordert.

„Er scheint zu viel Energie von dem ganzen Essen zu haben“, flüsterte Charles und setzte sich neben mich. „Tut mir leid, was passiert ist. Bist du sicher, dass sie tot ist?“

„Absolut sicher“.

„Soll ich die Polizei rufen oder hat das schon jemand gemacht?“

Ich schüttelte den Kopf und seufzte. „Nicht nötig. Die Camperin aus dem türkisfarbenen Airstream wollte die Sache melden.“

„Hey, das ist doch gut, oder?“ Charles schaffte es irgendwie immer, mit Ruhe und Logik an die Dinge heranzugehen. Das schätzte ich an ihm, aber in diesem Moment regte mich sein Kommentar nur noch mehr auf, denn ich hatte ihm ja noch nicht erzählen können, wie es sich tatsächlich verhielt.

„Nein, das ist überhaupt nicht gut. Sie hat die Polizei auf mich gehetzt.“ Dann überschlug sich meine Stimme: „Sie denkt, *ich* hätte Junetta umgebracht.“

„Also, das ist ja wohl lächerlich. Du warst die ganze Zeit bei mir, und in den paar Minuten, die du weg warst, hättest du wohl kaum jemanden umbringen können. Außerdem, wer weiß denn schon, ob sie überhaupt ermordet wurde?“

Ich hob den Kopf und starrte ihn mit großen Augen an. „Ich bin mir ziemlich sicher, dass sie ermordet wurde, Charles. Höchstwahrscheinlich mit einem vergifteten Kuchen. Zumindest deutet vieles darauf hin.“

Seine Miene wurde noch ernster und seine Stimme weicher. „O nein, Angie, es tut mir leid, dass du das mit ansehen musstest.“

„Man sollte meinen, dass ich mich inzwischen daran gewöhnt hätte, bei all den Leichen, über die ich in letzter Zeit gestolpert bin.“

„Es spricht für dich, dass dem nicht so ist. Er küsste mich auf die Stirn. „Aber du scheinst wirklich eine Art Gabe zu haben, über Leichen zu stolpern.“

„Hm, also, auf diese Gabe könnte ich gerne verzichten“, scherzte ich. Gerade als ich das Kinn wieder in die Hände stützen wollte, nahm ich aus dem Augenwinkel eine Bewegung wahr.

Octocat erschien mit müden Augen in der Tür zum Schlafbereich. „Was ist das denn hier für ein Lärm? Ich versuche verzweifelt, meinen Schönheitsschlaf zu halten. Und warum seid ihr überhaupt hier, wolltet ihr nicht eigentlich ein Picknick machen?“

Pringle besaß daraufhin wenigstens den Anstand, peinlich berührt dreinzuschauen, weil er einen nicht unerheblichen Anteil am katastrophalen Verlauf dieses Tages hatte. Dann meinte er: „Hey, Kumpel, komm mal wieder runter. Das ist eine lange Geschichte, und sie ist noch nicht zu Ende. Hier ist der Bär los, könnte man sagen." Als mein Kater ihn daraufhin völlig verständnislos anblickte, wischte sich Pringle über das Gesicht und fügte hinzu: „Wir haben eine Leiche nebenan."

Octocat trat einen Schritt zurück und zischte: „Angela! Dieser Trip sollte doch ein Urlaub sein. Ich hätte ihn verflucht noch mal nötig gehabt. Du bist nämlich selbst an guten Tagen schwer zu ertragen, weißt du das? Du kannst nicht einfach die nächste Leiche ausgraben, während ich versuche, ein längst überfälliges Schläfchen zu halten."

Ich stöhnte. „Ich habe die Leiche nicht absichtlich ‚ausgegraben', und ich habe dich auch nicht eingeladen, auf diesen Ausflug mitzukommen. Also hör auf, dich zu beschweren. Oder meinst du etwa, für mich wäre das alles ein Kinderspiel?"

Charles strich mir mit kreisenden Bewegungen über den Rücken. „Machen sie dir das Leben schwer?", fragte er.

„Wie immer", stöhnte ich. Diesmal war nicht einmal die süße Paisley mit von der Partie, die es immer schaffte, gute Laune zu verbreiten. Stattdessen musste ich mich mit diesen beiden oberfrechen Vierbeinern herumschlagen.

„Wir sollten vielleicht besser nach draußen gehen", murmelte Charles. „Wenn die Polizei eintrifft, werden sie mit dir reden wollen." Er stand auf, ging zurück in die Küche und griff nach der Pfanne mit dem gegrillten Käse, der auf der einen Seite schon fast verkohlt war. Er schüttelte den Kopf, dann öffnete er einen der Schränke und nahm eine Schachtel heraus. „Du hast bestimmt Kohldampf. Hier, nimm den fürs Erste.“

Er reichte mir einen Müsliriegel, und obwohl mir vor kaum zehn Minuten der Magen geknurrt hatte, war mein Appetit jetzt völlig verschwunden.

„Danke“, murmelte ich und zwang mich zum Aufstehen.

„Hinten in der Heckgarage sind ein paar Klappstühle verstaut. Ich hole sie raus, dann können wir uns vors Wohnmobil setzen. Und Angie?“

Er wartete, bis ich ihm in die Augen sah, bevor er fortfuhr: „Alles wird gut.“

Ja klar. Bloß hatte ich da so meine Bedenken, und die kamen nicht von ungefähr.

Die Leiterin des Campingplatzes hatte ich sicherlich nicht umgebracht. Eigentlich wusste ich gar nichts über sie, außer dass sie es mit den Vorschriften anscheinend nicht immer so genau genommen hatte.

Trotzdem war ich nun unter Verdacht geraten, und aus Erfahrung, wo es um weitaus weniger als einen Mord gegangen, wusste ich, wie unangenehm das sein konnte.

Ich wurde das nagende Gefühl nicht los, dass die Lage sich weiter verschärfen würde, bevor wir das alles aufklären konnten.

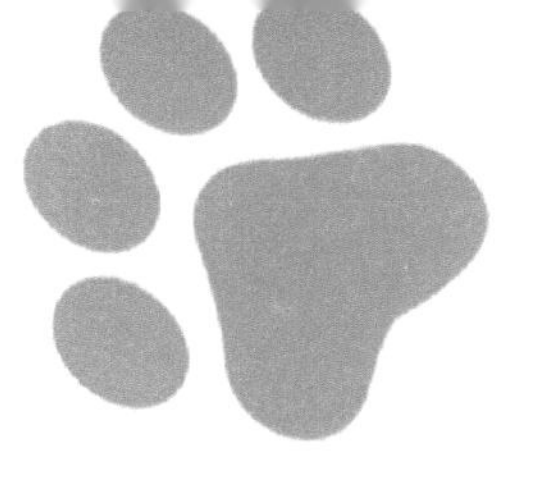

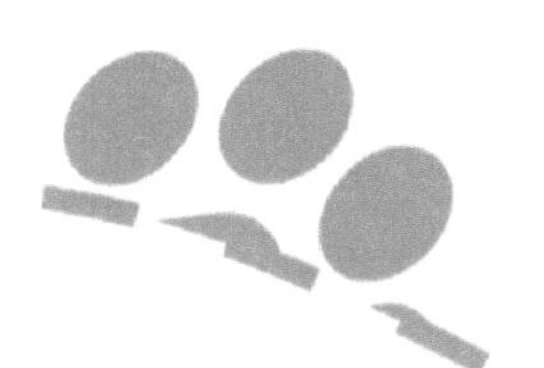

10

„Yippie, jetzt ist Action angesagt! Warte auf mich!", rief Pringle, kurz bevor ich ihm die Tür vor der Nase zuschlug.

Also musste ich wieder hineingehen und ihm erklären, warum ich nicht auf ihn warten würde. „Du musst hier drinnen bleiben", beschwor ich ihn und hoffte, das würde reichen.

Er kniff die Augen zusammen und sprach mit einer heiseren Stimme, die so gar nicht zu ihm passte. „Aber was ist, wenn ich es nicht so lange aushalte?"

Ich blinzelte ihn fassungslos an. „Was, wovon redest du?"

„Du weißt schon," flüsterte der Waschbär verschwörerisch. „Wenn ich mal muss."

„Du bist doch ein schlaues Kerlchen, oder? Und du weißt, wie man das Klo benutzt, nicht wahr?", erwiderte ich mit einem Grinsen. „Ansonsten musst du eben warten, bis es dunkel wird, dann kannst du dich rausschleichen, um dein Geschäft zu erledigen."

Seine Schultern sackten herab und er ließ sich auf alle Viere fallen. „Willst du wirklich, dass ich mich das ganze Wochenende in dieser blöden Blechbüchse verstecke?"

Ich blickte aus zusammengekniffenen Augen zu ihm hinunter. „Ja, wirklich, und das hast du dir selbst eingebrockt. Ich hätte dich niemals freiwillig auf diese Reise mitgenommen, aber du musstest dich ja heimlich hier reinschleichen."

„Ich komme mit dir!", rief Octocat vom Küchentisch aus. Er war gerade damit beschäftigt, sein Gesicht und seine Pfoten zu säubern, nachdem er vermutlich die ganze Butter von den unfertigen gegrillten Käsesandwiches abgeleckt hatte.

„Wieso das denn?", fragte ich.

„Na, wenn er nicht mitdarf, will ich mir das natürlich nicht entgehen lassen." Er hob den Kopf und grinste den Waschbären an. „Aber auch, weil ich dein Partner bin und es sich so anhört, als hätten wir einen neuen Fall. Und da ich vorhabe, meinen Anteil an der Bezahlung einzufordern, kann ich auch einen Teil der Arbeit übernehmen", fügte er hinzu und leckte sich genüsslich die Pfoten.

„In Ordnung", sagte ich, ohne zu erwähnen, dass es für diesen Fall keine Bezahlung geben würde.

„Das ist überhaupt nicht fair!", quengelte Pringle und

baute sich vor der Tür auf, damit wir nicht ohne ihn hinausgehen konnten.

Ach herrje! Diese verrückten Fellnasen benahmen sich mal wieder wie kleine Kinder.

Warnend hob ich den Finger. „Hör zu, mein Freund. Wenn ich dich auch nur ein einziges Mal außerhalb dieses Wohnmobils erwische, reiße ich dein Baumhaus ab, kündige deine Fernseh-Abos und werfe deine Nerf-Guns weg. Kapiert?"

Er schluckte schwer. „N-n-nein, nicht Carla. Das würdest du nicht tun."

Ha, Treffer versenkt. Seine Nerf-Gun war ihm heilig, so sehr, dass er dem verflixten Ding sogar einen Namen gegeben hatte.

Ich warf ihm einen grimmigen Blick zu. „Willst du es darauf ankommen lassen? Übrigens, da fällt mir gerade ein, das Grandma mir kürzlich von einem Beagle im Tierheim erzählt hat, der ein neues Zuhause braucht. Hättest du nicht gern einen neuen Spielkameraden?"

„Das wirst du mir büßen", brummte der Waschbär finster und verschwand mit beleidigter Miene hinten im Schlafbereich.

„Wenn ich dafür büßen muss, mach dich auf das Echo gefasst!", rief ich ihm hinterher.

Octocat gluckste in sich hinein und begab sich gemächlich in Richtung Tür. „Dem hast du es ganz schön gezeigt."

„Glaub ja nicht, dass du aus dem Schneider bist", erwiderte ich und drehte mich zu ihm um. „Auf dich bin ich auch stinksauer."

Octocat versuchte, ein Achselzucken zu simulieren. „Du magst heute sauer auf mich sein, aber ich bin so gut wie jeden Tag sauer auf dich. So wie ich das sehe, sind wir quitt für den Moment", meinte er und stolzierte an mir vorbei.

Ich machte mir gar nicht erst die Mühe, diese unverschämte und schlichtweg falsche Behauptung richtigzustellen. Stattdessen öffnete ich die Tür und bedeutete ihm mit einem mürrischen Kopfnicken, vor mir herzugehen.

Charles hatte unterdessen die Campingstühle samt grasgrünen Polstern vor dem Wohnmobil aufgestellt und sich auf einem davon niedergelassen.

Die Polizei war offensichtlich inzwischen ebenfalls eingetroffen. Ein Streifenwagen parkte am Rande des Campingplatzes, aber die Beamten waren nirgends zu sehen. Wahrscheinlich untersuchten sie bereits Junettas Behausung, um sich ein Bild von der Lage zu machen.

Auch ein paar andere Camper hatten es sich vor ihren Fahrzeugen bequem gemacht und beobachteten von ihren Liegestühlen aus neugierig das Geschehen.

„Igitt, das riecht ja übel hier", stöhnte Octocat, bevor er dreimal hintereinander kräftig nieste. „Was ist das für ein seltsamer, aber auch irgendwie verführerischer Geruch?"

„Charles ...", seufzte ich und ließ mich in den Stuhl neben ihm plumpsen. „Bitte sag Octavius, dass ich im Moment nicht für ihn zu sprechen bin."

„Ja, ist ja gut, ich hab's verstanden", erwiderte er genervt. „Du kannst nicht riskieren, dass diese wahnsinnig wichtigen, wildfremden Menschen dein großes Geheimnis erfahren. Auch wenn du wahrscheinlich keinen von ihnen jemals wiedersehen wirst. Und ganz bestimmt starren alle wie gebannt zu uns herüber, ganz erpicht darauf, dich dabei zu erwischen, wie du mit einem prächtigen Exemplar der Katzenspezies redest, anstatt die Arbeit der Polizei zu verfolgen, die direkt vor ihren Augen stattfindet. Nein, du willst lieber auf Nummer sicher gehen, als den Mord nebenan mit deinem Ermittlungspartner zu besprechen. Ja, vielen Dank auch. Während du hier sitzt und Däumchen drehst, werde ich eben auf eigene Faust in der Sache recherchieren."

„Nein, böse Katze!", rief ich, als er mit hoch erhobenem Schwanz davontrottete. „Komm sofort wieder her!"

Er hatte es fast bis zu Junettas Wohnwagen geschafft, als eine Frau mittleren Alters mit blondem Kurzhaarschnitt und einem riesigen, wallenden Tuch um den Hals, das sie wie ein Drachen erscheinen ließ, zwischen zwei Wohnmobilen hervortrat und ihn auf den Arm nahm.

„Wo willst du denn hin, mein Kleiner? Du siehst viel zu rund und glücklich aus, um ein Streuner zu sein. Vielleicht sollte ich dich besser ‚Dicki' nennen?" Sie hielt inne und lachte über ihre eigene Bemerkung. „Du willst doch nicht, dass deine Mami sich Sorgen um dich macht, oder? Was hältst du davon, wenn wir sie zusammen suchen gehen?"

„Ich bin in meinem ganzen Leben noch nie so beleidigt

worden“, brummte Octocat und versuchte, sich aus ihren Armen zu winden.

„Aber, aber, mein Dickilein“, rief sie aus. „Ich versuche doch nur, dir zu helfen.“

„Ich brauche deine Hilfe nicht“, knurrte er, während seine großen, bernsteinfarbenen Augen panisch die Gegend absuchten. Als er mich am Wohnmobil stehen sah – ich versuchte gerade krampfhaft, mir das Lachen zu verkneifen –, rief er: „Angela! Hilf mir!“

„Er sieht nicht glücklich aus“, meinte Charles. „Gehst du ihn holen?“

„Gleich“, erwiderte ich und konnte erkennen, wie sich Octocats Pupillen vor Entsetzen weiteten.

Die blonde Frau bemerkte, dass ich sie beobachtete, und rief: „Gehört dieser pummelige kleine Kerl Ihnen?“

„Jetzt habe ich aber die Schnauze voll von diesen Beleidigungen!“, zischte Octocat. „Was bildet sich diese Tussi überhaupt ein?“

„Ja, der gehört mir. Danke, dass Sie ihn eingesammelt haben“, antwortete ich und fügte im Stillen hinzu: „... und dass sie ihm eine kleine Lektion erteilt haben.“

11

„Ich hole noch einen Stuhl“, bot Charles an, als die Frau mit Octocat auf dem Arm zu uns herüberkam.

„Ist das dein Mann?“, fragte sie neugierig und schaute Charles mit unverhohlenem Interesse hinterher. „Scheint mir ein guter Fang zu sein.“

„Mein Freund“, informierte ich sie mit einem verlegenen Lächeln. „Und das ist mein Kater.“

„Da hast dir ja zwei tolle Kerle angelacht, junge Lady“, erwiderte sie und ließ sich auf Charles’ freigewordenen Platz fallen, während sie Octocat weiterhin fest umklammerte.

„Mein Name ist Angie.“

„Sharon … Aua!“ Ruckartig ließ sie meinen Kater los und presste sich die Hand an die Wange, wo sich ein dicker, roter Kratzer auf ihrer blassen Haut abzeichnete.

Octocat stieß eine Reihe von Flüchen aus und raste davon, um sich irgendwo zu verstecken.

Sharon sprang von ihrem Stuhl auf, um ihm zu folgen, aber ich hielt sie zurück. „Mach dir keine Sorgen um ihn. Er kommt immer zurück."

Sie schnalzte mit der Zunge und lehnte sich in ihrem Stuhl zurück. „Mein Chester könnte sicher noch einiges von ihm lernen. Wie heißt denn dein kleines Pummelchen?"

Von irgendwoher hörte ich meinen Tiger empört schnauben und weitere Schimpfwörter ausstoßen, und obwohl ich nach wie vor ziemlich sauer auf ihn war, begann ich, ein wenig Mitleid mit ihm zu haben.

„Sein Name ist Octocat, und der Tierarzt sagt, dass er für seine Größe ein normales Gewicht hat. Er ist ein Maine-Coon-Mix, also seine Großmutter war eine Maine Coon." Zumindest behauptete er das immer über seine Abstammung, wenngleich ich so meine Zweifel daran hatte, ob das stimmte. Das mit dem Normalgewicht hatte der Tierarzt bei unserem letzten Besuch auch nicht direkt gesagt. Tatsächlich meinte er sogar, dass er ein wenig zu viel auf den Rippen habe – was wohl unter anderem seinen geliebten Hummerbrötchen geschuldet war –, aber ich hatte mich entschieden, ihm diese Info zu ersparen.

Sharon zuckte mit den Schultern, lehnte sich im Stuhl zurück und streckte die Beine vor sich aus. „Mein Chessy liebt das Leben im Wohnwagen, auch wenn er unser Häuschen auf Rädern nie verlässt. Wahrscheinlich döst er gerade gemütlich auf einem sonnigen Fleck."

Hmm. Sie schien eine Stammkundin des Campingplatzes zu sein. Vielleicht wusste sie das ein oder andere darüber, wer Junetta den Tod an den Hals gewünscht haben könnte.

„Und, kommst du oft hierher?", fragte ich im Plauderton.

Darüber lachte Sharon so sehr, dass sie zu husten begann, dann ballte sie eine Hand zur Faust und klopfte sich mehrmals gegen die Brust. „O Mann! Was für ein Anmachspruch. Ist schon lange her, dass mich jemand so angequatscht hat."

Mit weit aufgerissenen Augen sah ich sie an. „Sorry, ich wollte nicht ..."

„Jetzt nimm es nicht zurück, lass mir doch den Spaß." Sie stieß einen zufriedenen Seufzer aus und schwieg dann einige Augenblicke, bevor es aus ihr heraussprudelte: „Chester und ich haben einen netten kleinen Turnus, von einem Nationalpark zum nächsten, und Katahdin ist jedes Mal einer unserer Stopps. Wir haben Freunde überall in Maine, und jeden Monat fahren wir mehrere unserer Lieblingscampingplätze an, um sie zu besuchen. Natürlich bleiben die meisten Leute in den Wintermonaten zu Hause. Aber nicht so Chester und ich. Wir sind immer auf Achse. Wir sind wie Haie. Wenn wir aufhören zu schwimmen, sterben wir." Sie lachte wieder, verschluckte sich diesmal jedoch nicht dabei.

Noch nie hatte ich jemanden getroffen, der so schnell so viel auf einmal reden konnte wie Sharon – ohne Punkt und Komma –, und das, obwohl wir uns gerade erst kennengelernt hatten. Vielleicht standen die Chancen also nicht schlecht, ihr ein wenig Klatsch und Tratsch der Camper hier zu entlocken, wenn ich ihr nur die richtigen Fragen stellte.

„Hast du das Polizeiauto bemerkt, das eben hier vorgefahren ist?“, fragte ich und deutete mit dem Kinn in Richtung des geparkten Wagens.

„Ja klar, ist mir das nicht entgangen. Da sind sofort ein paar Beamte rausgesprungen und schnurstracks zu Junettas Wohnwagen marschiert. Unter uns gesagt, diese Frau hat immer irgendwelche Probleme. Ihre Scheidung letztes Jahr verlief alles andere als friedlich. Deshalb hat sie alles aufgegeben und ist für immer hierher in den Park gezogen. Natürlich taucht ihr widerlicher Ex immer wieder bei ihr auf und fleht sie an, ihn zurückzunehmen.“

„Ach du Schande, ich hatte ja keine Ahnung.“

„Woher auch? Ihr seid doch zum ersten Mal hier, oder?“ Sie legte den Kopf schief und grinste. „Camping-Anfänger erkenne ich immer sofort.“

Ich nickte zur Bestätigung, was ich mir wohl hätte sparen können, so überzeugt wie diese Frau von sich selbst zu sein schien.

In diesem Moment kam Charles hinter dem Wohnmobil hervor, jedoch mit leeren Händen. „Ich konnte leider keinen weiteren Stuhl auftreiben, aber es macht mir nichts aus, mich ein wenig schmutzig zu machen“, erklärte er, bevor er sich auf den Boden setzte.

„Oh, ich habe mir schon gedacht, dass du auf schmutzige Sache stehst", säuselte Sharon anzüglich.

Er lief knallrot an.

„Also, dann gehe ich mal besser zurück zu Chester. Sagt mal, habt ihr nicht Lust, nachher zu mir zum Kaffee zu kommen und eine Runde zu quatschen. Octocat könnt ihr natürlich gerne mitbringen. Wie war noch mal dein Name, Süße?"

„Angie. Und das ist Charles." Wie nett, dass sie sich zwar an den Namen meines Katers, aber nicht an meinen erinnerte.

„Ach so ja, klar. Kommt auf jeden Fall alle drei vorbei." Sie spitzte die Lippen und sandte einen lauten Schmatzer zurück zu uns, woraufhin sie erneut in Gelächter ausbrach.

„Tschüssi, bis später!", zwitscherte sie und bedachte uns im Gehen mit einem weiteren Luftkuss.

„Wow", entfuhr es Charles, als wir beide wieder allein waren. Er erhob sich vom Rasen und setzte sich auf den Stuhl, den Sharon gerade verlassen hatte.

„Kann man wohl sagen", stimmte ich zu, legte den Kopf zurück und beobachtete die vorbeiziehenden Wolken. Endlich ein Moment der Ruhe. Allerdings war dieser leider nur von kurzer Dauer.

„Da drüben! Das ist sie!", rief eine Stimme, die ich sofort wiedererkannte.

Als ich den Blick in jene Richtung schweifen ließ, sah ich,

wie schon befürchtet, die Dame aus dem türkisen Airstream direkt auf uns zukommen, dicht gefolgt von einem Polizisten.

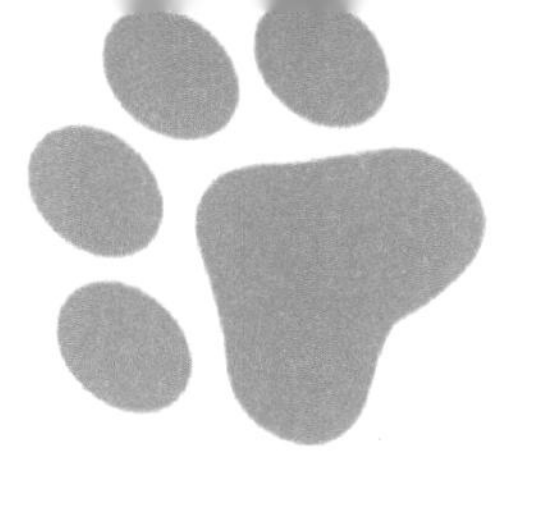

12

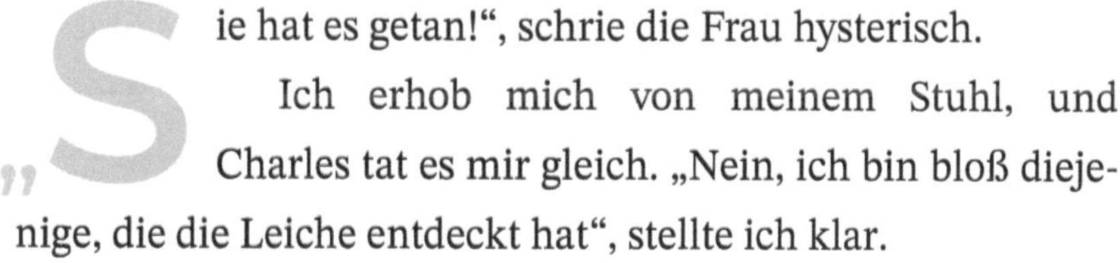

„Sie hat es getan!“, schrie die Frau hysterisch.

Ich erhob mich von meinem Stuhl, und Charles tat es mir gleich. „Nein, ich bin bloß diejenige, die die Leiche entdeckt hat“, stellte ich klar.

„Sie ist schuldig!“, kreischte die Frau erneut, obwohl wir nur wenige Meter voneinander entfernt standen.

„Bitte lassen Sie mich das selbst entscheiden“, meldete sich der Beamte mit strenger Stimme zu Wort. „Ich würde mich gerne mit der Dame allein unterhalten.“

Dann wandte er sich mir zu. „Was dagegen, wenn wir drinnen reden?“

Leider war „drinnen“ etwas problematisch. Schließlich hatten wir einen leicht durchgeknallten Waschbären an Bord, der sich wie ein Kleinkind benahm und mitunter auf den

Fahrersitz hüpfte, weil er sich einbildete, ein großer Trucker zu sein.

Aber der wenn auch höflichen Aufforderung des Polizisten musste ich nachkommen, und je länger ich zögerte, desto verdächtiger ließ mich das wirken.

Ich schielte zu Charles hinüber, der mit einem dezenten Nicken reagierte. Dann ging er auf die Tür zu und öffnete sie. Ich schickte ein Stoßgebet zum Himmel, als der Polizist und ich ihm hineinfolgten.

„Ist alles in Ordnung, Miss?", erkundigte der Beamte sich, dem wohl aufgefallen war, dass ich mich hektisch in unserem Fahrzeug umschaute.

Kein Pringle in Sicht. Das konnte zweierlei bedeuten: Entweder er hatte sich versteckt oder wider meine Anordnung davongeschlichen.

„Ja, danke", antwortete ich, vielleicht ein bisschen zu knapp.

Charles wies auf die Sitzecke mit den beiden zum Wohnraum hin gedrehten Pilotensitzen. „Miss Russo steht immer noch unter Schock nach dieser Entdeckung. Bitte, wollen Sie sich nicht setzen?"

Er musterte Charles mit neuem Interesse. „Waren Sie dabei, als sie die Leiche gefunden hat?"

„Nein, aber ich bin ihr Anwalt", antwortete er schlagfertig.

Jetzt drehte sich der Beamte wieder zu mir um und meinte: „Dafür, dass Sie angeblich unschuldig sind, haben Sie sich aber schnell rechtlichen Beistand organisiert."

„Sie ist auch meine Freundin“, fügte Charles hinzu, bevor er eine weitere spitze Bemerkung machen konnte. „Wir wollten nur ein entspanntes Wochenende hier verbringen.“

Der Polizist ließ sich auf dem Beifahrersitz nieder, ich auf der Sitzbank. Charles rutschte neben mich und drückte unter dem Tisch meine Hand. Der Beamte musterte uns beide einen Moment lang, bevor er seinen Notizblock zückte und seine Augen auf mich heftete.

„Miss Stevens da draußen scheint ziemlich überzeugt zu sein, dass Sie das Opfer umgebracht haben“, sagte er langsam, wobei er meine Reaktion genau beobachtete.

Ich musste mich mit aller Kraft am Riemen reißen, um ruhig zu bleiben. Ja, ich war schon einmal des Mordes verdächtigt worden, aber das war immerhin in meiner Heimatstadt gewesen. Hier kannte ich niemanden, und niemand kannte mich.

„Sie irrt sich.“ Ich legte meine freie Hand flach auf den Tisch. „Ich bin nur diejenige, die das Pech hatte, die Leiche zu entdecken …“

„Wie kam es dazu?“, warf der Beamte ein und klickte mit seinem Kugelschreiber. „Warum haben Sie den Wohnwagen betreten, ohne dass jemand Sie hereingelassen hätte?“

„Weil diese Frau …“, erwiderte ich entrüstet, aber Charles hob eine Hand, um mich zu unterbrechen.

„Angie wurde ermutigt, einzutreten, nachdem sie mehrfach angeklopft hatte. Miss Stevens selbst war diejenige, die ihr sagte, sie solle einfach reingehen.“

„Sie meinte, den Campingplatzgästen stünde Junettas Tür stets offen", ergänzte ich leise.

Der Polizist trommelte für ein paar Sekunden mit seinem Stift auf dem Notizbuch herum. „Weshalb wollten Sie denn zu ihr?"

„Meine Mandantin steht nicht unter Verdacht. Oder etwa doch?", fragte Charles, der in seinen Anwaltsmodus umgeschaltet hatte. Sein Blick wanderte vom Gesicht des Polizisten hinunter zu der glänzenden Dienstmarke an dessen Uniform. „Officer Hamil, richtig?"

„Ja, so heiße ich. Und nein, wir sammeln im Moment nur Informationen", antwortete er, bevor er aufstand, um sich in dem engen Wohnraum genauer umzusehen.

An der Küchenzeile blieb er stehen. „Verbrannter Grillkäse, lecker. Kochen scheint nicht so ihr Ding zu sein, stimmt's, Miss Russo? Liegt ihnen Backen vielleicht besser? Zum Beispiel, Kuchen mit Beeren?"

Ich biss die Zähne zusammen. Officer Hamil versuchte eindeutig, mich zu provozieren. Das wusste ich, und doch fiel es mir schwer, seine unhöflichen, sexistischen Bemerkungen zu ignorieren.

Charles drückte meine Hand noch fester, um mich daran zu erinnern, dass er für mich da war und alles gut werden würde. „*Ich* habe das anbrennen lassen. Ich wollte gerade Sandwiches zum Lunch für uns zubereiten, als Angie nach dem Fund der Leiche zu mir gelaufen kam und mir erzählte, was passiert war. Darüber habe ich den Grillkäse vergessen."

„Freund, Anwalt und persönlicher Küchenchef“, meinte Hamil süffisant und zwinkerte mir zu. „Gibt es irgendetwas, was dieser Typ nicht kann?“

„Er beschuldigt keine unschuldigen Menschen des Mordes“, schoss ich zurück, bevor Charles mich daran hindern konnte.

Der Polizist neigte den Kopf zur Seite und glotzte mich mit offenem Mund an. Anscheinend hatte es ihm kurz die Sprache verschlagen. Tja, er hatte wohl nicht damit gerechnet, dass jemand ihm auf dieselbe Art und Weise, wie er mit anderen sprach, Kontra geben würde. „Jetzt aber mal langsam ...“, setzte er an, wurde jedoch durch ein Klopfen an der Tür unterbrochen.

„Was dagegen, wenn ich aufmache?“, fragte er mich, wobei er so tat, als sei Charles nicht anwesend. Offenbar dachte er, dass er bessere Chancen auf ein Geständnis hätte, wenn er meinen Freund völlig ignorierte. Aber wenn er glaubte, dass ich ein Verbrechen gestehen würde, mit dem ich überhaupt nichts zu tun hatte, hatte er sich gewaltig geschnitten.

„Nur zu“, antwortete ich, ohne zu zögern.

Officer Hamil sah uns noch einen Moment prüfend an, bevor er seufzte und zur Tür ging.

„Was hast du für mich?“, murmelte er der Person draußen zu.

Ich bemühte mich, einen Blick hinaus zu erhaschen, aber er versperrte mir mit seinem breiten Kreuz die Sicht.

Nach ein paar Minuten leiser Unterhaltung trat Hamil zu uns an den Tisch, wobei er sich dicht vor Charles stellte, was wohl eine Art Einschüchterungstechnik darstellen sollte.

„Wie es aussieht, sind Sie nicht nur Anwalt, sondern obendrein auch noch ein verurteilter Verbrecher, was?“ Er hielt inne und sog die Luft durch die Zähne ein. „Sir, ich muss Sie bitten, mit mir zu kommen.“

13

Ich wollte mitgehen, aber Officer Hamil erlaubte mir nicht, das Fahrzeug zu verlassen.

„Es wird nicht lange dauern“, sagte er, bevor er Charles nach draußen folgte und mir die Tür vor der Nase zuschlug.

Verdammt. So sehr ich es auch hasste, selbst unter Verdacht zu stehen, fand ich noch viel unerträglicher, wenn mein Freund unter Beschuss geriet. Und das war beileibe nicht mein einziges Problem.

„Pringle?“, wisperte ich und überlegte, wohin der neugierige kleine Kerl verschwunden sein könnte.

Als er nicht antwortete, legte ich mich hinten aufs Bett, schloss die Trennwand und öffnete das Fenster einen Spalt breit, um ein wenig Mäuschen zu spielen. Jedoch musste ich angestrengt die Ohren spitzen, um etwas von dem Gespräch vor dem Wohnmobil mitzubekommen.

Nun gesellte sich eine weibliche Stimme dazu, die Officer Hamil zu unterstützen schien. Diese gehörte definitiv nicht der Airstream-Tante, Miss Stevens, die so vollkommen davon überzeugt war, dass ich eine Frau getötet hatte, die ich noch nicht einmal kannte. Vermutlich handelte es sich um eine Polizeibeamtin, die zunächst am Tatort beschäftigt gewesen war.

„Das Wohnmobil ist nicht meines“, erklärte Charles ruhig.

„Sie haben es gestohlen, ja?“, fragte Hamil, doch seine Kollegin fuhr ihm mit einem „Scht!“ über den Mund.

„Wenn es nicht Ihnen gehört, wie kommt es, dass Sie es benutzen?“, forschte sie nach. Diese Lady gefiel mir schon viel besser als ihr Kollege.

„Wäre es okay, wenn ich in meine rechte Vordertasche greife, um mein Telefon herauszuholen?“ Gott sei Dank wusste Charles immer genau, wie er sich in solchen Situationen zu verhalten hatte.

„Machen Sie ruhig“, antwortete die Frau. Ich stellte mir vor, wie sie nickte, obwohl ich nicht die geringste Ahnung hatte, wie sie überhaupt aussah.

„Ich beobachte Sie, mein Lieber“, knurrte Hamil.

Seine Kollegin brachte ihn erneut zum Schweigen, und für einen Moment herrschte Stille. Wahrscheinlich warteten die beiden Polizisten darauf, dass Charles ihnen eine Information auf dem Handy zeigte.

„Sehen Sie hier", hörte ich ihn kurz darauf sagen. „Mit dieser App kann man sich kurzfristig Reisemobile ausleihen. Das ist ein bisschen wie Airbnb. Wenn Sie da drauftippen, sehen Sie die Buchung für das Wohnmobil und die Angaben des Besitzers."

„Gut, das Kennzeichen, das da steht, entspricht dem des Fahrzeugs", stellte die Polizistin fest.

„Das heißt aber nicht, dass Sie aus dem Schneider sind. Ich würde gerne mal Ihren Ausweis sehen." Hamil konnte es offenbar nicht lassen, immer wieder das Zepter in die Hand nehmen zu wollen. Wie nervig musste es sein, diesen Schaumschläger als Kollegen zu haben.

„Ich werde jetzt in meine Gesäßtasche greifen", sagte Charles deutlich.

„Hamil, überprüfen Sie doch bitte seine Daten, ich übernehme das weitere Verhör", ordnete die Beamtin in einem Ton an, der eindeutig keinen Widerspruch zuließ.

Einen Moment lang sagte niemand etwas, dann hörte ich, wie die Tür unseres Wohnmobils geöffnet wurde.

Ich blieb liegen und rührte mich nicht vom Fleck, vor allem, weil ich nicht den Eindruck vermitteln wollte, gelauscht zu haben.

„Danke, Officer Lenard", sagte Charles mit seiner tiefen Stimme, die den Raum erfüllte.

„Sie sehen mir nicht aus wie jemand, dem ich schwere Körperverletzung oder Schlimmeres zutrauen würde", sagte sie freundlich. „Aber nur weil ich nicht glaube, dass Sie ein

Mörder sind, heißt das nicht, dass ich nicht mit Ihnen reden will."

„Alles klar. Was würden Sie gerne wissen?"

Aus den Geräuschen vorne im Wagen schloss ich, dass sie sich in der Sitzecke niedergelassen hatten. Für einige Sekunden war es still. Dann nahm Lenard das Gespräch wieder auf: „Erzählen Sie mir, was sie heute gemacht haben und mit wem Sie Kontakt hatten", forderte sie Charles auf. „Mich interessiert vor allem, ob und inwieweit Sie mit dem Opfer in Verbindung standen."

„Heute Morgen bin ich früh aufgestanden, um noch etwas zu arbeiten. Danach habe ich zuerst das Wohnmobil abgeholt, dann meine Freundin, und wenig später haben wir uns auf den Weg hierher gemacht."

„Okay, lassen Sie uns die Fahrt überspringen. Was geschah nach Ihrer Ankunft auf dem Campingplatz?" Die Polizeibeamtin hätte wahrscheinlich auch eine gute Anwältin abgegeben. Genau wie Charles hatte sie ein Talent dafür, sich durchzusetzen und gleichzeitig freundlich und professionell zu bleiben.

„Die Fahrt dauerte etwa drei Stunden", erklärte er. „Um kurz vor zwei sind wir hier angekommen. Ich bin zu der Leiterin des Campingplatzes rübergegangen, um uns anzumelden, und dann haben meine Freundin und ich uns auf den Weg zu einem Picknickplatz gemacht, der nur einen kurzen Spaziergang von hier entfernt liegt."

„Sie haben sich also bei der Platzleitung angemeldet? Erzählen Sie mir mehr von Ihrer Begegnung mit der Dame."

„Da gibt es nicht viel zu erzählen. Sie kam an die Tür, nachdem ich angeklopft hatte, forderte mich jedoch nicht auf, hereinzukommen. Als ich ihr sagte, wer ich bin und dass ich einen Stellplatz gebucht hätte, bat sie mich zu warten und ging wieder hinein. Wenig später kehrte sie mit einem großen Terminbuch in der Hand zurück und machte darin einen Vermerk. Sie sagte, wir dürften jederzeit vorbeikommen, wenn wir während unseres Aufenthalts etwas bräuchten, und das war's."

„Ist Ihnen bei Ihrem Gespräch mit ihr irgendetwas Ungewöhnliches aufgefallen?", erkundigte sich Officer Lenard mit ruhiger, gelassener Stimme. Wahrscheinlich hatte sie schon hunderte Male Zeugen befragt und jahrelange Erfahrung darin, vielleicht stand sie bereits kurz vor der Pensionierung. Auf jeden Fall stellte ich sie mir schon etwas älter vor.

„Sie wirkte auf mich ein wenig zerstreut oder nicht ganz bei der Sache", antwortete Charles. „Aber ich kannte die Frau ja nicht, hatte sie noch nie zuvor gesehen, also kann ich das auch nicht wirklich beurteilen. Vielleicht war sie ja immer so."

„Gut, das ist nachvollziehbar." Sie schwiegen ein paar Sekunden lang, bevor Lenard den Faden wieder aufnahm. „Nur noch mal zum Mitschreiben: Es war etwa zwei Uhr, als Sie eingecheckt haben?"

„Ja."

„Und Ihre Freundin hat die Leiche entdeckt. Um wie viel Uhr war das?“

„Also, wir sind ein paar Minuten nach dem Einchecken losmarschiert und haben etwa fünfzehn Minuten zu diesem Picknickplatz gebraucht. Und da dort alle Tische und Bänke besetzt waren, sind wir noch fünf Minuten weitergelaufen, bis wir eine schöne Stelle unter einem Baum fanden. Dort haben wir ungefähr eine halbe Stunde lang gesessen und sind dann zurückgegangen. Als wir wieder auf dem Campingplatz ankamen, ging meine Freundin zu der Platzleiterin, um mit ihm zu sprechen. Ich würde sagen, das war so gegen 15.30 Uhr.“

„Sie muss also in diesem Zeitfenster von etwa anderthalb Stunden gestorben sein“, erwiderte Officer Lenard. „Was hat Ihre Freundin dazu bewogen, zu ihr zu gehen? Angemeldet hatten Sie sich ja schon.“

O nein. Diese Frage hätte mich erstarren lassen. Den wahren Grund – nämlich dass wir einer Bärin helfen wollten – könnte Charles ihr unmöglich erklären. Dann hätte die Beamtin sicher gedacht, er wolle ihr im wahrsten Sinne des Wortes einen Bären aufbinden und hätte ihn wahrscheinlich doch sofort als Hauptverdächtigen eingestuft.

„Die Dame hatte ja auch die Parkaufsicht inne, und während unseres Picknicks glaubten wir, ein Feuerwerk gehört zu haben. Irgendwo hat es laut geknallt“, erklärte er, holte tief Luft und seufzte. „Meine Freundin ist eine absolute Tierliebhaberin, und deswegen war sie ziemlich beunruhigt.

Schließlich ist der Park hier ein Naturschutzgebiet, und da sollte so etwas nicht passieren."

Charles' Erklärung kam so glatt und überzeugend rüber, dass die Beamtin sie ihm sicher sofort abkaufte. In den besten Lügen steckte eben auch ein Funken Wahrheit. Und seine Aussage kam dem, was Gloria mir mitteilte, nachdem Pringle mich zu diesem Gespräch mit ihr gedrängt hatte, schon ziemlich nahe.

„Sind Sie sicher, dass Sie ...?" Den Rest der Frage bekam ich nicht mehr mit, weil ich in dieser Sekunde aus dem Fenster linste und etwas meine Aufmerksamkeit erregte. Pringle.

Der Waschbär kletterte gerade auf dem Dach des Wohnmobils nebenan herum. Doch noch bevor ich ihn dort hinunterwinken konnte, war er durch die Dachluke geklettert und aus meinem Blickfeld verschwunden.

Oh, der konnte etwas erleben, sobald wir wieder allein waren!

14

Auf Zehenspitzen schlüpfte ich durch die Hecktür nach draußen, während Charles und Officer Lenard sich vorne weiter unterhielten.

Ich huschte zu dem Wohnmobil, in dem ich Pringle auf dem Dach hatte herumschleichen sehen, und überlegte fieberhaft, was ich den Leuten sagen sollte, denen es gehörte. Nervös klopfte ich an die Tür, doch niemand öffnete, was mir nach der Erfahrung heute Nachmittag ein höchst ungutes Gefühl gab.

„Pringle!“, flüsterte ich. „Pringle! Ich weiß, dass du da drin bist!“

„Ich glaube, ich habe noch eine Tüte Pringles auf Lager, falls du Heißhunger auf die Dinger hast“, rief Sharon von irgendwo hinter mir.

Erschrocken fuhr ich herum. „Oh, Sharon. Hallo noch

mal!“, stotterte ich, hob die Hand zum Gruß und wackelte unbeholfen mit den Fingern. „Ich suche meinen Kater.“

Sie blinzelte mich verwirrt an. „Ich dachte, er heißt Octocat?“

„Ja, das ist die Kurzform. Pringle ist sein zweiter Vorname. Also, einer von ihnen jedenfalls. Sein voller Name ist Octavius Pringle Maxwell Ricardo Edmund Frederick Fulton Russo. Jetzt weißt du, warum ich das meist abkürze. Er hört aber auf alle seine Namen, und da ich ihn schon eine Weile nicht mehr gesehen habe, wollte ich sie mal der Reihe nach durchgehen.“ Ich stieß ein nervöses Lachen aus. Bestimmt würde sie merken, dass ich ihr etwas vorspielte. Aber ich hatte Glück – ihr schien nichts aufzufallen.

„Dein Pummelkater ist verschwunden?“, erwiderte Sharon schrill und fächelte sich mit einer Hand Luft zu. „Warum hast du mir nicht gleich Bescheid gesagt? Natürlich helfe ich dir, ihn zu suchen. Ich sag dir was, du kommst jetzt mal mit.“

Als ich zögerte, winkte sie mich zu sich und rief: „Komm schon, meine Liebe. Komm mit.“

Ich warf einen letzten Blick auf das Gefährt, in dem Pringle verschwunden war, und watschelte dann wie ein verlorenes Entlein hinter ihr her.

„Normalerweise lade ich nicht jeden direkt zu uns ein, um Chessy nicht so oft bei seinen Nickerchen zu stören, aber ich mag dich und habe das Gefühl, dass er dich auch mögen wird.“ Sie hielt vor ihrer Tür an und wartete, bis ich zu ihr aufgeschlossen hatte. „Ja, bestimmt wird er das. Dann komm mal rein.“

Etwas widerwillig folgte ich Sharon in ihr mobiles Heim, das sich ein Stück näher an dem Wohnwagen der Platzleiterin als unser gemietetes Gefährt befand, etwa auf halber Strecke dazwischen.

Während ich mich bei Junetta direkt in die 1980er-Jahre versetzt gefühlt hatte, wirkte Sharons moderner Airstream eher wie in eine futuristische Raumstation. Die komplette Einrichtung war makellos weiß und mit glänzenden Chromakzenten verziert. Geschwungene Formen beherrschten das Bild, und alles ging nahtlos ineinander über. Auf dem glatten Ledersofa saß ein blütenweißer Kater mit langem Haar und strahlend blauen Augen.

Sharon schlappte zu ihm hinüber und nahm ihn auf den Arm. „O mein süßes, süßes Chessy-Baby“, gurrte sie.

„Wow, echt schön hier“, hauchte ich und drehte mich im Kreis, um die ganzen Annehmlichkeiten des luxuriösen Caravans zu bestaunen. An einer der Wände hing ein riesiger Fernseher, auf dem ein Naturkanal eingestellt war.

„Oh, das ist Chesters Reich. Ich habe nur das Glück, mit ihm hier leben zu dürfen“, plapperte Sharon weiter.

Ich streckte dem Kater meine Hand entgegen, damit er daran schnuppern konnte, und er begann sofort zu schnurren. Selbst das kam mir wie ein unglaublicher Luxus vor. Octocat begrüßte mich nie so freundlich, nicht einmal, wenn er einen superguten Tag hatte.

„Das meine ich übrigens wörtlich“, fuhr Sharon fort. Sie wiegte schmunzelnd den Kopf hin und her. „Chester hat eine ganze Menge Fans in den sozialen Medien. Irgendwann habe ich angefangen, Fotos von ihm auf unseren Campingabenteuern zu posten, und vor einiger Zeit meldete sich ein Typ aus Hollywood bei mir, der eine Reality-TV-Serie daraus machen wollte. So kam eins zum anderen, und jetzt werden Chessy und ich bald im Fernsehen zu sehen sein. Die Dreharbeiten beginnen diesen Sommer. Und der TV-Sender hat uns dieses schicke Haus auf Rädern bereits zur Verfügung gestellt, damit wir Zeit haben, uns daran zu gewöhnen, bevor die Filmerei losgeht.“

Wow, das waren ganz schön viele Infos auf einmal. Und nachdem sie mir das nun alles erzählt hatte, fand ich Sharon gleich viel interessanter, denn sie war die erste Person, die ich je getroffen hatte, die sich – genau wie ich – quasi über ihre Katze finanzierte.

„Chester ist so ein talentiertes Katerchen. Nicht wahr, mein Süßer?“, säuselte sie weiter, während sie ihren vierbeinigen Lebenspartner anhimmelte.

Pringle würde sich grün und blau ärgern, wenn er erfuhr, dass er einen zukünftigen Reality-TV-Star hätte kennenlernen können und diesen nur um ein Haar verpasst hatte. Ich konnte es kaum erwarten, es ihm zu erzählen.

„Angie?“ Sharon starrte mich mit großen Augen und einem besorgten Gesichtsausdruck an. Ich ahnte bereits, was da jetzt kommen würde.

„Hat die Polizei schon mit dir gesprochen?“, fragte sie.

„Ja“, bestätigte ich, ließ den Blick fasziniert über den Boden schweifen, der wie weißer Marmor mit einem silbernen Schimmer anmutete.

„Es ist so furchtbar, was da mit Junetta passiert ist.“ Sie schnalzte mit der Zunge und setzte den Kater zurück auf das Sofa. „Sie wirkte ganz normal, als ich ihr heute Morgen meinen berühmten frisch gebackenen Preiselbeerkuchen gebracht habe.“

Sofort hatte ich wieder die grausige Szene vor Augen, die sich mir an diesem Nachmittag dargeboten hatte. Das rötlich gefärbte Erbrochene, der halb gegessene Kuchen. Gemischte Beeren, hatte ich gedacht, aber es könnten auch nur Preiselbeeren gewesen sein, das war nicht auszuschließen.

Hatte Sharon gerade unabsichtlich gestanden, die arme Frau getötet zu haben? Hmm. Sie redete zwar gerne und viel, aber würde ihr auch versehentlich ein Mord rausrutschen?

Ich hatte keine Ahnung, und vor allem beschlich mich in diesem Moment eine Heidenangst, dass es wahr sein könnte. Plötzlich fühlte ich mich sehr unwohl dabei, allein mit ihr in ihrem Caravan zu sein ...

15

„Ich muss gehen“, platzte es aus mir heraus, doch Sharon, die im Gang zur Tür stand, versperrte mir mit ihrem fülligen Körper den Weg.

Ihr Gesicht verzog sich zu einem Schmollmund. „Aber du bist doch gerade erst gekommen.“

„Ich muss jetzt wirklich meinen Kater suchen.“ Dann versuchte ich, mich an ihr vorbeizuquetschen, aber sie rührte sich nicht vom Fleck. Offenbar wollte sie mich nicht rauslassen.

„Oh, ich Dummchen! Ich war so was von abgelenkt und habe total vergessen, dass ich dir etwas geben wollte.“ Sie klatschte sich mit der Handfläche auf die Stirn und seufzte. „Bevor du gehst, habe ich noch etwas für dich.“

In dem Augenblick, in dem sie sich umdrehte, um dieses Etwas zu holen, was auch immer es war, stürzte ich zurück ins Freie. Die Gefahr, dass jemand versuchen würde, mich vor den Augen anderer Camper abzumurksen, hielt ich für deutlich geringer.

„Ich habe euch im Auge!", brüllte mir jemand aus einiger Entfernung zu, und als ich mich kurz umdrehte, sah ich, wie diese komische Frau aus dem türkisen Airstream eine Faust in die Luft reckte. Dann rannte ich zurück zu Charles und unserem Wohnmobil.

Zu diesem Zeitpunkt war ich bereits so was von bedient, dass ich einfach nur noch nach Hause und diesen ganzen Horrortag vergessen wollte. Doch vermutlich würde uns die Polizei nicht gehen lassen, solange Charles und ich unter Verdacht standen und die Ermittlungen noch nicht abgeschlossen waren.

„Da bist du ja", sagte Charles, der es sich auf einem der Stühle vor dem Womo bequem gemacht hatte. „Angie, du bist knallrot. Was ist los?"

„Angie! Warum bist du denn einfach weggelaufen?", rief Sharon, die zu uns herübergejoggt kam.

Ein paar andere Camper beobachteten uns und tuschelten miteinander. Ein kleines Mädchen mit lockigen Zöpfen hatte sich zu uns umgedreht, versteckte sich dann jedoch rasch hinter den Beinen ihres Vaters. Dieser starrte mich feindselig an. Schlagartig fühlte ich mich komplett missverstanden und irgendwie an den Pranger gestellt, mehr noch als vorhin bei der Befragung durch die Polizei.

Charles stand auf und legte einen Arm um mich, während Sharon schnaufend vor uns zum Stehen kam.

„Hier", japste sie. Zwischen ihrem und unserem Reisemobil lag zwar nur eine kurze Strecke, doch anscheinend hatte sie sich dabei ziemlich verausgabt. Ich kannte das Gefühl nur allzu gut. Noch bis vor Kurzem wäre auch ich außer Puste gewesen, hätte Grandma nicht angefangen, mich zu morgendlichen Trainingsläufen mit ihr und Cujo, dem Schlittenhund ihrer Freundin, zu zwingen.

Sharons hielt mir eine flache Konservendose hin, die ich zögernd entgegennahm.

„Für deinen Kater. Ich hoffe, ihr findet ihn bald." Sie beugte sich vor, holte noch einmal tief Luft und machte sich mit gemächlichen Schritten wieder auf den Weg zu ihrem Caravan.

Charles nahm mir die Dose ab und las das Etikett. „Weißer Thunfisch."

„Thunfisch?", wiederholte Pringle von irgendwo in der Nähe.

„Pringle, wo bist du?", flüsterte ich und ließ den Blick umherwandern.

„Hier unten", rief der Waschbär leise.

Ich ging auf die Knie, stützte mich mit den Händen ab und spähte unter das Wohnmobil.

„Gib mir den Thunfisch, Baby!", forderte er und streckte mir flehend seine Pfötchen entgegen.

„Ich gehe rein. Wenn du etwas davon haben willst, solltest

du mir unauffällig folgen." Seufzend erhob ich mich und hoffte, er würde diesen Köder schlucken.

Einen Moment später drang ein dumpfes Scheppern aus dem Badezimmer zu uns heraus.

„Ich schau mal, was da los ist", meinte Charles und setzte sich rasch in Bewegung, ich hinterher.

In dem Augenblick, als er die Tür öffnete, stürmte Pringle wie ein Wahnsinniger aus der Nasszelle heraus. „Thunfisch, Thunfisch, Thunfisch", krakeelte er und hopste neben mir auf und ab.

„Du warst ein sehr unartiger Waschbär."

Er setzte ein unschuldiges Gesicht auf, blickte mich mit großen Augen an und faltete tatsächlich die Vorderpfoten, die mehr wie kleine Hände aussahen. „Was? Ich?"

Ich warf ihm einen finsteren Blick zu und zog die Hand mit der Dose weg, als er versuchte, mir diese zu entreißen. „Ja, du. Ich habe dir gesagt, du sollst hierbleiben."

„Bin ich doch!", quiekte er. „Ich bin hiergeblieben, wie du siehst."

„Warum habe ich dich dann eben auf dem anderen Wohnmobil herumschleichen sehen?"

Er trat einen Schritt zurück. „Was?"

„Jetzt tu nicht so. Ich habe dich genau gesehen."

„Okay, ich geb's zu", seufzte er inbrünstig und ließ seine kleinen Schultern hängen. „Aber weißt du, ich wollte dir nur helfen, den Mord zu lösen. Die Sache ist die: Ich würde wahnsinnig gerne bei Pet Whisperer P.I. mitmachen, und ich dachte mir, wenn ich diesen Fall im Alleingang löse, hast du keine andere Wahl, als mich ins Team der Detektei aufzunehmen."

„Träum weiter, du Penner", knurrte Octocat, der in diesem Augenblick wie aus dem Nichts auftauchte. Er stolzierte zu uns herüber und streckte beim Gehen jedes Bein, was wie ein bizarre Zirkusnummer wirkte.

„Und wo warst du die ganze Zeit über?", fragte ich nachdrücklich und verschränkte die Arme vor der Brust, den Thunfisch immer noch in der Hand haltend.

Ein Schauder durchzuckte seinen getigerten Körper. „Ich habe mich vor dieser schrecklichen Sharon versteckt."

„Schade, dass du sie so schrecklich findest", stichelte ich mit einem verschmitzten Grinsen. „Sie hat mir nämlich eine Dose Thunfisch für dich mitgebracht, aber da du sie nicht leiden kannst, willst du die sicher nicht haben ..."

„Her damit!", rief Octocat und setze zum Sprung an, um mir die Dose aus der Hand zu schlagen, die daraufhin krachend zu Boden fiel.

Beide Tiere stürzten sich sofort darauf und lieferten sich einen erbitterten Kampf um den begehrten Leckerbissen.

„Muss ich überhaupt fragen?", Charles holte zwei Fläschchen Limonade aus dem Kühlschrank und reichte mir eine.

„Besser nicht." Ich ließ mich auf die Sitzbank fallen und rutschte rüber, um ihm Platz zu machen. „Hat das Gespräch mit der Polizei noch etwas ergeben?"

„Eigentlich nicht. Aber ich dachte mir, es wäre vielleicht besser, wenn du dich umziehen würdest."

„Wieso?", fragte ich, und bei dem Gedanken an meinen „knackigen" Hintern glühten mir schon wieder die Wangen vor lauter Peinlichkeit.

Er blickte auf meinen Schoß hinunter. „Na ja, die Campingplatzleiterin wurde mit einem vergifteten Beerenkuchen ermordet, und du hast überall rote Flecken auf deinen Klamotten. Sieht ein bisschen verdächtig aus."

„Oh, das habe ich dir ja noch gar nicht gesagt: Ich weiß, wer den Kuchen gebacken hat." Es machte mich immer ein wenig stolz, ihm einen entscheidenden Hinweis, den ich entdeckt hatte, zu liefern, obwohl der Moment, in dem ich davon erfahren hatte, in diesem Fall ziemlich gruselig gewesen war.

Er nahm einen Schluck von seiner Limo und stellte die Flasche ab. „Wer?"

„Sharon", verriet ich und presste die Lippen zusammen, um mir ein Grinsen zu verkneifen.

Er schnaubte und nahm einen weiteren Schluck. „Aber du glaubst doch nicht, dass sie es getan hat, oder? Ich meine, das ist bestenfalls ein Indiz, aber noch kein handfester Beweis."

„Machst du Witze? Das ist ja wohl mehr als eindeutig", entgegnete ich, obwohl ich selbst noch nicht ganz überzeugt war. Ich glaube, ich hoffte in diesem Moment einfach, dass wir dem Täter beziehungsweise der Täterin dicht auf der Spur waren und nicht weiter im Dunkeln tappten.

„Ich schätze, das muss sich noch herausstellen." Charles beugte sich vor und nahm den zankenden Tieren die Dose Thunfisch ab, um sie dann im Handschuhfach zu verstauen, wo sie keiner von ihnen erreichen konnte.

„Das ist unfair! Das ist unfair!", quäkte Pringle und hüpfte protestierend auf und ab.

„Der Kotzbrocken hat wieder zugeschlagen", bemerkte Octocat abschätzig. Das war sein liebster Spitzname für Charles, wenn er sich über ihn ärgerte.

„Wo ist eigentlich der Lachs?", fragte ich in die Runde, um die Situation zu retten.

„Den habe ich draußen liegen lassen", antwortete Charles, der sich wieder neben mich setzte. „Ich konnte ihn ja schlecht mit reinbringen und die Luft verpesten."

„Passt auf, ich mache euch einen Vorschlag", sagte ich zu unseren beiden blinden Passagieren. „Wenn ihr euch für den Rest des Wochenendes benehmt, dürft ihr euch den Lachs teilen."

„Ich will nicht mit ihm teilen", riefen sie unisono und streckten einander die Zunge heraus.

Ich zuckte mit den Schultern, als ob mich das Gezeter der beiden nicht interessierte. „Das ist mein Angebot. Nehmt es an oder lasst es bleiben, das liegt an euch. Mir ist das ganz gleich."

„Würdest du dich jetzt bitte umziehen?", forderte Charles mich auf, der erneut auf meine rot befleckte Hose starrte.

Ich seufzte, denn ich wusste, dass der Koffer mir keine

guten Optionen bot. Aber er hatte recht. Selbst wenn man von den verdächtigen Beerenflecken absah, machte mein Outfit dank unseres kurzen Abenteuers im Wald einen leicht schmuddeligen Eindruck.

Also verschwand ich hinten im Schlafbereich, wuchtete den Koffer aus dem Staufach und kramte darin herum. Ich fand ein langes, schwarzes und noch dazu rückenfreies Crash-Kleid. Es sah aus wie ein Kostüm aus *Vom Winde verweht* oder einem anderen alten Schinken. Dennoch erschien es mir weit weniger extravagant als die restlichen Sachen, die meine allerliebste Großmutter mir mitgegeben hatte, also zog ich es über. Was blieb mir auch sonst übrig?

Natürlich reichte es bei mir, anders als bei Grandma, nicht bis zum Boden, sondern nur bis zu den Waden, aber immerhin würde ich mich so besser darin bewegen können.

„Du siehst umwerfend aus", raunte Charles, als ich wieder in den Wohnbereich trat, und nahm mich in die Arme. Er stimmte einen schnulzigen Oldie an, den wir beide mochten, und gemeinsam schunkelten wir zwischen der Küchenzeile und dem Essbereich hin und her.

„Igitt, habt ihr denn kein Zuhause!", rief Octocat aus, als Charles mir einen innigen Kuss gab.

„Doch, du hingegen hast gleich kein Zuhause mehr!", fauchte ich zurück.

„Ich habe eins. Und das liegt gerade in meinen Armen", flüsterte Charles mir ins Ohr und schenkte mir ein charmantes Lächeln.

Ich kicherte und verdrehte die Augen. Typisch Charles. Mit ihm war einfach alles besser, und er schaffte es sogar, gute Laune zu verbreiten, während wir unter Mordverdacht standen.

„Bin gleich wieder da“, sagte er, löste sich von mir und begab sich ebenfalls nach hinten.

„Was hast du vor?“, fragte ich gespielt vorwurfsvoll. Ich liebte unsere improvisierten Tänzchen und wollte nicht, dass dieser schon vorbei war.

„Wenn du dich hier so aufbrezelst und einen auf Glamping-Queen machst, muss ich mich auch umziehen, um mit dir mithalten zu können“, meinte er und zog die Trennwand hinter sich zu.

16

„Das ist das Beste, was ich in der Kürze der Zeit auf die Beine stellen konnte“, sagte Charles, als er aus dem Schlafbereich kam und sich um die eigene Achse drehte, um sein figurbetontes schwarzes Poloshirt zu präsentieren, das er mit neuen, khakifarbenen Shorts kombiniert hatte.

„Nicht direkt salonfähig, aber Schwarz geht ja schließlich immer“, kommentierte ich seinen Look kichernd. Daraufhin zog er mich überschwänglich an sich. „Hey, ich habe gerade ein bisschen in unseren Vorräten gestöbert, während du dich umgezogen hast, und habe da eine Flasche Sekt entdeckt. Und das hat mich auf eine Idee gebracht.“

Charles öffnete schmunzelnd den Kühlschrank und schnappte sich die Flasche, dann griff er in den Schrank und holte eine Schachtel mit zwei Sektflöten heraus. „Den wollte ich eigentlich für unseren letzten Abend aufheben, aber ich denke, wir können ihn genauso gut jetzt trinken", erwiderte er achselzuckend.

„Nein, noch nicht aufmachen!", rief ich, als er begann, die Folie vom Flaschenkopf abzuziehen.

Er hielt inne, spannte die Schultern an, und wartete darauf, dass ich ihm meine große Idee verriet.

„Wir gehen damit zu Sharon", erklärte ich ihm, aber er schaute mich nur verständnislos an.

„Was? Warum?"

Ich umfasste seine Taille und lehnte mich dicht an ihn. „Quasi als Wiedergutmachung, und um ihr etwas zu entlocken. Ich entschuldige mich, dass ich vorhin so komisch war, bedanke mich für den Thunfisch und überreiche ihr den Sekt."

Jetzt lächelte er mich erwartungsvoll an. „Ja, und was dann?"

„Also, wir nehmen Octocat mit, und ich werde sie fragen, ob ihr Angebot von vorhin noch steht, das mit dem Kaffeeklatsch. Sie wird nicht widerstehen können. Sobald wir drinnen sind, lenkst du sie ab, während Octocat und ich mit Chessy reden."

Fragend zog er die Brauen zusammen. „Chessy?"

„Ihr Kater. Wenn sie wirklich so oft hierherkommt, wie sie sagt, dann hat er bestimmt auch schon das ein oder andere mitbekommen, was hier auf dem Campingplatz und im Park so abgeht. Er wird uns hoffentlich auch sagen, ob ihm heute etwas Besonderes an Sharon aufgefallen ist."

„Zum Beispiel, ob sie Gift in den Kuchen gemischt hat", erwiderte er mit einem schelmischen Grinsen.

„Ganz genau." Es kann zwar gut sein, dass es nicht ganz so easy wird, wie es jetzt klingt, aber Sharon ist auf jeden Fall eine Klatschtante, daher denke ich, es könnte klappen.

„Meine Freundin ist so was von clever", bemerkte Charles anerkennend und gab mir einen flüchtigen Kuss. „Aber wir haben nur zwei Gläser; meinst du, das sieht irgendwie blöd aus?"

Ich löste mich von ihm. „Ach was, ich werde nicht mittrinken, ich brauche jetzt einen klaren Kopf."

„Es gibt nur ein Problem mit deinem Plan", brummte Octocat, der sich auf der Sitzbank eingerollt hatte. „Ich werde nicht mitkommen."

Ich setzte mich neben ihn und wollte ihn streicheln, aber er schlug nach meiner Hand. „Warum das denn nicht? Du bist so etwas wie unsere Eintrittskarte."

„Ich will aber nicht, und du kannst mich nicht zwingen", schmollte er mit saurer Miene.

Zum Glück wusste ich, wie ich meinen Tiger zur Räson bringen konnte. „Ich habe immer noch diesen Thunfisch, falls du noch Interesse hast."

Er wandte sein Gesicht von mir ab und murmelte: „Falls du versuchen solltest, mich zu bestechen, vergiss es, das wird nicht funktionieren."

„Charles?“, sagte ich und deutete in Richtung Handschuhfach.

Er begriff sofort, was ich vorhatte, holte die Dose daraus hervor und legte sie mir in die Hand. Dann öffnete er die Besteckschublade und reichte mir einen Dosenöffner.

Als der Deckel aufsprang, bekam mein Kater große Augen und leckte sich eifrig die Lippen. Keine Katze konnte dem Geräusch, und vor allem dem Geruch, einer frisch geöffneten Dose Fisch widerstehen, und genau darauf hatte ich gesetzt.

„Hier hast du eine kleine Kostprobe, und wenn wir zurück sind, gehört der Rest dir“, sagte ich und wedelte damit herum, um ihn noch mehr anzufixen „Ich verspreche dir, dass wir das so schnell wie möglich hinter uns bringen.“

„Aber ich teile nicht mit dem Waschbären“, antwortete er, während er die Dose fixierte.

Ich schaute mich im Wohnmobil um. Wenn es um eine besondere Leckerei ging, war Pringle normalerweise auch stets zur Stelle, aber ich konnte ihn nirgends entdecken. Wahrscheinlich hatte er sich rausgeschlichen, um wieder ein bisschen herumschnüffeln. Der alte Schlingel.

„Der ist nur für dich, versprochen.“ Ich riss den Deckel ab und holte ein Stück Fisch heraus. „Hier ist deine Anzahlung.“ Octocat inhalierte es förmlich.

„Köstlich“, meinte er, leckte sich eine Pfote, und fuhr sich damit übers Maul.

„Kannst du das irgendwo hinstellen, wo Pringle nicht

drankommt?“, bat ich Charles und ging ins Bad, um mir die Hände zu waschen.

Dann marschierten wir zu Sharon hinüber. Octocat weigerte sich, getragen zu werden, und trottete neben mir her. Auf meiner anderen Seite ging Charles mit dem Schaumwein und den beiden Gläsern. Bestimmt würde Sharon ihn gleich wieder anschmachten, schließlich hatte sie vorhin schon ziemlich ungeniert mit ihm geflirtet.

Und tatsächlich ging mein Plan voll auf. Es bedurfte so gut wie keiner Überzeugungsarbeit. Sie bat uns gleich herein und hieß uns in ihrem Haus auf Rädern willkommen.

Ihr vierbeiniger Freund lag eingekuschelt auf dem Sofa und schlief friedlich. Octocat musterte Chester und rümpfte die Nase. „O Mann, was ist das denn für ein Schluffi.“

Nur zu gerne hätte ich seine spitze Bemerkung kommentiert – was fiel ihm eigentlich ein, jemanden zu verurteilen, den er noch gar nicht kannte? Aber ich wollte vor Sharon nicht offen mit ihm sprechen, also biss ich die Zähne zusammen und schwieg, während Charles unsere Gastgeberin geschickt in ein Gespräch verwickelte, um mir hoffentlich etwas Zeit allein mit den Katzen zu verschaffen.

Nachdem er etwa fünf Minuten lang die Innenausstattung des Airstreams bewundert hatte, meinte er: „Ich wette, dieses Baby hat einen riesigen Laderaum“.

Sharon biss sofort an. „Und was für einen! Komm mit, ich zeige ihn dir.“

Mein Freund drehte sich mit hochgezogenen Augenbrauen zu mir um. Ich lachte und winkte ihm zu. „Geh ruhig. Du weißt, diese technischen Sachen interessieren mich sowieso nicht sonderlich. Octocat und ich bleiben hier bei Chester. Vielleicht können wir uns ein bisschen besser kennenlernen."

Sobald sich die Tür hinter ihnen geschlossen hatte, stupste ich den weißen Kater behutsam an. „Chester, Chester. Entschuldige, dass ich dich störe, aber wir würden gerne mit dir reden."

Er blinzelte und öffnete langsam seine blauen Augen. „Ich glaube, ich träume", murmelte er vor sich hin. „Ich könnte schwören, dass da gerade ein Mensch mit mir gesprochen hat. Seltsam." Er schnaufte und rollte sich wieder zusammen.

„Das war kein Traum", rief Octocat und baute sich dicht vor ihm auf. „Das ist mein Mensch, Angela, und sie ist etwas Besonderes. Sie kann tatsächlich mit Tieren reden."

Chester hob leicht den Kopf, wirkte jedoch unbeeindruckt. Da ich nicht wusste, wie lange es Charles gelingen würde, Sharon draußen abzulenken, kam ich gleich zur Sache. „Chester, heute ist ein Mord geschehen, und ich frage mich, ob du etwas darüber weißt."

„Nein, ich schaue mir diese brutalen Sendungen nicht an", brummte er und richtete den Blick auf den Fernseher an der Wand gegenüber, der nach wie vor auf den Naturkanal eingestellt war. „Sharon meint, die hätten einen schlechten Einfluss auf mich."

„Angie redet nicht vom Fernsehen, sondern vom wahren

Leben“, sagte Octocat abfällig, der nie genug von diversen Crime-Formaten bekommen konnte und als Film- und Fernsehjunkie oft stundenlang vor der Flimmerkiste hockte. Das heißt, wenn er nicht gerade schlief, aß oder lächerliche Dinge von mir verlangte.

„Wer wurde denn ermordet? Sharon jedenfalls nicht.“ Chester gähnte und leckte über seine Pfote.

Ich seufzte. „Nein, nein, nicht Sharon. Sie ist nur mal kurz rausgegangen. Das Mordopfer heißt Junetta. Sie ist die Leiterin dieses Campingplatzes.“

Chester beobachtete im Fernsehen einen Vogel, der seine Jungen fütterte. „Welcher Campingplatz?“, fragte er geistesabwesend.

„Dieser hier“, zischte Octocat. „Sag mal, kann es sein, dass du uns gar nicht richtig zuhörst?“

„Ich höre zu“, murmelte der weiße Kater. „Aber wo sind wir denn hier? Sorry, ich erinnere mich gerade nicht mehr. Sharon und ich tingeln so viel durch die Gegend, dass es mir schwerfällt, den Überblick zu behalten, wo wir uns im Moment befinden.“

„Katahdin“, teilte ich ihm mit.

„Nein, ich kenne niemanden mit diesem Namen. Ich darf den Wohnwagen auch nicht verlassen“, erklärte Chester, was er offensichtlich auch völlig missverstanden hatte. „Die einzigen Leute, denen ich begegne, sind die, die zu uns hereinkommen. So wie ihr, zum Beispiel.“

Ich beschloss, es mit einer anderen Taktik zu versuchen. „Sharon hat heute einen Kuchen gebacken. Hast du gesehen, ob sie etwas Besonderes hineingetan hat?“

Er zuckte die Achseln. „Das Übliche. Butter, Eier, Mehl, Beeren. Warum interessierst du dich für ihren Kuchen? Er ist nicht sonderlich gut. Von den Menschen, die ihn probiert haben, hat er jedenfalls noch niemanden vom Hocker gerissen.“

„Hast du …?“, begann ich, doch dann schwang die Tür auf und Sharons kräftige Stimme erfüllte den Raum.

„Also, wenn ihr euch dafür entscheiden solltet, euch auch so ein Wahnsinnsding zuzulegen, nennt meinen Namen. Vielleicht bekommt ihr dann ein Sonderangebot.“

„Das machen wir“, versprach Charles, nahm eine Visitenkarte von ihr entgegen und steckte sie behutsam in seine Brieftasche.

„Alles in Ordnung bei euch?“, fragte er dann, als er mich mit den beiden Katzen auf der Couch entdeckte.

„Alles bestens“, erwiderte ich mit einem zuckersüßen Lächeln, obwohl ich mich eigentlich überhaupt nicht so fühlte, ganz im Gegenteil. Wir wussten nach wie vor nicht, ob Sharon die Täterin war, und ich bezweifelte, dass ich jemals irgendeinen hilfreichen Hinweis aus Chester herausbekäme, selbst wenn ich noch die ganze Nacht mit ihm redete.

Der Gute würde sich ganz schön umschauen, wenn die Dreharbeiten zu seiner Reality-Show begannen. Irgendetwas sagte mir, dass die Produzenten nicht glücklich darüber sein würden, eine faule Katze zu filmen, die den ganzen Tag schläft.

Und ich hatte immer gedacht, Octocat sei verwöhnt!

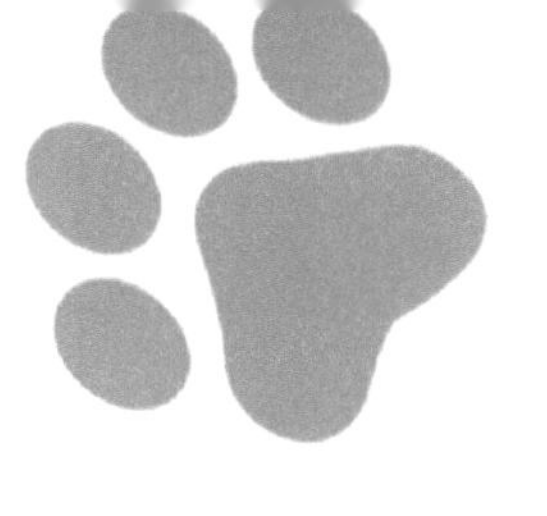

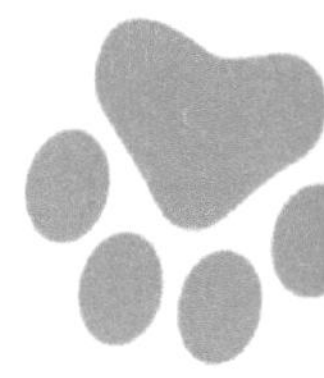

17

„Mist, das hat uns null weitergebracht“, seufzte ich auf dem Rückweg zu unserem Wohnmobil.

Charles ergriff meine Hand und zog mich an seine Seite. „Die Polizei ist an der Sache dran. Früher oder später wird sich alles aufklären. Warum versuchen wir nicht einfach, uns den restlichen Abend zu entspannen?“

Eine reizvolle Idee. „Meine Entspannung ist schon seit Stunden dahin. Außerdem, wenn die Polizei noch hier ist, könnten sie zurückkommen und uns weiter verhören.“

„Hey, lass uns nicht über ungelegten Eiern brüten“, sagte er leise. „Schau mal, wir haben uns beide schick gemacht und ohnehin keinen anderen Ort, wo wir hinkönnten, also machen wir uns jetzt ein schickes Essen im Wohnmobil und genießen den gemeinsamen Abend. Es ist noch nicht zu spät für ein bisschen Urlaubs-Feeling."

Ich blinzelte in den dämmrigen Himmel hinauf. Es war wirklich ein langer, anstrengender Tag gewesen. „Können wir den Film von gestern Abend zu Ende gucken?", fragte ich und schmunzelte beim Gedanken an die fröhlichen kleinen Zeichentrickfiguren.

Charles atmete hörbar ein. „Och, schon wieder? Den hatten wir doch zu Ende geguckt."

Ich tippte ihm demonstrativ mit dem Zeigefinger auf die Brust. „Du vielleicht, ich bin eingepennt."

Er lachte. „Und woher willst du wissen, dass du nicht wieder einschläfst?", feixte er, doch gleich nachdem wir zurück im Womo waren, stellte er den Film für mich an.

Und, ja, Charles sollte recht behalten: Ich nickte ziemlich schnell ein. Er weckte mich, als er das Abendessen fertig hatte. Danach schauten wir gemeinsam noch etwas weiter, dann schlief ich wieder ein.

Charles musste mich ins Bett getragen haben, denn dort lag ich, als ich von einem keckernden Waschbären geweckt wurde, der meinen Bauch als Trampolin benutzte.

„Pringle", stöhnte ich genervt. „Geh runter von mir!"

„Hey, Lady. Ich habe den Mord aufgeklärt", stieß er hervor und fuchtelte mir mit den Pfoten vor der Nase herum. „Komm mit! Ich erzähle dir alles, dann kannst du weiterpennen, ich schwöre es."

Mein Blick wanderte zu Charles hinüber, der friedlich

schlief, und mich überkam ein warmer Schauer. O Himmel, wie sehr liebte ich diesen Mann! Er hatte diese ganzen tierisch verrückten Ereignisse, in die ich ihn immer wieder mit hineinzog, nicht verdient. Doch was würde ich ohne ihn tun? Er war einfach mein Fels in der Brandung.

„Ich hoffe, es geht schnell", murmelte ich, schnappte mir meinen Bademantel und zog ihn so fest es ging um mich. Dann schlüpfte ich mit nackten Füßen in meine Turnschuhe und folgte dem Waschbären nach draußen in die sternenklare Nacht.

Hier und da brannte in den Fahrzeugen noch Licht, doch davon abgesehen lag der Campingplatz in völliger Dunkelheit. Zum Glück hatte ich es mir längst zur Gewohnheit gemacht, nie ohne Handy aus dem Haus zu gehen. So konnte ich mithilfe der Taschenlampen-App zumindest erkennen, wo ich hintrat.

„Wo willst du hin?", rief ich Pringle hinterher, der eilig vorausshoppelte.

„Wir sind bald da", gab er zurück und beschleunigte sein Tempo.

Trotz mehrfacher Nachfragen erhielt ich keine Erklärung, und so setzten wir unsere Nachtwanderung schweigend fort, bis wir nach einer Weile eine große Lichtung am Wald erreichten, wo ein halbes Dutzend Picknicktische stand.

„Es ist okay. Du kannst jetzt rauskommen!", rief Pringle in die Nacht hinein.

Ich leuchtete mit meinem Handy in Richtung der Bäume

und erkannte den Schemen eines imposanten Grizzlybären, der sich auf uns zu bewegte.

Oje! Der Mord an Junetta hatte mich so sehr beschäftigt, dass mir die arme Gloria und ihre Bitte um Hilfe komplett durchgegangen war. Ich holte tief Luft, um mich gleich bei ihr zu entschuldigen, doch in diesem Augenblick ertönte ein lauter Schuss, und eine Kugel schlug einige Meter neben Gloria in einen dicken Baumstamm ein.

Ich fuhr mit meiner Lampe herum und erblickte einen Mann, wahrscheinlich um die sechzig, der eine rauchendes Jagdflinte in der Hand hielt. „Zurück!", schrie er. „Da vorne läuft ein Grizzly frei herum! Der ist gefährlich!"

„Keine Sorge, es ist alles in Ordnung!", rief ich und hob die Arme über den Kopf, um ihm zu zeigen, dass von mir keine Bedrohung ausging. „Diese Bärin ist nicht gefährlich. Sie läuft hier frei herum, weil es ihr Zuhause ist."

Im Stillen betete ich, dass Gloria und Pringle sich ein sicheres Versteck suchen würden, während ich versuchen würde, diesen bewaffneten Wahnsinnigen, der mir nun immer mehr auf die Pelle rückte, zur Vernunft zu bringen.

„Warum tragen Sie eine Waffe? Dies ist ein geschützter Naturpark", stellte ich ihn mit forscher Stimme zur Rede.

„Zur Sicherheit und vielleicht aus Rache", knurrte er zurück. „Wer sind Sie?"

Oh-oh. Das gefiel mir überhaupt nicht. Dennoch gab ich mein Bestes, ruhig zu bleiben. „Mein Name ist Angie. Mein Freund und ich verbringen das Wochenende hier auf dem

Campingplatz. Wir sind heute erst angekommen. Und wer sind Sie?“

„Carl. Ich bin sofort hergekommen, als ich von Junettas Tod erfuhr. Ich habe sie geliebt, wissen Sie? Und wer auch immer sie getötet hat, wird dafür büßen.“

Carl musste der Ex-Mann sein, den Sharon erwähnt hatte, der Verrückte, der weiterhin von Zeit zu Zeit auftauchte, um sie zurückzugewinnen.

„Okay, Carl.“ Ich hielt inne und fuhr mir mit der Zunge über die Lippen, die sich plötzlich sehr trocken anfühlten. „Auch ich will Gerechtigkeit für Junetta“, fuhr ich fort. „Ich bin diejenige, die ihre Leiche entdeckt hat.“

Ich rechnete damit, dass er mich jetzt anbrüllen und nach Antworten verlangen oder mich gar bedrohen würde, aber stattdessen stieß er einen erstickten Schrei aus und sank auf die Knie.

Dabei ließ er die Waffe fallen, die neben seinen Füßen aufschlug, glücklicherweise aber nicht losging. Ich schnappte sie mir und sah betreten zu, wie er sich die Seele aus dem Leib heulte. Tausend Fragen schwirrten mir durch den Kopf. Zum Beispiel, warum Pringle mich hierhergebracht und was Gloria damit zu tun hatte. An einer Sache hatte ich jedoch keinen Zweifel: Der bitterlich schluchzende Mann vor mir konnte unmöglich der Täter sein. Er war über den Tod seiner Ex ganz offensichtlich total erschüttert.

Als Carls Schluchzen verebbte, hörte ich das Wispern von Pringle und Gloria, das aus dem nahen Wald drang.

„Der Kerl hat den explodierenden Blitz mitgebracht“, flüsterte Gloria verzweifelt. „Er hat versucht, ihn auf mich zu richten. Wenn ich sterbe, werden meine Jungen es nicht allein schaffen. Bitte, Pringle, du musst uns helfen. Es ist so gefährlich hier, aber wo sollen wir denn sonst hin?“

„Entspann dich, Lady“, sagte der Waschbär mit dem für ihn typischen Mangel an Einfühlungsvermögen. „Ich und meine menschliche Gehilfin haben alles im Griff, wir stehen kurz davor, das Ding zu knacken. Dir und den Kleinen wird nichts passieren. Waschbär-Ehrenwort.“

Ich schaute zu Carl hinüber, um festzustellen, ob er von den Tierlauten etwas mitbekommen hatte, aber er war so in seine Trauer vertieft, dass er selbst mich nicht mehr richtig wahrzunehmen schien.

Also wagte ich mich in den Wald vor, mit dem Gewehr fest im Arm. Leise schlich ich zwischen den Bäumen hindurch. Das Handylicht hatte ich ausgeschaltet, sodass ich mich auf meine anderen Sinne verlassen musste, um mich zu orientieren.

„Pringle? Gloria?“, flüsterte ich und wäre beinahe über einen herumliegenden Ast gestolpert.

„Hier drüben“, antwortete er in unmittelbarer Nähe.

„Ich kann nichts sehen“, raunte ich zurück. „Kannst du zu mir kommen?“

„Ich bin hier“, näselte Pringle, den ich ein paar Meter von mir entfernt als kleine, dunkle Gestalt ausmachen konnte. „Aber die Bärin ist zurück zu ihren Kleinen gelaufen.“

„Was ist hier los? Sagtest du nicht, du hättest den Mord aufgeklärt?"

Er gab ein Schnauben von sich. „Tja also, ich dachte, ich hätte den Fall gelöst, aber jetzt habe ich so ein blödes Gefühl, dass irgendetwas an meiner Theorie nicht stimmt."

„Und wie sah deine Theorie aus?", hakte ich nach.

„Als wir Gloria zum ersten Mal trafen, erzählte sie uns doch, dass der Vater ihrer Jungen versucht habe, ihre Babys zu töten, und dass sie deswegen geflüchtet sei. Da dachte ich mir, dass ein Kerl, der seine eigenen Kinder tötet, bestimmt auch dazu fähig wäre, einen Menschen umzubringen", sagte er. Es war zu dunkel, um Pringles Mimik und Gestik zu erkennen, aber wahrscheinlich machte er gerade ausladende Bewegungen, um die Brillanz seiner Vermutung zu unterstreichen. Ich für meinen Teil hielt sie für vollkommen abwegig.

„Aber das macht doch keinen Sinn", seufzte ich.

„Natürlich macht das Sinn", entgegnete er gekränkt.

Ich fand es zwar toll, dass er helfen wollte, aber immerhin wären wir eben beinahe erschossen worden, oder zumindest einer von uns. Offenbar war ihm der Ernst der Situation überhaupt nicht bewusst.

„Junetta ist an einem vergifteten Kuchen gestorben", erinnerte ich ihn mit einem Seufzer. „Kennst du irgendwelche Bären, die backen können?"

„Hey, ich könnte backen, wenn ich wollte."

„Mag sein, aber hast du es schon mal versucht? Und

außerdem lebst du nicht hier in diesem Park. Warum wolltest du mich eigentlich unbedingt hierherführen?“

„Ich wollte es dir und Gloria gleichzeitig sagen. Ich dachte, ich könnte auf diese Weise meinen zweiten Lachs bekommen und gleichzeitig Partner in der Detektei werden.“ Er klang jetzt sehr betreten, weshalb ich mir den Kommentar verkniff, der mir auf der Zunge lag, nämlich, dass er es sich abschminken konnte, in naher Zukunft in Octocats und meine Firma einzusteigen.

„Du hast Gloria also gesagt, sie soll uns hier treffen?“, erkundigte ich mich.

„Ja. Ja, das habe ich. Ich musste dich nur erst holen.“

Jetzt, wo ich den Schock über die Begegnung mit Carl halbwegs überwunden hatte, wurde mir etwas Wichtiges klar. „Ich habe mitbekommen, wie ihr beide über explodierende Blitze gesprochen habt. Gloria meinte damit überhaupt keine Feuerwerkskörper, wie ich bislang angenommen hatte, sondern Schusswaffen. Es scheint hier in der Gegend illegale Jäger zu geben. Vielleicht hatte Junetta das ja herausgefunden und wollte der Wilderei ein Ende setzen. Und ich vermute, dass das irgendjemanden nicht gepasst hat.“

„Ja, das klingt irgendwie einleuchtend“, stimmte Pringle zu.

Plötzlich hatte ich das Gefühl, dass wir der Lösung des Rätsels auf der Spur waren. Wir könnten es immer noch schaffen!

„Pringle, ich brauche jetzt mal deine Spürnase“, sagte ich

und hoffte, dass ich es später nicht bereuen würde. „Meinst du, du könntest mir helfen, diesen Fall zu lösen?“

Er baute sich vor mir auf, gab ein merkwürdiges Brummen von sich und ließ die Muskeln an seinen Ärmchen spielen, dann rief er: „Aber klaro, los geht's, Honey!“

18

Als ich zum Picknickplatz zurückkam, war Carl nicht mehr da. *Verflixt noch mal.* Ich hatte ihm noch ein paar Fragen stellen wollen, was ich nun wohl oder übel vertagen musste.

Pringle hatte sich auf den Weg Gloria gemacht, um ihr unseren Plan zu erklären und ihr zu versprechen, dass wir etwas gegen die Wilderei unternehmen würden, sobald wir einen eindeutigen Hinweis gefunden hatten. Sehr zu seinem Leidwesen bestand ich darauf, dass wir dafür keine weitere Gegenleistung verlangen würden, weil ich es als Selbstverständlichkeit empfand, den Tieren des Parks zu helfen.

Während er sich darum kümmerte, setzte ich mich an einen der Picknicktische, legte das Gewehr darauf ab, und rief Charles an, um ihm zu berichten, was passiert war und was wir als Nächstes vorhatten.

Glücklicherweise mochte Pringle Waffen – auch wenn sich seine Erfahrung damit auf seine Spielzeug-Nerf-Guns beschränkte. Trotzdem war er begeistert von dem Plan, den ich mir überlegt hatte, und wollte sofort loslegen. Und wenn ich in meiner Zeit als Tierflüsterin etwas über die Arbeit mit Tieren gelernt hatte, dann, dass man die besten Ergebnisse immer dann erzielte, wenn man sie dazu brachte, ihr natürliches Verhalten auszuleben. Und der Waschbär liebte es einfach, herumzuspionieren und Geheimnissen auf die Spur zu kommen. Das beste Beispiel dafür war sein Ausflug in das Nachbarwohnmobil, den er am Nachmittag heimlich unternommen hatte, als er sich unbeobachtet fühlte. Und das hatte mich nun auf eine zündende Idee gebracht.

Als ich ihn fragte, ob er Lust habe, damit weiterzumachen, war er Feuer und Flamme. Seine Aufgabe bestand darin, in alle auf dem Gelände geparkten Reisemobile einzusteigen und nach Gewehren oder anderen Jagdutensilien Ausschau zu halten. Sobald wir herausgefunden hätten, wer alles an den illegalen Machenschaften mutmaßlich beteiligt war, ließe sich die Liste der Verdächtigen eingrenzen.

Zuerst musste er jedoch Junettas Wohnwagen einen kurzen Besuch abstatten und das Terminbuch finden, das Charles der Polizei gegenüber erwähnt hatte. Sie hatte darin unsere Namen und Aufenthaltsdauer notiert, was sie daher wahrscheinlich auch bei allen anderen Campern so gehandhabt hatte.

Pringle erledigte diese erste Aufgabe mit Bravour. Schon

nach kurzer Zeit kehrte er mit dem Terminbuch zu unserem Womo zurück und reichte es Charles und mir, wobei er sogar darauf achtete, dass er es für uns auf die richtige Seite blätterte, damit wir nicht unsere Fingerabdrücke darauf hinterließen.

„Charles", sagte ich, nachdem ich es einige Minuten lang studiert hatte. „Weißt du noch, wie die Frau hieß, die mich beschuldigt hat, Junetta getötet zu haben?"

Er dachte einen Moment lang nach. „Sie hat uns ihren Namen nicht gesagt, aber die Polizeibeamten nannten sie Miss Stevens."

Ich nickte, weil ich mich jetzt auch wieder daran erinnerte. „Sie steht nicht hier drin", sagte ich und kaute auf der Unterlippe.

Charles las sich jede Zeile durch und murmelte dabei vor sich hin. „Du hast recht. Was schließt du daraus?"

„Octocat", rief ich. „Komm her. Wir brauchen mal kurz deine Hilfe."

Er stöhnte, stand aber auf und hüpfte auf den Tisch. „Was kann ich für Sie tun, Eure Majestät?"

„Kannst du mal für uns umblättern?", bat ich ihn, ohne auf seine spöttische Anrede einzugehen. „Eine Seite zurück bitte."

„Clever", sagte Charles und stupste mich sanft mit der Faust gegen die Schulter. „Keine Fingerabdrücke."

Octocat hatte zwar Mühe, das mit seinen tapsigen Pfoten zu bewerkstelligen, schaffte es aber schließlich. Ich ging alle

Buchungen durch, fand jedoch immer noch keinen Hinweis auf Miss Stevens.

„Eine weiter zurück, bitte“, bat ich meinen Kater.

Wir mussten das noch dreimal wiederholen, bis wir endlich einen Eintrag für eine Miss Sara Stevens fanden. Dieser lag lange zurück und war zudem in einer anderen Handschrift geschrieben. Ob Junetta zu dem Zeitpunkt noch gar nicht hier gewesen war? Sehr merkwürdig.

Charles zückte sein Handy und öffnete die Notizen-App. „Ich erstelle eine Liste“, sagte er, während er eifrig zu tippen begann. „Ich schreibe mir alle Stellplatznummern und das Datum des letzten Check-ins auf.“

Währenddessen notierte ich mir alle Namen, die mehrfach auftauchten, um die regelmäßigen Besucher des Platzes zu identifizieren, beispielsweise Leute wie Sharon.

Octocat half uns, die Seiten umzublättern, allerdings mussten wir ihm dafür mehrere Dosen Thunfisch, Hummerbrötchen und Garnelenspieße in Aussicht stellen.

Als Pringle zurückkehrte, wirkte er völlig erschöpft. Ich schenkte ihm eine Schale Wasser ein und nahm mir vor, zu warten, bis er sich ein wenig erholt hatte.

„Und?“, fragte ich nach einer Weile gespannt, da er keine Anstalten machte, uns mitzuteilen, was er herausgefunden hatte.

„Zweiundzwanzig Wohnmobile“, japste er und holte tief und dramatisch Luft, obwohl ich ihm wirklich eine lange Verschnaufpause gegönnt hatte. „In siebzehn konnte ich mich hineinschleichen. In vieren davon befanden sich Gewehre und in zweien Handfeuerwaffen."

„Weißt du noch, in welchen?", fragte ich, nachdem ich diese Information an Charles weitergegeben hatte.

„Ob ich das noch weiß?", keifte er. „Natürlich weiß ich das!"

„Dann zeig sie mir."

Der Waschbär wuselte los und berichtete mir, was er in den einzelnen Fahrzeugen gefunden hatte und welche er nicht öffnen konnte. Ich kam kaum hinterher und feuerte zig Textnachrichten an Charles ab, damit er die neuen Infos über die Waffenbesitzer mit seiner Buchungsliste vergleichen konnte.

Als Pringle sich dem Ende der Reihe näherte, deutete ich auf den silber-türkisen Airstream von Sara Stevens. „Was ist mit dem hier? War da eine Waffe drin?"

„Das nicht, aber jede Menge Munition. Ich habe auch Wanderkarten gefunden, auf denen die Wege rot markiert waren", teilte er mir mit. Ohne es zu wissen, hatte er uns damit wahrscheinlich einen entscheidenden Hinweis geliefert.

In diesem Moment flog die Tür des Caravans auf, und Sara Stevens trat in einem Bademantel heraus, der dem meinen nicht unähnlich war. „Was machst du hier?", schrie sie und zeigte erst auf mich und dann auf Pringle. „Und was ist das für ein Vieh?"

Daraufhin öffnete sich die Tür eines anderen Reisemobils,

und ein Mann und eine Frau in identischen Flanell-Schlafanzügen stiegen aus.

„Lauf und hol Charles“, murmelte ich Pringle an meiner Seite zu.

Er salutierte, dann huschte er davon.

„Hat es dir die Sprache verschlagen?“, kreischte sie, und ich konnte die Zornesröte in ihrem Gesicht erahnen. „Gut, dann rufe ich jetzt die Bullen. Ich bin mir sicher, sie werden begeistert sein, wieder rauszukommen, nachdem sie den halben Tag hier verbringen mussten.“ Sie zog ihr Telefon hervor.

„Das reicht, Sara“, mischte sich plötzlich eine Männerstimme direkt hinter mir ein. „Das hier ist ein öffentlicher Campingplatz, nicht dein Privatgrundstück.“

Sara stellte sich auf die Zehenspitzen, um zu sehen, wer da mit ihr sprach, schaffte es jedoch nicht, da ich ihr die Sicht versperrte.

„Bist du das, Carl?“, rief sie. „Lass dich von ihrem hübschen Gesicht nicht täuschen. Diese Frau hat Junetta ermordet, kaltblütig ermordet!“

Oh, sie fand mich also hübsch. Na, vielen Dank für die Blumen. Nicht dass ich sie deshalb weniger verachtete.

Sara schien eine Nummer zu wählen und brüllte Sekunden später in ihr Handy: „Hallo, hören Sie, die gesuchte Mörderin schleicht hier vor meinem Wohnwagen herum. Kommen Sie schnell und verhaften Sie sie.“

„Komisch, soweit ich weiß, ist Angie heute erst hier angekommen“, meldete sich Carl erneut zu Wort.

Sara beendete das Gespräch mit einem Schnauben und steckte ihr Telefon zurück in die Tasche ihres Bademantels. „Ja, und eine Stunde später war Junetta tot. Das kann ja wohl kein Zufall gewesen sein.“

„Ich habe sie nicht umgebracht“, beteuerte ich zum gefühlt hundertsten Mal. Diesmal richtete sich mein Unschuldsbekenntnis vor allem an die anderen Camper, die inzwischen herausgekommen waren, weil sie dieses Spektakel anscheinend nicht verpassen wollten. „Jemand hat sie mit einem Kuchen vergiftet, und ich habe keine Ahnung vom Backen.“

Ein Keuchen ertönte auf der anderen Seite des Weges. „Mit meinem Kuchen?“, rief Sharon entsetzt und kam zu uns herangestapft. „Ich backe mit Liebe, und nur mit Liebe, das ist meine geheime Zutat. Aber doch kein Gift. Niemals!“

Hinter Sharon entdeckte ich Charles, der sich eiligen Schrittes näherte. Das gab mir den nötigen Mut, meine Theorie vor aller Augen klarzulegen.

„Der Kuchen war nicht vergiftet, als du ihn ihr gebracht hast“, sagte ich mit fester Stimme zu Sharon und heftete meinen Blick dann auf Sara Stevens. „Jemand hat nachträglich etwas hineingegeben, eine Person, die schon seit längerer Zeit hier ist und genau wusste, dass Junettas Tür immer allen offenstand.“

Ich hielt inne, um die Reaktion der anderen abzuschätzen,

aber alle starrten mich bloß wie gebannt an, ohne einen Ton von sich zu geben. Charles hatte sich neben mich gestellt, und ich war dankbar für seine stille Unterstützung.

Und so fuhr ich fort: „Die arme Frau wurde kaltblütig ermordet. Und zwar, weil sie dieser Person im Weg stand. Soviel ich weiß, hatte Junetta noch nicht viel Erfahrung als Campingplatzleiterin und Parkaufsicht, aber sie bemühte sich, alles im Blick zu behalten. Und vor Kurzem hatte sie von einem illegalen Jagdring Wind bekommen, der heimlich direkt von hier aus operierte. Sie nahm sich vor, dem ein Ende zu setzen und dafür zu sorgen, dass die Täter zur Rechenschaft gezogen werden. Aber man brachte sie zum Schweigen, bevor sie etwas sagen konnte."

„Sie wusste es", jammerte Carl mit brüchiger Stimme und ließ den Kopf hängen. „Die ganze Zeit über wusste sie es. Oh! Das ist alles meine Schuld!"

„Du gibst es also zu!", rief Sara und zeigte auf ihn. „Dreckiger Abschaum, kein Wunder, dass Junetta dich verlassen hat."

„Nein, nein, das war ich nicht. Ich hätte sie niemals ..." Er führte den Satz nicht zu Ende, da er auf einmal ins Schwanken geriet und rückwärts stolperte.

Sara nutzte seinen schwachen Moment aus und stürzte sich auf ihn. „Du hast sie getötet, jetzt ist mir das völlig klar. Du konntest sie nicht haben, also hast du dafür gesorgt, dass auch niemand sie haben durfte."

„Als Junetta herausfand, dass ich regelmäßig hierherkam,

um illegal auf die Jagd zu gehen, war sie sehr verärgert. Das war der Anfang vom Ende für uns."

„Du warst oft hier, um zu jagen?", fragte ich, obwohl ich seine Antwort bereits erahnte.

Carl sah zu mir auf. „Ja, ich war in den letzten Jahren oft hier. Die Tiere in diesem Park sind das nicht so gewohnt, sie rechnen nicht damit und sind deshalb leichte Beute. Manchmal nahm ich Junetta mit auf meine Trips hierher, aber dann habe ich mich nachts, wenn sie schlief, rausgeschlichen und ihr nie gesagt, was ich da draußen tat. Ich glaube, deshalb hat sie sich nach der Scheidung auch entschieden, diesen Job anzunehmen. Sie dachte wohl, nur ich würde hier wildern. Sie wusste nicht, dass es noch mehr von uns gab, und auch nicht, wer dafür gesorgt hatte, dass die örtliche Polizei nichts davon mitbekam."

„Wer war dafür verantwortlich, Carl?", fragte ich. „Wer hat das alles eingefädelt?"

Er ignorierte mich. „Sie war deine Freundin!", schrie er stattdessen Sara an. „Warum hast du das getan?"

Die Beschuldigte trat einen großen Schritt zurück. „Ich … ich weiß nicht, wovon du redest."

„Es ist leicht, anderen die Schuld zu geben, wenn man selbst etwas zu verbergen hat", sagte ich und ging auf die mutmaßliche Killerin zu, die sich wie ein in die Enge getriebenes Tier an ihren Wohnwagen drückte.

„Du kannst mir nichts beweisen", fauchte sie mich an.

„Oh, aber ich", mischte sich Carl ein, holte sein Handy

heraus und wedelte damit herum. „Ich habe über jede Jagd Buch geführt, mit Namen und allem. Du stehst da überall mit drin. Es dürfte nicht schwierig sein, dir das zu beweisen, vor allem, weil ich dich letztens in dem Laden gesehen habe, wo ich immer meine Munition besorge. Als ich hörte, dass Junetta vergiftet wurde, habe ich meinen Bekannten angerufen, der dort arbeitet, und der hat mir bestätigt, dass du an dem Tag ein Unkrautvernichtungsmittel gekauft hast – eines, dass für Menschen hochgiftig ist."

„Verpiss dich! Das ist mein Zuhause, und du hast hier nichts verloren!", kreischte Sara, die nun völlig durchdrehte.

„Du kommst in den Knast. Und ich hoffe für Junetta, dass du darin verrottest", zischte Carl.

Indessen waren immer mehr Camper, die das Geschrei gehört hatten, zusammengelaufen, um zu sehen, was sich vor ihrer Tür abspielte. Kurze Zeit später traf die Polizei ein, die die hysterische Mörderin ja selbst gerufen hatte – so etwas erlebten die Beamten sicher auch nicht alle Tage.

19

Als die Polizei mit der Täterin abgerückt war, gingen Charles und ich zurück zu unserem Womo. Pringle und Octocat hatten sich irgendwohin verzogen, sodass wir nun endlich ein wenig relaxen konnten. Danach hatte ich mich schon die ganze Zeit gesehnt.

Am nächsten Morgen schliefen wir lange aus und aßen uns dann im Bett durch einen riesigen Stapel unordentlich gebratener Pancakes mit Ahornsirup. Was für ein unvergleichliches Glücksgefühl!

„Wenn wir einfach im Bett bleiben, kann niemand unseren Entspannungsmodus stören“, überlegte ich, und Charles nickte begeistert.

„Ich habe immer noch ein schlechtes Gewissen, weil ich dich den ganzen Weg hierhergeschleppt habe, nur für das schlimmste Wochenende aller Zeiten“, sagte er mit betrübter Miene und zog die Stirn in Falten.

Ich schob das letzte Stück Pfannkuchen an den Rand meines Tellers, um es mir mitsamt dem restlichen Sirup in den Mund rutschen zu lassen, und seufzte ob dieses himmlischen Vergnügens. „Das war ein ziemlich mieser Freitag“, stimmte ich ihm zu, „aber aus dem Wochenende könnte noch was werden.“

Octocat, der eingerollt am Fußende lag, hob den Kopf und meinte: „Das Leben mit Angela ist oft nervig, aber nie langweilig.“

Ich beschloss, das für Charles nicht zu übersetzen.

„Hey, sollen wir nachher den Lachs grillen?“, fragte mein Freund lachend.

„Machst du Witze? Der liegt doch seit gestern draußen. Das Ding ist wahrscheinlich schon von Maden zerfressen.“

„Um den Lachs habe ich mich bereits gekümmert“, verkündete Pringle, der mit einer Pfote am Türrahmen lehnte. „Tut mir leid. Ich weiß, eigentlich solltest du ihn haben, weil ich euer Picknick ruiniert habe und mich dafür entschuldigen wollte, aber … Ich war einfach so hungrig nach dieser ganzen Spionageaktion, um die du mich gebeten hast. Du weißt ja, wie das ist.“

Ich nickte und stellte meinen blankgeleckten Teller neben mir auf dem Bett ab. „Das ist schon in Ordnung. Wir hätten ihn sowieso nicht gegessen.“

Pringle senkte den Blick, griff nach seiner bauschigen

Schwanzspitze und begann, diese nervös durchzukämmen. „Na gut, aber ich habe immer noch ... ich weiß nicht ... so ein blödes Gefühl im Bauch. Es ist seltsam."

„Dieses Gefühl nennt sich schlechtes Gewissen", erwiderte ich mit einem schiefen Grinsen. „Du hast Bauchweh, weil du uns das Picknick verdorben hast, aber es ist jetzt gut, ja? Ich bin dir nicht mehr böse."

„Wenn du mir nicht mehr böse bist, warum habe ich das dann immer noch? Wie kann ich es abstellen?" Er verzog das Gesicht und fing an, seinen Schwanz zu drehen, wie ich es manchmal mit einer Haarsträhne tat.

„Wirklich, es ist ..."

„Oh, ich hab's!", rief er plötzlich, drehte sich um und rannte los. Als er zurückkam, sprang er auf das Bett und kletterte auf meinen Schoß. Mit seiner kleinen, schwarzen Faust hielt er etwas fest umschlossen, aber ich konnte nicht erkennen, was es war.

„Ich habe dieses blödes Gefühl schon seit einiger Zeit, und ich glaube, es hat angefangen, nachdem Chucky und ich den Möwen geholfen haben", sagte er und zeigte mit der freien Hand auf Charles.

Ich war definitiv nicht damit einverstanden, dass Pringle meinen Freund nach jener dämonischen Mörderpuppe benannte, aber da er uns anscheinend gerade sein Herz ausschütten wollte, ließ ich es durchgehen.

Stattdessen fragte ich: „Was war denn mit den Möwen?"

„Also, das lief eigentlich alles super. Aber Charles hat

genauso geholfen, diesen Fall aufzuklären wie ich, und als wir die Bezahlung für unsere Unterstützung von den Möwen erhielten, habe ich nicht mit ihm geteilt. Ich dachte erst, das wäre nur gerecht so, doch es fühlt sich einfach nicht gut an – ich hasse es. Deswegen …" Er öffnete seine Finger und enthüllte einen Ring mit einem funkelnden Diamantsolitär.

Ich schnappte völlig überrumpelt nach Luft. „Was? Woher hast du den denn?"

„Die Möwen haben ihn uns geschenkt, weißt du nicht mehr? Ich nehme ihn überall mit hin, denn er ist einer meiner größten Schätze."

„Du hast ihn also mit ins Wohnmobil genommen? Wo hattest du ihn versteckt?" Suchend blickte ich mich um, jedoch gab es unzählige Möglichkeiten in den vielen Fächern, und überhaupt war unser Gefährt ziemlich vollgestopft.

„Ich verrate dir doch nicht meine besten Geheimverstecke! Vergiss es. Das würde mir erst recht Bauchweh bereiten." Er versuchte, ein breites Lächeln aufzusetzen, was seltsam aussah, da er mir dabei seine vielen scharfen Zähnchen zeigte. „Also verzeihst du mir?"

„Natürlich verzeihe ich dir, Pringle." Ich streckte die Hand aus und streichelte ihm über den Kopf. Zwar mochte er es nicht, von Menschen angefasst zu werden, schließlich war er kein Haustier, aber ich fühlte mich ihm in diesem Moment irgendwie besonders nahe.

Er zuckte bei meiner Berührung zusammen, dann richtete

er sich auf und drückte mir den Ring in die Hand. „Hier, nimm ihn. Mach damit, was du willst."

„Ich habe das Gefühl, dass hier gleich etwas eklig Kitschiges passieren wird", brummte Octocat daraufhin und sprang vom Bett. „Wenn ihr mich füttern wollt, ich bin draußen."

Pringle folgte ihm und ließ meinen Freund und mich allein zurück. Wir starrten beide auf den Ring und sagten kein Wort. Urplötzlich lag eine unerträgliche Spannung zwischen uns in der Luft.

Als ich die peinliche Stille nicht mehr ertragen konnte, kicherte ich und scherzte: „Also, heiraten wir jetzt, oder was?"

Doch Charles blieb ernst. Er lächelte nicht einmal. Stattdessen räusperte er sich und stand vom Bett auf.

„Nein, nein, komm zurück. Es tut mir leid!", rief ich ihm bestürzt hinterher. Ich und mein loses Mundwerk. *Wie dumm von mir.*

Er kramte in seinem Gepäck herum, kletterte dann wieder neben mich unter die Decke und streckte mir beide Hände zu Fäusten geballt entgegen. „Such dir eine aus", sagte er.

Ich tippte auf seine rechte Faust, die er langsam öffnete. Zum Vorschein kam eine kleine, dunkle Satinschachtel.

Mein Atem stockte, als ich von dem Ring in meiner Hand auf die Schachtel in seiner blickte. „Charles, ich …"

„Mach sie auf", sagte er mit einem sanften Lächeln und starrte mich so intensiv an, dass er nicht einmal blinzelte … zumindest kam es mir so vor.

Behutsam hob ich den Deckel an und erblickte einen Ring mit einem Diamanten im Prinzess-Schliff, der von kleinen, dicht aneinandergereihten Amethysten umgeben war.

„Ich wollte dich dieses Wochenende fragen. Eigentlich schon bei unserem Picknick, aber dann …“ Er seufzte und sah mich mit großen Augen an. „Du kennst ja die Geschichte.“

„Fragst du mich hier gerade wirklich, ob …?“

„Ob du mich heiraten willst? Ja.“ Er richtete sich auf und nahm meine beiden Hände in seine. „So hatte ich es zwar nicht geplant, aber ich liebe dich, Angie Russo, und ich werde dich immer lieben, in guten wie in schlechten Zeiten. Egal, was passiert. Liebst du mich ebenso?“

„Ja, das tue ich“, hauchte ich, als er den Ring aus der Schachtel nahm und ihn mir an den Finger steckte. „Und ja, ich will dich heiraten.“

Ich wackelte mit den Fingern und freute mich wie eine Schneekönigin. Es fühlte sich wunderbar an, dieses zauberhafte, funkelnde Schmuckstück zu tragen. Dann griff ich nach Charles’ Hand und streifte ihm den Ring, den Pringle von den Möwen bekommen hatte, über den kleinen Finger.

„Passt perfekt“, sagte ich. „Genau wie wir.“

„Genau wie wir“, stimmte er zu.

Wir küssten uns zum ersten Mal als verlobtes Paar, dann lehnte ich mich zurück und fragte: „Was hättest du getan, wenn ich die andere Hand gewählt hätte?“

Er musterte mich mit blitzenden Augen und einem

verschmitzten Grinsen auf den Lippen. „Hmm, das werden wir wohl nie erfahren“, flachste er und küsste mich erneut.

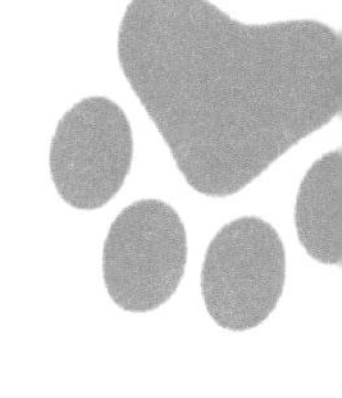

20

Als wir am Sonntagabend wieder zu Hause eintrudelten, stand meine ganze Familie auf der Veranda, um uns zu empfangen.

„Herzlichen Glückwunsch, Mr. und Mrs. Longfellow!“, rief Grandma und ließ einen Sektkorken knallen.

„Ich habe einen neuen Papa!“, bellte ihre Chihuahua-Hündin Paisley fröhlich.

Meine Mutter und mein Vater eilten die Treppe hinunter und umarmten und gratulierten uns überschwänglich.

Octocat hüpfte aus dem Wohnmobil und stöhnte. „Jetzt verratet mir bitte mal, warum ihr dachtet, es sei eine gute Idee, eine Katze auf einen Campingausflug mitzunehmen?“

„Das war doch nicht *unsere* Idee“, murmelte ich und verdrehte die Augen. Bei meinem Glück würde er mir das wahrscheinlich noch monatelang aufs Brot schmieren – dabei war es nun wirklich nicht meine Schuld gewesen.

„Ich habe dich vermisst, Octavius!“, quietschte Paisley und gab ihm einige Küsschen.

„Geh weg, du verrücktes Huhn“, schimpfte er.

Daraufhin drückte sie ihn zu Boden und leckte ihm sorgfältig die Ohrmuscheln sauber.

„Okay, okay. Du hast mir auch gefehlt, du kleine Schlawinerin“, brummte mein Kater und hörte sogar auf, sich gegen Paisleys Kussattacken zu wehren.

Während alle amüsiert die Begrüßungszeremonie der beiden Vierbeiner verfolgten, verließ der Waschbär das Wohnmobil auf demselben Weg, auf dem er es ursprünglich betreten hatte, nämlich durch den oberen Lüftungsschacht des Badezimmers. „Wenn mich jemand braucht, ich bin in meinem Baumhaus und werde mit dem dritten Durchlauf aller Staffeln von *Survivor* beginnen. Ich brauche jetzt ganz dringend eine große Dosis Reality-TV.“

Ich wandte mich von meinen Eltern ab und rief ihm hinterher. „Pringle, warte. Komm mit uns rein und iss mit uns. Ich bin sicher, Grandma hat etwas Leckeres vorbereitet.“

Meine Großmutter strahlte uns an. „Aber sicher doch. Es gibt gebratenen Lachs und Risotto.“

Bei der Vorstellung von Lachs drehte sich mir der Magen um, aber ich bemühte mich, es mir nicht anmerken zu lassen, und lächelte sie an.

„Klingt köstlich.“ Charles verschränkte seine Finger mit

meinen, hob unsere Hände an seinen Mund und drückte einen Kuss darauf.

„Ich habe schon alles vorbereitet. Geht einfach rein." Grandma lotste uns ins Haus. „Ich habe sogar das gute Porzellan herausgeholt. Es kommt ja nicht alle Tage vor, dass sich meine Lieblingsenkelin verlobt."

„Das ist doch schon wieder kalter Kaffee", merkte ich lachend an. „Wir haben uns gestern verlobt."

„Ach du, sei still!", erwiderte sie, lachte dann aber herzlich mit.

Pringle huschte nach uns hinein und kletterte auf den Tisch.

„He, wo sind denn deine guten Manieren?", ermahnte ihn Grandma und warf ihm einen strengen Blick zu.

Er zögerte, kletterte dann aber brav auf einen der Stühle. Wie er da so saß, konnte er kaum über die Tischkante gucken, und ich dachte, was er doch für ein süßer Kerl sein konnte.

„Komm, ich hole dir ein Kissen", sagte ich und ging zum Dielenschrank, in dem Grandma allerlei Kram aufbewahrte. Bestimmt fand sich darin auch eine Sitzerhöhung für den Waschbären.

In dem Moment vernahm ich ein leises Klopfen an der Haustür, das mich neugierig machte. Ich öffnete und erblickte Bravo und Möwina nebeneinander auf der Veranda stehen. „Hallo, schön euch zu sehen! Gibt's was Neues?"

„Angie, Angie", krächzte der junge Vogel. „Wir haben sie gefunden!"

Ich traute mich kaum nachzufragen, obwohl ich im Grunde schon wusste, was jetzt kommen würde. „Wen habt ihr gefunden?“

„Deine verschollene Großmutter“, bestätigte Bravo mir, was ich kaum zu hoffen gewagt hatte. „Sie hat den Staat nicht verlassen. Sie ist nur umgezogen und lebt jetzt irgendwo in der Mitte von Maine.“

„Etwa in der Nähe von Mount Katahdin?“, fragte ich baff.

„Ja genau“, krächzte Bravo.

„Woher weißt du das?“, erkundigte Möwina sich mit zur Seite geneigtem Kopf.

Ich stieß einen müden Seufzer aus. „Keine Ahnung, in letzter Zeit steht bei mir irgendwie alles Kopf, und das war jetzt noch das Tüpfelchen auf dem i.“

„Wir können dich sofort zu ihr bringen. Bist du bereit?“, fragte die ältere Möwe.

„Das wäre fantastisch, aber heute Abend bin ich schon verplant. Wir veranstalten eine kleine Party, und es gibt gleich Essen. Könnt ihr morgen wiederkommen?“

Die beiden Vögel waren einverstanden, und nachdem wir uns verabschiedet hatten, ging ich zurück zu meiner Familie ins Esszimmer. Von der großen Neuigkeit, die mir die Möwen überbracht hatten, würde ich ihnen vorerst nichts erzählen.

Morgen war auch noch ein Tag. Heute Abend würden wir feiern – und morgen wieder durchstarten, um ein neues, großes Rätsel zu lösen.

DIE PERFIDE PERSERKATZE

Endlich konnten wir meine lang verschollene Großmutter ausfindig machen und nun will ich keinen Tag länger warten, um sie persönlich kennenzulernen. Leider erweist sich dieses Vorhaben als ziemlich schwierig.

Also beschließen Charles und ich, uns direkt vor Ort dieses Problems anzunehmen und ein skurriles und gleichzeitig idyllisch an einem See gelegenes B&B zu buchen, das uns als Hauptquartier für unsere Suche dient.

Da jedoch bei uns grundsätzlich nichts nach Plan läuft, stolpern wir über ein Hindernis nach dem anderen. Und nicht einmal eine erholsame Nachtruhe ist uns vergönnt ... immer wieder verschwinden wertvolle Gegenstände aus unserem Zimmer und keine der Türen lässt sich richtig schließen. Vielleicht hätten wir besser auf die negativen Bewertungen im Internet gehört, denn von der stets schlecht gelaunten Besitzerin und ihrer noch verrückteren Perserkatze ist keine Hilfe zu erwarten ... Im Gegenteil.

Wird es mir gelingen, meine leibliche Großmutter doch noch persönlich zu treffen, oder werden wir aufgrund des Ärgers in der Pension direkt unsere Koffer packen und unverrichteter Dinge wieder abreisen?

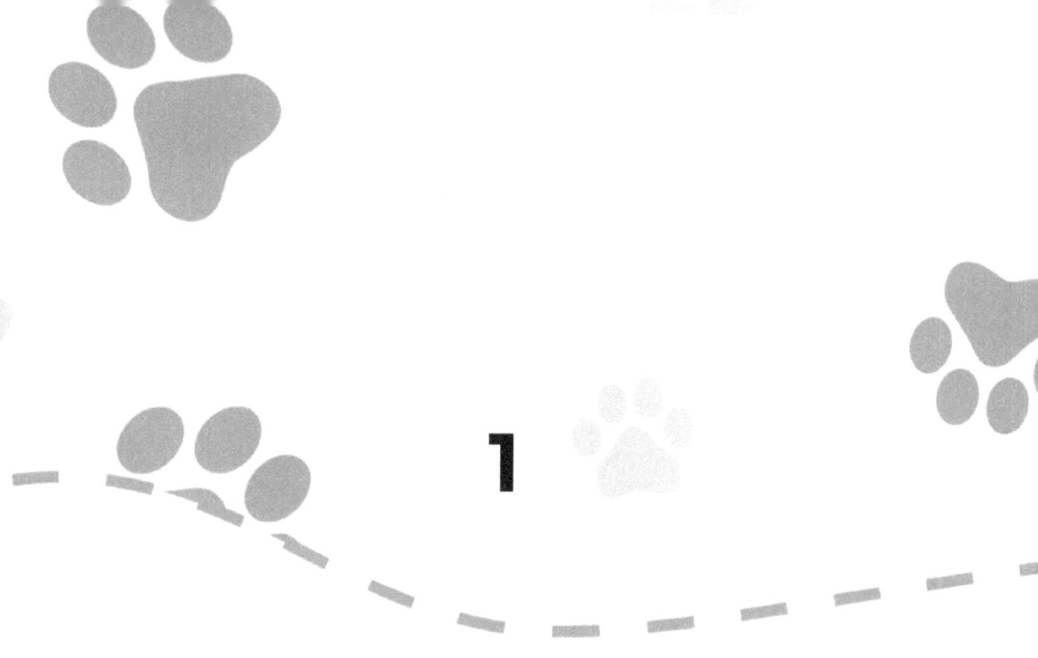

1

Ich bin Angie Russo, und mein Leben war noch nie auch nur im Entferntesten normal. In meiner Familie wimmelt es nur so von Supertalenten, allen voran meine Grandma, einst ein gefeierter Broadway-Star und noch heute ein wahres Unikum. Lange Zeit war ich auf der Suche nach meinem besonderen Talent, das auch mich zu etwas Besonderem machen würde. Schätzungsweise habe ich nur deshalb sieben Associate Degrees, also quasi sieben halbe Bachelorabschlüsse gemacht, bevor ich mich schließlich für einen Job entscheiden konnte.

Was mich letztendlich meine wahre Berufung erkennen ließ, war ein Katzenruf – nein, nicht so ein fauchendes, jaulendes Gejammer, wie es diese armen, heimatlosen Kreaturen ausstoßen, die auf der Straße dahinvegetieren. Es war ein richtiges *Miau*, klar und deutlich, und dazu sogar noch auf Englisch.

Ja, ich kann mit Tieren sprechen. Von daher ... Nennen Sie mich doch einfach Miss Dolittle.

Es geschah zu der Zeit, als ich als Anwaltsgehilfin in einer großen Kanzlei arbeitete. Wir befanden uns gerade mitten in einer Testamentseröffnung, als alles aus dem Ruder lief. Eins führte zum anderen, und als Krönung verpasste mir eine defekte alte Kaffeemaschine einen Stromschlag. Ich verlor das Bewusstsein, und als ich wieder zu mir kam, hockte dieser Kater auf meiner Brust und quasselte auf mich ein.

Und was für hohe Ansprüche er hatte!

Jetzt, ein paar Jahre später, ist er mein Geschäftspartner und betreibt gemeinsam mit mir eine Privatdetektei. Sein voller Name lautet Octavius Maxwell Ricardo Edmund Frederick Fulton Russo, P.I., den er zum größten Teil seiner früheren Besitzerin zu verdanken hat. Da mir das viel zu lang ist, nenne ich ihn kurz und knapp Octocat.

Gemeinsam mit meiner Großmutter und ihrer zuckersüßen Chihuahua-Hündin Paisley, die sie aus der Tötung gerettet hat, leben wir in einem wunderschönen alten Herrenhaus in Maine, in der Nähe von Blueberry Bay. Und dann ist da auch noch ein Waschbär namens Pringle, der in unserem Garten zwei Baumhäuser in Beschlag genommen hat. Er hilft uns gelegentlich bei der Aufklärung unserer Fälle und erpresst uns regelmäßig mit seinen Honorarforderungen.

Wie Sie sich sicher vorstellen können, wird es mit dieser bunten Truppe nie langweilig.

Oh, beinahe hätte ich vergessen, Charles Longfellow III. zu erwähnen. Er ist der Seniorpartner jener Anwaltskanzlei, in der auch ich früher gearbeitet habe, und außerdem mein Freund ... äh, ich meine, *mein Verlobter!*

Ja, ob Sie es glauben oder nicht, ich bin mittlerweile verlobt!

Wow, an diesen neuen Beziehungsstatus habe ich mich immer noch nicht gewöhnt.

Der Antrag kam für mich völlig überraschend ... nach einem Wochenendausflug mit einem gemieteten Wohnmobil zu einem süßen kleinen Campingplatz, wo natürlich – wie könnte es auch anders sein – wieder einmal ein Mord passierte.

Nachdem er um meine Hand angehalten hatte, sollte ich eigentlich wesentlich entspannter sein. Aber ehrlich gesagt bin ich aufgeregter denn je.

Nicht nur wegen der bevorstehenden Hochzeit, sondern auch aufgrund dessen, was nach unserer Rückkehr passierte.

Vor ein paar Monaten hatte ich mich bereiterklärt, einigen Möwen bei ihrem Territorialkampf mit einem anderen Schwarm zu helfen. Im Gegenzug versprachen sie mir, meine lange verschollene Großmutter ausfindig zu machen, von der ich nur dank eines versteckten Briefes wusste, den Pringle vom Dachboden gestohlen hatte.

Grandma – meine beste Freundin und die Frau, die mich großzog, während meine Eltern damit beschäftigt waren, sich auf ihre Karrieren und sich selbst zu konzentrieren – war also, wie sich herausstellte, nicht mit mir blutsverwandt.

Den Schock dieser Enthüllung habe ich nach wie vor nicht verwunden, und auch ihr fiel es nicht leicht zu akzeptieren, dass ich mit der Großmutter, die ich nie kannte, in Kontakt zu treten beabsichtige. Natürlich habe ich mich nach Kräften bemüht, sie zu beruhigen, aber es geht ihr schon sehr an die Substanz. Sie hatte es sich ja nicht ausgesucht, dass ihr bester Freund – mein leiblicher Großvater – ihr vor vielen Jahren seine kleine Tochter (meine Mom) in die Hand drückte und sie bat, mit ihr unterzutauchen und sich um sie zu kümmern. Grandma hatte nie nach seinen Beweggründen gefragt, und inzwischen ist er leider verstorben. Damit bleibt nur noch meine lang verschollene Großmutter übrig, um uns zu erklären, was es mit der damaligen Aktion auf sich hatte.

Ich muss sie einfach aufsuchen, um mehr über die rätselhafte Vergangenheit meiner Familie in Erfahrung zu bringen. Ja, natürlich habe ich in Betracht gezogen, dass sie gefährlich sein könnte, vor allem, wenn man bedenkt, was mein alter Großvater alles auf sich nahm, um meine Mutter von ihr wegzuholen.

Dennoch bin ich mir ziemlich sicher, dass ich mit einer Achtzigjährigen fertig werde, egal wie bedrohlich sie sich mir gegenüber auch verhalten mag.

Okay, das nur als kleine Hintergrundinformation. Den Möwen ist es tatsächlich gelungen, meine geheimnisvolle Großmutter in der Nähe von Katahdin aufzuspüren. Und ich bereite mich gerade darauf vor, ihr zum ersten Mal gegenüberzutreten. Ich bin so aufgeregt, dass ich kaum ...

Schön tief durchatmen.

Zugegeben, ich habe Angst, was aber nicht bedeutet, dass ich diese Gelegenheit nicht beim Schopf packen werde. Ich meine, es ist ja nicht viel anders, als wenn man sich den Verband von einer Wunde herunterreißt, oder? Auch das muss getan werden, damit die Verletzung darunter gut verheilen kann.

Als ich an diesem Vormittag von dem mit Hartholz ausgelegten Wohnzimmer in die Küche geschlurft kam, stolperte ich beinahe über meine übergroßen Pantoffeln.

„Guten Morgen", flötete Grandma, schwebte zu mir herüber und drückte mir einen Bananen-Nuss-Muffin in die Hand. „Dann setze ich jetzt mal den Kaffee auf."

„Danke", murmelte ich und hob das süße Teilchen in Richtung meiner unteren Gesichtshälfte, in der Hoffnung, dass es meinen Mund treffen würde. Ich war noch nie ein Morgenmensch gewesen, und sogar noch weniger, seit ich Angst vor elektrischen Kaffeeautomaten habe.

Bitte verurteilen Sie mich nicht vorschnell. Wenn Sie einen derartigen Stromschlag abbekommen hätten, hätten Sie mit Sicherheit ebenfalls Respekt vor solch einem Monster.

Natürlich habe ich eine Million verschiedener Koffeinlösungen ausprobiert, vom Kaffee aus der Dose über Instantpulver bis hin zu einer simplen Kaffeemaschine, aber es geht eben nichts über ein frisch gebrühtes, dunkles, belebendes Heißgetränk. Das ist eine komplett andere Erfahrung ... der Duft, das Geräusch, wenn die Bohnen gemahlen werden ... einfach alles.

Zum Glück war Großmutter gerne bereit, meine Sucht zu unterstützen.

Und so setzte ich mich auf einen Stuhl, knabberte an meinem Muffin und sah ihr zu, wie sie die Küche aufräumte und den Kaffee aufbrühte. Sobald er durchgelaufen war, schenkte sie mir eine große Tasse ein und mischte ein wenig Kürbisgewürz dazu. Wie hatte sie sich gefreut, als sie diese Mischung sogar außerhalb der Saison entdeckt hatte, was bedeutete, dass für mich seitdem immer Saison war.

Sie hielt sich zurück, bis ich mir ein paar erste Schlucke des lebensspendenden Elixiers einverleibt hatte, und sprach mich erst dann an. Clevere Frau.

„Was hast du für heute geplant, Liebes?“, erkundigte sie sich, goss sich ebenfalls einen Becher ein und ging hinüber ins Wohnzimmer.

Pflichtbewusst folgte ich ihr und schlurfte erneut dermaßen, dass die kleinen Katzenköpfe auf meinen Hausschuhen bei jedem Schritt hin und her wackelten. Grandma hatte sie mir zum Valentinstag geschenkt und angemerkt, die Gesichter sähen genauso aus wie das von Octocat. Seitdem trug ich sie fast jeden Tag, zum einen, weil es sie glücklich zu machen schien, und zum anderen, weil es meinen Kater tödlich nervte.

„Ich sollte dir Pantoffeln mit kleinen Menschenköpfen drauf kaufen. Mal schauen, wie dir das gefiele", murrte dieser, der es sich auf dem Sofa bequem gemacht hatte, und klopfte verärgert mit dem Schwanz auf das Polster.

Ich nahm in meinem Lieblingssessel Platz, während Grandma sich ebenfalls auf der Couch niederließ. Paisley hüpfte neben sie und rieb ihre winzige, nasse Hundeschnauze an Octocats Hinterteil.

„Pfui Teufel!", brüllte er, und das Fell auf seinem Rücken stellte sich auf. „Warum musst du mich immer dort beschnüffeln? Der Geruch hat sich seit gestern mit Sicherheit nicht verändert!"

„Guten Morgen, großer Bruder!", quiekte die kleine Maus. Dabei wedelte sie so heftig mit ihrem Schwänzchen, dass ihr ganzer Körper vor Anstrengung zitterte.

Der knurrte nur ungehalten und sprang vom Sofa, um sich irgendwo ein ruhigeres Plätzchen zu suchen.

Es war unsere übliche Morgenroutine.

„Liebes?", hakte Großmutter nach und schaute mich fragend an. „Deine heutigen Pläne?"

Oh! Richtig.

„Bitte entschuldige, aber die Tiere haben mich abgelenkt“, murmelte ich, um mir etwas Zeit zu verschaffen. Jetzt, da ich genug Koffein im Körper hatte, um ein paar zusammenhängende Gedanken fassen zu können, wurde mir schlagartig bewusst, was ich tun musste. Und zwar genau das, was mich die ganze Nacht über wachgehalten hatte. Kein Wunder, dass ich heute Morgen so extrem müde war.

„Also, Grandma ...“ Ich hielt den Blick auf die Tasse in meinen Händen gesenkt, während ich fortfuhr. „Bravo kam gestern Abend vorbei. Er konnte meine leibliche Großmutter ausfindig machen.“

„Oh.“ Das war alles, was sie dazu sagte.

Als ich mich irgendwann entschloss, doch wieder aufzuschauen, waren ihre Augen auf einen undefinierbaren Punkt in der Ferne gerichtet, und sie streichelte gedankenverloren über Paisleys Fell.

„Grandma?“, sprach ich sie erneut an. Es tat mir im Herzen weh, sie so leiden zu sehen. Andererseits sollte sie auch verstehen, dass ich darauf brannte, die Frau kennenzulernen, die meine Mutter geboren hatte. Ob sie nun Teil unseres Lebens war oder nicht, hatte sie doch ihren Beitrag zu dem geleistet, was aus Mom und mir geworden war.

Großmutter seufzte leise auf. „Ich nehme an, du wirst sie aufsuchen?“

„Ja“, antwortete ich mit fester Stimme. Das stand nicht zur Debatte, ganz gleich, wie sehr ihr diese Idee auch gegen den

Strich ging. Allerdings hatte ich einen Plan gefasst, um den Schlag, den ich ihr mit dieser Entscheidung versetzte, etwas abzufedern.

Ich wartete darauf, bis sie den Kopf wieder in meine Richtung drehte und bedachte sie mit einem aufmunternden Lächeln. „Und ich möchte, dass du mich begleitest."

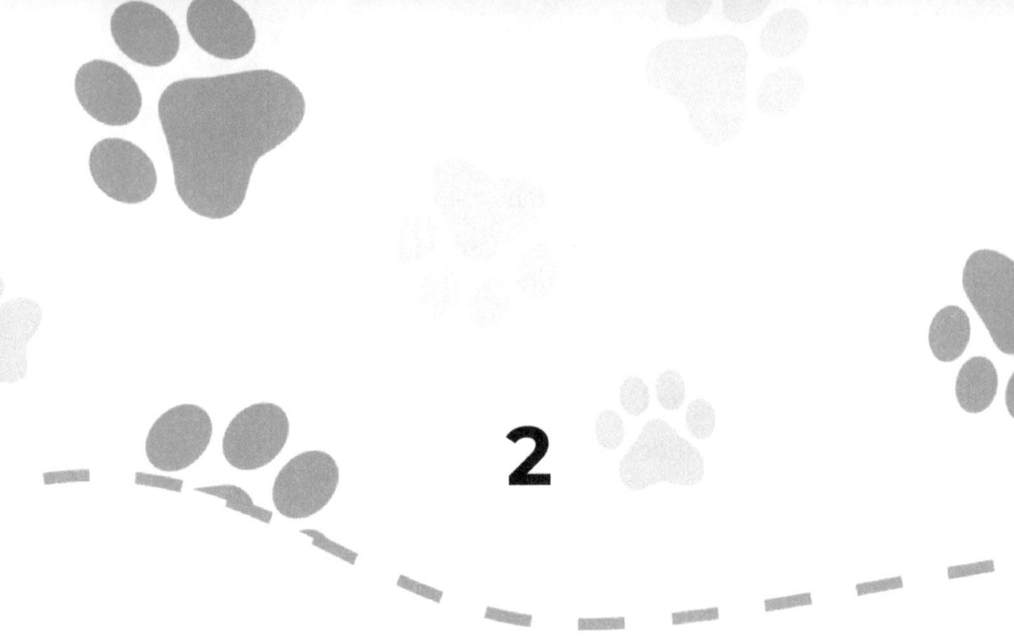

2

Großmutter ließ ihre Fingerkuppe über den Rand ihres Bechers gleiten und zuckte zusammen. „Ach, Mist! Das geht leider nicht, denn ich habe für den Tag bereits etwas geplant."

Ich räusperte mich. „Ich habe dir aber noch gar nicht gesagt, an welchem Tag ich hinzufahren gedenke."

Sie schlug sich mit der Handfläche gegen die Stirn, und ein paar Tropfen Kaffee schwappten auf ihre neonpinke Yogahose. „Wie ungeschickt von mir!", rief sie „Ich kümmere mich besser schnell um den Fleck, bevor er sich in den Stoff frisst." Mit diesen Worten eilte sie in die Küche, viel schneller, als sie sich sonst innerhalb des Hauses bewegte.

Ich folgte ihr, und als ich zu ihr aufschloss, rieb sie wie besessen auf ihrer Hose herum.

„Grandma, wir müssen darüber reden“, sagte ich sanft.

„Er geht nicht raus, verdammt“, murmelte sie vor sich hin. „Ich sollte das Teil besser gleich in die Waschmaschine stecken.“ Sie stürmte an mir vorbei in Richtung Treppe.

Seufzend stapfte ich ihr hinterher. „Komm mit mir mit“, rief ich durch ihre geschlossene Schlafzimmertür. „Bitte. Ich möchte dich dabeihaben.“

Eine gefühlte Ewigkeit herrschte Schweigen. Gerade, als ich mich entschloss, den Rückzug anzutreten, öffnete sich knarrend die Tür. Zuerst schoben sich Großmutters Finger zwischen diese und den Rahmen, dann schaute ein großes Auge durch die winzige Öffnung zu mir heraus. „Du scheinst es nicht zu verstehen, Liebes. Diese andere Frau, deine wahre Großmutter … sie muss mich hassen für das, was ich getan habe.“

„*Du* hast doch nichts Falsches getan“, beharrte ich und versuchte erfolglos, die Tür weiter aufzudrücken. „Es war Großvater, der ihr Mom weggenommen hat und dich zwang, sie zu dir zu nehmen.“

„Schon, aber es war meine ureigene Entscheidung, euch beide zu verstecken, selbst dann noch, als sie sich Jahre später auf die Suche nach euch machte.“ Sie atmete zittrig aus und senkte den Blick zu Boden. „Wenn ich sie wäre, würde ich mich verachten.“

„Sag doch nicht so was! Mom und ich hatten ein großartiges Leben, was wir nur dir zu verdanken haben.“ Ich lächelte sie ermutigend an und meinte jedes Wort genauso, wie ich es gesagt hatte. „Außerdem, heilt die Zeit nicht alle Wunden?“

Sie schüttelte bedächtig den Kopf, was ich auf der anderen Seite der Tür gerade so erkennen konnte. „Werde du erst einmal so alt wie ich, dann wirst du begreifen, dass das nicht stimmt“, erwiderte sie mit unheilvoller Stimme.

„Aber, Grandma …“, jammerte ich und wusste nicht, was ich sonst noch hätte sagen können, um die Situation zu retten. Nachdem ich herausgefunden hatte, dass es noch eine weitere, leibliche Großmutter gab, hatte ich monatelang auf irgendwelche Hinweise gewartet, und noch viel länger darauf, dass die Möwen sie aufstöberten. Sie jetzt einfach *nicht* aufzusuchen, kam nicht in Frage. Allerdings tat es mir in der Seele weh, Grandma diesen Kummer bereiten zu müssen.

„Bitte frag mich nicht noch einmal“, flüsterte sie. „Du weißt doch, wie schwer es mir fällt, dir etwas abzuschlagen.“

„Aber ich schaffe das nicht allein“, beharrte ich auf meiner Bitte. Allerdings nicht, um sie zu entmutigen, sondern um ihr zu zeigen, wie wichtig sie mir war.

Wir seufzten beide auf.

„Dann soll Charles dich begleiten, oder deine Mutter.“ Mit diesen Worten knallte sie mir die Tür vor der Nase zu.

Ein Geräusch von überlangen Krallen, die über die Holzdielen schrammten, kam in meine Richtung.

„Mami“, ertönte ein dünnes Stimmchen neben mir.

Ich schaute hinunter und entdeckte Paisley, die mit wedelndem Schwanz zu mir hochstarrte.

„Ich kann mit dir mitkommen", bot sie an, bevor sie ihr Schwänzchen einzog. „Aber Großmutter solltest du besser nicht noch einmal fragen. Sie scheint das nicht zu mögen."

Ich seufzte. Selbst der Hund war schlauer als ich. „Du hast völlig recht." Dann beugte ich mich nach unten, um sie auf den Arm zu nehmen. Sofort fing sie an, mir übers Gesicht zu lecken und freudige, wuffende Laute auszustoßen. „Ich hab dich lieb, Mami."

„Ich hab dich auch lieb."

Eigentlich war Paisley Großmutters Hund, was sie aber nicht davon abhielt, mich mit *Mami* zu titulieren. Und da jeder in unserer kleinen Stadt meine Großmutter mit Grandma ansprach, selbst diejenigen, die nicht mit ihr verwandt waren, funktionierte das problemlos. Außerdem war ich ja ohnehin der einzige Mensch, der sie verstehen konnte.

Ihre erste Familie hatte sie im Tierheim *entsorgt*, und ich glaube, sie brauchte diese zusätzliche Gewissheit, dass ihr stets jemand antwortete, wenn sie nach ihrer Familie rief.

Die Kleine nach wie vor im Arm haltend, machte ich mich wieder auf den Weg nach unten. Ich musste dringend mit jemandem über die ganze Sache reden.

Meine Mom kam dafür nicht in Frage. Ja, schon klar, es war *ihre* leibliche Mutter, die ich zu treffen beabsichtigte.

Aber ich wollte erst sichergehen, dass unser vermisstes Familienmitglied uns gegenüber freundlich gesinnt war, bevor ich sie in die Sache hineinzog. Sollte diese Frau uns abweisen, wäre es für sie ein noch viel heftigerer Tiefschlag als für mich, auch wenn ich ebenfalls daran zu knabbern hätte. Dennoch, ich liebte meine Mom und wollte sie so gut wie möglich beschützen.

Natürlich, soweit mir bekannt war, hatte meine verschollene Großmutter vor Jahren versucht, Kontakt mit uns aufzunehmen, aber immerhin wäre es denkbar, dass die Zeit ihr Herz verhärtet hatte.

Es gab so viele Unbekannte in dieser Gleichung, und niemanden, an den ich mich wenden konnte, um ihn oder sie um Rat zu fragen, weil niemand so etwas schon einmal durchgemacht hatte – zumindest wüsste ich nicht, wer. Und das Letzte, was ich tun würde, wäre, ein solches Familiendrama völlig Fremden in einem Internetforum oder auf einer Social-Media-Seite anzuvertrauen.

Charles wollte ich ebenfalls nicht in der Kanzlei stören, da heute, nach einem langen, freien Wochenende, wieder sein erster Arbeitstag war. Ich beschloss, ihm lediglich eine kurze Nachricht zu schicken: *Ruf mich an, wenn du irgendwann Pause machst. Es hat keine Eile.*

Zu meiner großen Überraschung klingelte mein Telefon fast sofort, nachdem ich auf Senden gedrückt hatte.

„Was gibt‘s?”, erkundigte sich Charles, kaum dass ich abgehoben hatte.

„Oh, hey. Du hättest dich aber nicht direkt zurückmelden müssen. Immerhin hat dein Job Priorität ... Zumindest hältst du mir das immer vor."

Mein Versuch, ihn zu rügen, entlockte ihm ein Glucksen. Eigentlich war es mir gar nicht recht, dass er direkt anrief, hatte ich doch auf ein wenig mehr Zeit gehofft, um meine Gedanken zu sortieren, bevor ich sie ihm mitteilte.

„Schon klar, aber eine kleine Pause tut mir ganz gut, bevor ich mich auf die nächsten Klientenakten stürze", entgegnete er. „Es liegt noch ein langer Tag vor mir, wahrscheinlich sogar eine lange Nacht."

„Es tut mir leid", entschuldigte ich mich, ohne genau zu wissen, wofür.

„Es gibt nichts, was dir leidtun müsste. Als ich mich dafür entschied, Anwalt zu werden, wusste ich ja, worauf ich mich einließ. Und ich liebe meinen Job. Dich natürlich auch ..." Er legte eine dramatische Pause ein, und ich sah das große alberne Grinsen auf seinem Gesicht beinahe bildlich vor mir. *„Verlobte."*

Ein winziger Schauer jagte mir über den Rücken. „Ich liebe dich ebenfalls, *Verlobter."*

Aus seinen Worten sprach ein Lächeln, das mit Sicherheit ähnlich breit war wie meines. „Also dann, schieß los. Was gibt's?"

„Bravo hat meine Großmutter gefunden", berichtete ich und presste die Lippen zu einem festen Strich zusammen.

Charles sog hörbar die Luft durch die Zähne ein. „Irgendwie wird es nie langweilig, oder?“

Amüsiert schüttelte ich den Kopf, obwohl er diese Geste ja nicht sehen konnte. Mit ihm über alltägliche Belange zu reden, fühlte sich stets so natürlich an. „Definitiv nicht.“

„Wann werden wir uns mit ihr treffen? Ich darf dich doch begleiten, oder?“

Ich stieß einen riesigen Seufzer der Erleichterung aus. „Ja, bitte komm mit“, stieß ich so hastig hervor, dass meine Worte kaum zu verstehen waren.

„Süße, selbst wenn du es versuchen würdest, könntest du mich nicht davon abhalten. Ich will für meine Verlobte da sein, wann und wie immer ich kann. Übrigens, diese Verlobte, das bist du.“

Diese Aussage entlockte auch mir ein Grinsen. Oh, wie sehr wünschte ich mir, ich könnte ihm in diesem Moment mit einer riesigen Umarmung meine Dankbarkeit zeigen. „Ich liebe dich, Verlobter“, sagte ich kichernd und zwirbelte eine meiner Haarsträhnen, wie ein albernes kleines Schulmädchen.

„Oh-oh“, stöhnte Charles plötzlich genervt auf. „Da ist gerade eine dringende E-Mail reingekommen, um die ich mich kümmern muss. Aber ich rufe dich in meiner Mittagspause noch einmal an, denn ich kann es kaum erwarten, all die pikanten Details zu erfahren. Bis später. Ich liebe dich.“

Nun, zumindest eine wichtige Entscheidung war gefallen. Wahrscheinlich hätte ich Charles gleich als Erstes fragen sollen. Immerhin hatte ich ja zugestimmt, seine Angetraute zu werden. Dennoch fiel es mir schwer, Grandma außen vor zu lassen, die fast dreißig Jahre lang meine engste Vertraute gewesen war. Tja, anscheinend gehörte das zum Erwachsenwerden dazu. Reife. Veränderung.

Blieb nur zu hoffen, dass die Dinge sich nicht *zu sehr* veränderten.

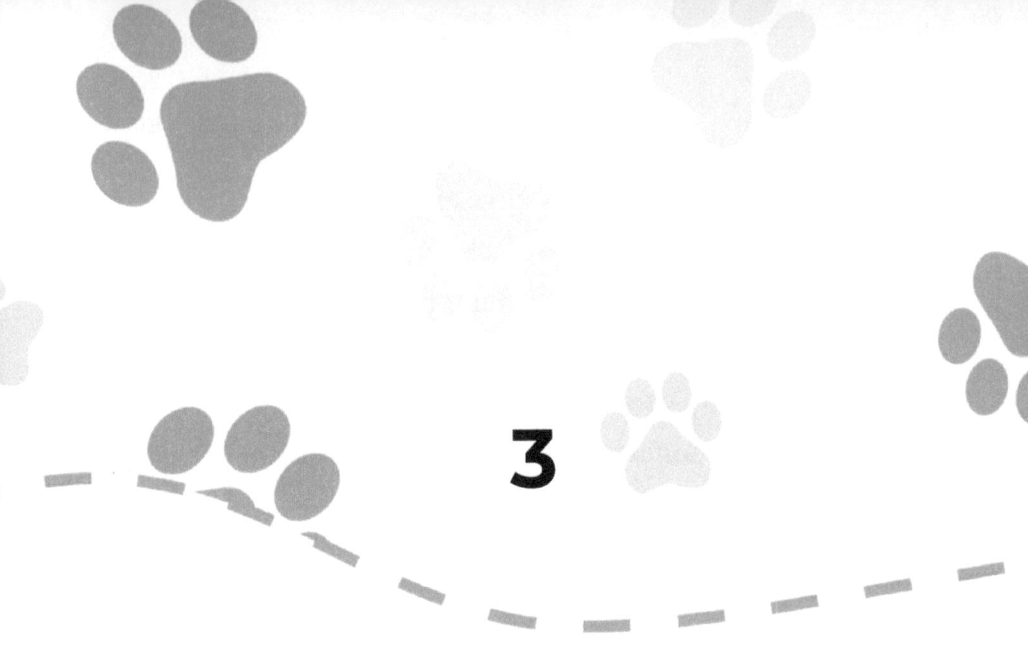

3

Den Rest der Woche verbrachte ich damit, verschiedene Outfits an- und coole neue Frisuren auszuprobieren. Ich hatte nur eine Chance, bei meiner Großmutter einen bleibenden ersten Eindruck zu hinterlassen, und die wollte ich nutzen.

Zwar mochte das albern erscheinen, aber ich hoffte, dass es nur positiv sein könnte, wenn ich mein Äußeres etwas auf Vordermann brachte. Schließlich wusste ich so gut wie nichts über diese Frau, außer, dass mein Großvater, den ich ebenfalls nie kennenlernen durfte, sie für eine schlechte Mutter hielt und die Möwen angedeutet hatten, dass auch sie über ähnlich merkwürdige Fähigkeiten wie ich verfügte. Aber wie sollte ich das herausfinden? Ich konnte ihr ja schlecht bei unserem allerersten Treffen solch eine seltsame Frage stellen. All die harte Arbeit, die ich investiert hatte, um gut auszusehen, wäre dann vergebens gewesen.

Wie sich herausstellte, hatte Charles in puncto Arbeit nicht übertrieben. Er war von früh morgens bis spät in der Nacht in der Kanzlei, um am Freitag ein paar Stunden eher loszukommen. Dann würden wir uns gemeinsam auf den Weg nach Katahdin machen, wo wir in einer hübschen kleinen Pension zu übernachten gedachten.

Grandmas neue Lebensaufgabe schien seit unserem letzten Gespräch darin zu bestehen, mir aus dem Weg zu gehen. Anstatt wie gewöhnlich gemeinsam mit mir einen Morgenkaffee zu trinken, brühte sie nun schon in aller Frühe eine Kanne auf und stellte sie auf den Tresen, damit ich mir nach dem Aufwachen meine Tasse in der Mikrowelle aufwärmen konnte. Jeden Tag brachte sie einen anderen Grund für ihre Abwesenheit vor, aber mir war klar, dass das alles nur Ausreden waren.

Von daher konnte ich es kaum erwarten, dieses Kapitel unseres Lebens mit einem großen fetten Punkt abzuschließen. Wir mussten endlich beide meine damals verschwundene Großmutter kennenlernen und die Sache hinter uns bringen. Das Unbekannte, das diese Beziehung mit sich brachte, hatte schon viel zu lange wie ein Damoklesschwert über unseren Köpfen geschwebt.

Da ich aktuell als Privatdetektivin mal wieder überhaupt nicht gefragt war und sämtliche Kleiderkombinationen ausgereizt waren, gingen mir so allmählich die Ideen aus, wie ich die restlichen Tage bis zur Abfahrt meine Hände und meinen Geist beschäftigt halten sollte. Der Versuch, mich meiner Lieblingsbuchreihe zu widmen, schlug fehl, weil ich viel zu sehr über all die offenen Fragen nachgrübelte, als mich auf deren Inhalt konzentrieren zu können.

Also durchstöberte ich die sozialen Medien und loggte mich sogar in mein seit langem nicht mehr benutztes MySpace-Konto ein. Ja, so verzweifelt war ich auf der Suche nach Möglichkeiten, mich abzulenken.

Wie schon erwähnt, wollte ich alles so schnell wie möglich hinter mich bringen, aber mir war auch klar, dass ich nicht stark genug war, um mich allein auf dieses verrückte Abenteuer einzulassen.

Und dann kam mir eine ganz hervorragende Idee. Während ich auf meine Chance wartete, meine Großmutter persönlich zu treffen, könnte ich die Hilfe von jemand anderem in Anspruch nehmen, um über sie zu recherchieren. Diesen Gedanken hatte ich am Mittwoch – zwei Tage, bevor Charles und ich abreisen sollten und drei Tage vor der tatsächlichen Zusammenkunft mit ihr, sollte alles glatt gehen.

Ich musste etwas tun, um die langen, quälenden Stunden zu überstehen, sonst würde ich noch den Verstand verlieren.

Und da fiel mir wieder meine Möchtegern-Helferin ein. Sie war zwar ständig unterwegs, aber eben auch die einzige Person, die ich kannte und die mit der Gegend um Katahdin vertraut war. Und so rief ich Sharon an.

In der Regel fuhr sie mit ihrem Kater Chester die Küste rauf und runter, in einem extrem luxuriösen Wohnmobil, gesponsort von einer Produktionsfirma, die in Kürze eine Reality-Show mit ihr und ihrer Samtpfote zu drehen plante. Natürlich ging es dem Produzenten ausschließlich um die Katze, aber die gab es eben nur im Paket, zusammen mit ihrem Menschen.

Kennengelernt hatte ich Sharon am letzten Wochenende auf dem Campingplatz und sie anfangs fälschlicherweise für eine Mörderin gehalten. Ja, sorry, aber so etwas passiert in meinem Beruf eben hin und wieder.

Als ich dann herausfand, dass sie nichts weiter war als eine kleine aber harmlose und großherzige Aufschneiderin, begann ich, sie zu mögen. Außerdem war sie die Einzige auf dem gesamten Platz, die nett und freundlich zu Charles, Octocat und mir gewesen war, während alle anderen uns mit Misstrauen begegneten. Das machte sie in meinen Augen zu einem guten Menschen.

Zudem passten Wichtigtuer und Privatdetektive doch perfekt zusammen, oder? Jetzt musste ich sie nur noch für meine Sache gewinnen.

Sharon nahm nach dem vierten Klingeln ab. „Hallo? Hallo! Sind Sie noch dran?“, brüllte sie ins Telefon. „O Gott, hoffentlich habe ich nicht zu lange gebraucht. Ich war gerade im Bad und …“

„Sharon“, unterbrach ich sie und musste ebenfalls schreien, um mir Gehör zu verschaffen. „Ich bin‘s, Angie. Wir haben uns letztes Wochenende kennengelernt, erinnerst du dich?“

„Angie Russo, Mama eines Katers namens Octocat und Freundin eines der attraktivsten Kerle, die mir je im Leben über den Weg gelaufen sind. Natürlich erinnere ich mich. Hallo, Angie. Was kann ich für dich tun?“

„Zuallererst: Charles und ich sind mittlerweile verlobt“, sagte ich, während sich ein breites Grinsen auf meinem Gesicht breitmachte.

Ob dieser Neuigkeiten stieß Sharon einen schrillen Freudenschrei aus und wollte schon ansetzen, mir von jeder Hochzeit zu erzählen, auf der sie jemals gewesen war.

Ich musste sie erneut unterbrechen. „Ja, ja, wir sind beide schon sehr aufgeregt, und du bekommst auf jeden Fall eine Einladung, sobald der Termin steht. Aber deshalb rufe ich nicht an.“

Sie holte tief Luft und stieß dann ein langes, gequältes „*Ohhh, okay?*“ aus.

„Es ist aber eine lange Geschichte“, warnte ich sie.

„Schieß los!“ Ich konnte beinahe bildlich vor mir sehen, wie sie sich einen Snack schnappte und es sich in der Sitzecke ihres Wohnmobils gemütlich machte. „Lange Geschichten sind meine Leidenschaft.“

Und so erzählte ich ihr alles, wobei ich jedoch die Passagen ausließ, in denen es um sprechende Tiere ging, was, das dürfen Sie mir glauben, keine Kleinigkeit war.

„Das ist der Grund meines Anrufs“, sagte ich, beinahe am

Ende meiner Erklärung angelangt, fuhr dann jedoch schnell fort, um ihr keine Gelegenheit zu endlosen Diskussionen zu geben. „Um zu fragen, ob du mir helfen könntest, weitere Einzelheiten über meine Großmutter herauszufinden, bevor ich sie an diesem Wochenende besuchen komme."

„Wer war dieser Bravo-Typ gleich noch mal? Und warum hilft er dir nicht, weiteres über sie in Erfahrung zu bringen, wo er es doch war, der sie letztendlich aufgestöbert hat?"

„Nur ein alter Freund aus ... äh, Charles' Zeit beim Militär." Das entsprach zumindest fast der Wahrheit, nur dass er diesen Dienst bei einem militarisierten Möwenschwarm und nicht bei einer staatlichen Armeeeinheit abgeleistet hatte. „Er musste für eine Weile weg, ist vorgestern geflogen. Daher habe ich mir gedacht, eventuell könntest du ... solltest du noch in Katahdin sein ...?"

Dieses Mal war Sharon es, die mir ins Wort fiel. „Schätzchen, überlass das alles ruhig mir. Gib mir ihren Namen und sämtliche Informationen, die du über sie hast, und ich ergänze den Rest."

„Oh, du bist also noch vor Ort? Fantastisch!"

„Nein, aber ich mache auf der Stelle kehrt und fahre zurück."

Gott, diese Frau war zum Knutschen! Ernsthaft, wie konnte ich in ihr jemals etwas anderes als eine Freundin sehen? „Ihr Name ist Marilyn Jones", sagte ich und sah vor meinem geistigen Auge wieder die alte Geburtsurkunde, die Pringle auf dem Dachboden ausgegraben hatte. „Sie ist mittlerweile über achtzig und hat früher mal in Larkhaven, Georgia, gelebt. Das ist aber auch schon alles, was ich über sie weiß."

„Bald noch eine Menge mehr", versprach Sharon. „Gib mir einfach achtundvierzig Stunden."

„Perfekt, denn das ist genau die Zeit, die uns noch bleibt."

„Wir sehen uns aber ebenfalls, wenn du in Katahdin angekommen bist, oder?"

„Natürlich. Schon mal tausend Dank für deine Hilfe, Sharon."

„Ich bitte dich, Schätzchen. Dafür sind Freunde doch da. Außerdem konnten Chessy und ich uns schon immer für rätselhafte Storys begeistern."

An diesem Punkt wurde mir klar, dass Sharon im Grunde mein Ebenbild war, nur ohne Freund, äh Verlobten, und ein oder zwei Jahrzehnte älter.

Irgendwie gefiel mir diese Vorstellung.

4

Als endlich der lang ersehnte Freitag kam, fühlte ich mich wie ein Kind an Weihnachten, das auf das Christkind wartet. Ich konnte weder essen noch schlafen, lümmelte nur auf der Couch im Wohnzimmer herum, starrte vor mich hin und zählte die Minuten bis zu Charles' Auftauchen.

Zwar wusste ich, dass er mich zwischen zwei und drei Uhr nachmittags abholen würde, damit wir es noch vor dem Berufsverkehr aus der Stadt und nach Katahdin schafften. Trotzdem ließ ich mich nach einer sehr unruhigen und eher durchwachten Nacht direkt auf dem Sofa nieder, unfähig, etwas anderes gebacken zu bekommen.

Den Großteil des Vormittags versuchten Sharon und ich, einander zu erreichen. Na ja, überwiegend war ich es, die bemüht war, sie an den Hörer zu kriegen. Obwohl eigentlich noch gar nicht so alt, hasste sie es, Nachrichten zu verschicken. Ihrer Meinung nach raubte das ewige Geschreibsel den Menschen die Nähe, nach der jeder sich doch insgeheim sehnte. Solch eine Aussage hätte ich von der Besitzerin eines aufstrebenden Reality-Stars eigentlich nicht erwartet.

Wie auch immer … anscheinend hatte sie es geschafft, einiges über meine lang verschollene Großmutter, Marilyn Jones, herauszufinden, hielt sich jedoch auch beim Telefonat bedeckt. Solch wichtige Gespräche, so argumentierte sie, sollten nicht übers Handy geführt werden, sondern von Angesicht zu Angesicht. Und so sehr ich mich auch anstrengte, etwas aus ihr herauszukitzeln, blieb ich im Endeffekt erfolglos. In den paar Minuten ging es lediglich darum, wann und wo wir uns treffen würden.

Als das endlich geklärt war, blieb mir erneut nichts weiter übrig, als die Zeit totzuschlagen und mit Paisley an meiner Seite auf meinen Verlobten zu warten. Grandma war wieder einmal wie vom Erdboden verschluckt, was so allmählich zum Dauerzustand wurde. Irgendwann tauchte dann auch noch Octocat auf und beschwerte sich, dass er aufgrund meiner Rastlosigkeit nicht einmal seine nächtlichen Ausflüge genießen konnte. Offensichtlich getraute er sich nicht, seine Kapriolen auszuleben, weil er befürchtete, ich könne ihn in meinem derzeitigen Zustand dafür rügen. Wie absurd!

„Ist es bald soweit?“, krähte Paisley, hüpfte von meinem Schoß und versenkte ihre Krallen in der Rückenlehne des Sofas, um nach oben zu krabbeln und aus dem Fenster schauen zu können. Dabei wedelte sie heftig mit dem Schwänzchen.

„Immer noch nicht", entgegnete ich stöhnend. Das war gefühlt das hundertste Mal an diesem Tag, dass sie mir diese Frage stellte, und bei jedem ablehnenden Bescheid ließ sie die Ohren hängen und stieß ein trauriges Winseln aus.

„Okay", quietschte sie so auch dieses Mal, bevor sie sich auf die Couch zurückfallen ließ und sich zu einem kleinen, zitternden Ball zusammenrollte. So sehr mir diese Warterei auch gegen den Strich ging, noch mehr hasste ich es, sie so betrübt zu sehen.

„Weißt du was, ich habe eine Idee", sagte ich in dem fröhlichsten Tonfall, den ich unter den gegebenen Umständen zustande brachte.

Ihr kleines Köpfchen schnellte nach oben, die übergroßen, dreieckigen Ohren hoben sich, und sie neigte die Schnauze zur Seite.

„Lass uns was spielen ... werfen und holen", schlug ich vor und klopfte mit den Handflächen auf meine Oberschenkel, um diesem Vorschlag Nachdruck zu verleihen.

In einem einzigen, beinahe athletisch zu nennenden Satz sprang die Maus vom Sofa herunter und schlitterte über den glatten Holzboden bis hin zu der Ecke, in der sie ihre liebsten Spielsachen versteckte. Mit einem winzigen Stofflamm, stolz zwischen den Zähnen haltend, kam sie zu mir zurückgetänzelt.

„Braves Mädchen", lobte ich sie. Octocat hasste es, wenn

man mit ihm wie mit einem Baby oder einem Haustier sprach. Der kleine Chihuahua hingegen schien es zu genießen.

Sie legte ihr Spielzeug zu meinen Füßen ab und begann, aufgeregt mit den Beinen zu strampeln.

Ich griff nach dem Lämmchen, täuschte ein- oder zweimal einen Wurf an und schleuderte es dann quer durchs Zimmer.

Paisley jagte bellend hinterher.

Dann wartete ich.

Und wartete ...

Als sie nach mehr als einer Minute immer noch nicht zurück war, stand ich auf, um nach ihr zu sehen, und fand ...

Octocat. Er thronte auf ihrem Spielzeugberg, das Stofftier zwischen seinen Pfoten, die Krallen ausgefahren und in das weiche Fleece gepresst.

„Was bitte soll das?“, verlangte ich zu wissen, eine Hand in die Hüfte gestemmt.

„Du bist verunsichert, was wiederum sie und im Endeffekt auch mich nervös macht. Ein einziger Teufelskreis“, erklärte er mir und gab sich nicht mal die Mühe, sein Gähnen zu unterdrücken. Dann gab er ein leises Knurren von sich, wie er es so oft tat, wenn er gereizt war ... bei ihm eigentlich ein Dauerzustand. „Hiermit beende ich dieses dämliche Spiel!“

„O nein. Du machst die Dinge nur noch schlimmer“, konterte ich und griff nach Paisleys Lämmchen.

Mein Kater knurrte erneut und schlug meine Hand weg,

wobei er sich nicht einmal die Mühe machte, seine Krallen einzufahren.

Paisley begann zu bellen und kickte erneut ihre kleinen Beinchen nach hinten. Im Gegensatz zu Octocat, der zu allem und jedem etwas anzumerken hatte, beschränkte sie sich in der Regel auf die gutturalen Laute wie Bellen, Winseln oder Wuffen.

„Autsch“, schrie ich auf und zog meine Hand zurück. „Warum bist du nur immer so gemein?“

„Es ist nur zu deinem Besten“, entgegnete er mit zusammengekniffenen Augen und wild zuckendem Schwanz, der mich stets an ein Metronom erinnerte, das unerbittlich die Schläge bis zu seinem nächsten Ausraster zählte.

Ich tat es ihm gleich, kniff ebenfalls die Augen zusammen und verschränkte die Arme vor der Brust. „Nein, ist es nicht.“

„Auch gut, wie immer du meinst.“ Dabei entschlüpfte ihm ein gewaltiger Seufzer, als ob dieses Gespräch weit unter seiner Würde läge. „Aber du musst doch zugeben, dass unsere kleinen Querelen das Leben interessanter machen, oder etwa nicht?“

Es war nicht zu fassen. Konnte er mir nicht mal einen Tag ohne seine fortwährenden Sticheleien zugestehen? Und was noch viel schlimmer war, war die Tatsache, zuzugeben, dass er mich nur um der Unterhaltung willen nervte.

„Wie auch immer ... Vielen Dank, aber ich kann mich gut allein beschäftigen“, stieß ich zwischen zusammengepressten Zähnen hervor.

„Natürlich! Es ist ja auch mega spannend, nur am Fenster zu sitzen und darauf zu warten, dass Prinz Charming auf seinem weißen Pferd angeritten kommt, um dich von deiner Langeweile zu erlösen, habe ich recht?“ Er schüttelte nur den Kopf und nieste.

„Wusste ich es doch, ich hätte niemals den Disney-Channel für dich abonnieren sollen!“, rief ich verärgert.

Er stieß einen teuflischen Lacher aus, der eines klassischen animierten Bösewichts würdig gewesen wäre, ließ jedoch noch immer nicht locker.

„Bitte entschuldige, Kleines“, sagte ich schließlich, an Paisley gewandt, drehte dem bösartigen Kerl den Rücken zu und kehrte zurück zu meinem Platz am Fenster.

Hatte mein Kater recht? *Offensichtlich ja.*

Würde ich das ihm gegenüber jemals zugeben? *Mit Sicherheit nicht!*

Er war auch so schon eingebildet genug.

„Übrigens, nur fürs Protokoll, ich komme natürlich mit“, informierte mein vierbeiniger Tyrann mich, nachdem die kleine Hündin endlich aufgehört hatte, ihn anzubellen und es sich erneut auf meinem Schoß bequem machte. Er kam herangetapst, vorsichtig einen Fuß vor den anderen setzend, Schwanz und Nase hoch erhoben. In diesem Moment stellte ich ihn mir über ein Drahtseil im Dschungel balancierend vor, unter ihm eine Meute hungriger Krokodile ... aber selbst dieses Bild verbesserte meine Laune nicht wirklich.

„Wer bitte sagt das?“, fragte ich und blinzelte heftig, um

die imaginären Krokodile zu vertreiben, die sich nach wie vor in meinem Kopf tummelten.

„Ich! Und wie du weißt, habe ich in dieser wie auch in allen anderen Angelegenheiten das letzte Wort." Er sprang auf den Couchtisch, setzte sich vor mich hin und patschte mit den Pfoten auf das polierte Holz.

„Warum willst du überhaupt mitkommen? Du verabscheust Autofahren doch nach wie vor, oder habe ich da etwas verpasst?"

„Tja, was soll ich sagen? Ich entwickle mich eben weiter. Einigen gelingt das, anderen nicht." Er bedachte Paisley mit einem spöttischen Seitenblick. Manchmal zweifelte ich wirklich an seiner Liebe zu ihr, aber wahrscheinlich war er einfach nicht fähig, seine Zuneigung gegenüber dem kleinen Hündchen auszudrücken.

Ich wartete darauf, dass er weitersprach und verkniff es mir, Paisley auf die Kränkung hinzuweisen. Das würde sie nur verletzen.

Als Octocat merkte, dass ich nicht gewillt war, den Köder zu schlucken, seufzte er auf. „Okay, vielleicht hängt es mit Pringle und seinen Reality-TV-Shows zusammen."

„Aha. Du willst mich also nur begleiten, weil du Sharon und Chessy wiedersehen möchtest?" Was eigentlich keinen Sinn ergab, weil er die beiden von Anfang an nicht ausstehen konnte, als wir sie letztes Wochenende kennenlernten.

Er gab ein merkwürdiges Geräusch von sich, als würde er gleich auf den Teppich kotzen.

Und dann tat er es tatsächlich.

„Igitt, wie ekelhaft!“, rief ich aus. „Was bitte stimmt nicht mit dir?“

Er gluckste. „Es geht überhaupt nicht um mich, sondern um diese ganze verkorkste Familiendynamik, die du da am Laufen hast. Und ich möchte keinesfalls das große Finale verpassen.“

„Was bin ich froh, dass du beabsichtigst, mir unterstützend zur Seite zu stehen“, murmelte ich, erhob mich und holte eine Rolle Papiertücher, um seine Sauerei zu beseitigen.

Wenn es eine Sache gab, die mein Kater im Schlaf zu beherrschen schien, war es, dem steten Strom an Beleidigungen, der sich den Weg über seine Sandpapierzunge bahnte, immer noch eine heftige Kränkung hinzuzufügen.

Manchmal wünschte ich mir, er würde sich ein Hobby suchen, so dass er mich nicht ständig ärgern konnte.

5

„Wie hast du diese Unterkunft gleich noch mal gefunden?“, fragte ich Charles, als wir uns der kleinen Pension näherten, die idyllisch am Ufer eines wunderschönen Sees lag. Wir hatten uns dafür entschieden, etwas außerhalb von Katahdin zu übernachten, weil wir beide die Nähe des Wassers liebten – er als der typische Kalifornier, ich als das Mädchen aus Maine.

„Einer meiner Kollegen hat mir von dieser Website erzählt, die nur Hotels und Vermietungen auflistet, in denen Haustiere erlaubt sind“, erklärte er, als er auf dem kleinen Schotterparkplatz vor dem Haus anhielt. „Ich habe dann noch einen zusätzlichen Filter gesetzt – Unterkünfte am Wasser –, und das hier war das nächstgelegene Objekt, das noch Zimmer frei hatte. Außerdem waren die Bewertungen anständig, also dachte ich mir, warum nicht?“

„Anständig, aha.“ Ich zog misstrauisch eine Augenbraue hoch.

„Ja, aber du solltest da nicht zu viel hineininterpretieren. Du weißt doch, wie Online-Bewertungen sein können.“ Er hielt einen Moment inne und betrachtete mich prüfend. „Nicht alles ist ein Rätsel, das nur darauf wartet, gelöst zu werden.“

„Das sagt genau der Richtige“, schoss ich zurück, schnallte mich ab, kletterte aus dem Auto und hielt die Tür auf, damit Paisley und Octocat ebenfalls rausspringen konnten.

„Wow!“, jubelte Paisley und flitzte direkt los. „Ich liebe es hier!“

„Wieso hast du die bloß wieder mitgenommen?“, fragte Octocat mich mürrisch.

Allerdings hatte ich keine Gelegenheit, ihm zu antworten, denn in diesem Moment sauste die kleine Hündin an mir vorbei und verschwand aus meinem Blickfeld. Gerade als ich sie zurückrufen wollte, zerriss ein schriller Schrei die Luft. Zu dritt rannten wir los in die Richtung, aus der er gekommen war.

Octocat war der Schnellste, was bedeutete, dass er auch als Erster am *Tatort* ankam. Sehen konnte ich noch nichts, vernahm aber ein gewaltiges Fauchen, gefolgt von einem tiefen, unheilversprechenden Knurren. Als ich endlich um die Ecke bog, entdeckte ich meinen Kater, verwickelt in eine Strandschlacht mit einer riesigen orangefarbenen Perserkatze.

Paisley kauerte hinter ihm und zitterte heftig, während die beiden sich mit bösem Blick anstarrten.

„Niemand tut meiner kleinen Schwester weh“, zischte Octocat die fremde Katze an.

Diese antwortete nicht, sondern fuhr lediglich die Krallen aus und schlug ihm mit der Pfote ins Gesicht.

„D … du hast mich geschlagen?“, stotterte er schockiert. „Mich tatsächlich körperlich angegriffen?“

Die Perserkatze verzog das Gesicht zu einem zufriedenen Grinsen. „Eine kleine Erinnerung daran, wer hier wohnt und wer nur ein unwillkommener Eindringling ist“, sagte sie herablassend, hob den Schwanz und schlenderte davon.

„Das reicht! Ich werde dem ein Ende setzen. Ich …“

Schnell schnappte ich ihn mir und hob ihn hoch, bevor der Kampf noch weiter eskalieren konnte. Das Letzte, was wir brauchten, war, aus unserer Unterkunft zu fliegen, bevor ich überhaupt die Chance hatte, meine Großmutter zu treffen.

„Sei der Vernünftigere“, presste ich zwischen zusammengebissenen Zähnen hervor.

„An dieser Aussage ist so viel falsch, dass ich gar nicht weiß, wo ich anfangen soll“, fauchte er zurück. „Aber gut, wenn du mir versprichst, diesen riesigen, stinkenden Mäusefurz von mir fernzuhalten.“

Komisch, wie sehr er diese Katze mit ihrem langen Fell und dem flachen Gesicht zu hassen schien, wo doch seine große Liebe Grizabella, eine ehemalige Show-Himalaya-

Katze, ihr ziemlich ähnlich sah, abgesehen natürlich von der Färbung.

„Es tut mir leid, Mami“, wisperte Paisley und bettelte darum, ebenfalls auf den Arm genommen zu werden. „Ich war nur so glücklich, endlich aus dem Auto rauszukommen.“

„Ist schon okay. Keinen von euch trifft irgendeine Schuld. Am besten beruhigt ihr euch jetzt und versucht, diese leidige Sache zu vergessen“, säuselte ich.

Charles nahm Paisley und drückte sie an seine Brust. „Alles in Ordnung?“, erkundigte er sich besorgt.

„Das wird schon wieder“, versicherte ich, an alle gewandt. „Es war einfach eine lange, anstrengende Woche für jeden von uns.“

„Wir bleiben also?“

„Wir bleiben“, bestätigte ich mit einem knappen Nicken und machte mich daran, den Weg zurückzugehen, den wir gekommen waren. „Lass uns einchecken. Sharon wird bald hier sein, und ich hätte vorher gerne noch etwas Zeit, damit wir uns häuslich einrichten können.“

Kurz danach betraten wir, jeder ein aufgeregtes Haustier im Arm haltend, das Haupthaus der weitläufigen Anlage. Gleich hinter der Tür trafen wir auf eine ältere Frau mit orangefarbenem Haar, das genau auf den Farbton der gemeinen Perserkatze abgestimmt schien.

„Ich habe Sie schon erwartet“, sagte sie, stellte die Beine aufrecht nebeneinander und legte das Taschenbuch, in dem sie gerade gelesen hatte, mit den offenen Seiten nach unten auf die Stuhllehne. „Mr und Mrs Longfellow, nehme ich an?“

Diese Worte entlockten mir ein Lächeln, war es doch das erste Mal, dass ich sie laut ausgesprochen hörte, und der Klang gefiel mir sehr.

„Fast“, entgegnete Charles mit einem ähnlich breiten Grinsen wie dem meinen. „Im Moment sind wir noch Mr Longfellow und Miss Russo.“

„Ich verstehe“, sagte die Frau, und verzog das Gesicht. Dann schlurfte sie hinüber zu einem Schreibtisch in der Ecke des Eingangsbereichs. „Dann werde ich Ihre Reservierung von einem Zimmer mit Kingsize-Bett auf eines mit zwei einzelnen Betten ändern. Das geht auch noch kurzfristig.“

Charles sah aus, als wollte er etwas erwidern, aber ich stupste ihn in die Seite und schüttelte unmerklich den Kopf. Getrennte Betten würden die Schlafsituation mit den Haustieren ohnehin erleichtern, da Octocat immer einen regelrechten Anfall bekam, wenn Paisley versuchte, sich neben ihn zu legen und an ihn zu kuscheln.

„Mein Name ist übrigens Millicent Strobel“, ergänzte die Alte und händigte uns den Schlüssel aus. „Sollten Sie etwas brauchen, finden Sie mich normalerweise hier. Zimmerservice gibt es bei uns nicht, aber ich serviere Frühstück von fünf Uhr dreißig bis acht Uhr.“

Puh, das war früh, aber ich bezweifelte ohnehin, dass ich in der kommenden Nacht gut schlafen würde.

Ich vermute, dass sie all ihren Gästen dasselbe erzählte,

wenn man bedachte, wie trocken und gelangweilt sie ihre Ansagen herunterratterte.

„Danke, Millie“, erwiderte ich, da sie auf eine Antwort von uns zu warten schien.

„Nein!“, korrigierte sie mich barsch, nutzte die Gelegenheit, uns beide ausgiebig zu mustern, und schüttelte dann offensichtlich enttäuscht den Kopf. „So geht das nicht. Für Sie bin ich Milllicent, oder besser noch, Mrs. Strobel. Wenn es Ihnen nichts ausmacht.“

Mit diesen Worten kehrte sie zurück zu ihrem Stuhl und widmete sich wieder ihrer Lektüre.

Auch wir machten uns schnellstmöglich aus dem Staub, zum einen, weil sie anscheinend fertig mit uns war, zum anderen, weil Octocat in meinen Armen langsam schwer wurde.

„Damit scheint das Rätsel um die Rezensionen gelöst zu sein.“ Charles setzte Paisley auf dem Boden ab und begann beidhändig mit dem Knauf unserer Zimmertür zu ringen. „Ich glaube, es ist ... Oh, na endlich.“ Die Tür sprang auf.

„Meine Güte. Fast schon dachte ich, das wäre ihr Geheimtrick, um uns wieder loszuwerden.“

Octocat tapste zögerlich schnüffelnd und mit ärgerlich aufgestelltem Schwanz in dem Raum herum „Ich wünschte, sie hätte es getan“, maulte er. „Hier riecht es einfach nur furchtbar.“

„Sei still“, ermahnte ich ihn mit einem finsteren Blick.

„Wie auch immer ... ich beabsichtige, hier zu schlafen“,

konterte mein verwöhntes Katerchen. Dann sprang er auf das Bett, das am weitesten von der Tür entfernt stand, und legte sich prompt so hinein, dass er beinahe die komplette Matratze für sich beanspruchte.

Ich verdrehte die Augen, aber er war viel zu sehr damit beschäftigt, die kuschelige Weichheit zu genießen, als dass er es bemerkt hätte.

„Darf ich nach draußen gehen?“, fragte Paisley und kratzte am Rahmen der Terrassentür.

„Bleib aber in der Nähe“, wies ich sie an, bevor ich die Glastür aufschob, die hinaus auf das wunderschön gepflegte Grundstück führte. „Du willst doch sicher nicht noch einmal dieser bösen Katze über den Weg laufen.“

„Ja, Mami! Nein, Mami, das will ich nicht!“, rief sie, bevor sie erneut davonrannte.

Charles nahm mich in die Arme. „Endlich allein“, murmelte er und gab mir einen langen, zärtlichen Kuss.

„Wie ätzend. Ich will einfach nur sterben!“, brüllte Octocat.

Ja, das würde definitiv kein romantisches Wochenende werden, es sei denn, wir besorgten ihm sein eigenes Zimmer. Aufgrund unseres knappen Budgets leider ein Ding der Unmöglichkeit.

6

„Klopf, klopf“, drang nur kurze Zeit später Sharons glockenhelle Stimme zu uns herein. Ich drehte mich um und sah sie vor der Glasschiebetür stehen, von wo aus es nur ein kurzer Spaziergang hinunter zum See und dessen Sandstränden war.

Charles zog am Griff, um die Tür zu öffnen, und ich stürmte hinaus, um sie in die Arme zu schließen. Nachdem wir uns ausgiebig begrüßt hatten, trat ich einen Schritt zurück und studierte ihre Miene nach Hinweisen darauf, was sie über meine vermisste Großmutter in Erfahrung gebracht haben könnte.

Sie jedoch hob nur einen Finger und schüttelte ihn. „Erst machen wir ein Picknick. Dann können wir über alles reden.“

Ich folgte ihrem Blick zu einem Paar Adirondack-Stühle in der Nähe, zwischen denen ein kleiner Tisch aus Holzplanken stand. Darauf wartete ein wunderschöner Weidenkorb. Als Sharon sagte, sie brächte das Abendessen mit, war meine Vermutung, sie würde eine Pizza oder etwas Einfaches besorgen. Hoffentlich hatte ihr das nicht zu große Mühe bereitet, da ich ja bereits einen anderen großen Gefallen von ihr eingefordert hatte und wir uns noch nicht mal eine Woche kannten.

„Oh, mach dir keine Sorgen“, sagte sie, als hätte sie meine Gedanken gelesen. „Das sind nur meine berühmten Hummerbrötchen und eine Fischsuppe. Von jeglicher Art von Dessert halte ich mich nach dem, was unserer armen Junetta passiert ist, inzwischen fern.“

Ich nickte stoisch. Natürlich war es nicht ihre Schuld gewesen. Jemand anderes hatte das Gift in ihre Torte getan, aber offensichtlich hatte dieser Vorfall sie doch schwer mitgenommen.

„Hummerbrötchen!“, brüllte Octocat und kam durch die Tür gestürmt. „Die lasse ich mir auf keinen Fall entgehen!“

Auch Paisley tauchte plötzlich wieder auf und rannte ihm hinterher.

„Also nur eine leichte Mahlzeit“, witzelte Charles, schloss die Zimmertür ab und nahm den Korb an sich.

„Du wieder!“, zwitscherte Sharon und schlug ihm spielerisch gegen die Brust. Sie hielt mit ihrer Schwärmerei für meinen Verlobten nicht hinterm Berg. Glücklicherweise war ich nicht eifersüchtig, wusste ich doch, dass sein Herz – und seine Zukunft – ganz allein mir gehörten.

Zu dritt machten wir uns auf den Weg hinunter zu Strand, und die beiden Tiere folgten uns auf dem Fuß.

„Wo ist denn Chessy?“, fragte ich und erinnerte mich daran, wie unzertrennlich sie und ihr flauschiges weiches Wollknäuel waren.

„Im Wohnmobil. Ich konnte ihn heute einfach nicht dazu bewegen, sich sein Geschirr anziehen zu lassen, und er ist nicht so gut erzogen wie Octavius. Bei der erstbesten sich bietenden Gelegenheit würde er ausbüxen. Mein kleiner Mann hat eben das Herz eines Abenteurers.“ Sie kicherte, und ihre wallende Strickjacke sowie der locker gewickelte Pashima-Schal wirbelten ihr um Hüften und Oberschenkel.

„Wenigstens ein Tier hier, das vernünftig ist“, murmelte Octocat und spielte damit vermutlich auf die Perserkatze von vorhin an.

„Mami, dieser gemeine Felltiger wird uns doch nicht noch einmal belästigen, oder?“, bellte Paisley.

Ich schüttelte lediglich unmerklich den Kopf, da es mir nicht möglich war, vor Fremden mit meinen Tieren zu reden. Zwar mochte ich Sharon wirklich, aber sie war eben eine Klatschtante, *und obendrein* die Mutter eines zukünftigen Reality-Stars. Wenn sie von meinen besonderen Fähigkeiten erfuhr, würde sie zweifellos innerhalb eines Tages auf den Titelseiten sämtlicher lokaler und landesweiter Boulevardblätter erscheinen.

Als wir den Strand erreichten, schlüpfte sie aus ihren Sandalen und seufzte glücklich auf, während ihre bemalten

Zehen im weichen Sand versanken. „Noch ein bisschen früh im Jahr, aber trotzdem wundervoll."

Charles und ich taten es ihr gleich und stapften mit nackten Füßen hinter ihr her, während Paisley in den auslaufenden Wellen planschte und Octocat uns in sicherer Entfernung zum Ufer folgte, peinlichst darauf bedacht, nur nicht in die Nähe des Sees zu kommen.

„Das hier fühlt sich an wie ein riesiges Katzenklo", sinnierte er. „Eigentlich wäre es perfekt, wenn es nur nicht so viel Wasser gäbe."

An einem alten, hölzernen Steg, zu dessen beiden Seiten Paddelboote befestigt waren, hielten wir an. Sharon trippelte bis zum Ende, setzte sich hin und ließ die Beine ins Wasser baumeln.

„Ich hoffe, es ist okay für dich, dass ich auch etwas für die Vierbeiner vorbereitet habe?" Sie öffnete den Korb und reichte mir ein in Wachspapier eingewickeltes Hummerbrötchen.

„Oh ja, lecker." Octocat erschauderte vor Vorfreude, und seine Augen wurden riesengroß. „Komm zu Papa, du köstliches kleines Ding."

Ich öffnete das lecker duftende Päckchen und legte es vor ihm auf den Steg, aber Sharon griff über mich hinweg und nahm es wieder an sich, bevor mein gefräßiger Kater auch nur daran schnuppern konnte.

„Beinahe wäre dein Sandwich weg gewesen", sagte sie

atemlos. Dann holte sie aus dem Korb eine wesentlich kleinere Dose heraus. „*Das hier* ist für Octavius.“

Ich öffnete den Deckel des kleinen Tupperware-Behälters und stellte ihn neben mir ab, wobei ich versuchte, meine Miene möglichst neutral zu halten.

„Wieso quält sie mich so?“, knurrte er und ließ den Blick zwischen Sharon und mir hin und her wandern.

Paisley kam herangehüpft und steckte ihr Schnäuzchen in den Brei, der eigentlich für ihren Bruder gedacht war. Er sah aus wie Katzenfutter aus der Dose, garniert mit einer speziellen Art von Crackern.

„Das ist ein Meeresfrüchte-Medley auf nach meinem ureigenen Rezept gebackenen Keksen. Chessy liebt es.“

„Tja, Chessy scheint keine Wahl zu haben, ich hingegen schon.“ Mit diesen Worten stürzte er sich auf Sharon, die vor Schreck das soeben gerettete Hummerbrötchen fallen ließ, packte es mit seinen scharfen, gierigen Zähnen und rannte davon. In der Zeit nutzte Paisley die Gelegenheit, um das Spezialkatzensandwich zu vertilgen. Charles lachte, Sharon jedoch sah aus, als würde sie gleich in Tränen ausbrechen.

„Ist schon okay“, beruhigte ich sie. „Ich esse sowieso viel lieber Hummercremesuppe und kann es kaum erwarten, deine zu probieren.“

Sofort fingen ihre Augen wieder an zu strahlen, und dann erklärte sie Charles und mir in aller Ausführlichkeit die Zutaten und jeden einzelnen Herstellungsschritt, während sie für uns beide je einen Teller füllte.

Ich hörte ihr aufmerksam zu und führte den ersten Löffel zum Mund. Die Suppe war üppig und cremig und füllte meinen Magen perfekt. Ein zusätzlicher Gang war überhaupt nicht nötig.

Aber … so dankbar ich auch für die warme Mahlzeit war, musste ich mich doch schwer zusammenreißen, um ihr nicht irgendwann ins Wort zu fallen. Immerhin gab es eigentlich nur ein Thema, das mir am Herzen lag.

Als sie schließlich innehielt, um selbst etwas zu essen, sah ich meine Chance gekommen, auf den eigentlichen Grund unseres abendlichen Treffens einzugehen.

„Also, was nun meine Großmutter anbelangt …“, begann ich, biss mir dann aber auf die Zunge und wartete.

7

Sharon räusperte sich, packte ihr eigenes, unangetastetes Hummerbrötchen wieder in die Folie und legte es zurück in den Picknickkorb. „Oh, entschuldige bitte. Möchtest du das vielleicht noch essen?“, fragte sie, und eine für sie untypische Röte machte sich auf ihren Wangen breit.

„Ist es so schlimm?“, presste ich erstickt heraus. Plötzlich schien das zentnerschwere Gewicht einer ungeahnten Schande auf meiner Brust zu lasten. Ich hatte sie um Hilfe gebeten, weil ich es vor Neugier nicht mehr aushielt – allerdings nicht damit gerechnet, dass sie etwas Schreckliches über mein vermisstes Familienmitglied herausfinden würde.

Charles rutschte auf dem Steg näher an mich heran, bis unsere Hüften sich berührten. Dann legte er mir einen Arm um die Schulter. „Ganz bestimmt ist es nichts Beunruhigendes“, versicherte er mir.

Sie räusperte sich erneut. „Nun ja ...“ Sie verschränkte die Finger in ihrem Schoß und weigerte sich, mir in die Augen zu schauen. Stattdessen starrte sie hinaus auf den See, auf dessen sanften Wellen sich das Sonnenlicht spiegelte.

„Bitte, sag es einfach“, flehte ich. Mein Magen drohte, die Hummersuppe, die ich ihm gerade zugeführt hatte, wieder von sich zu geben. „Ich muss es einfach wissen“, fügte ich leise hinzu. „Spann mich nicht länger auf die Folter.“

Sie nickte. Eine sanfte Brise verfing sich in ihrem kurzen blonden Haar und spielte mit den Strähnen, was mich irgendwie ablenkte. „Es hat eine ganze Weile gedauert, bis ich überhaupt etwas herausfand. Sie hat nämlich ihren Namen geändert, weißt du?“

„Aha, sie hat also wieder geheiratet?“, fragte Charles fröhlich und trommelte mit seinen Fingern auf meinem Oberarm herum. „Ich meine, das war ja irgendwie zu erwarten. Immerhin liegt das alles schon sechzig Jahre zurück.“

„Ihren Vorname“, korrigierte Sharon ihn, während ich gleichzeitig herausplatzte: „Sie und mein Großvater waren doch nie verheiratet. Er war ein McAllister. Ihr Mädchenname lautete Jones.“

„Den trägt sie noch immer. Geboren wurde sie als Marilyn. Dann nannte sie sich eine Zeit lang Mary, und jetzt Lyn.“

„Also hat sie sich lediglich einen anderen Spitznamen zugelegt? Aber das tun doch viele Leute, oder nicht?“, argumentierte mein Verlobter, nach wie vor optimistisch. Wie bitte machte er das nur immer?

„Tatsächlich hat sie den Vornamen auch offiziell gewechselt. Es war nicht einfach, herauszufinden, dass all diese Varianten zu ein und derselben Person gehören." Sie hielt kurz inne und holte mehrmals tief Luft.

Was würde wohl als Nächstes kommen? Ich verging beinahe vor Spannung, auch wenn die Wartezeit bis zu ihrer nächsten Erklärung nur Sekunden dauerte.

„Glücklicherweise – oder vielleicht auch unglücklicherweise", fuhr Sharon seufzend fort und verzog das Gesicht zu einer Grimasse, „stand über deine Großmutter häufig etwas in der Zeitung."

Charles an meiner Seite schien sich zu verkrampfen, und sein Griff um meine Schulter wurde fester. „Wie das?"

„Sie hat ein turbulentes Leben geführt und war immer mal wieder im Gefängnis. Etliche Male sogar in der Psychiatrie. Der Charakter der Dame scheint zu wünschen übrig zu lassen."

Ich stolperte auf die Füße. Womöglich war Sharon doch nicht die Freundin, für die ich sie hielt. Aber das war natürlich einzig und allein meine Schuld, weil ich einer fast Fremden so etwas Wichtiges anvertraut hatte.

„Was? Aber warum? Wie kommst du denn darauf?", verlangte ich zu wissen und verteidigte sozusagen eine Frau, die ich noch nie im Leben gesehen hatte. Aber diese Behauptung konnte ich einfach nicht auf mir sitzen lassen. Immerhin waren wir vom selben Blut.

„Keine Ahnung. Die Akten sind natürlich unter Verschluss, aber immerhin konnte ich in Erfahrung bringen, dass sie mit schöner Regelmäßigkeit verhaftet wurde, bis man sie irgendwann sogar in die geschlossene Anstalt einwies."

„Nicht schuldig im Sinne von unzurechnungsfähig", murmelte Charles.

„So nennt man das schon lange nicht mehr", fuhr ich ihn gehässig an.

„Sorry, ich bin wohl etwas altmodisch, und mir ist schon klar, dass das nicht immer gut ist. Hoffentlich fühlst du dich jetzt deswegen nicht schlecht, mein Häschen", sagte Sharon, bemüht, meine Reaktion auf ihre harschen Worte zu entschärfen. Dann jedoch fuhr sie fort: „Keine Sorge. Sollte deine Großmutter tatsächlich verrückt sein … du bist es jedenfalls nicht."

Ich drehte mich mit großen Augen zu Charles um. „Glaubst du, sie ist gemeingefährlich? Hat mein Großvater deshalb sein eigenes Kind entführen lassen? Um meine Mutter in Sicherheit zu wissen?"

Er schüttelte langsam den Kopf, schaute jedoch nicht auf, um meinen Blick zu erwidern. „Ich wünschte, ich hätte Antworten für dich, aber es gibt nur eine Person, die uns dazu etwas sagen kann."

„Immerhin konnte ich ihre Nummer ausfindig machen",

sagte Sharon und zog eine Visitenkarte hervor, die sie in ihrer Jeanstasche verstaut hatte. Auf der einen Seite standen ihre Kontaktinformationen, auf der anderen eine mit einem schlecht schreibenden Kugelschreiber hingekritzelte Telefonnummer. Sie reichte mir die Karte, und ich las die Zahlenfolge immer und immer wieder. Die Vorwahl sagte mir nichts, was darauf hindeutete, dass sie wahrscheinlich des Öfteren umgezogen war – zumindest in letzter Zeit, kurz vor ihrer Ankunft in Maine.

Das würde auch mit dem übereinstimmen, was ich von den Möwen wusste ... Sie hatten sie kurzzeitig in Blueberry Bay gesichtet, bevor sich ihre Spur mit der Übersiedlung nach Katahdin erneut verlor.

Wo jedoch hatte sie vorher gelebt, sich an wie vielen verschiedenen Orten im Laufe der Jahre aufgehalten? Bisher wusste ich nur von Larkhaven, Georgia, wo meine Mutter geboren wurde, und von New York, wo Grandma sich einmal mit ihr traf, als Mom noch ein Teenager war. Wo sonst noch?

„Das ist eine kalifornische Vorwahl“, informierte Charles uns. „Ein paar Bezirke weiter als der Ort, an dem ich aufgewachsen bin.“

„Ich frage mich, wann sie dort war“, sagte ich und drehte die Karte stirnrunzelnd in meinen Händen. Es gab so viel, was ich nicht über diese Person wusste ... Diese Fremde, mit der mich nur eine gemeinsame DNA verband. War ich verrückt, weil ich diese Spur zurückverfolgte?

„Wirst du sie anrufen?“, fragte Sharon und deutete mit dem Kinn auf meine Hände.

Ich atmete tief durch und nickte. Vielleicht war ich tatsächlich ein wenig unvernünftig, aber diese Eigenschaft hatte ich noch nie als schlecht empfunden. „Ja. Ich bin schon so weit gekommen. Was ergäbe das für einen Sinn, jetzt aufzugeben?"

Bei den ersten beiden Versuchen verwählte ich mich, dann jedoch tippte ich die korrekte Nummer ein. Das Telefon klingelte zweimal, dreimal ... sieben, sogar achtmal. Niemand ging ran, nicht einmal ein Anrufbeantworter.

„Und was jetzt?", fragte ich Charles, während mir die Tränen in die Augen zu steigen drohten. Immer und immer wieder steigerte ich mich in diese Sache hinein, nur um am Ende erneut enttäuscht zu werden. All das Adrenalin, das durch meine Adern strömte, ließ sich nicht mehr abbauen. Nach jeder Beinahe-Begegnung mit meiner Großmutter flatterte mein Herz noch Stunden später wie verrückt. Ich musste sie treffen – und zwar bald –, sonst würde das ernsthafte Folgen für meine Gesundheit haben.

„Mach dir keine Sorgen. Wir werden sie finden", versprach er.

„Es tut mir leid, dass ich nicht mehr tun konnte", ergänzte Sharon sanft und öffnete die Arme, um mich erneut an sich zu ziehen. „Wie gerne hätte ich dir gute Nachrichten überbracht."

„Ist schon okay", schniefte ich und erwiderte ihre Umarmung.

Ich konnte unmöglich böse auf sie sein, nicht wegen

dieser Sache. Eigentlich wegen überhaupt nichts. Es fiel mir einfach schwer, meine Gefühle unter Kontrolle zu halten, wenn man bedachte, wie viele Hochs und Tiefs ich in letzter Zeit durchmachen musste. Ich brauchte ...

Tja, was eigentlich? Das musste ich notgedrungen selbst herausfinden.

„Ich weiß deine Hilfe wirklich zu schätzen“, sagte ich, erneut an sie gewandt, drehte mich dann jedoch zu Charles um. „Aber wenn ihr mich jetzt entschuldigen würdet? Ich möchte gerne ein wenig mit meinen Gedanken allein sein.“

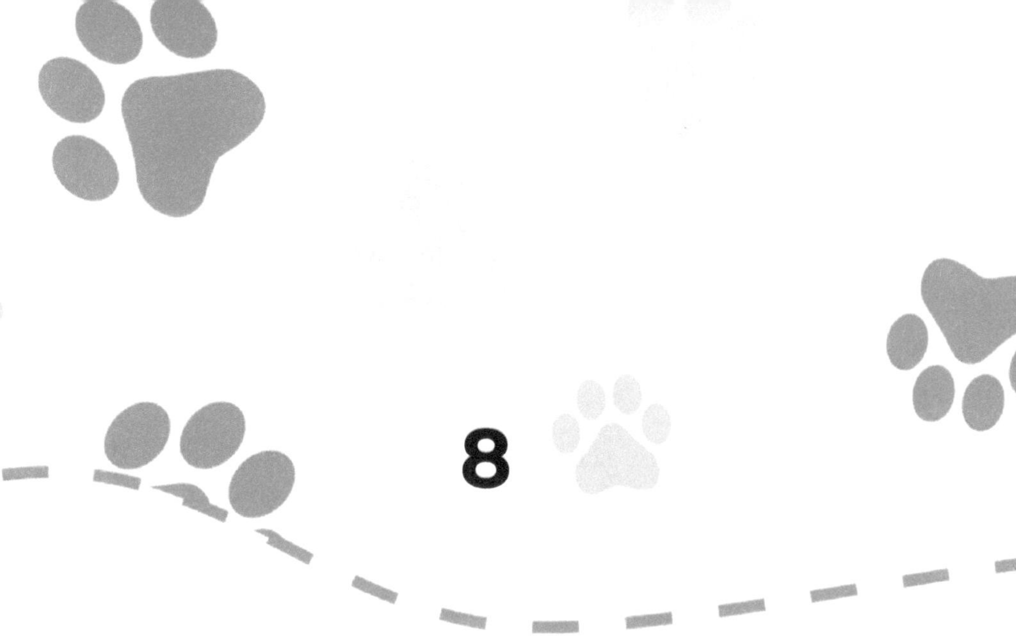

8

Charles und ich geleiteten Sharon zurück zu ihrem Fahrzeug, bevor wir in den Empfangsbereich unserer kleinen Pension zurückkehrten.

Millicent saß immer noch auf demselben Stuhl, die Augen auf die Seiten ihres Buches geheftet. Ich glaube, sie bemerkte uns nicht einmal, wofür ich äußerst dankbar war.

„Ich weiß, dass ich das nicht sagen sollte, aber ich kann es kaum erwarten, all das hinter mich zu bringen", flüsterte ich Charles zu, während er wieder einmal am Schloss unserer Zimmertür herumfummelte.

„Du kannst sagen und fühlen, was du willst, Angie. Ich kann es gut nachvollziehen", versicherte er mir mit einem traurigen Lächeln und kämpfte weiter mit dem Türknauf.

Octocat stöhnte auf. „Ich könnte das Ding zehnmal so schnell öffnen, und ich habe nicht solch bewegliche Daumen wie er.“ Paisley und er waren auf dem Weg zum Parkplatz wieder zu uns gestoßen, und keiner der beiden schien zu Schaden gekommen zu sein, was wahrscheinlich bedeutete, dass die fiese alte Perserkatze im Moment jemand anderen im Visier hatte.

„Sei doch nicht schon wieder so ekelhaft“, kläffte der kleine Hund. „Er tut doch schon sein Bestes. Nicht wahr, Mami?“

„Nun, offensichtlich ist Kotzbrockens Bestes nicht gut genug“, erwiderte mein Kater schnippisch.

Ich presste die Finger gegen meine Schläfen. „Meine Güte! Hatten wir uns nicht darauf geeinigt, diesen schrecklichen Spitznamen nicht mehr in den Mund zu nehmen?“

„Wie bitte?“, erkundigte sich Charles mit gerunzelter Stirn.

„Nichts. Lass mich dir helfen“, sagte ich und ging nicht weiter auf seine Frage ein.

Ich nahm meinem Verlobten den Schlüssel aus der Hand, und nach ein paar weiteren Versuchen gelang es mir endlich, den Schlüssel im Schloss zu drehen. In diesem Moment kam ein anderes Pärchen – alt und verheiratet, soweit ich das beurteilen konnte – den Flur hinunter und betrat ihr Quartier ohne Probleme.

„Ich wette, das war das Zimmer, das wir ursprünglich gebucht hatten“, flüsterte ich ihm zu. Beide verdrehten wir die Augen.

Die Tür selbst ließ sich dann problemlos öffnen, was mich beinahe überraschte.

„Lange genug hat es ja gedauert“, merkte Octocat an und stieß einen dramatischen Seufzer aus, als er den Raum betrat. „Im Ernst, ihr Menschen, wozu taugt ihr überhaupt?“

Ich trat direkt hinter ihm ein und bemerkte überrascht einen kühlen Luftzug.

„Charles, ich dachte, du hättest die Terrassentür von außen geschlossen?“, fragte ich und ließ mich auf das Bett neben der Tür sinken, da mein Kater mir ja deutlich zu verstehen gegeben hatte, dass er das andere allein für sich beanspruchte.

„Das dachte ich eigentlich auch“, sagte er und durchquerte das Zimmer, um die Schiebetür erneut zu verriegeln.

Ich vernahm ein leises Knacken, als er sich abmühte, ihn hin und her zu schieben. Irgendwann drehte er sich zu mir um.

„Das ist merkwürdig“, murmelte er.

„Was denn?“, fragte ich, setzte mich auf und begann, Paisley zu kraulen, die zwischenzeitlich auf meinen Schoß geklettert war.

„Das Verschlusssystem scheint defekt zu sein.“

„Dann ist die Tür also ganz von allein wieder aufgegangen?“

Er nickte, bevor er sich zu mir gesellte. „Sieht fast so aus. Das nächste Mal, wenn wir das Zimmer verlassen, sollten wir etwas davor klemmen.“

„Schon seltsam, oder? Das eine Schloss funktioniert zu gut, und das andere überhaupt nicht."

Er zog mich zu sich heran. „Als seltsam würde ich es nicht bezeichnen. Es ist einfach ein dummer Zufall. Aber was anderes ... du sagtest vorhin, du bräuchtest etwas Zeit für dich, um deinen Gedanken nachzuhängen. Meintest du damit allein zusammen mit mir oder *ganz allein*?"

„Wäre es für dich in Ordnung, wenn ich auf *ganz allein* bestünde?", fragte ich und verzog das Gesicht zu einer entschuldigenden Grimasse. Was bitte war denn nur mit mir los? Da hatte ich mich die ganze Woche über nach seiner Gesellschaft gesehnt, und jetzt, wo wir endlich zusammen waren, bat ich mir einen Freiraum aus. Natürlich hatte das nichts mit seiner Person zu tun, aber Sharons Eröffnungen hatten mir einfach den Boden unter den Füßen weggezogen. Kein Wunder, dass sie es mir nicht am Telefon erzählen wollte.

Mein Verlobter drückte mir einen kräftigen Kuss auf den Haaransatz. „Ich sag dir was. Du ruhst dich aus und ich fahre mal ein wenig durch die Gegend und schaue, ob ich mit Bravos Wegbeschreibung etwas anfangen kann. Kannst du mir die bitte nochmals aufs Handy schicken?"

Ich seufzte erleichtert auf. „Das wäre wunderbar. Danke für dein Verständnis." Eilig griff ich nach meinem Telefon, das ich auf dem Nachttisch abgelegt hatte, und öffnete die App mit den persönlichen Notizen. Dort hatte ich die Anweisungen der Möwe abgespeichert und kopierte sie nun in eine Nachricht an Charles.

Ursprünglich hatte Bravo ja gesagt, dass er mich mit meiner Großmutter zusammenbringen würde, und ich war natürlich davon ausgegangen, dass er uns auf dieser Reise begleiten würde.

Fehlanzeige!

Damit waren nur seine wörtlichen Anweisungen gemeint. Eine Sache, die ich in all meinen Gesprächen mit Tieren gelernt hatte, war, dass jede einzelne Spezies eine andere Sichtweise auf die Dinge hatte. Mit Vögeln hatte ich nach wie vor am wenigsten Erfahrung, da sie von Natur aus sehr launisch und unberechenbar waren, hoffte aber, dass es mir mit Hilfe von Charles und meinen beiden Haustieren gelingen würde, den Aufenthaltsort meiner Großmutter zu entschlüsseln.

Also drückte ich den Knopf, um meine Nachricht abzuschicken, und nur Sekunden später piepte Charles' Telefon.

Er räusperte sich und las laut vor. *„Folgt dem Wasser bis dorthin, wo die Luft sich abzukühlen beginnt. Haltet bei dem grünen Abfallcontainer mit den fantastischen Pommes an.* Fantastische Pommes? Was bitte verstehen Möwen denn darunter? Okay, weiter gehts ... *Dann folgt einige Kilometer dem Fischgeruch, bis ihr ein hellbraunes Gebäude mit herunterhängenden Mülltonnendeckeln erreicht. Die Hunde südlich davon sind alle angebunden, also bedient euch und esst so viel,* *wie ihr wollt. Von hier aus sind es nur noch wenige Schritte durch das Menschenlager. Lauft im Zickzack, um dem Flutlicht und der schlechten Luft auszuweichen. Überquert den toten Fluss. Das Ziel liegt zwischen den stabförmigen Häusern, die von rosa Wächtern beschützt werden …* Ist das dein Ernst?“, fragte er und schnaubte auf. „Nichts von alledem ergibt irgendeinen Sinn.“

„Er hat so hart an dieser Anleitung gearbeitet. Hätte ich sie hinterfragt, wäre er bestimmt beleidigt gewesen“, verteidigte ich mich mit einem gezwungenen Lächeln. „Und Vögel sehen die Dinge aus ihrer Perspektive natürlich anders als wir Menschen, deshalb schildern sie sie auch anders.“

„Diese Pommes würden mich interessieren“, mischte Paisley sich ein, was mich zum Kichern brachte.

Charles hingegen machte nach wie vor einen ziemlich mitgenommenen Eindruck. „Ist sie überhaupt in Katahdin? Wissen wir das mit Sicherheit?“

„Bravo hat es bestätigt, aber da sich der Ort nicht einmal in der Nähe seines Territoriums befindet, wage ich zu bezweifeln, dass er es so genau abschätzen konnte.“

„Was also für mich bedeutet, dass ich mich auf die Jagd nach der großen Unbekannten begeben muss. Egal, das schaffe ich schon. Ich muss mich einfach nur in den Zeugen beziehungsweise in dessen Vogelhirn hineinversetzen. Mach dir keine Sorgen, Babe, ich habe alles im Griff. Genieße deine Auszeit und ruf an, solltest du mich brauchen, und ich komme sofort zurück.“

„Vielen Dank. Ich liebe dich", rief ich ihm noch hinterher. Das hatte ich jetzt wirklich gebraucht.

Und natürlich war ich auch nicht allein, dank meiner beiden tierischen Begleiter.

Octocat war bereits auf dem Kissen am Kopfende seines Bettes eingeschlafen, während Paisley mich schwanzwedelnd beobachtete und mir die Finger leckte. „Und was nun, Mami?", fragte sie.

Ich musste mir schnell eine gute Ausrede einfallen lassen, um allein zu sein, ohne ihre Gefühle zu verletzen. Als ich mich im Zimmer umschaute, blieb mein Blick an der Badezimmertür hängen. „Ähm, am liebsten würde ich mir jetzt ein schönes, entspannendes Schaumbad gönnen."

„Okay, Mami. Und was soll ich in der Zwischenzeit tun?" Neugierig legte sie den Kopf schief.

„Warum kuschelst du dich nicht an deinen Bruder und machst ein kleines Nickerchen?", schlug ich vor, stand auf, hob sie hoch und setzte sie behutsam auf dem anderen Bett neben meinem mürrischen Kater ab. Sobald er aufwachte, würde er ausflippen, das war mir jetzt schon klar. Glücklicherweise wäre ich dann bereits nebenan und die Tür verschlossen ... vorausgesetzt, dieses Schloss funktionierte. Sicherheitshalber nahm ich noch mein Handy und meinen Bademantel an mich. Auf diese Weise wäre ich vorbereitet, sollte ich feststecken und Hilfe benötigen.

Als ich einen letzten Blick auf die andere Schlafstatt warf, entdeckte ich, dass die liebe, süße Paisley sich bereits zusammengerollt und an Octocat geschmiegt hatte. Da er doppelt so groß war wie sie, gaben die beiden ein lustiges Pärchen ab. Schnell knipste ich noch ein Foto von ihnen, bevor ich sie sich selbst überließ und mich nun endgültig ins Bad begab.

Was für ein Abenteuer, das sich da anbahnte. Und egal, wie die Sache mit meiner verschollenen Großmutter auch ausgehen mochte, wobei ich nach wie vor auf ein glückliches Ende hoffte ... diesen Trip würde ich so schnell nicht vergessen.

9

Der Abend ging in die Nacht über.

Obwohl ich Sharon vertraute und an die Informationen glaubte, die sie für mich herausgefunden hatte, musste an der Geschichte mehr dran sein. Tief in meinem Innersten wusste ich, dass meine Großmutter nicht böse sein konnte. Zumindest redete ich mir das immer wieder ein, während ich in der bis zum Rand mit Schaum gefüllten Wanne saß und versuchte, mich zu entspannen.

Was aber leider nicht funktionierte! Schließlich gab ich entnervt auf und schlich auf Zehenspitzen zurück ins Zimmer, um mich ebenfalls ins Bett zu begeben. Meine beiden Fellnasen lagen noch immer eng beieinander und schnarchten leise vor sich hin. Somit standen die Chancen gut, ebenfalls etwas Schlaf abzubekommen, den ich nach der schrecklichen letzten Nacht auch bitter nötig hatte.

Ich streifte meinen diamantenen Verlobungsring ab und legte ihn auf den Nachttisch neben mein Telefon, dann zog ich die Bettdecke bis zum Kinn und schloss die Augen. Es dauerte nicht lange, und ich war eingenickt.

Allerdings fuhr ich ruckartig hoch, als Charles durch die Glasschiebetür hereinschlich. Der Raum lag jetzt in völliger Dunkelheit, abgesehen von dem schwachen Licht seines Handy-Displays.

„Tut mir leid, ich wollte dich nicht wecken", flüsterte er, während er ans Bett herantrat und nach dem Schalter der Lampe tastete. „Wir haben vergessen, die Tür zu verrammeln, wie wir es eigentlich vorhatten, und vorne gab es wieder Probleme mit dem Schloss und dem Schlüssel. Schlaf schön weiter."

„Ist schon okay. Jetzt bin ich ohnehin wach", murmelte ich und half ihm, das Licht einzuschalten. Unsere Hände kollidierten, und etwas flog auf den Hartholzboden.

„Upps", entfuhr es mir.

Charles ließ sich auf die Knie sinken, sodass ich nicht aus meinem warmen Bett krabbeln musste.

Gerade als mein Blick auf das leere Nachtkästchen fiel, tauchte er, mein Telefon in Händen haltend, wieder auf.

„Könntest du bitte auch noch meinen Ring aufheben?", bat ich ihn und nahm ihm schon mal das Handy ab.

Er ließ sich erneut auf alle viere hinab und schaute unter die Betten. „Der ist nicht hier, Angie."

„Aber er muss dort unten sein! Ich habe ihn abgenommen, kurz bevor ich schlafen ging, und direkt daneben abgelegt“, argumentierte ich und verließ nun doch mein gemütliches Bett, um ihm beim Suchen zu helfen.

Gute fünf Minuten lang schauten wir in sämtliche Ecken und Winkel, fanden jedoch nichts. Schließlich beschloss ich, meinen Kater um Hilfe zu bitten – eine Entscheidung, die mir keinesfalls leicht fiel, aber immerhin handelte es sich um meinen Verlobungsring.

„Hey, Octocat, wach auf. Hast du meinen Ring gesehen?“ Sanft rüttelte ich ihn, natürlich erst, nachdem ich Paisley hochgenommen und sämtliche Spuren ihres gemeinsamen Nickerchens beseitigt hatte. Wenn er erführe, was ich zugelassen hatte, würde er nie mehr auch nur ein einziges Wort mit mir sprechen. Er hatte zwar eine große Schwäche für den winzigen Hund aus dem Tierschutz, jedoch auch wieder nicht so groß, um seinen Egoismus zu überwinden, der ihm als Katze der oberen Mittelklasse angeboren zu sein schien.

„Ja, habe ich“, antwortete er mit einem Gähnen. „Nichts Besonderes, wenn du mich fragst, aber das ist Kotzbrocken ja ebenfalls nicht.“

Erbost zog ich das Kissen unter seinem Bauch hervor, und er rollte auf die Matratze.

„Gib das sofort zurück“, fauchte er.

„Erst, wenn du zurücknimmst, was du da eben gesagt hast“, forderte ich.

„Nein!“

„Wo ist mein Ring?“

„Das weiß ich doch nicht!“

„O doch, das tust du. Ganz offensichtlich hast du es auf Charles abgesehen, also ist es nur logisch, dass du versuchst, unsere Hochzeit zu sabotieren, indem du …“

„Jetzt reicht‘s aber!“, zischte er und sprang auf die Füße. „Ruf mich, wenn du wieder zur Vernunft gekommen bist. Komm mit, Kleine.“

Paisley starrte mich aus großen, schimmernden Augen an.

„Geh ruhig mit ihm mit“, sagte ich. „Und pass auf, dass er sich nicht wieder Ärger einhandelt.“

Flugs machte sie auf dem Absatz kehrt und huschte ihm hinterher, während Charles das Zimmer durchquerte und die Schiebetür öffnete, damit die beiden nach draußen verschwinden konnten.

„Er ist wirklich nicht hier, oder?“ Hasserfüllt starrte ich auf meinen nackten Ringfinger. Wie hatte ich nur so lange damit beziehungsweise ohne diese Bestätigung leben können? Verdammt, ich hätte das Schmuckstück nie abnehmen dürfen.

„Lass uns den Verlust an der Rezeption melden“, schlug Charles vor und begab sich zu der Holztür auf der anderen Seite unseres Zimmers. Zumindest von innen ließ sie sich leicht öffnen. „Als ich eben zurückkam, sah ich, dass Millicent noch wach ist.“

Tatsächlich saß sie nach wie vor oder schon wieder mit dem Buch in der Hand auf ihrem Stuhl. An diesen Punkt begann ich mich zu fragen, ob die alte Dame nicht eher ein Kunstexposee als eine Geschäftsfrau war.

„Entschuldigen Sie bitte?“, sagte ich und blieb unmittelbar vor ihr stehen.

Sie jedoch hob nur einen Finger und las gefühlt noch eine Minute weiter, bevor sie endlich die Augen hob und mich mit ausdrucksloser Miene anstarrte. „Ja?“

„Hat möglicherweise jemand in Ihrem Fundbüro einen Ring abgegeben?“

„So etwas wie ein Fundbüro haben wir hier nicht“, antwortete sie knapp, ohne weitere Fragen zu stellen oder etwas zu ihrer Rechtfertigung vorzubringen.

Die flauschige, orangefarbene Katze hüpfte auf eine nahe gelegene Fensterbank und starrte zu Charles und mir herüber. Vielleicht hatte mich die Aktion mit Octocat wütend auf ihn gemacht oder vielleicht war ich nach wie vor sauer, weil er die kleine Paisley schikaniert hatte. Jedenfalls konnte ich mich des Gefühls nicht erwehren, dass mit dem Kerl irgendetwas nicht stimmte.

„Aha. Wie auch immer, uns ist ein Gegenstand abhandengekommen, und zwar ein ziemlich teurer.“

„Sollte er den Weg zu mir finden, werde ich es Sie wissen lassen“, sagte Millicent und strich sich eine grelle Locke hinters Ohr. Dabei enthüllte sie einen Ohrring, der mir zuvor noch gar nicht an ihr aufgefallen war – eine große, baumelnde, mit kleinen Edelsteinen besetzte Quaste.

Die Augen der Perserkatze fixierten das knallige Teil, und

sie machte einen Buckel, als wolle sie jeden Moment zum Sprung ansetzen.

„Nicht jetzt, Louis!“, befahl sein Frauchen ihm. Aha, es war also ein Kater. Knurrend erhob er sich von seinem Plätzchen und rannte quer durch den Eingangsbereich, um sich irgendwo zu verstecken. Anscheinend verlief sein Leben recht eintönig, wenn ihn schon ein klimpernder Ohrring in Aufregung versetzte.

„Tja, dann schon einmal vielen Dank im Voraus für Ihre Hilfe“, sagte ich und fragte mich, ob die Alte sich später überhaupt noch an unser Gespräch erinnern würde.

„Äh, da wir schon mal hier sind ...“, schaltete sich Charles ein und wedelte ihr mit der Hand vor dem Gesicht herum.

Millicent stöhnte auf und riss sich ein zweites Mal von ihrer Lektüre los. „Was ist denn jetzt noch?“

„In unserem Zimmer scheint es ein Problem mit der Tür zu geben.“

Sie wackelte mit dem Kopf und schob den Unterkiefer vor. „Aha. Und mit welcher?“

„Eigentlich mit beiden“, erklärte er schmunzelnd. „Die eine lässt sich nicht öffnen, und die andere schließt nicht richtig.“

„Ach ja, richtig. Ich habe Sie ja in der Shoreline-Suite untergebracht. Der Schlosser sollte Anfang nächster Woche hier sein, um beide zu reparieren. Eigentlich wollte ich das Zimmer an niemanden vergeben, bis das erledigt ist. Aber dann sind Sie beide mit Ihrem kleinen Problem aufgetaucht und mir blieb nichts anderes übrig, als Ihnen dieses Zimmer zuzuweisen."

Charles legte die Stirn in Falten. Ganz offensichtlich stand er knapp davor, in den Anwaltsmodus zu wechseln. Ich musste schnell etwas unternehmen. „Aber …"

„Jawohl! Danke nochmals", sagte ich, fasste ihn an der Hand und zog ihn mit mir nach draußen.

„Ich glaube, sie kann uns nicht sonderlich gut leiden", sagte er, als wir außer Hörweite waren.

„Wer könnte das schon", erklang eine gehässige Stimme neben uns.

Ich blickte mich um und entdeckte den großen, orangefarbenen Kater von vorhin, der sich vorbeischlich. Louis hieß der haarige Mistkerl, wie wir inzwischen herausgefunden hatten.

Ich verkniff mir eine heftige Erwiderung, so wie ich es auch immer tat, wenn Octocat mir gegenüber den Macho raushängen ließ, und richtete meine Aufmerksamkeit wieder auf meinen Verlobten.

„Lust auf einen Spaziergang am Strand bei Mondschein?", fragte der in diesem Moment.

„Ich dachte schon, du würdest nie fragen", neckte ich ihn, und gemeinsam schlenderten wir los in Richtung See.

„Das hier wäre wahrscheinlich eine passendere Umgebung für meinen Antrag gewesen als das Wohnmobil, oder?"

„Ich fand deinen Antrag klasse", erwiderte ich und stellte mich auf die Zehenspitzen, um ihm einen Kuss zu geben.

„Wenn du dich schon dafür begeistern konntest, wird dir auch das Folgende gefallen. Ich bin mir ziemlich sicher, dass ich deine Großmutter gefunden habe."

Ich schnappte nach Luft. „Nein? Wirklich? Und wo?" Nicht, dass mich die Nachricht überrascht hätte, kannte ich doch meinen Charles. Aber sie machte mich einfach nur glücklich.

„O nein, so nicht", neckte er mich. „Wir springen nicht einfach zum Ende der Story, nachdem du mich auf diese verrückte Möwenjagd geschickt hast. Du wirst dir schön brav die ganze Geschichte anhören."

Und dann erzählte er mir von seinen Heldentaten, wie er die komplette Gegend um Katahdin abgefahren war und versucht hatte, Bravos Anweisungen zu entschlüsseln. „Ich weiß gar nicht mehr, wie viele verschiedene Pommes ich probiert habe, um die guten herauszufinden ... Jedenfalls nach Meinung eines Vogels."

„Igitt! Sag bloß, du hast dir welche aus dem Müllcontainer geholt?"

Er starrte mich an und wirkte beinahe verletzt. „Nein, natürlich aus dem Drive-Thru, aber danke, dass du mir so etwas zutraust."

Ob dieser Vorstellung kicherten wir beide noch eine ganze Weile, während wir langsam den Strand entlangspazierten, Hand in Hand, über uns ein blinkender Sternenhimmel.

Alles würde gut werden, das hatte ich schon die ganze Zeit über gewusst. Nur war es mir schwergefallen, daran zu glauben, bei allem, was sich in letzter Zeit ereignet hatte. Meine Nerven lagen blank.

Aber mit Charles an meiner Seite sollte ich alles meistern. Wir würden nicht nur meine Großmutter, sondern auch meinen Ring wiederfinden.

Alles, was wir tun mussten, war, es langsam anzugehen, eine Sache nach der anderen in Angriff zu nehmen.

Ja, alles würde gut werden.

10

Wieder einmal war die Nacht alles andere als erquicklich gewesen. Hierher zu kommen, hatte meine Sorgen nur noch verstärkt. Natürlich hatte ich nicht erwartet, dass diese sich sofort in Luft auflösen würden, nur weil ich wusste, dass ich mich in der Nähe meiner leiblichen Großmutter befand. Aber jedes Mal, wenn ich allein war und mich in meinen Gedanken verlor, packte mich die Panik.

Durch den Spaziergang mit Charles am Strand war ich zwar wieder etwas runtergekommen, aber sobald ich in den Schlaf abzudriften drohte, brach der Wirbelsturm der Angst erneut los.

Sharons Nachricht hatte mich innerlich aufgewühlt, und jede weitere, selbst noch so kleine Widrigkeit trieb mich unaufhaltsam in Richtung Zusammenbruch.

Sich zankende Tiere.

Eine unhöfliche Vermieterin.

Mein verlorengegangener Ring.

Die Tür, die sich nicht verriegeln ließ.

Speziell der letzte Punkt nervte mich gewaltig. Im Allgemeinen war Maine sicher, aber allein die Vorstellung, das jeder in unser Zimmer einsteigen konnte, während wir schliefen ...

Da ich ohnehin keine Ruhe fand, beschloss ich, ins Internet zu gehen und die Pension zu checken. Als Erstes überprüfte ich die Website, über die Charles unseren Aufenthalt gebucht und auf der unsere Gastgeberin gerade mal einen 3,5-Sterne-Bewertung erhalten hatte. In einigen der weniger positiven Bewertungen wurde erwähnt, wie unhöflich und abweisend sich Millicent während ihres Aufenthalts ihnen gegenüber verhalten hatte, aber die meisten negativen Kommentare bezogen sich auf weitaus banalere Dinge – ein unzureichend geputztes Zimmer, Katzenkotze im Flur, kaum glutenfreie Frühstücksoptionen und so weiter.

Als ich mich in meiner Abneigung Mrs Strobel gegenüber einigermaßen bestätigt fühlte, beschloss ich, tiefer zu graben und rief die Seiten der renommierten Reiseveranstalter auf, um dort die größere Zahl der Gästebewertungen zu studieren. In einer der neueren Rezensionen wurde tatsächlich eine defekte Tür erwähnt. Interessiert las ich weiter. Der Post war von vor zwei Wochen, und Millicent hatte sich bis heute nicht darum gekümmert. Ob sie überhaupt je vorhatte, das Schloss reparieren zu lassen?

Seit wann genau bestand dieses Problem?

Ich tippte *Tür* in die Suchleiste ein und stieß auf drei weitere Bewertungen. Eine davon lag bereits einige Monate zurück. Darin wurde auch das Verschwinden einer antiken Brosche erwähnt. Ich änderte meine Suchkriterien auf *vermisst*, *gestohlen* und andere Synonyme und fand Beurteilungen von vier weiteren Gästen, denen während ihres Aufenthalts in der Pension etwas Wertvolles abhandengekommen war.

War die Alte womöglich eine Diebin? Hatte sie diese bunten Ohrringe, die mir vorhin ins Auge gestochen waren, einem anderen gutgläubigen Besucher entwendet?

Und hatte sie Charles und mich vorsätzlich in diesem Zimmer mit den zwei Doppelbetten untergebracht, um an meinen Verlobungsring zu kommen?

Diese und ähnliche Fragen spukten mir noch lange im Kopf herum, bis ich endlich doch einschlief … allerdings nicht für lange. Ein kalter Luftzug kitzelte mich an den Wangen und lenkte meinen Blick auf die Glastür.

Sie stand schon wieder offen.

Paisley lag zwischen mir und Charles unter den Decken an meine Hüfte gekuschelt, Octocats Bett hingegen war leer.

Ich zog meinen Bademantel an, schlüpfte ohne Socken in meine Schuhe und machte mich auf den Weg nach draußen, wobei ich mein Handy als Taschenlampe benutzte.

„Octocat“, flüsterte ich, nachdem ich die Tür hinter mir zugezogen hatte. Mit Sicherheit stünde sie erneut offen, wenn ich ins Zimmer zurückkam, aber ich konnte es ja zumindest mal versuchen. Hatte Charles sie nicht richtig geschlossen, nachdem er die Tiere rausließ? Hatte mein Kater sie offen gelassen? Oder war jemand unbemerkt in unser Quartier eingedrungen?

Bei dieser Vorstellung bekam ich eine Gänsehaut, während ich mich vorsichtigen Schrittes dem See näherte. In der Ferne heulte eine Eule, und die Grillen hatten ihr nächtliches Lied angestimmt. Die Worte klangen ziemlich simpel. Vielleicht könnte ich den Text eines Tages lernen, aber im Moment machte ich mir zu große Gedanken um meinen Kater, um mich auf etwas anderes konzentrieren zu können.

In diesem Moment nahm ich einen Schatten auf dem Steg wahr und beschleunigte mein Tempo.

Als ich erkannte, dass er es war, der im Mondlicht seine Katzenkapriolen vollführte, blieb ich stehen und zog mich in den Schatten der Bäume zurück. Das also hatte er damit gemeint, wenn er seine nächtlichen Aktivitäten erwähnte.

Schlagartig fühlte ich mich ein wenig schuldig, ihn dabei gestört zu haben.

Plötzlich ließ er sich auf alle viere fallen und hielt inne. „Angela, ich kann dich spüren. Komm raus.“

„Tut mir leid“, murmelte ich, ging zu ihm hinüber und setzte mich neben ihn. „Ich konnte einfach nicht schlafen, und als ich bemerkte, dass du noch immer nicht zurück warst, habe ich mir Sorgen gemacht."

„Ich bin aufgewacht, weil diese dumme Tür schon wieder offen stand", erklärte er und fing an, sich akribisch zu putzen. „Also beschloss ich, nachzusehen, was los ist, und entdeckte diese hässliche, plattgesichtige Katze, die draußen herumwanderte. Ich wollte ihr die Meinung geigen, aber natürlich bekam sie Muffensausen und verdrückte sich, bevor sich mir die Gelegenheit dazu bot. Eigentlich hätte ich erwartet, dass es einfacher sein sollte, einem solch ekelhaften Geruch wie dem, den sie verströmt, zu folgen."

„Lass dich bitte nicht auf weitere Kämpfe ein", bat ich ihn.

„Entspann dich, Angela. Ich weiß ganz genau, was ich tue", schnurrte er selbstbewusst. „Also, warum konntest du nicht schlafen?"

„Die Tür", gestand ich seufzend.

„Wirklich nur deswegen? Oder vielleicht aufgrund der Tatsache, dass du kurz davor stehst, deine Großmutter zu treffen", sagte er und strich sich den Schwanz glatt. „Aber du weißt doch, dass du deshalb nicht nervös sein musst, oder?"

Ich saß wie geschockt da. Versuchte Octocat tatsächlich, nett zu sein? Zu mir?

Ich starrte ihn mit offenem Mund an.

„Schau nicht so überrascht drein. Manchmal ergibt dein menschliches Verhalten durchaus einen Sinn", fuhr er fort und blinzelte träge in meine Richtung. „Erinnerst du dich noch? Als wir vor nicht allzu langer Zeit überlegten, meine

Familie ausfindig zu machen, war ich ebenfalls leicht nervös und machte mir Gedanken darüber, ob sie womöglich ebenso großartig sein könnte wie ich."

Er gluckste, und ich ertappte mich dabei, wie ich ihn abwesend hinter den Ohren kraulte.

„Dann jedoch wurde mir eines klar, Angela. Selbst wenn nicht, würde das nichts an mir ändern. Denn ich bin und bleibe der, der ich bin ... ein Musterbeispiel katzenartiger Perfektion und gewillt zu akzeptieren, dass nur wenige mir das Wasser reichen können." Er stellte sich vor mich hin, die Brust aufgebläht, die Nase hoch in die Luft gereckt, und ich brach in schallendes Gelächter aus.

Er nickte zufrieden. „Das Schlimmste, was passieren kann, wenn du deine Großmutter triffst, ist ... absolut nichts. Dein Leben ändert sich dadurch nicht. Du gehst einfach zurück und machst weiter wie gehabt. Und, mal ganz ehrlich, für einen Menschen führst du ein ziemlich außergewöhnliches Leben."

Ich verkniff mir eine Antwort.

Wenn ich mich jetzt auf Diskussionen einließ, würde er mich nur wieder mit seinen üblichen Sticheleien niedermachen, und ich wollte diesen Moment so lange wie möglich auskosten. Und so saßen wir noch eine Weile friedlich vereint im Mondlicht, bevor wir uns auf den Rückweg zu unserem Zimmer machten.

Ja, ich brauchte die Menschen und Tiere um mich, um das durchzustehen, was mich auf den ersten Blick schwach und unfähig erscheinen ließ. Um all die Herausforderungen zu meistern, die sich mir in den Weg stellten.

Aber war das nicht auch der wichtigste Grund, warum wir uns mit geliebten Personen umgaben? Sie halfen uns, das Schlechte durchzustehen und das Gute zu teilen.

Hoffentlich würde der morgige Tag letzteres bringen … für Charles, Octocat, Paisley und mich …

Und natürlich auch für meine Großmutter.

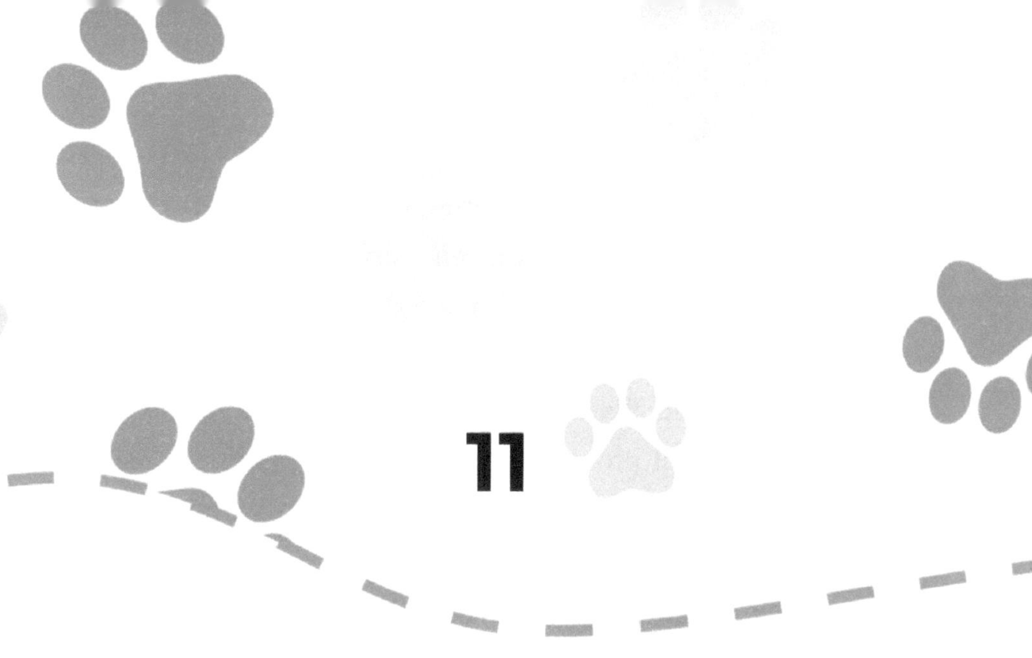

11

Am nächsten Morgen war ich bereits geduscht, angezogen und bereit für unser Abenteuer, als Charles endlich die Augen aufschlug. Die komplette Woche hatte ich damit verbracht, mein Outfit zusammenzustellen, und jetzt, wo ich es tatsächlich trug, fühlte ich mich seltsam ehrfürchtig.

Heute stand mir einer der wichtigsten Tage meines Lebens bevor. Und was auch immer passieren würde – gut, schlecht oder irgendwo dazwischen –, würde er mich dennoch für die Zukunft prägen.

Als Erstes fütterten wir die Tiere und holten uns dann einen Kaffee von dem Frühstücksbuffet, das Millicent für ihre Gäste vorbereitet hatte.

Charles nahm sich noch ein Stück des abgepackten Kuchens mit, aber ich war viel zu aufgeregt, um überhaupt an

Essen denken zu können. Außerdem, wenn man ein Leben lang von Grandmas Backkünsten verwöhnt worden war, entwickelte man sich zu so etwas wie einem Muffin-Snob. Bei den Teilchen, auf die mein Blick fiel, stimmte das Verhältnis zwischen Teig und Blaubeeren nicht. Das wusste ich sofort, ohne sie überhaupt probiert zu haben. Und so ganz taufrisch schienen sie ebenfalls nicht mehr zu sein. Kein Wunder, dass diverse Gäste sich beschwert hatten. Je länger wir hier waren, desto mehr Gründe fand ich, die die schlechten Kritiken rechtfertigten.

„Also, noch einmal“, sagte Charles, als er den Autoschlüssel ins Zündschloss steckte und ich meinen Sicherheitsgurt einrasten ließ. „Ich glaube, dass ich den richtigen Ort gefunden habe, aber absolut sicher wissen wir das erst, wenn es tatsächlich sie ist, die uns die Tür öffnet.“

Ich nickte zustimmend. „Natürlich. Und ich habe auch keinerlei Erwartungen. *Qué será será*, wie es so schön heißt.“

Er griff nach meiner Hand und drückte meine Finger. „Nein, das tust du nicht. Und das ist auch völlig okay. Natürlich wäre es schön, wenn alles gut ablaufen würde, aber mach dir deswegen nicht so viele Gedanken. Egal, was passiert, ich bin bei dir.“

„Und lässt meine Hand nicht los?“, bat ich grinsend.

Er erwiderte mein Lächeln und drückte noch einmal fest zu. „Wenn du das möchtest.“

So hielten wir die ganze Fahrt über Händchen. Mitunter vernahmen wir, wie Octocat auf dem Rücksitz Würgegeräusche von sich gab. Es war schon beinahe beruhigend zu sehen, dass er sich von seinem seltsamen Mitleidsanfall gestern Abend erholt zu haben schien. Ob er wohl nachts immer so drauf war? Und tagsüber nur deshalb so mürrisch, weil er müde war?

„Ich kann kaum glauben, dass du dich für die Rolle der Mrs. Kotzbrocken freiwillig gemeldet hast", zischte er irgendwann in meine Richtung. „Andererseits ... wahrscheinlich ist sie perfekt für dich."

„Danke", entgegnete ich mit einem zufriedenen Grinsen und genoss es, wie wohlig warm sich mein Hinterteil dank des beheizten Ledersitzes anfühlte.

„Was?", fragte Charles und bedachte mich mit einem kurzen Seitenblick.

„Danke", wiederholte ich, dieses Mal an ihn gerichtet. „Dafür, dass du immer für mich da bist und mich auch heute nicht allein lässt."

„Ich kotze gleich", ließ sich mein Kater erneut vernehmen.

Ich ignorierte ihn und lehnte mich hinüber zu meinem Verlobten, um ihm einen Kuss auf die Wange zu drücken.

„So, da wären wir", verkündete er kurze Zeit später, als wir in einen Wohnkomplex einbogen. „Hoffe ich zumindest."

Jedes der Gebäude war in einem matten Braunton gehalten, sowohl die Fassade als auch das Dach. Die ganze Umgebung vermittelte einem das Gefühl, als wäre man mitten in Maine in eine Art denkwürdige Vorstadtwüste geraten.

Eine Gruppe von High School-Schülern schlenderte an uns vorbei, die Hände tief in den Taschen ihrer übertrieben weiten Jeans vergraben. Einer von ihnen starrte mich anzüglich an, was mir die Röte in die Wangen trieb.

„In welchem von denen wohnt sie?“, fragte ich, während Paisley den Passanten wütend hinterherbellte.

„Das war die einzige Passage dieser kompletten Tour, bei der ich mir absolut sicher war. Es ist das Haus mit den pinkfarbenen Plastikflamingos.“

„Oh, richtig, die rosa Wächter“, sagte ich und erinnerte mich an die Beschreibung, die ich selbst aufgenommen hatte. „Denkst du, sie ist zu Hause?“

Charles stellte den Motor ab und bedachte mich mit einem prüfenden Blick. „Es gibt nur einen Weg, das herauszufinden. Bist du bereit?“

Plötzlich spürte ich einen fetten Kloß in meiner Kehle und bemühte mich, ihn hinunterzuschlucken. Allerdings fühlte es sich so an, als würde er festsitzen. Dann fingen auch noch meine Augen an zu brennen, und meine Haut kribbelte. Mein Herzschlag beschleunigte sich, und auf meiner Brust schien ein zentnerschweres Gewicht zu lasten.

Ich ließ Charles‘ Hand los und tastete wie blind umher, um mich irgendwo abzustützen,

aber selbst der Wagen schien zu schwanken. Natürlich war mir bewusst, dass wir nach wie vor drinnen saßen. Seite an Seite, bei abgestelltem Motor. Und trotzdem ...

Charles sagte etwas, aber irgendwie ergaben seine Worte keinen Sinn. Was war nur los mit mir?

Eine Million Gedanken rasten mir durch den Kopf, aber ich konnte keinen davon lange genug festhalten, um seinen Sinn zu erfassen.

Paisley begann wie wild zu bellen, während mein Verlobter mit ruhiger, beschwichtigender Stimme auf mich einsprach. Ich jedoch verfiel immer mehr in ein totales Gefühlschaos, das sich in einem Sturm entlud, den nur ich spüren konnte.

Erst als Octocat vom Rücksitz nach vorne geklettert kam und sich auf meiner Brust niederließ, begannen sich sämtliche meiner Vitalfunktionen wieder zu normalisieren.

Ich schloss die Augen, legte meine Wange an sein Fell, lauschte seinem Schnurren und spürte, wie die Vibrationen meine Haut erwärmten. „Was ist passiert?", fragte ich, nachdem ich mich endlich gefangen hatte.

„Meiner Meinung nach hattest du gerade eine Panikattacke", sagte Charles vorsichtig. Er streckte nicht die Hand nach mir aus, wie er es normalerweise tat, sondern ließ mir den Raum, um mich zu erholen. „Geht es dir jetzt wieder besser?"

„Ich glaube schon", erwiderte ich und hob mein Gesicht zu dem Fellknäuel, das nach wie vor auf meiner Brust kauerte.

Die aktuelle Situation erinnerte mich stark an das erste Mal, als ich auf Octavius traf, dass es mir fast wie ein *Déjà-vu* vorkam. Auch damals war ich stark angeschlagen gewesen, und er hatte sich auf mir niedergelassen. Das Einzige, was fehlte, war ...

„Ich bin hungrig“, beschwerte er sich und hauchte mir seinen nach altem Hummerbrötchen stinkenden Atem ins Gesicht. „Wie lange ist es bitte her, seit du mich zuletzt gefüttert hast?“

„Genau das habe ich vermisst“, sagte ich laut und nickte einmal, um es mir sozusagen selbst zu bestätigen.

„Wie bitte?“, fragte Charles, langte nun doch zu mir herüber und begann, mir beruhigend den Arm zu reiben.

„Katzen sind und bleiben eben Katzen“, sagte ich mit einem kleinen Lächeln. Bei Octocat konnte ich mich stets darauf verlassen, dass er sich selbst treu blieb. Und das machte den Trip ins Ungewisse einfacher ... diese gewisse Beständigkeit, die nie weiter entfernt war als mein pelziger Begleiter.

„Woher wusste er, was zu tun ist?“, wollte Charles wissen und musterte ihn neugierig.

„Wer, ich?“, fragte mein Kater, rutschte hinunter auf meinen Schoß, richtete sich auf und starrte aus dem Fenster.

„Das ist Ethel ab und zu auch passiert. Immer, wenn sie anfing, komisch zu atmen, nahm sie mich hoch und drückte mich an sich, Irgendwann ging es dann wieder. Also dachte ich mir, das könnte bei dir auch funktionieren, da ihr Menschen ja alle irgendwie gleich seid.“

Unglaublich, dass er mich nach all der Zeit, die wir jetzt schon zusammen waren, immer noch zu überraschen vermochte. Das gefiel mir, und jetzt schätzte ich ihn noch mehr denn je. Trotz seiner Macken schien er sich um mich zu sorgen und war für mich da, wenn es darauf ankam.

Und auch jetzt war er an meiner Seite, was bedeutete, dass ich es tun konnte.

Ich würde meine Großmutter treffen, die Wahrheit in Erfahrung bringen, und mit meinem Leben wie gewohnt weitermachen.

Diese Begegnung musste mich nicht verändern.

Und irgendwie hatte ich so ein Gefühl, dass meine Gefährten das sowieso nicht zulassen würden.

12

Charles hielt meine Hand, während ich Paisley mit meinem freien Arm an meine Brust drückte. Octocat schnüffelte derweil in irgendwelchen Sträuchern herum, wo er ein fettes Rotkehlchen entdeckt hatte.

„Okay", sagte ich und atmete noch einmal tief durch.

Charles hob den Finger und drückte auf die Türklingel.

Ich versuchte, mich auf diese Bewegung zu konzentrieren, auf die kleine Hündin, die vor Aufregung zitterte, und auf meinen Kater, der lächerliche Töne von sich gab, die wohl wie Gezwitscher klingen und den Vogel in seine tödlichen Fänge locken sollten.

Und ich lauschte auf Schritte, die sich der Tür nähern würden, hörte jedoch nichts.

„Vielleicht ist sie kaputt", sagte Charles achselzuckend,

bevor er mit den Fingerknöcheln dreimal in schneller Folge gegen das Holz hämmerte.

„O Mann, jetzt hast du sie verscheucht", jammerte Octocat und kam auf die steinerne Stufe gehüpft, um sich zu uns zu gesellen.

Ich machte mir nicht die Mühe, zu übersetzen. Stattdessen ließ ich Paisley runter und klopfte nun meinerseits mehrmals kräftig an.

„Bitte, ich möchte auch helfen!", bettelte der kleine Chihuahua und begann, lautstark zu bellen.

„Sie soll aufhören! Sag ihr, sie soll sofort damit aufhören!", stöhnte mein Kater, rollte sich auf den Rücken und rieb sich die Wirbelsäule auf dem Pflaster.

Trotz des ganzen Tohuwabohus tauchte meine Großmutter nicht auf.

„Okay, wie es aussieht, ist sie nicht zu Hause", sagte Charles und ging zurück zur Straße. „Lass uns einen kleinen Spaziergang um den Block machen. Vielleicht können wir ja von einem der Nachbarn etwas in Erfahrung bringen."

Ich nickte und ließ mich von ihm fortziehen.

Paisley trottete hinter uns her, und Octocat widmete sich wieder den Büschen. „Ich werde hier warten. Eventuell kommt das Rotkehlchen ja nochmals wieder. Holt mich, wenn es Zeit ist zu gehen", sagte er und verschwand aus meinem Sichtfeld.

„Du glaubst doch nicht, dass sie mir bewusst aus dem Weg

geht, oder?“, fragte ich Charles, während wir die Straße entlangliefen.

Er schüttelte energisch den Kopf. „Warum sollte sie das tun? Zum einen weiß sie ja gar nicht, dass du kommst, und zum anderen bin ich mir sicher, dass sie dich gerne kennenlernen würde. Warum wäre sie sonst wieder in deine Nähe gezogen?“

Stimmt. Daran hatte ich bisher noch gar nicht gedacht. Erneut keimte Hoffnung in mir auf. „Denkst du, sie könnte ihrerseits nach Mom und mir suchen?“

„Alles ist möglich.“ Er beschleunigte seinen Schritt. „Ah, sieh mal. Da sprengt jemand seinen Rasen.“

Ein Mann mittleren Alters, gekleidet in Cargo-Shorts, ein Sport-T-Shirt und bunte Crocs, stand in einem der Vorgärten. In der einen Hand hielt er einen Schlauch, in der anderen eine Zigarette.

„Entschuldigen Sie, Sir!“, rief Charles und winkte zu ihm hinüber.

„Falls Susie sie geschickt haben sollte, können Sie sich direkt wieder verziehen. Ich werde keine weiteren Papiere mehr unterschreiben“, knurrte dieser in unsere Richtung. Anscheinend vermittelte mein Verlobter auch außerhalb der Kanzlei und trotz lässiger Freizeitkluft noch immer den Eindruck des überkorrekten Anwalts.

„Ich arbeite weder für Susie noch für sonst jemanden. Wir sind nur hier, um einen Ihrer Nachbarn zu besuchen. „Können Sie mir etwas über …?“

Der Mann hob die Hand mit der Zigarette. „Das reicht jetzt. Meine Nachbarn interessieren mich nicht. Ich habe genug eigene Probleme, ohne meine Nase auch noch in fremde Angelegenheiten stecken zu müssen. Also verschwindet von hier! Sucht euch einen anderen armen Trottel. Von mir werdet ihr nichts erfahren."

Ich zog Charles mit mir fort. „Bitte entschuldigen Sie die Störung!", rief ich dem Kerl noch zu und wandte mich zum Gehen.

„Hey, ihr!", hörte ich ihn plötzlich hinter uns weiterwüten. „Schafft eure übergroße Ratte aus meinem Garten!"

Wir drehten uns gerade noch rechtzeitig um, um mitzubekommen, wie Paisley ihr Beinchen anhob und einen mächtigen Pinkelstrahl direkt neben der Stelle absetzte, die der wütende Kerl gerade erst gewässert hatte.

Er richtete seinen Schlauch auf sie, und sie rannte winselnd davon.

„Braver Hund", flüsterte ich, nachdem sie uns eingeholt hatte.

„Ich dachte, dass nur Männchen das Bein heben, um zu pieseln", wunderte sich Charles, anstatt die merkwürdige Reaktion des Mannes zu kommentieren.

„Kleine Hunde ebenfalls, um etwas Abstand zwischen sich und den Boden zu bringen", erklärte ich.

„Aha." Mehr sagte er dazu nicht.

Eine Weile liefen wir schweigend weiter, bis wir auf ein joggendes Pärchen stießen.

Charles versuchte, sie aufzuhalten, aber sie zeigten nur auf ihre Ohrstöpsel und wollten an uns vorbeilaufen. Er jedoch stellte sich ihnen in den Weg und zwang sie zum Innehalten. Nicht nur ich, auch die beiden Sportler blickten überrascht drein.

„Was bitte ist dein Problem, Kumpel?“ Der Mann ballte erbost die Hände zu Fäusten.

„Ich versuche lediglich, ein paar Informationen zu bekommen“, antwortete mein tapferer Begleiter, trat aber vorsichtshalber einen Schritt zurück. „Wir suchen nach …“

„Mitch. Ja, der ist gleich da drüben und wässert seinen Garten“, knurrte der Mann und zeigte mit einem fleischigen Finger zurück in die Richtung, aus der wir gerade kamen. „Er ist es doch, nach dem ihr Ausschau haltet, oder?“

„Jeder von euch Typen hat es auf diesen armen Kerl abgesehen“, fügte die Frau hinzu und gab sich nicht einmal Mühe, ihre Entrüstung zu verbergen. „Kann Sue ihn nicht endlich mal in Ruhe lassen? Aber ihr Aasgeier seid ja alle gleich. Solange der Rubel rollt, bleibt ihr an der Sache dran. Was ist das für ein Gefühl, das Leben von Menschen zu ruinieren, nur um sich die eigenen Taschen vollzustopfen, hä?“

„Wir sind keine Anwälte“, unterbrach ich sie verzweifelt. „Nun ja, er schon, aber deshalb sind wir nicht hier. Wir suchen die Frau, die in der Wohnung mit all den Flamingos lebt. Ihr Name ist Lyn Jones.“

Beide verzogen das Gesicht, als ob ihnen ein unangenehmer Geruch in die Nase gestiegen wäre.

„Die?“, fragte der Mann. „Wir kennen sie nicht näher und legen auch keinen Wert auf ihre Bekanntschaft.“

Die Frau verdrehte die Augen. „Genauso ist es. Warum sollten wir auch? Dieser geschmacklose Zierrat. Bäh! Als ob die Nachbarschaft nicht schon schlimm genug wäre.“

Sogleich fingen sie an, miteinander zu streiten, dass all die neuen Leute, die in die Nachbarschaft gezogen waren, die positive Dynamik, die bisher hier geherrscht hatte, zunichtemachten.

„Danke“, sagte ich mit einem tiefen Seufzer, aber wenn sie mich gehört hatten, ließen sie es sich nicht anmerken. Abrupt wandten sie sich ab, joggten davon und ließen uns fassungslos zurück.

„Wollen wir noch ein Stück gehen?“, fragte Charles kopfschüttelnd. „Noch drei Versuche, bevor wir aufgeben?“

„Ich glaube nicht, dass ich noch mehr verkraften kann“, antwortete ich. Das Letzte, was ich wollte, war eine weitere Panikattacke.

Er stellte meine Entscheidung nicht weiter in Frage.

Gemeinsam kehrten wir zu dem Haus mit den pinkfarbenen Flamingos zurück, um Octocat und das Auto zu holen. Ein letztes Mal klopfte ich an die Tür, aber auch dieser Versuch blieb erfolglos.

Ich kaute auf meiner Unterlippe herum und dachte nach. Schließlich sagte ich: „Ich versuche noch einmal, sie telefonisch zu erreichen.“

Es klingelte und klingelte, aber nur am anderen Ende der Leitung, nicht im Haus.

Charles runzelte die Stirn. „Wie gesagt, es wäre möglich, dass ich mich bezüglich der Adresse geirrt habe. Immerhin waren Bravos Anweisungen ziemlich, äh, abstrakt."

„Nein, wir sind hier definitiv richtig." Ich wusste zwar nicht warum, aber tief in meinem Inneren war ich mir dessen absolut sicher. Außerdem, wie viele solcher sandfarbenen Häuser mit pinkfarbenen Wächtern davor sollte es sonst noch in dieser Siedlung geben?

„Lass uns zurückfahren zu unserer Pension und unterwegs was essen gehen, okay?", schlug Charles vor, als er die Autotür für mich und die Tiere öffnete.

„Endlich gibt dieser Kotzbrocken mal was Vernünftiges von sich", spottete Octocat von seinem Platz auf der Rückbank. „Wie stehen die Chancen, dass wir ein Lokal auftreiben, wo es Hummer ...?"

„Nein!", unterbrach ich ihn scharf. „Hey, Charles. Wo gab es gleich noch mal die guten Pommes?", fragte ich, weil ich plötzlich einen Riesenappetit auf etwas Salziges hatte.

„Ich dachte schon, du würdest nie fragen, Liebling", scherzte er, und dann fuhren wir los.

13

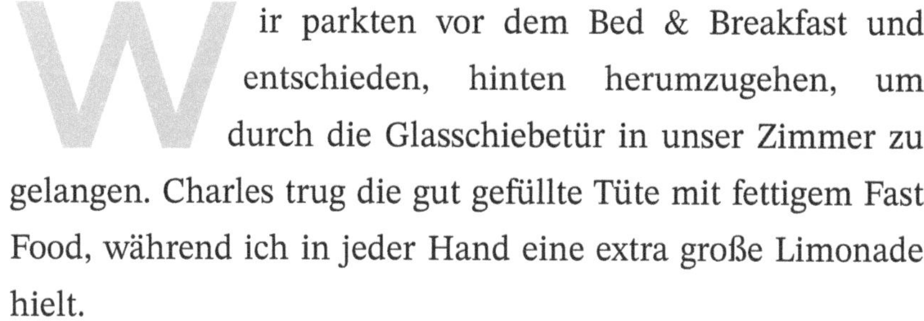

Wir parkten vor dem Bed & Breakfast und entschieden, hinten herumzugehen, um durch die Glasschiebetür in unser Zimmer zu gelangen. Charles trug die gut gefüllte Tüte mit fettigem Fast Food, während ich in jeder Hand eine extra große Limonade hielt.

Eigentlich hatte ich vorgehabt, die Tiere mit dem von zu Hause mitgebrachten Essen zu füttern, aber Octocat ließ nicht locker, bis ich schließlich nachgab und ihm ein Fischfilet kaufte. Und natürlich nahmen wir auch noch einen einfachen Burger für Paisley mit, denn es wäre unfair gewesen, wenn sie leer ausgegangen wäre.

Zumindest war es keine totale Niederlage meinerseits, denn die beiden mussten mir schwören, dass sie sich für den Rest unseres Aufenthalts an ihr Dosenfutter halten würden.

„Komm, wir gehen aufs Zimmer, bevor alles kalt wird." Es war ein ungeschriebenes Gesetz, dass bei ihm niemand im Auto essen durfte. Also hatten wir die Tüte während der gesamten Fahrt gut verschlossen gehalten, was jedoch nicht verhinderte, dass dieser ein köstlicher Duft entstieg, der mir das Wasser im Mund zusammenlaufen ließ.

Ein orangefarbener Blitz erregte meine Aufmerksamkeit. Zuerst dachte ich, es sei Louis, der Kater, aber dann wurde mir klar, dass es Millicent war, die uns beobachtet hatte und nun auf uns zugestürmt kam.

„Wo waren Sie denn den ganzen Morgen über?", fragte sie neugierig, die Hände mit den langen, roten Fingernägel um eine Dose Cola Light geschlungen.

„Einfach ein wenig unterwegs", entgegnete ich achselzuckend und wollte mich abwenden.

Sie jedoch folgte uns, ihre Flip-Flops klatschten gegen den Kies. „Sie haben doch nichts Illegales getan, oder? Erst gestern Abend hat mir ein Gast erzählt, dass ein Diamantring verschwunden sei."

Ich starrte sie entgeistert an. „Das war ich! Es ist mein Ring, der nicht mehr aufzufinden ist."

Sie stockte und suchte stotternd nach Worten. „Was haben Sie damit gemacht? Na los, erzählen Sie es mir."

„Das habe ich bereits gestern Abend versucht, aber anscheinend erfolglos. Hatten Sie mir nicht zugehört? Ich habe ihn vor dem Schlafengehen abgenommen und auf den Nachttisch gelegt, und als ich aufwachte, war er weg."

Sie schien kurz zu überlegen, kniff dann die Augen zusammen und platzte heraus: „Woher weiß ich denn, dass das keine Lüge ist? Womöglich sind Sie einfach darauf aus, mir etwas anzuhängen und von meiner Versicherung das Geld zu kassieren, so dass Sie sich davon etwas Besseres leisten können."

„Das kann ja jetzt wohl nicht Ihr Ernst sein!" Ich stand knapp davor zu explodieren. Ihr Glück, dass ich die Hände voll hatte, denn sonst ... Okay, so etwas Unangemessenes würde ich natürlich nie tun, aber allein die Vorstellung, dass ich es könnte, verschaffte mir eine gewisse Befriedigung.

„Komm schon, Angie", drängte Charles und zog mich am Ellbogen mit sich fort. „Unser Mittagessen wird kalt."

„Aber so lasse ich nicht mit mir reden", beharrte ich und starrte die böse alte Hexe grimmig an. „So, wie Sie sich verhalten und wie das hier alles abläuft, kommen wahrscheinlich kaum Gäste ein zweites Mal zu Ihnen. Persönliche Gegenstände verschwinden, die Türen funktionieren nicht, und Sie sind eine der unverschämtesten Personen, die mir je über den Weg gelaufen ist!"

„Was erlauben Sie sich!", knurrte Millicent. „Packen Sie gefälligst Ihre Sachen und ..."

„Nein", antwortete ich mit fester Stimme. „Ich gehe nirgendwohin, bevor ich meinen Ring nicht wiederhabe. Wenn Sie mich also loswerden wollen, schlage ich vor, Sie finden ihn schnellstmöglich. Schönen Tag noch, Millicent."

Mit diesen Worten machte ich auf dem Absatz kehrt und stürmte davon. Charles und die Tiere folgten mir schweigend.

„Miiaaauuu", sagte Octocat, und stieß einen leisen, anerkennenden Pfiff aus. „Ich war noch nie so stolz auf dich, Angela. Allem Anschein nach konnte ich dir doch etwas beibringen."

„Wie auch immer, aber gewöhne dich lieber nicht daran", sagte ich, zog meine Schuhe aus und ließ mich auf mein Bett fallen. Mein Herz hämmerte schon wieder wie verrückt. Wenn ich nicht frühzeitig ins Gras beißen wollte, musste ich unbedingt lernen, mich besser unter Kontrolle zu haben.

In diesem Moment ging die Toilettenspülung in unserem angrenzenden Bad, und ich fuhr erneut erschreckt in die Höhe. „Wer ist da?", rief ich und stand kurz davor, durchzudrehen.

Die Tür ging auf, und Sharon trat mit erhobenen Händen heraus. „Sorry, Leute. Die Glastür stand offen, also habe ich mich selbst reingelassen. Ich wollte mich dafür entschuldigen, wie die Sache gestern ablief, und natürlich war ich neugierig zu erfahren, was sich heute getan hat. Hast du deine Großmutter getroffen? Wie war es?"

Charles deutete ihr an, sich zu uns zu setzen und reichte ihr eine große Schachtel mit Pommes.

„O nein. Ich wollte euch doch nicht stören", begann Sharon, klimperte mit den Wimpern und versuchte, das Angebot abzulehnen.

Er jedoch bestand darauf. „Ist schon okay. Ich hatte

gestern während meiner stundenlangen Suche mindestens fünf Portionen. Mein Bedarf an Salzigem ist gedeckt."

Sie musterte ihn mit gerunzelter Stirn. „Das klingt ein wenig ... seltsam. Was meinst du mit ...?"

„Lieb von dir, dass du nochmals vorbeigekommen bist", platzte ich heraus und lenkte ihre Aufmerksamkeit zurück auf mich. „Wir sind zu ihr gefahren, aber sie war nicht zu Hause."

Erneut runzelte Sharon die Stirn. „Oh."

„Ja, und zudem geht sie nach wie vor nicht an ihr Telefon. Wir stecken also irgendwie fest."

„Mist." Jetzt war ihre Miene ein einziges Stirnrunzeln, was so gar nicht zu ihrem üblichen, unbekümmerten Wesen passte. Genauso wenig wie ihr aktuelles Outfit.

Ich ließ den Blick über ihren grauen Anzug wandern, bis er unten an den knallroten Clogs hängen blieb. „Sharon, was hast du denn da an?"

„Cool, oder?" Endlich kehrte ihr Lächeln zurück. „Ich habe später noch ein Treffen mit dem Pressesprecher der Show. Keine Ahnung, was die eigentlich von mir wollen, aber vorsichtshalber habe ich mich mal in Schale geworfen. Die nette Dame in dem Laden half mir bei der Auswahl der entsprechenden Garderobe. Ist zwar so überhaupt nicht mein Stil, aber hoffentlich zeigt ihnen das, dass ich durch und durch eine Geschäftsfrau bin. Sie wollte mir auch noch ein Paar Schuhe aufschwatzen, aber die waren schrecklich unbequem. Glücklicherweise passen die Clogs, die ich in New Amsterdam erstanden habe, perfekt dazu." Sie hielt inne und holte kurz Luft. „Natürlich ist Chessy der Star, schon klar, aber ich bin es, die alle Papiere unterschrieben hat, von daher ..."

„Du siehst fantastisch aus, Sharon", sagte Charles mit einem freundlichen Grinsen. „Sehr professionell."

Sie errötete heftig. „Vielen Dank."

Dann verlagerte er sein Gewicht auf dem Bett, wodurch ich leicht das Gleichgewicht verlor. Sharon hatte es sich auf der von Octocat auserkorenen Schlafstatt gemütlich gemacht, da dieser gerade auf dem Boden saß und sich durch sein Fischfilet arbeitete.

„Da fällt mir gerade ein ...", fuhr Charles fort, zerknüllte das Papier, in das sein Burger eingewickelt war, und warf es zurück in die Tüte. „Da du schon mal hier bist, kannst du uns vielleicht bei etwas helfen."

Sie richtete sich auf und legte die Hände in den Schoß. „Wobei?" Und wieder klimperte sie mit den Wimpern. Heiliger Bimbam.

„Du hast doch erwähnt, du wärst auf Informationen über Marilyns Gerichtsverfahren gestoßen."

„Ja, aber die Akten waren unter Verschluss. Da kam ich nicht ran."

Das entmutigte ihn nicht im Geringsten. „Aber möglicherweise ich, wenn ich mit den richtigen Leuten spreche."

Wir beide blickten ihn fragend an.

„Ich muss lediglich herausfinden, wo zumindest einer der

Fälle verhandelt wurde. Dann kann ich mich an die örtliche Staatsanwaltschaft wenden, mit der Begründung, ich wäre an einem Familienfall dran. Vielleicht kommen wir so an weitere Details."

„Klar, ich schicke dir einfach meine Notizen per E-Mail", sagte Sharon und zückte ihr Handy. Als das erledigt war, lehnte sie sich zu mir herüber. „Er sieht nicht nur gut aus, er ist auch noch brillant", flüsterte sie mir verschwörerisch zu, allerdings in einer Lautstärke, sodass auch er sie verstehen konnte.

Und dieses Mal war es Charles, dessen Wangen sich rot färbten.

Octocats gedämpfte Stimme drang an mein Ohr. „Und ich dachte immer, du wärst die Einzige, die verrückt genug ist, dem Kotzbrocken-Fanclub beizutreten", murmelte er, das Maul voller Essen. „Aber allem Anschein nach wurdest du soeben von deinem Präsidentenstuhl gestoßen."

So allmählich wurde es lächerlich. Zwar fühlte ich mich nicht im Geringsten bedroht, rutschte aber trotzdem näher an meinen Verlobten heran und legte den Kopf auf seine Schulter.

„Du kannst dich wirklich glücklich schätzen, Angie Russo", sagte Sharon. „Vergiss bloß nicht, mich zu deiner Hochzeit einzuladen. Jetzt habe ich wieder ein neues Ziel vor Augen, und zwar, mir einen Onkel oder einen Cousin von ihm zu angeln. Wenn der nur halb so perfekt ist wie dein

Charles, sterbe ich als glückliche Frau… Und jetzt lass mich noch einmal deinen wunderschönen Ring sehen."

„Der ist leider verschwunden, seit ich ihn letzte Nacht vor dem Schlafengehen abgelegt habe", gab ich stirnrunzelnd zu.

„Verschwunden?" Sie riss ungläubig die Augen auf. „Aber er muss doch hier irgendwo sein. Soll ich dir beim Suchen helfen?", bot sie an und rutschte vom Bett herunter.

Ich stand ebenfalls auf. „Gerne. Wir haben zwar schon überall gesucht, aber …"

Sharon nickte verständnisvoll. Dann jedoch fiel ihr Blick auf die große digitale Wanduhr gegenüber. „O Mist! Ich kann bedauerlicherweise nicht länger bleiben, sonst komme ich zu spät zu meinem Meeting! Ruf mich später an, okay? Wir werden den Ring – und diese Großmutter – schon noch finden. Mach dir keine Sorgen!"

Damit machte sie auf dem Absatz kehrt und war so schnell verschwunden, dass ich mich nicht einmal verabschieden konnte.

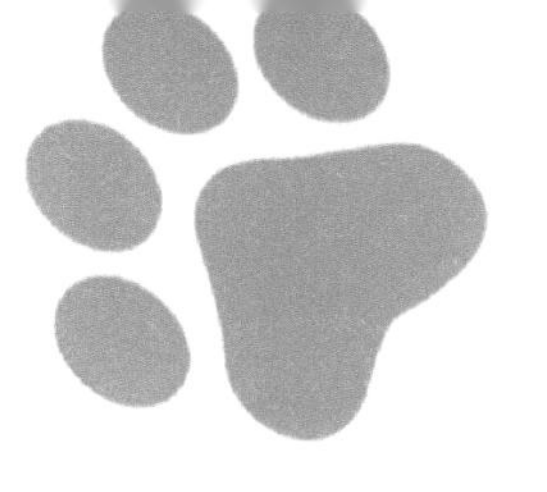

14

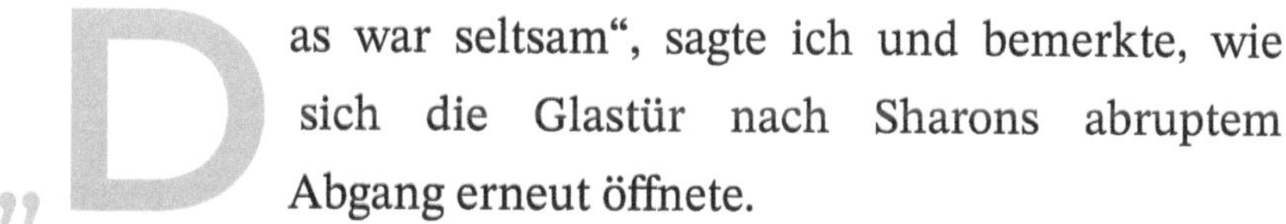

„Das war seltsam“, sagte ich und bemerkte, wie sich die Glastür nach Sharons abruptem Abgang erneut öffnete.

„Glaubst du etwa, dass sie …?“ Charles ließ seine Worte nachwirken, während er aufstand, um sie so gut wie möglich erneut zu schließen.

Ich legte den Kopf schief und sah ihn finster an. „Was? Dass sie es war, die meinen Ring entwendet hat?“

„Na ja, sie scheint kein Problem damit zu haben, ohne Erlaubnis einzutreten, und außerdem …“ Er verstummte und zuckte mit den Schultern.

„Ist sie in dich verknallt. Ist es das, was du sagen wolltest? Dass sie den Ring gestohlen haben könnte, weil sie in dich verschossen ist und sich dann in ihrer Fantasie ausmalen könnte, *sie* wäre deine Braut?“

Er seufzte auf. „Ich gebe zu, wenn du es laut aussprichst, hört es sich irgendwie blöde an. Andererseits haben wir auch keine weiteren Anhaltspunkte."

„Sharon ist meine Freundin", erinnerte ich ihn. „Wenn jemand das Schmuckstück geklaut hat, dann diese fiese Millicent." Schon klar, befreundet waren wir zwar erst seit einer Woche, aber sie hatte ihren schlechten ersten Eindruck schnell wieder wettgemacht, anders als die Besitzerin dieser Frühstückspension, die in puncto Boshaftigkeit jedes Mal, wenn wir ihr begegneten, noch einen draufsetzte.

Charles ließ sich neben mir auf dem Bett nieder und legte mir einen Arm um die Schultern. „Wir finden ihn, das verspreche ich dir. Aber zuerst sollten wir versuchen, die Angelegenheit mit deiner Großmutter zu klären, okay?"

Ich nickte. „Du hast völlig recht. Eins nach dem anderen."

„Ganz genau." Er erhob sich wieder, um seine Aktentasche zu holen.

„Also, du siehst zu, was du mit den Infos, die sie dir geschickt hat, in Erfahrung bringen kannst, und ich überprüfe, ob Großmutter irgendwelche Spuren in den sozialen Medien hinterlassen hat."

„Mami!" Paisley bellte kurz auf, um meine Aufmerksamkeit zu erregen. „Darf ich bitte ein wenig nach draußen gehen, um zu spielen?"

„Natürlich." Ich öffnete ihr die Tür und sah ihr hinterher, wie sie in Richtung Sandstrand lief. „Ich denke, ich gehe kurz mit. Einfach, um sie im Auge zu behalten", sagte ich zu

Charles. „Melde dich, wenn du etwas herausgefunden hast, okay?“

Er hob zustimmend die Daumen. Sein Laptop befand sich schon eingeschaltet auf seinem Schoß, bereit zur Recherche. Es mochte ja möglich sein, den Mann aus seinem Büro herauszuholen, aber das Büro aus ihm herauszubekommen ... das war definitiv eine andere Geschichte. Aber egal. Seine juristischen Fähigkeiten waren uns schon oft von Nutzen gewesen, und vielleicht würden sie uns auch heute den Tag retten, denn ich wäre untröstlich, wenn wir Katahdin unverrichteter Dinge wieder verlassen müssten. Unser Ziel war, Großmutter aufzuspüren, und das würde uns auch gelingen.

Als ich mich dem See näherte, entdeckte ich Paisley, wie sie gerade dabei war, ein Loch im Sand zu buddeln. Sie bemerkte mich nicht einmal.

„Was hast du denn gefunden?“, erkundigte ich mich, als sie den Kopf zurückzog und ich einen kleinen, schwarzen Gegenstand in ihrer Schnauze sah.

„Nur einen besonders schönen Stein“, murmelte sie und ließ dabei versehentlich ihre Beute fallen. Überrascht kläffte sie auf, schnappte ihn sich wieder und rannte schwanzwedelnd davon. Eigentlich war ich mir ziemlich sicher, dass Gradmas Hund gerade eine Muschel zutage gefördert hatte, ohne die geringste Ahnung zu haben, was sie damit anstellen konnte. Es war ihr ja nicht möglich, die harte Schale zu knacken, um an das Fleisch im Inneren zu gelangen.

Schulterzuckend setzte ich meinen Weg in Richtung Steg

fort. Was auch immer die kleine Maus vorhatte, zumindest war sie glücklich. Manchmal beneidete ich sie um ihre Fähigkeit, aus jeder Situation das Beste zu machen.

Mir hingegen fiel es schwer, den Kopf auszuschalten und nicht immer darüber nachzugrübeln, was als Nächstes kommen könnte. Besonders jetzt.

Zwar hatte ich Charles versprochen, nochmals in den sozialen Medien zu stöbern, aber in erster Linie aufgrund meines schlechten Gewissens, weil er sich so engagierte und ich nur Däumchen drehend herumsaß.

Aber eigentlich hatte ich das bereits getan, sobald ich ihren aktuellen Namen und Aufenthaltsort erfuhr. Auch schon zuvor, aber Jones war nicht gerade ein ungewöhnlicher Nachname. Dann endlich, gestern Abend, als ich eigentlich in der Badewanne entspannen wollte, war es mir gelungen, das richtige Profil zu finden.

Leider hatte meine Großmutter in all den Jahren, in denen es Facebook und Ähnliches schon gab, kein einziges Foto von sich veröffentlicht. Selbst ihr Profilbild war ein Gänseblümchen. Und auch ihren Status hatte sie so gut wie nie aktualisiert. Ihr letzter Eintrag lag ungefähr acht Monate zurück – ein Kommentar zu einer Fernsehsendung auf einem Kanal, von dem ich noch nie etwas gehört hatte.

Als ich sie jetzt erneut aufrief, erwartete ich nichts Neues.

Aber … kaum zu glauben!

Sie hatte doch tatsächlich vor weniger als einer Stunde ein

Update gepostet, ungefähr zu der Zeit, als wir von ihrem Haus weggefahren waren. *Oha.*

„Nichts geht über Sonne und Sandstrände! Hallo, San Francisco!“, hatte sie geschrieben und dazu ein Foto der Golden Gate Bridge eingestellt.

Na, klasse! War sie tatsächlich auf der anderen Seite des Kontinents?

Was für ein Pech.

Aber natürlich, Kalifornien machte Sinn. Sie besaß eine Nummer mit einer kalifornischen Vorwahl. Vielleicht hatte sie vor, wieder dorthin zu ziehen und erneut ihren Namen zu ändern.

Dann würde ich sie nie mehr finden.

Gedankenlos scrollte ich durch meinen eigenen Newsfeed, völlig frustriert über die Wendung der Ereignisse. Wie bloß sollte ich das Charles beibringen, vor allem, wenn man bedachte, dass ich nur aufgrund dieses Trips meinen Verlobungsring verloren hatte? Und das noch nicht einmal eine Woche, nachdem er um meine Hand angehalten hatte.

Meine Güte! Ich war die schlechteste Verlobte aller Zeiten.

Tränen schossen mir in die Augen und ich versuchte gar nicht erst, sie zurückzuhalten. *Blödes San Francisco*, dachte ich, und suchte nach jemand anderem als mir, dem ich die Schuld in die Schuhe schieben konnte.

Dann, aus welchem Grund auch immer, navigierte ich zurück zu ihrem Profil, um mir das Bild noch einmal genauer anzusehen. Vielleicht wollte ich mich einfach nur in meinem

Unglück suhlen, vielleicht aber war mir auch unbewusst aufgefallen, das etwas damit nicht stimmte.

Und dann entdeckte ich es. Um das Foto posten zu können, musste sie ins Internet gehen. Und sie hatte sich keineswegs in San Francisco eingeloggt, sondern im Golden Wok in Katahdin, Maine.

Das war ja nicht zu glauben!

Sie war hier, verleugnete jedoch ihre Anwesenheit.

Als sie versuchte, die Golden-Gate-Brücke hochzuladen, musste Geo-tag nahe gelegene Einrichtungen mit ähnlichen Namen aufgelistet haben. Und meiner Großmutter war das nicht aufgefallen.

Aber warum tat sie so, als wäre sie nicht in der Stadt?

„Hallo, Mami!", rief Paisley, rauschte an mir vorbei, senkte den Kopf, um eine rosa Muschel aufzusammeln, und rannte erneut davon.

„Hallo", erwiderte ich zerstreut. Sie war also vor Ort, und anscheinend wusste sie, dass ich nach ihr suchte, wollte mich vorsätzlich in die Irre führen. Aber nicht mit mir! Ich würde nicht nach Hause zurückkehren, ohne sie zumindest einmal getroffen zu haben. Vielleicht wollte sie mich danach nie wieder sehen – und diese Möglichkeit schmerzte zutiefst –, aber ich musste es zumindest versuchen.

Lieber endete unser Kennenlernen in einer Katastrophe, als diese Ungewissheit noch ewig mit mir herumzuschleppen.

Jetzt musste ich nur noch Charles erzählen, was ich

herausgefunden hatte, und dann konnten wir unsere nächsten Schritte planen.

15

Als ich Charles meine Entdeckung über die falsche Fährte mitteilte, die Großmutter gelegt hatte, ließ ich noch so ganz nebenbei einfließen, wie sehr ich mir wünschte, Pringle wäre jetzt hier, um uns bei der Umsetzung unseres Plans zu unterstützen.

Und Octocat schluckte den Köder samt Haken, Schnur und Senker.

„Der Hund und ich sind besser, als dieser betrügerische Waschbär es jemals sein könnte“, knurrte er und bestand darauf, die Dinge ab jetzt selbst in die Hand zu nehmen.

Wir fuhren zurück zu dem Wohnungskomplex und ich beobachtete, wie die beiden aus dem Wagen hüpften und davonstoben, um ihre streng geheime Aufklärungsmission zu starten. Octocat hatte erklärt, dass er nur die allernötigsten

Basics seines Einsatzes mit uns teilen würde. Und mir dann auch wirklich nur knapp erklärt, was wir zu tun hätten.

Charles langte zu mir herüber und streichelte mir übers Knie.

Mit wachsender Beunruhigung schloss ich die Tür, damit er uns um die Ecke und außer Sichtweite bringen konnte.

Der Teil des Plans, in den ich eingeweiht war, sah vor, dass er und ich langsam mehrmals um den Block fuhren, während die Tiere ihren Auftrag, meine vermisste Großmutter aufzuspüren, erledigten.

„Liege ich falsch damit, dass ich mir wünschte, der Waschbär wäre jetzt hier?“, fragte Charles mich ein wenig später und grunzte leicht. „Das, was er auf die Beine stellt, ist zumindest interessant.“

Inzwischen hatten wir mindestens ein Dutzend Mal die Nachbarschaft durchkämmt, und die Anwohner fingen an, uns misstrauisch zu beäugen. Lange konnte es nicht mehr dauern, und sie würden die Polizei rufen.

„Ehrlich gesagt habe ich Pringle nur erwähnt, damit Octocat denkt, es war seine Idee, uns zu helfen“, erwiderte ich lachend. „Von daher – ja, wenn du glaubst, seine Anwesenheit würde irgendetwas bringen. Und du musst dir ja auch nicht sein ewiges Geschwätz anhören, so wie wir anderen. Wusstest du übrigens, dass er auf unserem letzten Trip so fasziniert von dem Trucker-Slang war, dass er inzwischen genauso redet die diese Typen?“

Charles brach in schallendes Gelächter aus. „Machst du Witze? Warum hast du mir das nicht schon früher erzählt?"

„Weil ich immer noch die Hoffnung hatte, ihm das wieder austreiben zu können. Er benutzte nur noch Ausdrücke wie Smokeys und Ten Fours und was auch immer. Ich verstehe nicht mal die Hälfte von dem, was er sagt."

„Hm. Das wirft die Frage auf, ob du auch Tiere verstehen könntest, die eine fremde Sprache sprechen. Beispielsweise …"

„Stopp. Halt an!", rief ich, als ich in dem schwarzen, schwanzwedelnden Fleck auf dem Bürgersteig Paisley ausmachte, die in unsere Richtung bellte.

„Mami! Mami! Mami!", hörte ich sie schreien, sobald ich die Autotür öffnete.

Behände sprang ich nach draußen, während Charles mir noch hinterherrief: „Ich parke den Wegen und komme nach."

„Was ist los, Paisley?" Der kleine Hund sprang in meine Arme und leckte mir freudig übers Gesicht.

„Wir haben sie entdeckt! Wir haben deine Großmutter gefunden", kläffte sie aufgeregt. „Los, komm mit!"

Damit befreite sie sich aus meinem Griff und sprintete volle Kanne los. Ich warf noch einen schnellen Blick zurück, um mich zu vergewissern, dass Charles uns folgte, bevor ich dem aufgeregten Fellgeschoss hinterherjagte.

Wie dankbar war ich in diesem Moment, dass Grandma mich gezwungen hatte, an meiner Fitness zu arbeiten und regelmäßig mit Cujo, dem Hund ihrer Freundin, joggen zu gehen. Allerdings hatte der Husky stets ein gemäßigteres Tempo vorgelegt als dieser wild gewordene Miniaturhund, mit dem mitzuhalten mir mehr als schwerfiel.

Zudem schien sie sich auch nicht sonderlich um die Hindernisse zu kümmern, die sich uns in den Weg stellten, schlüpfte einfach darunter hindurch oder sprang darüber hinweg. Ich hatte da deutlich mehr Probleme. Das Erste, worüber ich stolperte, war ein Sprinkler, der mich auf eben den Rasen stürzen ließ, der dem mürrischen Typ von heute Morgen gehörte. Das war mal wieder typisch für mich!

Mühsam kämpfte ich mich zurück auf die Füße, aber es dauerte nicht lange, bis ich kopfüber in einen Himbeerbusch krachte.

Paisley schien nicht einmal zu bemerken, mit welchen Herausforderungen ich zu kämpfen hatte oder wie weit ich schon zurückgefallen war. Ihre kleinen Beine waren beinahe unsichtbar, so schnell schleuderte sie sie beim Sprinten und Hüpfen in die Luft.

Ich bemühte mich, sie nicht aus den Augen zu verlieren, was mich wiederum nicht auf meinen Weg achten ließ. Also prallte ich als Nächstes gegen eine Reihe von Mülltonnen und stieß mir anschließend das Knie an einem Zaunpfosten.

Vielleicht wäre ich ihr besser mit dem Auto gefolgt, aber dafür war es jetzt ohnehin zu spät.

Aus dem Gleichgewicht geraten und völlig desorientiert,

war ich mehr als erleichtert zu sehen, dass die Kleine nicht mehr vorwärts stürmte. Mittlerweile zog sie enge Kreise hinter einem der Wohnhäuser.

„Mami! Mami!“, brüllte sie. Hier ist es! Das ist der Ort!“

Und da war sie tatsächlich, meine Großmutter. Sie saß an einem kleinen Terrassentisch, gemeinsam mit meinem Kater, der sich einen Krabbencocktail munden ließ. Benommen stand ich da, mein Mund öffnete und schloss sich wieder, ohne dass ich einen Ton herausbekam. Und übergeben sollte ich mich besser jetzt auch nicht, das würde keinen guten Eindruck hinterlassen.

Octocat blickte zu mir auf, gähnte, und leckte sie die Soße von der Pfote.

„Angela“, schnurrte er. „Das ist deine Oma Lyn. Lyn, Angela.“

„Hallo, Angela“, entgegnete Lyn, fast so, als würde sie Octocat antworten. „Bitte entschuldige, dass ich dich so an der Nase herumgeführt habe, Liebes. Ich ... Ich hatte einfach schreckliche Bedenken, du könntest enttäuscht von mir sein, und den Gedanken einer Zurückweisung konnte ich einfach nicht ertragen.“

Diese Worte brachen mir beinahe das Herz. Sie hatte also genauso viel Angst vor einem Treffen gehabt wie ich.

Aber bevor ich etwa darauf erwidern konnte, fuhr sie fort. „Jemand gab mir den Tipp, dass du auf dem Weg zu mir bist, und als dann auch noch deine Freundin ... ähm, wie war doch gleich noch mal ihr Name?“

„Sharon“, antwortete mein Kater an meiner Stelle.

„Ah richtig, Sharon“, sagte Lyn, als ob sie Octocat verstanden hätte. „Der Reality-Star, der mich so genau unter die Lupe nahm, war nicht gerade feinfühlig. Also war ich vorgewarnt, dass du nach mir suchst. Als ich dich und deinen Bekannten so lange im Auto sitzen sah, wusste ich, dass du es sein musstest.“

Sie schenkte sich noch ein Glas Eistee ein und legte meinem Tiger ein paar weitere Krabben auf den Teller.

„Und in dem Moment, als du aus dem Wagen ausgestiegen bist, bestand kein Zweifel mehr. Die Familiengene sind extrem stark. Du siehst meiner Schwester so ähnlich, als diese jung war. Aber das ist sicher nicht der Hauptgrund, warum du hergekommen bist, oder?“

„Natürlich nicht“, entgegnete mein Kater und schob sich eine weitere Garnele ins Maul. „Wir würden zu gerne wissen, warum dein Mann beschlossen hat, dir dein Kind wegzunehmen und abgehauen ist.“

Bei seiner Unverblümtheit zuckte ich zusammen.

„Entspann dich, Angela. Ich weiß, wie Katzen sein können“, sagte Lyn, schnalzte mit der Zunge und legte den Kopf schief. „Und nur fürs Protokoll: Du hast recht, Octavius. Ich habe meine geliebte kleine Laura verloren, weil ihr Vater mir nicht glauben wollte, als ich ihm sagte, ich könne mit Tieren sprechen. Welch eine Tragödie.“

Oha. Ich hatte noch nicht einmal ein *Hallo* herausgebracht, da hatte sie mir bereits ihr großes Geheimnis verraten.

Ein Geheimnis, das wir teilten.

Bedeutete das etwa …? Konnte ich mit Tieren reden, weil sie es ebenfalls konnte? Darüber wollte ich unbedingt mehr erfahren.

16

Ein paar Minuten später reichte Lyn mir ein altes Foto und ein frisches Glas Eistee. Dann stellte sie ein weiteres vor Charles hin, der mittlerweile ebenfalls eingetroffen war, lehnte sich in ihrem Stuhl zurück und nahm Octocat auf ihren Schoß.

Beinahe rechnete ich damit, dass dieser sich wehren würde, er jedoch rollte sich einfach zusammen und begann zu schnurren.

„Das ist deine Mutter", sagte sie mit Wehmut in der Stimme. „Es war das einzige Bild, das ich viele Jahre lang von ihr hatte, bis ich sie eines Tages in den Nachrichten entdeckte. Es gibt so vieles in euren Leben, was ich verpasst habe. Aber ich kann es auch verstehen. Dein Großvater war kein schlechter Mensch. Er hatte einfach Angst."

Ich nickte zustimmend. Wie sehr liebte ich es, ihrer Stimme zu lauschen. Sie hätte ewig so weiterreden können.

„Alles fing damit an, dass ich einen Job in einem Diner annahm, um mir mein Studium zu finanzieren“, fuhr Oma Lyn fort. „Jimmy, der Besitzer, war ein guter Kerl, aber auch ein elender Geizkragen.“ Sie sah mich über den Rand ihrer Brille hinweg an, und ich lachte. „Er wollte jede noch so kleine Sache selbst wieder in Ordnung bringen und hielt die Leute, die Reparaturwerkstätten betrieben, für ausgemachte Verbrecher, die hart arbeitenden Menschen wie ihm das sauer verdiente Geld aus der Tasche ziehen wollten.

Als also das Stromkabel unserer Industriekaffeemaschine einen heftigen Knick aufwies, kümmerte er sich selbst darum. Sie funktionierte anschließend zwar nicht mehr sonderlich gut, aber seine Devise lautete eben: Billig ist besser als gut. Irgendwann verpasste mir das Ding einen heftigen Stromschlag, und ich wurde ohnmächtig. Als ich wieder zu mir kam, fand ich die Welt viel lauter als zuvor.“

„Mir erging es ganz genauso!“, quietschte ich, sprang auf und tippte mir mit dem Daumen auf die Brust. „Das ist ja nicht zu fassen!“

Meine Oma lachte. „Ja. Plötzlich sprach jedes Tier zu mir, aber das Problem war, dass nur ich verstehen konnte, was sie sagten. Natürlich versuchte ich, meine neu gewonnene Fähigkeit so lange wie möglich geheim zu halten, aber du weißt ja selbst, wie das ist: Wenn die Tiere wissen, dass du sie verstehen kannst, lassen sie dich nicht mehr in Ruhe

Wie auch immer, zumindest anfangs gab William sich sehr verständnisvoll. Schließlich waren wir erst kurze Zeit zusammen, und er führte es auf den Stress zurück – damals war ich bereits in anderen Umständen – oder eben auf so eine *Frauensache*. Und die Ärzte stimmten ihm zu. Sie tippten auf eine Art schwangerschaftsbedingter Hysterie. Immerhin waren die Zeiten damals noch ganz anders. Als unverheiratete werdende Mutter wurde man ziemlich schief angeschaut. So tat William genau das Richtige und hielt um meine Hand an. Unser Hochzeitstermin stand bereits fest, als ihm verstärkt bewusst wurde, dass ich mit Hunden und Katzen redete. Ab da fand er einen Grund nach dem anderen, den Termin zu verschieben. Irgendwann zog er in verstärktem Maße die Herren Doktoren hinzu, und das Ende vom Lied war, dass ich strikte Bettruhe halten musste und mit wer weiß welchen Medikamenten ruhiggestellt wurde.

Ich erinnere mich kaum noch daran, wie ich Laura auf die Welt brachte. Und kurz darauf gab er Laura ja auch schon weg und versuchte, mir einzureden, ich hätte mir die Schwangerschaft nur eingebildet. Aber, wie gesagt, ich kann ihm nicht böse sein. Er dachte, er würde mir helfen. Wenn er mich nicht geliebt hätte, hätte er mich nicht einweisen lassen, sondern wäre einfach abgehauen. Und obwohl wir nie offiziell geheiratet haben, hielt er stets zu mir. Versuchte, mich auf seine Art zu heilen, damit ich die Stimmen, die seiner Meinung nach nur in meinem Kopf existierten, loswurde."

Unter dem Tisch drückte ich Charles' Hand.

Großmutter fuhr fort, aber ihre Augen blieben trocken. So tragisch diese Geschichte auch war, hatte sie sich anscheinend schon vor langer Zeit damit abgefunden, wie ihr Leben verlaufen war.

„Zehn Jahre lang war ich immer wieder Dauergast in irgendwelchen medizinischen Einrichtungen und erhielt eine Diagnose nach der anderen: Schizophrenie, multiple Persönlichkeitsstörung, Psychosen, Realitätsverlust und so weiter. Jeder Arzt hatte etwas Neues hinzuzufügen.

Irgendwann landeten wir ausgerechnet in Kalifornien, wo es mir sogar gelang, mit einem Wüsten-Baumwollschwanzkaninchen zu sprechen. Da endlich wurde mir klar, dass ich nicht verrückt war, egal wie lange die Ärzte und mein Freund auch versucht hatten, mir das einzureden.

Also brach ich aus dem Krankenhaus aus, in dem ich mich gerade befand, und machte mich aus dem Staub. Damals war das noch wesentlich einfacher als heute, es gab keine Handys, keine elektronische Kreditkartenüberwachung. Es brauchte schon akribische Detektivarbeit, um jemanden aufzuspüren, der nicht gefunden werden wollte. Sicher, auf meinem weiteren Weg gab es immer wieder Stolpersteine – ein paar Verhaftungen, kritische Situationen, wenn jemand etwas über meine Fähigkeiten herausfand. Irgendwann jedoch hatte ich gelernt, sie vor der Welt zu verbergen und konnte ein relativ normales Leben führen. Schön war es nicht, aber zumindest war ich raus aus den Kliniken und Psychiatrien.

Natürlich plagte den alten William sein schlechtes Gewissen, und schließlich spürte er mich in einer kleinen Stadt nahe der Grenze zwischen Florida und Georgia auf. Er gab mir dieses Bild von Laura und dankte mir, dass ich ihn gehen ließ, damit er jemand anderen finden konnte. Er sagte, er würde mich zwar noch immer lieben, aber wir seien nicht füreinander bestimmt.

Danach sah ich ihn nie wieder, aber da ich jetzt wusste, dass deine Mutter irgendwo da draußen war, hatte ich wieder ein neues Ziel vor Augen. Ich zog von Stadt zu Stadt, nahm jede Arbeit an, die ich finden konnte, und freundete mich mit allen möglichen Tieren an, die mir zu helfen versuchten, meine Tochter zu finden. Deshalb auch die vielen Flamingos vor meinem Haus. Jeder von ihnen steht stellvertretend für einen Freund, den ich auf diesem Weg gefunden habe. Natürlich werden wilde Flamingos nur etwa zwanzig Jahre alt, also ist diese Ausstellung leider eher eine Art Gedenkstätte."

Sie beugte sich nach vorne und verschränkte die Finger. „Angela. Ich weiß nicht, wie ich es dir sagen soll, aber wenn man diese Gabe hat, ist man zu einem einsamen Leben verdammt. Sicher, man kann sich mit Tieren unterhalten, aber die menschlichen Beziehungen, die deinem Dasein einen Sinn geben, bleiben auf der Strecke. Deshalb hatte ich auch so sehr Angst, du könntest mich ablehnen. Niemand will eine verrückte alte Frau in seinem Stammbaum haben."

„Ich schon", versicherte ich ihr, während Tränen meine Sicht trübten. „Mehr als alles andere."

„Ach, mein Schatz. Als Octavius vorhin andeutete, dass du und ich mehr als nur eine zufällige genetische Übereinstimmung hätten, keimte in mir die Hoffnung auf, dass ich vielleicht, aber auch nur vielleicht, meine Familie wiedergefunden haben könnte."

Ich bedachte sie mit einem Lächeln, das anfangs nur meine Mundwinkel umspielte und sich dann über mein ganzes Gesicht ausbreitete. Wie gebannt hatte ich ihrer Geschichte zugehört, und jetzt konnte ich einfach nicht anders. Ich warf die Arme um sie und zog sie zu mir heran.

Die allererste Umarmung, der hoffentlich noch viele weitere folgen würden.

„Was bin ich froh, dich endlich gefunden zu haben", flüsterte ich und wollte sie gar nicht mehr loslassen.

„Danke, dass du nicht aufgegeben hast. Immerhin habe ich es dir nicht gerade einfach gemacht."

„Bei Gelegenheit würde ich dir gerne mal etwas über die Sicherheit sozialer Medien erzählen. Damit du das nächste Mal, wenn du dich vor jemandem verstecken willst, nicht denselben dummen Fehler machst." Ich erklärte ihr, wie ich herausfinden konnte, dass sie gar nicht verreist war, und gemeinsam brachen wir in schallendes Gelächter aus.

Dann saßen wir noch stundenlang auf der alten, morschen Veranda zusammen und erzählten uns viele Geschichten, beispielsweise, was Charles und ich uns von unserer Hochzeit erhofften. Und natürlich erinnerten wir uns an all die seltsamen und wundervollen Tiere, die unser Leben so sehr bereichert hatten und es nach wie vor taten.

„Versprichst du, morgen wiederzukommen?“, fragte Oma zum Abschied nach einem köstlichen Abendessen mit gegrilltem Hühnchen und Gemüse.

„Du könntest sie nicht davon abhalten, selbst wenn du es versuchen würdest“, versicherte Charles ihr und zog mich an sich.

„Das weiß ich eigentlich schon“, antwortete Großmutter Marilyn. „Ich habe es ja bereits versucht und bin gescheitert.“

Erneut brachen wir in Gelächter aus, dann wünschten wir einander eine gute Nacht. Dieser Abend hatte sich nicht wie ein erstes Treffen angefühlt, sondern wie ein Nach-Hausekommen.

Wie Familie.

17

Erst spät kehrten Charles und ich mit einem breiten Grinsen auf den Gesichtern in die Pension zurück.

„Was für ein Tag!“, seufzte er.

„Ja“, erwiderte ich. Mehr gab es dazu nicht zu sagen. Dafür hatten die Stunden mit meiner neu gewonnenen Oma schon gesorgt.

„Ich mag Oma Lyn“, sagte Paisley, als ich sie auf den Arm nahm und mit ihr aus dem Auto ausstieg.

„Mich hat sie irgendwie an Ethel erinnert“, merkte Octocat an.

Da wir uns nicht mehr in der Sicherheit unseres Wagens befanden und Millicent ja bereits unter Beweis gestellt hatte, dass sie dem Spionieren nicht abgeneigt war, entgegnete ich nichts darauf, sondern sah ihn nur prüfend an.

„Sekunde mal“, sagte ich, an Charles gewandt und wartete.

Zum Glück zögerte Octocat nicht, fortzufahren. „Was?“, fragte er und streckte sich noch einmal ganz genüsslich auf dem Rücksitz. „Sie ist eine nette, alte Dame. Eine nette, alte, relativ normale Dame. Außerdem hat sie Tee getrunken.“

„Keine Ahnung, warum ich etwas Tiefgründigeres erwartet hätte“, murmelte ich wie zu mir selbst.

Paisley begann, auf meinem Arm herumzuzappeln. „Was ist *tief*?“

Ich tätschelte ihr den Kopf. „Alles in bester Ordnung. Gehen wir auf unser Zimmer.“ Dabei blickte ich Charles an, nur für den Fall, dass Millicent uns beobachten sollte.

In diesem Moment vernahmen wir das Geräusch von knirschendem Kies, als ein weiteres Auto auf den Parkplatz einbog. Und zwar nicht irgendeines – nein, ein Streifenwagen.

„Ich rieche Ärger“, sagte mein Kater mit einem diabolischen Grinsen, sprang nun ebenfalls heraus und reckte den Hals, um besser sehen zu können, obwohl er sich hinter meinen Beinen versteckte. Wie üblich war er scharf auf ein Drama.

Und dann kam auch schon Millicent aus dem Eingangsbereich gestürmt und wedelte mit den Armen. „Officer, hierher Officer! Das sind die beiden!“ Anscheinend hatte sie sehr viel Zeit in ihr Äußeres investiert, denn sie war stark geschminkt und trug jede Menge Schmuck. Sie hatte uns definitiv erwartet.

Der Polizist quälte sich hinter dem Steuer hervor und erreichte eine beeindruckende Größe. Gut und gerne zwei Meter, wenn ich schätzen müsste. Er steckte die Daumen in seine Gürtelschlaufen und näherte sich Charles und mir.

Paisley fing erneut an, wie wild zu zappeln, aber nicht aus Angst, sondern weil sie den Neuankömmling unbedingt begrüßen wollte.

Der Typ, eindeutig ein Hundemensch, streckte seine große Hand nach ihr aus und kraulte sie mit seinen dicken Fingern kurz unter dem Kinn. Dann zog er sie zurück und betrachtete prüfend meinen Verlobten. „Haben Sie Mrs Strobel Ärger bereitet?"

„Nein, Sir", antwortete Charles und rührte sich keinen Millimeter von der Stelle. Er war überhaupt weitaus ruhiger und gelassener, als ich es in einer derartigen Situation jemals sein könnte.

„Soll das ein Witz sein?", platzte ich heraus.

Millicent kam angerannt und schrie: „Ja, genau das haben sie. Sich nämlich geweigert, mein Haus zu verlassen, als ich sie darum bat. Deshalb möchte ich, dass Sie die beiden von meinem Grund und Boden entfernen!"

Der Beamte ließ den Blick zwischen uns hin und her wandern und entschied sich letztendlich, das Verhör mit Charles fortzusetzen, der ihm der Vernünftigere zu sein schien. „Möchten Sie mir vielleicht erzählen, was sich heute hier zugetragen hat?", fragte er und zog ein Notizbuch hervor, das in seinen übergroßen Händen lächerlich klein wirkte.

Dazu war der natürlich nur zu gerne bereit. „Der Ring meiner Verlobten ist verschwunden“, erklärte er, wobei er darauf achtete, nicht so sehr mit den Händen herumzufuchteln, wie er es üblicherweise tat. „Als wir sein Fehlen gestern Abend bemerkten, haben wir uns direkt an Mrs Strobel gewandt.“

Der Polizist nickte. „Und dann?“

„Heute Nachmittag – wir kamen gerade von einem Treffen mit einem Freund zurück – fing uns Mrs Strobel vor der Pension ab und fragte uns, wo wir gewesen seien und ob wir etwas Illegales getan hätten. Dann beschuldigte sie uns, den Ring selbst entwendet zu haben. Offensichtlich hatte sie vergessen, dass wir es waren, die ihn am Vortag als gestohlen gemeldet hatten. Als wir sie freundlich darauf hinwiesen, unterstellte sie uns die Absicht, ihr etwas anhängen zu wollen, sozusagen einen geplanten Versicherungsbetrug. Bitte seien Sie versichert, dass das eine üble Verleumdung war.“

Der Polizist zog eine Augenbraue hoch. „Was geschah dann?“

„Sie verlangte, dass wir auf der Stelle abreisen sollten, aber da wir das Zimmer für zwei Nächte gebucht hatten, sahen wir natürlich keine Veranlassung, vor Ablauf dieser Zeit auszuchecken. Außerdem wollte meine Verlobte nicht gehen, nicht bevor ihr Ring wieder aufgetaucht war.“

„Aha. Und wie ging die Geschichte weiter?“ Er warf einen Seitenblick auf Millicent, die Charles mit unverhohlenem Hass anstarrte.

„Wir aßen gemeinsam mit einer Freundin auf unserem Zimmer zu Mittag und sind anschließend wieder losgefahren, um die Person zu besuchen, die wir am Morgen nicht erreicht hatten. Zurückgekommen sind wir gerade ein paar Minuten vor Ihrem Eintreffen“, schloss er.

Millicent deutete mit dem Finger auf uns. Die Ärmel ihrer übergroßen, mintfarbenen Seidenbluse bauschten sich im Wind. „Haben Sie das gehört? Sie haben zu viele Freunde! Ich traue ihnen nicht über den Weg!“

Der Officer änderte ganz leicht seine Haltung, so dass er jetzt der alten Dame gegenüberstand. „Ma‘am, haben Sie irgendwelche Beweise, dass Ihre beiden Gäste das Verschwinden des Verlobungsrings nur vorgetäuscht haben?“

Sie klopfte sich wütend auf den Unterleib. „Das brauche ich nicht. Ich spüre es direkt hier. Mein Bauchgefühl hat mich noch nie betrogen!“

Der Beamte presste die Lippen zu einem festen Strich zusammen. „Leider funktioniert das Gesetz so nicht. Ohne konkrete Beweise kann ich Ihrer Bitte nicht nachkommen. Außerdem habe ich den Eindruck, dass Sie es sind, die im Unrecht ist.“

Millicent fiel die Kinnlade herunter. „Wie bitte?“, stammelte sie keuchend. Ich vermute, dass weder ihr Gehirn noch ihre Lungen in diesem Moment viel Sauerstoff abbekamen.

„Einfach ausgedrückt, Sie belästigen rechtschaffende Bürger.“

Sie schüttelte nur den Kopf, offensichtlich zu wütend, um zu widersprechen, was mir nur recht war.

„Es gibt da allerdings noch etwas anderes“, schaltete Charles sich erneut ein, der sich endlich wieder getraute, gestikulierend zu sprechen. „Ein Fall von grober Fahrlässigkeit. Es handelt sich um die Türen in unserem Zimmer …“

Mit einem süffisanten Grinsen lauschte ich, wie er die Probleme mit der Vorder- und der Glasschiebetür schilderte. Anschließend reichte er auch noch eine offizielle Klage wegen des verschwundenen Ringes ein.

Irgendwann stürmte Millicent davon. Wenn sie uns nicht schon vorher gehasst hatte, dann mit Sicherheit nach dieser Aktion.

Charles und ich machten uns lachend auf den Weg zu unserem Zimmer. Nicht einmal die lächerlichen Eskapaden der Alten konnten uns diesen wundervollen Tag mit meiner Oma vermiesen.

„Dieser Plan ist wohl nach hinten losgegangen, was?“, fragte er mit einem Augenzwinkern.

„Allerdings, in ganz großem Maße!“ Ich kicherte. „Und ich habe jeden einzelnen Moment davon genossen.“

Plötzlich rannte Paisley bellend nach vorne. „Verschwinde, du blöder Rüpel!“

Kurz darauf sah ich etwas orangefarbenes aufblitzen und in der Nacht verschwinden.

„Paisley!“ Ich hob sie nahe an mein Gesicht und ließ mir

von ihr die Wange lecken. „Ich bin so stolz auf dich! Du hast ihn ganz allein in die Flucht geschlagen.“

„Und lass dich hier bloß nicht mehr blicken!“, brüllte sie ihm noch hinterher, offensichtlich sehr zufrieden mit sich und der Welt.

„Das war mal wieder ein mehr als seltsamer Trip“, sagte Charles, als wir unser Schlafzimmer erreichten. Wie immer stand die Schiebetür ein Spalt breit offen.

„Seltsam, aber auch wieder irgendwie gut“, fügte ich hinzu.

Er nickte zustimmend.

„Aber wenn wir Oma Lyn das nächste Mal besuchen, sollten wir besser woanders übernachten, oder?“, hakte er nach.

Ich ergriff seine Hand und drückte einen Kuss darauf. „Definitiv.“

Und ich wusste auch schon ganz genau, wo. Sie hatte uns bereits eingeladen und versichert, dass wir bei ihr jederzeit willkommen wären.

Wer brauchte schon eine gerade mal mittelmäßig bewertete Pension, wenn man Familie hatte?

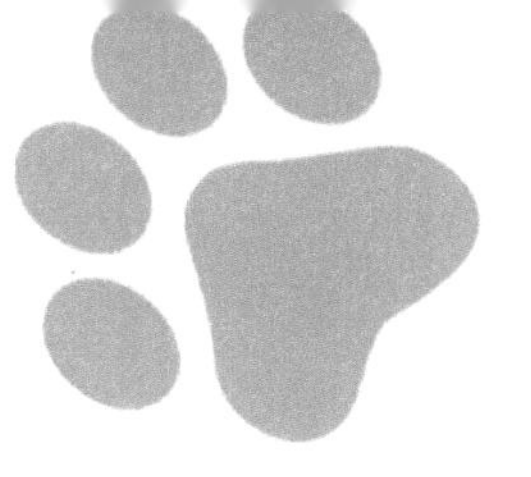

18

„Trotz aller Missstände gibt es eine Sache, die ich nach unserer Abreise vermissen werde“, sagte Charles, nachdem wir uns nach der stressigen Begegnung auf dem Parkplatz einen Moment der Ruhe gegönnt hatten, um wieder etwas runterzukommen.

„Aha.“ Erwartungsvoll drehte ich mich zu ihm um. „Und die wäre?“

Seine Lippen verzogen sich zu diesem typischen Lächeln, das ich so sehr an ihm liebte. „Die Nähe zum Strand und zum See.“

„In Glendale gibt es gefühlt eine Million Strände“, erinnerte ich ihn und rümpfte scherzhaft die Nase.

„Schon, aber keiner liegt direkt vor unserer Haustür.“ Er stand auf und reichte mir die Hand. „Wie wäre es mit einem letzten Spaziergang im Mondschein?“

„Oh, du hoffnungsloser Romantiker, du“, neckte ich ihn. Sharon hatte recht. Ich war in der Tat die glücklichste Frau der Welt.

Wieder einmal blind vor Liebe folgte ich ihm nach draußen, wo ich nach wenigen Schritten stolperte und zu stürzen drohte.

Zum Glück fing mein Ritter in glänzender Rüstung mich auf, bevor ich lang hinschlug.

„Was war das denn?“, fragte ich verwundert und blickte zurück, konnte jedoch nichts erkennen.

Charles zog sein Handy hervor und ließ den Lichtstrahl über einen kleinen Haufen Strand-Nippes wandern.

„Nur etwas Strandgut“, sagte er achselzuckend. „Oder wie auch immer man das Zeug auch bezeichnet.“

„Warte“, rief ich, als der das Telefon schon wieder wegstecken wollte. „Leuchte noch mal drauf, aber dieses Mal etwas langsamer.“

Er tat, worum ich ihn gebeten hatte, und bewegte das Licht ganz langsam von Objekt zu Objekt, bis es an einem glänzenden schwarzen Stein hängenblieb.

Nein, nicht an einem Stein.

„Das ist eine Muschel, richtig?“, fragte ich und erinnerte mich wieder an die Szene vom Vormittag mit Paisley.

Wieder zuckte er mit den Achseln. „Ja, kann gut sein.“

Ich deutete auf ein rosafarbenes Objekt. „Und das ebenso, oder?“

„Ja, bei der bin ich absolut sicher." Er stupste mich spielerisch in die Seite, aber ich war zu sehr auf unseren Fund fokussiert, um seine kleine Alberei zu erwidern.

„Paisley!", rief ich in die Nacht und in Richtung unseres Zimmers, das nach wie vor in Sichtweite war. Der kleine schwarze Hund schlüpfte durch die Glastür und kam auf uns zugerannt.

„Ja, Mami?", fragte sie, ein Ohr groß und spitz nach oben gerichtet, das andere nach vorne geklappt.

„Gehören all diese Sachen dir?" Ich deutete auf den umgestoßenen Stapel.

„Meine Schätze!", heulte sie auf und eilte darauf zu, um sich auf ihnen zu wälzen. „Was ist denn passiert?"

„Das habe ich mir gedacht. Fall gelöst. Na ja, zumindest so gut wie. Komm, Charles, wir müssen mit Octocat reden."

Paisley jedoch wimmerte und weigerte sich, uns zu folgen: „Nein, bitte erzähl ihm nichts von meinen Kostbarkeiten. Ich will nicht, dass er sie mir klaut, so wie er es zu Hause immer macht."

„Ich verspreche, dass ich ihm nichts von deinem geheimen Vorrat erzählen werde", versicherte ich dem verzweifelten Hündchen.

Daraufhin trottete sie mir hinterher, wenn auch widerstrebend.

„Was ist denn los?", wollte Charles wissen, als wir uns der Pension näherten.

„Ich habe da so eine Ahnung, was mit meinem Ring passiert sein könnte“, erklärte ich ihm und riss die Tür zu unserem Zimmer weit auf.

„Was wollt ihr denn jetzt schon wieder?“, murrte mein Kater. „Ich dachte, ich hätte endlich mal etwas Zeit für mich allein, aber nein! Schon seid ihr alle wieder da. Die traurige Geschichte all meiner sieben Leben. Zum Kotzen!“ Er stieß einen langen Seufzer aus, aber diesmal weigerte ich mich, auf sein dramatisches Getue einzugehen.

„Du bist eine Katze und hast buchstäblich jede Sekunde jedes einzelnen Tages Zeit für dich“, merkte ich an.

Er schnaubte verstimmt auf, aber für mich war das Thema damit erledigt.

Als klar war, dass er sich zurückzuhalten gedachte, fuhr ich fort: „Hör mal, ich bräuchte deine Hilfe.“

„War ja irgendwie klar“, fauchte er und zuckte mit dem Schwanz. „Ohne mich wärst du verloren, stimmt‘s?“

„Stimmt. Also hilfst du mir?“ Wenn das der Preis dafür war, dass ich meinen Stolz hinunterschlucken musste, war ich gerne bereit dazu. Immerhin hatte ich jetzt lange genug mit einer Katze zusammengelebt, um zu wissen, wie diese Spezies tickte. Was bedeutete, dass ich seine Reaktion voraussah.

Octocat ließ sich auf die Seite fallen und gähnte. „Gut, ich werde darüber nachdenken, aber im Moment bin ich wirklich ziemlich müde. Diese ganze Detektivarbeit und noch dazu die Mühe, dir beim Analysieren deiner menschlichen Gefühle zu helfen, war harte Arbeit. Ich brauche etwas Zeit, um mich auszuruhen und neue Energie zu tanken."

„Halt die Klappe, du!", bellte Paisley und warf die Beinchen zurück. „Wenn Mami unsere Hilfe braucht, dann werden wir sie ihr geben!"

„Paisley!", sagte ich schockiert. Sie mischte sich eigentlich nie in eine Sache ein, schon gar nicht, wenn es um den großen Katzenbruder ging, den sie vergötterte.

Octocat starrte sie aus großen, bernsteinfarbenen Augen an, und sie hielt seinem Blick stand, die glänzenden schwarzen Knopfaugen weit aufgerissen.

Ich konnte kaum fassen, was als Nächstes geschah.

„Wie auch immer", machte mein Felltiger einen Rückzieher, blinzelte matt und wandte sich erneut mir zu. „Sag mir, was ich für dich tun kann, damit wir es schnellstens hinter uns bringen können."

Um keine Zeit mit weiteren Diskussionen über eventuelle Hintergründe zu verschwenden, kam ich direkt auf den Punkt. Zuerst erläuterte ich die Theorie, die ich entwickelt hatte, nachdem ich über Paisleys Schatzhäufchen gestolpert war. Dann erklärte ich ihnen, was sie zu tun hatten.

Octocat sprang auf die Füße. „Na komm schon, Köter. Lass es uns in Angriff nehmen."

Paisley jedoch blieb wie angewurzelt stehen. „Es verletzt mich zutiefst, wenn du mich so nennst", sagte sie mit fester Stimme.

Machte der kleine Kerl Witze? Was zum Teufel ging denn

hier vor sich? Mein Kater zeigte sich von seiner weichen Seite, während der Chihuahua plötzlich sehr bestimmt auftrat. Die ganze Welt schien verrückt geworden zu sein. Oder aber von diesem Ort ging eine Art seltsame Magie aus. Wer wusste das schon?

Nachdem die Tiere weg waren, hielt Charles mir erneut die Hand hin. „Nächster Versuch?“

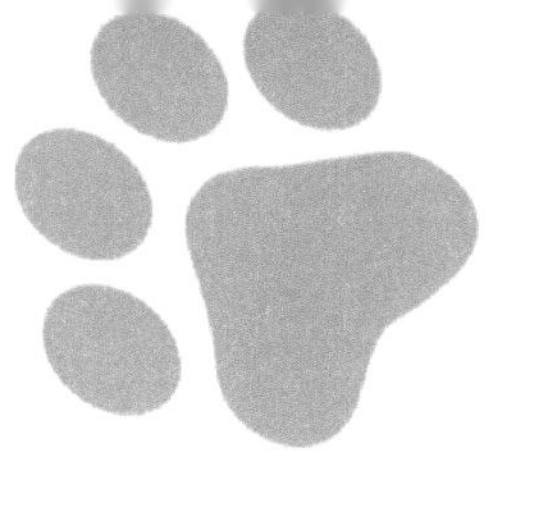

19

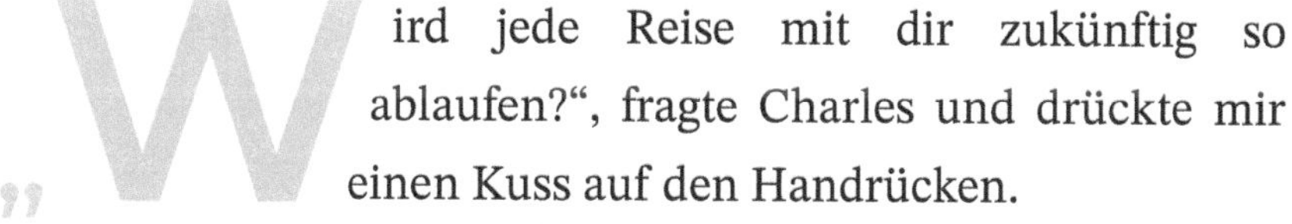

„Wird jede Reise mit dir zukünftig so ablaufen?“, fragte Charles und drückte mir einen Kuss auf den Handrücken.

„Ja, und aus dieser Nummer kommst du jetzt nicht mehr raus“, lachte ich.

„Das macht mir nichts aus“, versicherte er mir, zog mich in seine Arme und sah mir tief in die Augen. „Deine Großmutter schien wegen ihrer Gabe ein wirklich schlimmes Leben gehabt zu haben, aber ich möchte, dass du weißt, dass ich immer für dich da sein werde, egal was auch passiert.“

„Vielen Dank“, entgegnete ich gerührt. „Ich kann mir kaum vorstellen, was sie alles durchmachen musste. Immer allein, die ganzen Jahre über.“

„Na ja, auch du musst dein Geheimnis vielleicht vor vielen

anderen verbergen, hast aber zumindest eine Menge Menschen, die stets hinter dir stehen."

„Das weiß ich, und ..."

„Mami!", unterbrach mich der Ruf eines dünnen Stimmchens.

Ich löste mich von Charles und starrte angestrengt in die Dunkelheit der Nacht, wo in diesem Moment Paisley auftauchte, dicht gefolgt von Octocat.

Er hielt eine Pfote hoch und rang nach Luft. „Wir ... wir ... haben ihn gefunden. Das bedeutet ... Du schuldest mir was ... zumindest ein Hummerbrötchen!"

„Okay, und wo ist er?", fragte ich aufgeregt. Was für ein Hochgefühl! Ich konnte es kaum erwarten, dieses Verbrechen ein für alle Mal aufzuklären, nicht nur wegen des Diebesguts, sondern auch wegen des Schuldigen.

Mit Charles im Schlepptau folgte ich den Haustieren nach drinnen und wandte mich direkt der Rezeption zu, wo Millicent, mürrisch wie immer, wieder einmal in ihrem Buch las.

„Entschuldigung", sagte ich und schlug auf die Glocke auf dem Tresen.

Die Alte verdrehte die Augen und platzierte diese außerhalb meiner Reichweite. „Verschwinden Sie", murmelte sie und fügte ein paar gemurmelte, weniger nette Worte hinzu.

„Ich wollte Sie nur wissen lassen, dass wir den Dieb geschnappt haben, der schon seit längerem in Ihrer Pension sein Unwesen treibt", verkündete ich mit einem selbstgefälligen Grinsen. Okay, zugegeben, ich verhielt mich in diesem

Moment nicht gerade professionell, aber meine Vorgehensweise verschaffte mir die lang ersehnte Genugtuung.

„Ach, tatsächlich?“, erwiderte sie und knallte ihr Buch zu.

Anstatt die alte Frau noch mehr zu reizen, drehte ich mich um und ging hinüber zu einem antiken Schrank, vor dem meine beiden Fellnasen bereits geduldig warteten und zog an der Tür. Sie schwang auf und enthüllte ... nichts als einen leeren Schrank.

„Dahinter“, flüsterte Octocat mir zu.

„Upps“, sagte ich und schloss sie wieder. „Charles, könntest du mir bitte helfen, dieses Möbelstück ein wenig zu verrücken?“

Er nickte zustimmend, ging in die Hocke und zerrte den Schrank von der Wand weg, sodass ein großes Loch darin zum Vorschein kam. Und darin lag, einem hässlichen, flauschigen Flugdrachen gleich, eine fette, orangefarbene Katze auf einem Berg von Wertsachen und schlief. Ganz oben auf dem Haufen befand sich mein Ring und schimmerte in seiner ganzen, ehelichen Pracht.

„Allem Anschein nach hat Ihr Kater die Sachen Ihren Gästen entwendet und hier versteckt“, sagte ich, griff nach meinem Ring und ließ ihn mir von Charles wieder an den Finger stecken, wo er hingehörte.

Millicent wurde blass und japste nach Luft, bevor sie ihre Stimme wiederfand. „Bitte entschuldigen Sie. Alle beide. Ich hatte ja nicht die geringste Ahnung, dass Louis seinen Schlafplatz für so etwas so .... Was für ein böses Kätzchen!“ Sie schubste ihren Kater von seinem Thron und nahm die Wertgegenstände an sich.

„Ich kann nur nochmals sagen, wie leid mir das tut, denn ich war wirklich überzeugt, meine Gäste würden lügen und versuchen, den Ruf meiner Pension in Verruf zu bringen. In erster Linie ein Bauunternehmer, der mir vor einem Jahr anbot, das Haus zu kaufen. Und weil ich damals ablehnte, dachte ich, er würde es auf diese Weise versuchen, mich aus dem Geschäft zu drängen. Das war mir eine Lehre, mich zukünftig aus den Belangen meiner Besucher herauszuhalten. Oh, ich darf gar nicht daran denken, bei wie vielen Leuten ich mich entschuldigen muss. Am besten mache ich mich gleich daran, dass all diese Dinge ihren rechtmäßigen Besitzer zurückzugeben. Vielen Dank, dass Sie mir geholfen haben, und das, nachdem ich Sie so unhöflich behandelt habe."

„Also sind wir jetzt Freunde?", fragte ich.

Ihre Miene verfinsterte sich. „Mit Ihrem Verhalten bin ich nach wie vor nicht einverstanden. Und außerdem hat Ihr Verehrer beim Verschieben des Schranks meinen Holzboden verkratzt. Die Reparaturkosten dafür stelle ich Ihnen selbstverständlich in Rechnung."

Mir fiel die Kinnlade herunter. Von säuerlich zu freundlich und wieder zurück, innerhalb von Sekunden. Manche Leute waren und blieben einfach Idioten.

„Ich mag Sie nach wie vor nicht sonderlich, aber da Sie mir geholfen haben, bin ich bereit, Sie bis morgen zum Check-out bleiben zu lassen", fuhr sie widerstrebend fort.

„Aber bevor Sie nicht ordnungsgemäß verheiratet sind, möchte ich Sie hier nicht noch einmal sehen. Ich leite ein anständiges Haus. Und jetzt gehen Sie mir aus den Augen, bevor ich es mir noch anders überlege."

Kopfschüttelnd wandten wir uns zum Gehen.

Millicent wusste nicht das Geringste über uns oder unsere Beziehung, also sollte sie glauben, was immer sie wollte ... wir mussten ihr nichts beweisen.

Und jetzt, wo ich meinen Ring wiederhatte, konnte ich dieses Wochenende als vollen Erfolg abhaken.

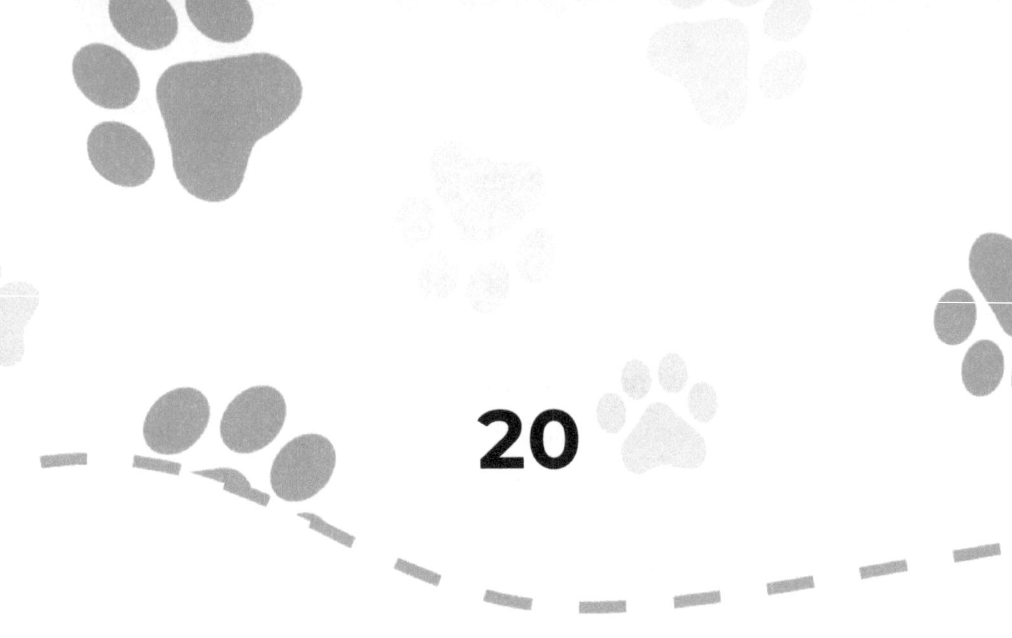

20

So gerne ich auch wegfuhr, liebte ich es jedes Mal, wieder nach Hause zu kommen, gerade in turbulenten Zeiten wie dieser.

Überrascht bemerkte ich, dass Grandma auf mich gewartet zu haben schien, obwohl es schon ziemlich spät war. „Wie war deine Reise, Liebes?“, fragte sie, reckte und dehnte sich und stand auf, um mich zu begrüßen.

„Hast du meine Nachrichten erhalten?“. fragte ich und umarmte sie.

„Ja, alle siebzehn. Tut mir leid, dass ich auf keine von ihnen geantwortet habe, aber ich dachte mir, dieses Gespräch sollten wir von Angesicht zu Angesicht führen.“

Wo hatte ich diese Worte nur schon einmal gehört? Ach ja. Sharon. Ich würde sie anrufen müssen, um ihr alles zu erzählen, da wir vor unserer Abreise keine Zeit mehr gehabt hatten, uns nochmals mit ihr zu treffen. Zudem konnte ich mich des Gefühls nicht erwehren, dass wir sie in Zukunft ziemlich häufig sehen würden, angefangen mit unserer bevorstehenden Hochzeit.

„Soll ich Tee aufsetzen?“, bot Grandma an und deutete mit dem Daumen in Richtung Küche.

„Nein“, entgegnete ich, ließ mich vorsichtig auf die Couch fallen und klopfte auf den freien Platz neben mir. Wenn ich ihr jetzt eine Ausrede lieferte, um die Unterhaltung aufzuschieben, würde sie nur noch weitere dafür Gründe finden. Wir mussten direkt darüber reden.

Ich beugte mich zu ihr hinüber, nahm ihre beiden Hände in die meinen und wartete, dass sie anfing, mir zu erzählen, was sie auf dem Herzen hatte.

„Es tut mir leid, dass ich dich all die Jahre von deiner leiblichen Großmutter ferngehalten habe. Das ist das Einzige in meinem Leben, was ich aufrichtig bedauere“, sagte sie seufzend.

Ich schüttelte energisch den Kopf. „Ich nicht.“

Sie hob fragend den Blick. „Wie bitte?“

„Ich bedauere nicht, dass du das getan hast, und du solltest es ebenfalls nicht tun.“

Grandma schluckte schwer. „War sie wirklich so schrecklich?“

„Im Gegenteil, sie war sogar ziemlich cool.“ Ich lächelte und erinnerte mich an die Momente, die wir an diesem Wochenende miteinander geteilt hatten.

Ihr Gesichtsausdruck verfinsterte sich.

„Dennoch bin ich mehr als froh, dass ich bei dir aufwachsen durfte“, fügte ich schnell hinzu. „Lyn ist nett, und ich freue mich darauf, sie noch besser kennenzulernen zu dürfen, aber du allein warst es, die mich zu dem gemacht hat, was ich heute bin. Ich liebe mein Leben. Und ich liebe dich. Ich hätte es nicht anders gewollt.“

„Wirklich?“ In diesem Moment wirkte Großmutter so zerbrechlich, und zum wahrscheinlich allerersten Mal sah man ihr ihr Alter an. Auch sie hatte viel durchgemacht und über Jahre ein großes Geheimnis mit sich herumgeschleppt. Wie musste sie sich jetzt fühlen, da es aufgedeckt worden war, und jeder sie trotzdem noch liebte wie eh und je?

„Es ist mein voller Ernst, großes Indianerehrenwort“, erwiderte ich mit alberner Stimme.

Sie lachte über meine Anspielung auf einen alten Film, den wir in meiner Kindheit unzählige Male zusammen angesehen hatten.

„Wirst du mir das jetzt endlich glauben?“

Sie wischte sich eine Träne von der Wange, griff dann erneut nach meinen Händen und drückte sie fest. „Zumindest werde ich es versuchen.“

„Das ist doch das Beste, was wir alle tun können, oder nicht?“, grinste ich. „Diesen Satz hat mich eine superschlaue und fantastische Frau gelehrt.“

„Da wir gerade mit all diesen schönen Adjektiven um uns werfen … wie war sie? Konntest du in Erfahrung bringen, warum William ...?“ Sie brach ab, war nicht bereit – oder vielleicht nicht in der Lage – das auszusprechen, was ihr verstorbener Freund getan hatte. Mit dieser einen Aktion hatte er unser aller Leben für immer verändert. Auch wenn wir nie mit Sicherheit wissen werden, was wirklich dahintersteckte, vertraute ich doch Oma Lyns Interpretation der Ereignisse. Und immer wieder fragte ich mich, ob mein verschwundener Großvater mich so akzeptiert hätte, wie ich bin, wenn er die Chance gehabt hätte, mich kennenzulernen.

Die Stimmung war viel zu angespannt, und so beschloss ich, dass ein kleiner Witz nichts schaden könnte. Ich fuhr fort, indem ich mein Bestes gab, Charles zu imitieren. „Die vorherrschende Theorie ist, dass er ihr deine Mom wegnahm weil er glaubte, sie vor Lyn beschützen zu müssen.“

Grandma riss bestürzt die Augen auf. „War sie gefährlich? Ist sie das jetzt immer noch?“

Ich wedelte mit den Fingern. „Die Frau ist völlig durchgeknallt. Wie sich herausstellte, kann sie mit Tieren sprechen.“

Großmutter schnappte hörbar nach Luft. „Das ist nicht dein Ernst!“

Ich lächelte nur und nickte. „Niemand glaubte ihr, nicht einmal Großvater. Anstatt zu akzeptieren, dass Magie möglich ist, zog er es vor, seine eigene Tochter wegzugeben und sie somit nie wiederzusehen.“

Erneut schnappte sie nach Luft. „Du meine Güte, der arme alte Mann. Er hat so viel verpasst.“

„Es war seine ureigene Entscheidung“, erinnerte ich sie. „Lyn war es, die keine Wahl hatte, und du ebenso wenig.“

„Seine Entscheidung war eindeutig falsch und klingt so gar nicht nach dem Freund, den ich kannte. Dennoch bin ich unglaublich dankbar für das Leben, das wir gemeinsam teilen durften.“

„Ich auch“, sagte ich und drückte ihr einen Kuss auf die Wange.

Grandma schüttelte noch immer fassungslos den Kopf und sah hinunter auf ihren Schoß. „Du und sie hattet euch bestimmt jede Menge zu erzählen.“

„Allerdings, und ich mag sie wirklich.“

Und was sie dann sagte, überraschte mich mehr als alles andere an diesem verrückten Wochenende. „Ich glaube, ich würde sie auch mögen.“

„Es freut mich, dass du das sagst, denn ich habe sie für nächsten Monat eingeladen. Ich dachte mir, so hätten wir vor dem Hochzeitstermin noch genug Zeit, um alles zu verarbeiten und uns besser kennenzulernen. Übrigens, ich habe auch noch eine neue Freundin gefunden, die dir mit Sicherheit gefallen wird. Ihr Name ist Sharon, und …“

Wir bleiben die ganze Nach auf und redeten und redeten, so wie in früheren Zeiten. Eigentlich hätte ich auch meiner Mom viel zu berichten, aber das konnte bis morgen warten. Sie hatte ihre eigenen Ansichten, was diese unschöne Geschichte anbelangte, und ich musste mir erst noch überlegen, wie ich ihr helfen konnte, all dic Neuigkeiten zu verarbeiten.

Aber dafürsind die Menschen in deinem Leben ja da.

Sie stehen dir zur Seite, und es ist völlig in Ordnung, sich, wenn nötig, hilfesuchend an sie zu wenden.

Das war etwas, das ich an diesem Wochenende gelernt hatte, und ich hoffte, dass auch Großmutter Lyn es mit der Zeit verstehen würde.

Ich konnte es kaum erwarten, sie dem Rest der Familie vorzustellen und freute mich darauf, mit ihr unsere gemeinsame Fähigkeit weiter zu ergründen.

Was würde diese Wendung wohl für unsere Zukunft bedeuten?

Würde Pet Whisperer P.I. einen neuen Partner bekommen?

Wenn ich das nur wüsste ... Aber ausnahmsweise versprach dieses Nichtwissen endlich einmal Spaß zu machen.

FALSCHES SPIEL AM FUTTERPLATZ

Eigentlich hatte ich mich entschlossen, mein Privatdetektivleben für eine gewisse Zeit auf Eis zu legen und mich voll und ganz der Organisation meiner bevorstehenden Hochzeit zu widmen. Aber als meine neu zugezogene Nachbarin tot aufgefunden wird, lasse ich natürlich wieder alles stehen und liegen, um den Fall zu untersuchen – vor allem deshalb, weil ich selbst ein eindeutiges Motiv für den Mord an ihr hätte und nicht scharf darauf bin, meiner großen Liebe im Gefängnis das Jawort geben zu müssen.

Die Polizei behauptet abschließend, ihr Tod sei ein Unfall gewesen, aber ich habe da so meine Zweifel. Ein verängstigter Hirsch ist vielleicht der Einzige, der weiß, was wirklich passiert ist, aber es ist nicht gerade einfach, ihn davon abzuhalten, bei jedem Gesprächsversuch das Weite zu suchen.

Und das ist nicht das einzige Problem. Octocat und ich sind uns uneinig darüber, wie wir unsere neuesten Ermittlungen am besten angehen sollten. Es bleibt mir also nichts anderes übrig, als auf meine anderen, weniger verlässlichen tierischen Gehilfen zurückzugreifen. Kann ich nicht nur ein falsches Spiel nachweisen, sondern den Fall zudem auch noch lösen?

1

Mein Name ist Angie Russo, und ich führe ein äußerst ungewöhnliches Leben. Dank meines charmanten Verlobten und meiner verrückten Grandma ist es voller Liebe, aber auch voller Unruhe ... jeder Menge Unruhe, das darf ich Ihnen versichern.

Ich kann nämlich mit Tieren sprechen, und sobald diese das spitz gekriegt haben, werde ich sie nicht mehr los. Alles begann mit einem Kater namens Octocat. Er und ich trafen uns bei einer Testamentseröffnung in einer Anwaltskanzlei, in der ich zum damaligen Zeitpunkt als Aushilfe arbeitete. Seine Besitzerin war kurz zuvor verstorben, und ich hatte gerade mit Müh und Not einen unheilvollen Zusammenstoß mit einer defekten Kaffeemaschine überlebt. Zählen Sie eins und eins zusammen und – voilà – das war der Beginn unserer seltsamen Freundschaft. Das Erste, was wir gemeinsam in

Angriff nahmen, war, den Mord an seinem ehemaligen Frauchen aufzuklären, was sich nicht direkt einfach gestaltete, weil sämtliche Angehörigen davon ausgingen, dass die alte Dame eines natürlichen Todes gestorben war.

Nachdem ich meinen getigerten Gefährten offiziell adoptiert hatte, wurde ich automatisch zur Verwalterin seines recht großzügigen Treuhandfonds, und wir beide bezogen das alte Herrenhaus, das seine einstige Besitzerin ihm ebenfalls hinterlassen hatte. Nur kurze Zeit später holte ich meine Großmutter, kurz Grandma genannt, zu uns, und damit auch ihren bezaubernden dreifarbigen, untergründig schwarzen Chihuahua-Welpen namens Paisley.

Irgendwann realisierte unsere bunt zusammengewürfelt Truppe, dass wir ein Händchen für das Lösen von geheimnisvollen Kriminalfällen zu haben schienen, und so gründeten wir ganz offiziell eine Detektei, die – sehr zu meinem Leidwesen – den Namen Pet Whisperer P.I. aufgedrängt bekam. Das Letzte, was ich eigentlich will, ist, dass Fremde spitz bekommen, dass ich mit Tieren sprechen kann. Aber glücklicherweise sind bisher alle der Ansicht, dass es sich hierbei um ein Wortspiel oder einen missglückten Werbeversuch handelt.

Wie auch immer, wir sind stets überglücklich, wenn wir einen Fall aufklären können, obwohl wir nur selten dafür bezahlt und normalerweise nicht einmal offiziell damit betreut werden. Die Morde und Verbrechen fallen uns einfach so in den Schoß. Aber irgendetwas muss man ja schließlich tun, um seinen Tag herumzubringen, oder?

Was mir allerdings gar nicht gefällt, ist, wenn man mich als Hobby-Detektivin bezeichnet. Also bitte! Ich leite ein offizielles Unternehmen; es handelt sich sogar um eine eingetragene GmbH. Wenn mich das nicht zu einem Profi macht?

Mein Verlobter ist der Seniorpartner der örtlichen Anwaltskanzlei, in der auch ich früher gearbeitet habe. Es gab jede Menge Irrungen und Wirrungen, bis er endlich seinen wohlverdienten Platz an der Spitze einnehmen konnte. Mittlerweile läuft alles in geregelten Bahnen und zusammen stellen wir beide die Kleinstadtversion von *Law und Order* in Maine dar.

Das letzte erwähnenswerte Mitglied unseres skurrilen Ensembles ist ein Waschbär namens Pringle, der in einem Baumhaus in unserem Garten lebt. Er liebt Müll, Katzenfutter und Nerf-Guns, aber absolut verrückt ist er nach Reality-TV. Meistens verursacht er mehr Probleme, als dass er sie behebt, aber trotzdem ist er uns mittlerweile ans Herz gewachsen. Na ja, zumindest den meisten von uns.

Selbst nach diesem guten Jahr, in dem ich jetzt bereits mit meinem Kater zusammenlebe, bin ich mir sicher, dass er mich auf seiner Sympathieskala nur als ‚halbwegs okay' einstuft, und Pringles rangiert mit Sicherheit noch deutlich unter mir.

Was mich betrifft … Ich bin gerade schwer damit beschäftigt, zum einen meine Hochzeit zu planen und zum anderen meine leibliche Großmutter besser kennenzulernen … eine Frau, die ich erst kürzlich wiedergefunden habe und von deren Existenz ich viele Jahre lang nichts ahnte. Und wissen Sie, was das Beste daran ist? Meine Oma Lyn kann ebenfalls mit Tieren sprechen. Bei unserem ersten Treffen haben wir so viel über unsere gemeinsamen Talente gequatscht, dass wir beide irgendwann stockheiser waren.

Grandma ist immer noch ein wenig eifersüchtig auf die vermeintliche Nebenbuhlerin, aber sie arbeitet an sich. Und ganz ehrlich: Ich könnte noch hunderte lang vermisste Verwandte aufstöbern und würde mich trotzdem nie von der Frau abwenden, die mich großgezogen hat und zu meiner allerbesten Freundin wurde.

Ach ja, meine Grandma ... So sehr ich mich auch darauf freue, mit Charles den Bund der Ehe einzugehen, fürchte ich mich auch irgendwie davor. Ich habe fast mein ganzes Leben mit ihr verbracht – mit Ausnahme einer kurzen Zeit, in der ich versuchte, eine gewisse Selbständigkeit zu erlangen und in eine schäbige Mietwohnung zog. Wenn ich jetzt Charles heirate, werde ich natürlich bei ihm einziehen, denn sie hat mir klar und deutlich zu verstehen gegeben, dass Frischvermählte ihren Freiraum brauchen.

Also werde ich jede Sekunde, die mir mit meiner lustigen, lebensfrohen Großmutter noch bleibt, genießen. Und Gott sei Dank ist es ja nicht so, als würden wir weit wegziehen ... ich genaugenommen werde überhaupt nicht umziehen. Grandma hat nämlich beschlossen, ihr altes Haus von Charles zurückzukaufen. Was für eine glückliche Fügung des Schicksals, dass er damals ihr altes Anwesen erwarb, als ich sie zu

Octocat und mir in die herrschaftliche Villa holte – und mein Schatz wird hier bei mir einziehen. Die Strecke von mir zum Büro kennt er mittlerweile im Schlaf, nur dass es zukünftig eben anders sein wird.

Außerdem habe ich Grandma schon vorgewarnt, dass sie mich mindestens fünfmal pro Woche zum Abendessen erwarten darf, und ich werde auch an ihrem Zimmer nichts verändern, für den Fall, dass sie doch wieder zurückkommen möchte. Sie wird auch nicht jünger, obwohl sie in besserer körperlicher Verfassung ist als ich und uns wahrscheinlich alle überlebt, sogar Octocat, der noch einige seiner sieben Leben vor sich hat.

Normalerweise erwache ich vom Geruch Grandmas frischer Backwaren, der sich einen Weg von der Küche ins Obergeschoss bahnt. Heute jedoch war es ein Streit meiner Mitbewohner, der mich aus dem Schlaf riss.

„Gestehe oder stirb!“, brüllte Pringle und jagte Paisley quer über meine Brust.

„Aufhören! Du machst mir Angst!“, jaulte der winzige Chihuahua und zog beim Rennen den Schwanz fest ein.

„Du bist es, Kleine, die uns allen Angst macht. Das passiert, wenn man Geheimnisse vor den Bullen hat.“ Nun hatte auch der Waschbär es sich auf mir bequem gemacht und benutzte mich als eine Art Podium für seine lächerliche Rede. Autsch! Seine Krallen waren verdammt scharf.

„Pringle", knurrte ich und schubste ihn von mir runter. „Du hast hier im Haus nichts zu suchen, und in meinem Zimmer schon gleich zweimal nicht!"

„Tut mir leid, Schätzchen. Ich wollte dich nicht wecken, aber du beherbergst meine Hauptverdächtige, und das geht leider gar nicht." Zur Bekräftigung wedelte er mit einem seiner kleinen schwarzen Finger in der Luft herum. „Man kann sich vor dem langen Arm des Gesetzes nicht verstecken."

„Aber ich habe ja nicht einmal Arme!", jammerte Paisley. „Ich bin doch ein Hund."

Der Waschbär schlug sich mit der Hand auf die Stirn und seufzte theatralisch auf. „Dick Tracy musste sich mit so etwas nie auseinandersetzen, das kann ich euch versichern."

Sprach er nun zu sich selbst oder nach wie vor zu einem imaginären Publikum? Wie auch immer, so allmählich ging er mir gehörig auf den Geist. Seit er eine Vorliebe für alte Schwarz-Weiß-Gangsterfilme entwickelt hatte, war es bei uns vorbei mit der Ruhe, denn er vermutete hinter sämtlichen Geschehnissen einen Fall, den es zu lösen galt. Gestern beispielsweise wurden wir alle zu dem Thema *Leerer Wassernapf* verhört. Das jedoch konnte recht schnell aufgeklärt werden, und Pringle verbrachte somit wesentlich mehr Zeit damit, sich im Glanz seines Erfolgs zu aalen als mit den eigentlichen Ermittlungen.

„Geht woanders spielen.“ Mit dieser Aufforderung zog ich mir die Decke über den Kopf und betete im Stillen, dass sie mir wenigstens dieses Mal zugehört haben mochten.

Wunschdenken! Nur Sekunden später schlüpfte Paisley unter die Bettdecke und begann, mir die Ohrmuschel zu lecken. „Mami!“, quietsche sie dermaßen laut, dass ich erschrocken in die Höhe fuhr. „Pringle sagt, es sei meine Schuld, dass draußen ein großer Lastwagen steht. Angeblich hätte ich geheime Informationen an die Russen verkauft. Was sind denn Russen?“

Für so etwas war es definitiv noch zu früh, aber leider, so hatte die Vergangenheit gezeigt, würde ich nach dem ganzen Trubel nicht wieder einschlafen können. Außerdem sollte ich lieber auf das kleine Hündchen achtgeben, das der Waschbär sich schon des Öfteren als Opfer auserkoren hatte. Normalerweise ließ er erst dann wieder von ihr ab, wenn ich ihn, nicht selten mit Gewalt, in seine Schranken verwies.

Also schwang ich stöhnend die Beine aus dem Bett. „Pringle, ich will dich nicht noch einmal in meinem Schlafzimmer sehen. Haben wir uns verstanden?“

„Ist ja schon gut. Die Katze und der Hund dürfen rein, und nur, weil ich ein Waschbär bin und eine Maske im Gesicht trage ... Das ist Diskriminierung.“ Er warf mir einen missmutigen Blick zu. „Ich hätte dich nie für so kleinlich gehalten.“

„Wilde, frei lebende Tiere haben im Haus nichts zu

suchen“, stieß ich zwischen zusammengebissenen Zähnen hervor.

„Moment mal, Schätzchen. Merkst du eigentlich, was du da sagst?“ Plötzlich jedoch leuchtete etwas in seinen Augen auf, und er begann zu glucksen. „Oh, jetzt verstehe ich. Hier ging es überhaupt nicht um mich.“

„Ach nein?“

„Nein! Du fühlst dich von meinen Ermittlungskünsten unter Druck gesetzt. Das ist es! Eine gescheiterte Privatdetektivin wie du? Kein Wunder, dass du kein brillantes Genie wie mich um dich haben willst.“

„So, jetzt reicht's aber endgültig“, donnerte ich und jagte den kleinen Banditen aus meinem Turm, zwei Treppenabsätze hinunter und durch die elektronische Katzenklappe, die er irgendwie wieder einmal geknackt hatte, ins Freie.

Paisley lief mir hinterher und bellte in einer Tour. „Und bleib bloß draußen, du nichtsnutziger Kerl“, keifte sie, bevor sie ebenfalls durch die Tierhaustür nach draußen verschwand.

Ich zog die Vorhänge zurück und beobachtete die beiden, wie sie durch den Garten flitzten, und dann entdeckte ich ihn: Einen riesigen Umzugswagen, der direkt in unserer Einfahrt parkte.

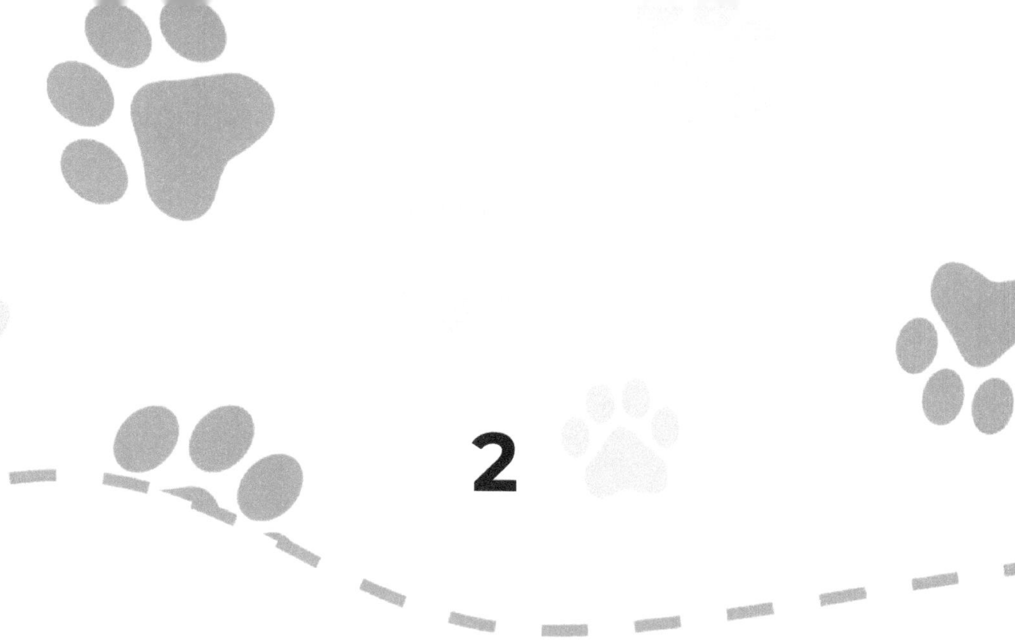

2

Ich trat durch die Tür und hielt auf den großen LKW zu. Dort angekommen, deutete ich dem Fahrer an, sein Fenster herunterzukurbeln. Er tat, wie ihm geheißen und musterte mich mit einem seltsamen Lächeln, das mir bewusst machte, dass ich nach wie vor barfuß war und in meinem übergroßen gepunkteten Pyjama steckte.

„Hallo. Kann ich Ihnen behilflich sein?“, fragte er freundlich und tippte mit dem Finger gegen seine Baseballkappe.

Du meine Güte, ich trug ja nicht einmal einen BH! Schnell verschränkte ich die Arme vor der Brust, um in dieser vertrackten Situation zumindest einen gewissen Anstand zu wahren. „Sie stehen in meiner Einfahrt“, erklärte ich mit einem schüchternen Achselzucken.

Er starrte mich ausdruckslos an und blinzelte ein paar Mal, anscheinend völlig verwirrt.

„Ich habe keinen Umzugswagen bestellt“, fügte ich erläuternd hinzu.

„Ach so, natürlich. Bitte entschuldigen Sie.“ Er hielt kurz inne, runzelte die Stirn und fuhr dann zögerlich fort: „Wir helfen der alten Dame von nebenan. Meine Mannschaft hat sich etwas verspätet, also hat sie mich ebenfalls weggeschickt und gesagt, ich solle erst wiederkommen, wenn wir komplett sind und anfangen können. Und erwähnt, dass sie uns das Honorar kürzen wird.“

„Gestehe!“, kreischte Pringle aus vollem Hals, während er und Paisley kurzzeitig unter dem Lastwagen verschwanden. Glücklicherweise schien der Fahrer die herumflitzenden Tiere nicht bemerkt zu haben.

„Wie viel zu spät sind Ihre Leute denn jetzt?“, fragte ich, bemüht, mich auf unser Gespräch zu konzentrieren und die verrückten Szenen, dich sich in meinem Vorgarten abspielten, zu ignorieren.

Der Fahrer warf einen Blick auf die digitale Uhr auf seinem Armaturenbrett. „Gerade mal sieben Minuten. Sie hatten am frühen Morgen eine Verladung am anderen Ende der Stadt und wollten mich anschließend hier treffen. Dann jedoch verzögerte sich der erste Auftrag ein wenig, aber mittlerweile sind sie auf dem Weg.“

Er seufzte, und ich ertappte mich dabei, dass ich es ihm gleichtat.

„Klingt, als hätte Ihr Tag etwas holprig begonnen.“

„Kann man wohl sagen." Er legte den Kopf schief und seufzte erneut auf, just in dem Moment, als Paisley und Pringle in den Wald flüchteten, der sich an unser Anwesen anschloss. Und glücklicherweise hatte er sie wieder nicht gesehen.

Da mir der Mann, der so früh hatte aufstehen müssen und jetzt tatenlos herumsaß, leidtat, beschloss ich, ihm etwas anzubieten. „Kann ich Ihnen etwas bringen? Einen Kaffee und ein Muffin vielleicht?"

Er verzog die Mundwinkel zu einem angedeuteten Lächeln, das jedoch gleich darauf einem Stirnrunzeln wich. „Das klingt göttlich, aber besser nicht. Ich will der alten Schachtel nicht noch einen weiteren Grund für eine Beschwerde liefern."

O weia. Das klang nicht gut. Meine neue Nachbarin war noch nicht einmal richtig angekommen, und schon stieß sie die Leute vor den Kopf. Andererseits, vielleicht war sie ja gar nicht so schrecklich, wie der Möbelpacker sie darstellte, und er hatte die Geschichte nur etwas ausgeschmückt, um seine Mannschaft besser dastehen zu lassen. Was auch immer ... endlich war wieder jemand in das leerstehende Haus nebenan eingezogen und es wäre doch eine nette, nachbarschaftliche Geste, mal kurz vorbeizuschauen und sie willkommen zu heißen. Auch wenn mich diese Vorstellung leicht nervös machte.

Schnell verabschiedete ich mich von dem Fahrer, in der

Hoffnung, die Tiere würden nicht erneut auftauchen und ihn belästigen, und marschierte zurück ins Haus, um nach Grandma zu suchen.

Normalerweise war sie um diese Tageszeit in der Küche beschäftigt. Heute jedoch konnte ich sie nirgends entdecken. Dann aber fiel mein Blick auf eine handschriftliche Notiz, die sie mir hingelegt hatte:

Bin mit Grant auf dem Tulpenfest.
Mittags wieder da.

Ich drehte den Zettel um und las noch weitere, eilig hingekritzelte Worte:

P.S. Die sind für die neue Nachbarin. Richte ihr aus, dass ich später noch vorbeikomme, um Hallo zu sagen!

Typisch! In dieser Stadt passierte nichts, ohne dass Grandma davon Wind bekam. Eine kleine Vorwarnung über die neue Anwohnerin wäre definitiv nett gewesen, aber wenigstens hatte sie diese Unterlassung mit einem hübschen Muffin-Korb wieder wettgemacht.

Nach einem kurzen Abstecher in mein Zimmer, wo ich in ein paar präsentable Sachen schlüpfte, schnappte ich mir Großmutters selbst gebackene Köstlichkeiten und machte mich auf den Weg in Richtung Haustür.

Octocat schnarchte in einem Sonnenfleck direkt neben

dem Eingang. Noch wenige Minuten zuvor hatte mein getigerter Kater nicht dort gelegen. Jetzt allerdings befand er sich in seiner Tiefschlafphase, so dass ich zweimal hinschauen musste, ob er noch atmete. *Schlafende Katzen sollte man besser nicht wecken,* dachte ich bei mir und beschloss, ihn erst nach meiner Rückkehr von der neuen Nachbarin zu stören, um dann sicherlich Etliches an Klatsch und Tratsch berichten zu können.

Als ich auf die Veranda trat, stand der große Umzugswagen noch immer in meiner Einfahrt, aber Pringle und Paisley waren nirgends zu sehen. Blieb nur zu hoffen, dass der listige Waschbär mit dem armen kleinen Hündchen nicht zu hart ins Gericht ging, obwohl ich aus Erfahrung wusste, dass genau das der Fall sein würde.

Ich sollte sie besser suchen gehen und seinem perfiden Spiel ein für alle Mal ein Ende setzen, auch wenn das bedeutete, dass ich sein Streaming-Verhalten durch eine Art Kindersicherung einschränken müsste. Vielleicht würde er sich dann auf ein anderes Genre konzentrieren, und wir alle könnten endlich mal wieder durchatmen.

Aber eins nach dem anderen …

Vorrangig sollte ich meiner neuen Nachbarin einen Besuch abstatten. Also bahnte ich mir meinen Weg durch den dichten Wald, der unser Grundstück von dem alten Harlowe-Anwesen trennte, sorgfältig darauf bedacht, mit meinem Korb mit den Muffins nirgends hängenzubleiben.

Als ich auf den Rasen vor dem Haus trat, entdeckte ich

eine alte Frau mit kurzem weißem Haar mit einem mehr als mürrischen Gesichtsausdruck, die auf ihrer breiten Veranda auf und abwanderte und in ihr auf Lautsprecher gestelltes Handy brüllte. Bisher schien sie mich nicht bemerkt zu haben.

„Das habe ich Ihnen doch bereits zu erklären versucht", zischte sie. „Auf meinem Grundstück treiben sich wilde Hunde herum und versetzen die örtliche Tierwelt in Aufruhr. Sie haben bereits eine Hirschkuh und ihr Kalb, die mir einen Besuch abstatten wollten, in die Flucht geschlagen."

„Wilde Hunde?" Der Beamte am anderen Ende der Leitung klang skeptisch. „Seit Pearl das örtliche Tierheim leitet, hatten wir damit nie mehr Probleme."

„Wollen Sie damit andeuten, ich hätte mir die ganze Sache nur ausgedacht?", keifte die Alte.

„Nein, nein, natürlich nicht", beeilte der Mann sich, zu versichern. „Können Sie mir die Biester näher beschreiben?"

In diesem Moment tauchte Pringle wie aus dem Nichts neben mir auf und legte mir eine Tatze auf die Wade, so dass ich vor Schreck zusammenzuckte. „Hey, Schätzchen. Was hast du denn da Leckeres mitgebracht?", fragte er und deutete mit seinem pelzigen Kinn auf den Korb.

„Riesige Bestien", fuhr die Nachbarin fort, während sie mit der freien Hand wild in der Luft herumfuchtelte. „Einer war schwarz wie ein Höllenhund, der andere gestreift."

Ich ließ meinen Blick hinunter zu dem Waschbären und

seinem großen, fetten, geringelten Schwanz wandern. Sie konnte doch unmöglich …

„Mami!“ Das war Paisley, die mit einem schrillen Bellen quer über den Rasen auf uns zu gerannt kam.

„Da sind die beiden ja wieder“, rief die Nachbarin, hob endlich den Kopf und entdeckte mich am Rand ihres Grundstücks.

Ich winkte ihr zu, wobei ich mich äußerst unbehaglich fühlte, und hielt den Korb mit den Backwaren als Friedensgruß in die Höhe. „Ein kleines Willkommensgeschenk für Sie.“

„Hallo, Miss, sind Sie noch dran?“, fragte der Beamte, nachdem die Alte minutenlang geschwiegen hatte. „Wurden Sie verletzt?“

Brüskiert drehte sie mir den Rücken zu und widmete sich wieder ihrem Gesprächspartner. „Schicken Sie sofort jemanden her. Meine Adresse lautet … “

Ich stand wie erstarrt. Was bitte hatten Paisley und Pringle bloß angestellt, um die Frau in so kurzer Zeit dermaßen zu verärgern? Und wen hatte sie wohl angerufen, um ihre Beschwerde vorzubringen? Sie war ja noch nicht einmal richtig eingezogen, um Himmels willen!

„Die Tierschutzbehörde ist auf dem Weg“, teilte sie mir mit eisigem Blick mit, nachdem sie aufgelegt hatte.

Das schockierte mich noch wesentlich mehr als Pringles plötzliches Auftauchen an meiner Seite. „Wie bitte? Tierschutzbehörde? Aber warum denn?“

„Weil Sie, wie es scheint, Ihre Hunde nicht im Griff haben. Also muss sich wohl oder übel jemand anderes darum kümmern. Die Männer sollten in den nächsten zehn Minuten hier sein. Von daher würde ich vorschlagen, Sie nehmen Ihre beiden und verschwinden von hier, es sei denn, Sie wollen, dass sie ins Tierheim gebracht werden … oder Schlimmeres." Ihre Drohung schwebte wie ein Damoklesschwert über uns.

„Es ist doch nur ein Hund, ein Chihuahua namens Paisley." Ich beugte mich nach unten und schnippte mit den Fingern, um die Kleine zu mir zu rufen. „Sollte ihr Spiel Sie gestört haben, tut mir das aufrichtig leid."

Als Paisley angerannt kam, schob ich den Korb mit den Muffins beiseite, hob den kleinen Hund mit meinem freien Arm auf und drückte ihn an mich. „Übrigens, ich bin Angie, Ihre neue Nachbarin, und wohne mit meiner Großmutter gleich nebenan. Wenn Sie also jemals … "

„Vergessen Sie es, Angie. Man hat immer nur eine Chance, einen guten ersten Eindruck zu hinterlassen, und das hat Ihr Höllenhund bereits für Sie erledigt. Von daher schlage ich vor, wir gehen uns einfach aus dem Weg."

„Aber … "

Sie deutete mit einem zittrigen Finger in Richtung Wald. „Verschwinden Sie! Verlassen Sie mein Grundstück, oder ich rufe die Polizei."

Kurz überlegte ich noch, ob ich ihr die Muffins da lassen sollte, aber ganz ehrlich: Sie hatte sich Grandmas himmlische

Köstlichkeiten wahrlich nicht verdient, im Gegensatz zu mir. Ich würde mir nur zu gerne einige davon einverleiben, um diesen schrecklichen Start in den Tag zu vergessen.

Und so machte ich auf dem Absatz kehrt und ging zurück zu unserem Haus.

3

„Wo warst du?“, fragte Octocat mürrisch, als ich das Haus betrat und die schwere Eingangstür hinter mir zuschlug. „Und hey, warum dieses Benehmen? Das passt so gar nicht zu dir, Angela.“

Ich hielt mitten im Schritt inne und drehte mich zu meinem Kater um, der es sich inzwischen auf dem Couchtisch bequem gemacht hatte. „Ich habe gerade die neue Nachbarin kennengelernt.“

Er zuckte mit dem Schwanz und starrte mich aus seinen großen bernsteinfarbenen Augen an. „Lass mich raten … es ist nicht gut gelaufen.“

„Die Frau ist einfach nur schrecklich, ein richtiges Ungeheuer!“, schniefte ich, warf mich in den Sessel neben ihm und durchwühlte den Korb, bis ich den Muffin fand, auf den ich es abgesehen hatte – ein riesiges Teil mit dicken Zimtstreuseln darauf, in das ich genüsslich hineinbiss.

Den Mund voll des süßen, würzigen Breis, fuhr ich fort: „Sie nannte Paisley einen Höllenhund und hat uns direkt den Tierschutz auf den Hals gehetzt. Ich durfte sie nicht einmal willkommen heißen … sie hat uns gleich wieder von ihrem Grundstück verjagt.“ Ich schluckte den Bissen hinunter und gönnte mir direkt den nächsten Happen.

Octocat legte die Ohren so flach an den Kopf, dass sie fast nicht mehr sichtbar waren. „Hat dir schon einmal jemand gesagt, dass du ausgesprochen geräuschvoll und mit wesentlich mehr Speichel als nötig isst?“

Ich stöhnte auf. „Ja, *du,* und zwar mindestens ein halbes Dutzend Mal. Aber hörst du mir überhaupt zu?“

„Sei versichert, ich bemühe mich durchaus, aber bei all dem Geschmatze fällt es mir schwer, irgendwelche Worte auszumachen. Nur zu gerne würde ich dir ein offenes Ohr leihen, aber du verhältst dich wahrlich ungehobelt, Angela.“ Bei diesen Worten fing sein Schwanz wie wild zu zucken an, was ein sicheres Zeichen dafür war, dass er kurz vor einem heftigen Wutausbruch stand.

„Wie bitte? Ich bin ja wohl kaum diejenige, die unhöflich ist, aber egal …!“ Entnervt legte ich meinen halb verzehrten Muffin zurück in den Korb zu den anderen, wischte mir die Hände ab und riss den Mund auf, um ihm zu zeigen, dass dieser jetzt leer war.

Octocat nickte gnädig. „Du kannst fortfahren.“

Also wiederholte ich die ganze Geschichte und wurde mit jedem Satz aufgebrachter. Was bildete sich diese neue Nachbarin eigentlich ein? Hatte sie nur einen Hass auf Hunde oder generell auf alle Lebewesen?

Irgendwann hob mein Kater eine Pfote und unterbrach meine Schimpftirade. „Wäre es dir möglich, etwas leiser zu sprechen? Dir sollte doch bewusst sein, dass Katzen dreimal besser hören können als Menschen. Im Moment klingst du wie eine heulende Sirene, und dieser Ton tut mir in den Ohren weh.“ Er hielt kurz innen und musterte mich von oben bis unten. „Eigentlich siehst du auch wie eine aus, mit deinem knallroten Gesicht. Bist du heute mit dem falschen Fuß aufgestanden, oder was?“

Ich schnappte mir erneut meine Muffins. „Vergiss es! Ich werde die Geschichte Paisley erzählen, oder Pringle. Und vielleicht ist die neue Nachbarin ja doch nicht so schlimm, wie ich dachte.“

Da von ihm keine Antwort kam, machte ich auf dem Absatz kehrt und marschierte davon. Seine kaltschnäuzige Art hatte mich schon öfter auf die Palme gebracht, aber speziell heute Morgen hatte ich keinen Nerv für seine Spielchen. Ich brauchte ein offenes Ohr und jemanden, der mit mir fühlte. Außerdem hatte ich mir ja fest vorgenommen, das kleine Hündchen vor dem vermeintlichen Verhör des Waschbären zu retten, sobald ich meinen Antrittsbesuch bei der alten Dame hinter mich gebracht hatte.

Hmm. Wo mochten die beiden nur stecken?

Ich stellte den Korb wieder in der Küche ab, nahm mir noch ein weiteres süßes Teilchen als Marschverpflegung mit und machte mich auf die Suche. Glücklicherweise war der Umzugswagen inzwischen verschwunden. Vermutlich stand er jetzt nebenan, um seinen Auftrag zu erledigen und dafür zu sorgen, dass die weltweit schlimmste Nachbarin endgültig einzog. *Uff.*

Ich war nicht oft so schlecht gelaunt wie heute. Das lag zum Teil daran, dass ich mich in diesem Zustand selbst nicht leiden konnte und es einen komplett anderen Menschen aus mir machte. Vielleicht sollte ich Grandma nach ihrer Rückkehr bitten, eine ihrer geführten Meditationen mit mir zu machen, damit ich wieder etwas runterkam. Oder ich könnte auch einfach in die Stadt fahren und einen exzessiven Einkaufsbummel unternehmen. Zugegeben, angesichts der geringen Anzahl von Kunden, die meine Detektivdienste in Anspruch nahmen, stammte mein Geld weitestgehend aus dem Treuhandfonds meines Katers ... Aber wenn er einfach ein wenig verständnisvoller gewesen wäre, bräuchte ich jetzt nicht nach einem anderen Weg zu suchen, um meine Laune zu verbessern.

Ja, shoppen gehen ... Das wäre die perfekte Therapie für den heutigen Tag. Sobald ich meinen armen kleinen Hund gerettet hatte.

„Paisley!“, rief ich, stieg die Stufen der Veranda hinunter und ließ meinen Blick über den Garten wandern.

Keine Spur von ihr. Sie kam auch nicht bellend angerannt, um mich zu begrüßen. Seltsam.

„Paisley!“, versuchte ich es erneut und suchte den Waldrand nach einer ungewöhnliche Bewegung ab.

Als ich noch immer keine Antwort erhielt, begann mein Herz schneller zu schlagen, und Angst machte sich in mir breit. Die neue Nachbarin hatte ihr doch nichts angetan, oder? Obwohl ich ihr das nach dieser schroffen Begegnung durchaus zutrauen würde. O nein!

Ich legte einen Zahn zu, rannte keuchend um das Haus herum und schrie dabei lautstark nach dem kleinen Chihuahua.

„Meine Güte! Könntest du bitte mit dem Gebrülle aufhören?“ Pringle steckte den Kopf aus seinem Baumhaus und starrte mich aus glänzenden schwarzen Augen an. „Das Gehör von Waschbären ist mindestens tausendmal besser als das eines Menschen. Tatsache ... Das haben sie in der Kardashian-Show gesagt. Wie auch immer ... lass das bitte! Ich bekomme Kopfschmerzen davon, und zudem störst du mein Verhör. Keine gute Kombination, Schätzchen.“

„Mami?“, erklang plötzlich Paisleys leises, wimmerndes Stimmchen von irgendwo über mir. *O neeeiiiinnn!*

„Pringle, hast du etwa ...?“ Ich ersparte es mir, den Satz zu Ende zu sprechen, feuerte meinen Muffin auf den Boden und kletterte in Windeseile die Leiter hinauf in die zugemüllte Baumfestung des Waschbären. Und tatsächlich, dort saß mein kleiner Liebling, zusammengekauert in einer Lebendfalle.

Jedes Mal, wenn sie sich bewegte, klapperte der komplette Käfig.

„Pringle!", schnaubte ich wutentbrannt unfähig, meinen Blick von dem verängstigten Hündchen abzuwenden. „Wie konntest du nur!"

Er schien gänzlich unbeeindruckt und machte es sich in dem Fensterausschnitt bequem. „Der Hund wollte sich nicht befragen lassen, also habe ich ihn hergebracht."

„Er drohte mir, er würde mich knebeln, wenn ich dir auf dein Rufen antworte, Mami." Paisley sprach gehetzt und in einer höheren Tonlage als sonst. „Ich weiß zwar nicht, was das bedeutet, aber ich hatte solche Angst."

„Öffne den Käfig!", presste ich zwischen zusammengebissenen Zähnen hervor. „Auf der Stelle!"

„Schon gut, schon gut. Mach doch kein so ein Drama aus der Sache. Sie ist nicht verletzt, siehst du?" Geschickt löste Pringle den Hebel des Käfigs, so dass Paisley direkt in meine Arme flüchten konnte.

„Er hat mich gedognapped!", jammerte sie und kuschelte sich eng an mich. „Noch nie in meinem ganzen Leben habe ich mich so gefürchtet, Mami."

Ich streichelte ihr beruhigend über den Rücken und hielt sie eng an mich gedrückt, während ich den Waschbären mit meinem Blick durchbohrte. „Noch so eine Aktion, und ich nehme dir deine Fernseher und Nerf-Guns weg. Und sollte ich dich je wieder in meinem Haus erwischen, verwandle ich dich in ein tragbares Davey-Crockett-Souvenir."

Er legte eine seiner schwarzen Hände auf die Brust und keuchte auf. „Das würdest du nicht tun!"

„Lass es besser nicht darauf ankommen." Natürlich würde ich weder ihm noch irgendeinem anderen Tier je etwas antun, aber mit dieser Entführung und Festnahme war er eindeutig zu weit gegangen, und das alles nur wegen eines imaginären Rollenspiels. Ich hatte den Tag schon jetzt derart satt und war kurz davor, wieder zurück ins Bett zu kriechen, und das sogar ohne ein richtiges Frühstück. Irgendwie verständlich, oder?

Also klemmte ich mir Paisley unter den Arm und begann, die Leiter langsam wieder hinunterzuklettern, als mir noch etwas einfiel. Prompt hielt ich inne und stieg die paar Sprossen wieder hinauf. „Pringle? Wo hast du diese Lebendfalle eigentlich her?"

Er setzte sich auf die Hinterbeine und lächelte mich an, wobei er seine spitzen Zähne entblößte. „Die hab ich auf der Veranda nebenan gefunden. Sie sah praktisch aus, also habe ich sie mir geschnappt."

Ich glaubte, meinen Ohren nicht zu trauen. „Du hast sie unserer neuen Nachbarin gestohlen?" Wenn sie dieses Ding auf meinem Grundstück fände, würde sie toben.

Er zuckte gelangweilt mit den Schultern. „Stehlen ist so ein hartes Wort. Sagen wir, ich habe sie mir ausgeliehen."

Jetzt war ich wütend und verunsichert. Wenn diese grausame Frau tatsächlich beabsichtigte, ein Tier in diese Falle zu locken, was wohl würde sie anschließend mit ihm anstellen?

Nichtsdestotrotz durfte ich Pringles diebisches Treiben nicht unterstützen.

„Ich komme gleich noch mal und hole das Teil“, sagte ich mit einem strengen Blick, bevor ich mich erneut auf dem Weg nach unten begab. Und dann musste ich einen geeigneten Ort finden, wo ich es verstecken konnte. Klar, etwas zu stehlen kam einem Verbrechen gleich, aber Tierquälerei war noch wesentlich schlimmer.

Blieb nur zu hoffen, dass die komische Alte den Verlust noch nicht bemerkt hatte.

4

Im Haus angekommen, setzte ich Paisley im Schlafzimmer im ersten Stock ab, das sie sich mit Großmutter teilte, und schloss die Tür hinter mir, damit Octocat nicht hereinkommen und sie stören konnte. „So, Kleines, jetzt ruh dich erst einmal ein wenig aus. Ich bin bald wieder da, und Grandma sollte ebenfalls in Kürze zurück sein."

„Kannst du nicht bei mir bleiben, bis ich eingeschlafen bin, Mami?", bettelte die Maus, und ich brachte es nicht übers Herz, nein zu sagen.

Also wartete ich, während sie es sich auf dem Seidenkissen, das Grandma eigens für ihre tierische Seelenverwandte auf das Bett gelegt hatte, bequem machte und zu einem kleinen Ball zusammenrollte. Behutsam strich ich ihr über das seidige Fell, und innerhalb kürzester Zeit wurden ihre

Atemzüge ruhiger und sie driftete hinüber ins Reich der Träume … und meine Gedanken ab …

Bald schon wäre ich Charles‘ Frau, was für jeden von uns eine enorme Veränderung bedeutete. Denn obwohl Paisley und ich eine enge Bindung hatten, war sie doch Grandmas Hund und müsste ihr in deren neues Heim folgen. Allein bei der Vorstellung, wie sehr ich das kleine Kerlchen vermissen würde, wurde mir das Herz schwer. Sicher, wir würden uns regelmäßig sehen, aber es wäre nicht mehr dasselbe.

Liebevoll betrachtete ich das Hündchen, das mittlerweile tief und fest schlief, und wäre am liebsten den ganzen Tag bei ihr sitzen geblieben. Das jedoch war nicht möglich. Es galt, eine geklaute Tierfalle zu verstecken. Leise seufzend und auf Zehenspitzen, um sie nicht wieder zu wecken, verließ ich das Zimmer.

Draußen stieß ich auf Octocat, der mir kommentarlos folgte, was an sich schon merkwürdig war. Er sprach erst wieder, als ich die Hände auf eine Sprosse der Leiter legte, die zum Baumhaus hinaufführte.

„Was bitte hast du vor?“, verlangte er zu wissen, klang jedoch kühl und irgendwie desinteressiert.

„Ich kümmere mich ums Geschäft“, murmelte ich und konzentrierte mich voll und ganz auf meinen Aufstieg, denn die Leiter war nicht wirklich für Menschen konzipiert und ich rechnete beinahe jeden Augenblick damit, dass sie unter mit zusammenkrachte.

Glücklicherweise schaffte ich es ohne Zwischenfall bis

nach oben, schnappte mir das Metallding und war schon drauf und dran, es nach draußen auf den Boden zu feuern. In allerletzter Minute meldete sich jedoch mein Verstand zu Wort und warnte mich, dass ich damit die neue Nachbarin auf den Plan rufen könnte. Damit wäre der Diebstahl aufgeflogen, und den konnte ich ja wohl kaum auf den Waschbären schieben, ohne wie eine Verrückte dazustehen. Also kletterte ich, den Käfig fest an mich gepresst, einhändig wieder nach unten.

„Wieso befand sich der dort oben?“ wollte mein Kater wissen, nachdem ich endlich wieder sicheren Boden unter den Füßen hatte. Natürlich bot er mir nicht seine Hilfe an, aber zumindest kritisierte er mich auch nicht.

„Pringle hat ihn der Alten nebenan gestohlen und als behelfsmäßiges Gefängnis für Paisley benutzt“, erklärte ich ihm, und erneut überkam mich eine schreckliche Wut, als ich mich an die Szene erinnerte, die ich vorhin hier oben vorgefunden hatte.

Octocat schüttelte nur den Kopf. „Man sollte wirklich ein Davey-Crockett-Souvenir aus diesem Kerl machen.“

„Genau meine Rede!“, rief ich aus.

Er nahm eine komplizierte Yoga-Pose ein, streckte sich und fuhr seine Krallen aus. „Es bedarf nur eines Wortes von dir, und ich kümmere mich um die Sache. Wie du sicherlich weißt, sind Katzen die elitärsten Jäger auf dem Erdball.“

Ich verkniff mir, ihn darauf hinweisen, dass seine elitären Cousins allesamt Groß- und keine Hauskatzen waren, und dass er Pringle aufgrund dessen Intellekts und seiner großen Pfoten in jeglichem Kampf haushoch unterlegen wäre.

„Keine weiteren Auseinandersetzungen mehr“, ordnete ich stattdessen mit strenger Stimme an, und gemeinsam umrundeten wir das Haus in Richtung Eingang. Just in diesem Moment bog ein weißer Lieferwagen mit dem Emblem des Bezirks in unsere Auffahrt ein. O weia. Das hatte bestimmt nichts Gutes zu bedeuten.

Ein uniformierter Beamter stieg aus und winkte mir zu. „Guten Morgen!“, rief er mir anscheinend gut gelaunt zu, während vor meinem geistigen Auge immer mehr dunkle Wolken aufzogen.

„Hallo“, presste ich hervor und bemühte mich, den Angstknoten hinunterzuschlucken, der sich in meiner Kehle gebildet hatte. Schnell setzte ich die Falle auf den Rasen ab und lief ihm eiligen Schrittes entgegen.

„Wofür ist die denn gedacht?“, fragte er und deutete auf den Käfig.

Nur wenige Schritte von ihm entfernt, blieb ich stehen. „Sie meinen die Lebendfalle? Ich hatte heute Morgen einen Waschbären im Haus und hoffte, ihn damit fangen und wieder nach draußen bringen zu können.“

„Und das wilde Tier befindet sich nach wie vor irgendwo drinnen, Miss?“ Er griff nach dem Funkgerät, das an seinem Gürtel hing, und diese Geste jagte mir einen eiskalten Schauer über den Rücken.

„Nein, mittlerweile ist er verschwunden“, versicherte ich

ihm eilig und zuckte dann betont lässig mit den Schultern. „Das Teil ist als reine Vorsichtsmaßnahme gedacht, für den Fall, dass er nochmals wiederkommt."

Der Beamte runzelte die Stirn und zog die Hand zurück. „Nun, unabhängig von der aktuellen Situation ... bei der Tierschutzbehörde ist eine Beschwerde eingegangen und ich wurde losgeschickt, um die Sache zu überprüfen."

„Ja, ich war gerade drüben bei der neuen Nachbarin, als sie den Anruf tätigte, und habe es mitbekommen. Eigentlich wollte ich sie nur kurz willkommen heißen, aber anscheinend ging mein Antrittsbesuch gründlich in die Hose." Ich lachte bitter auf.

„Dem Telefonat nach zu urteilen, das sie mit uns führte, war das wirklich keine gute Idee." Er schüttelte den Kopf und blickte in Richtung Auffahrt. „Die Dame scheint eine ziemlich unangenehme Zeitgenossin zu sein. Ich an Ihrer Stelle würde mich so gut wie möglich von ihr fernhalten."

„Zur Kenntnis genommen. Aber wie kann ich Ihnen nun helfen, Officer?"

Er sah mich direkt an, und ein trauriges Lächeln machte sich auf seinen Zügen breit. „Verstehen Sie mich bitte nicht falsch. Ich bin selbst ein großer Tierfreund und weiß, wie schwer es ist, in unmittelbarer Nachbarschaft einer Person zu leben, die unsere kleinen Lieblinge verabscheut. Allerdings war die Frau dermaßen hysterisch, dass wir in solch einem Fall einfach unserer Sorgfaltspflicht nachkommen müssen."

Während seiner ganzen Rede nickte ich verständnisvoll,

während ich im Stillen darüber nachgrübelte, wie ich ihn am besten möglichst schnell wieder loswerden konnte. „Verstehe. Was brauchen Sie denn von mir?"

„Ich müsste die Microchips und Lizenzen aller Tiere überprüfen."

Ich deutete mit dem Kinn in Richtung Octocat, der unsere Unterhaltung aufmerksam, aber glücklicherweise schweigend verfolgte. „Für meine Katze habe ich so etwas nicht, aber ich kann Ihnen die Tierarztunterlagen zeigen, wenn das hilft?"

Er musterte ihn abschätzend, erwiderte dann jedoch: „Eigentlich reichen mir die Papiere Ihrer beiden Hunde."

„Wer ist dieser Clown überhaupt?", miaute mein Kater in just diesem Moment, hob das Bein über den Kopf und begann, sein Gemächt zu säubern. „Soll ich ihn meine Krallen spüren lassen?"

„Nein!", brüllte ich, was mir einen seltsamen Blick des Tierschutzbeamten einbrachte. „Ich meine, Nein, das ist nicht richtig. Ich habe nur einen Hund, und der gehört nicht einmal wirklich mir, sondern meiner Großmutter. Sie wohnt ebenfalls hier. Vielleicht, ähm, möchten Sie ja auch ihre Dokumente sehen?"

Mein Versuch, einen Witz zu machen, ging völlig in die Hose.

Der zuvor so sympathische Beamte beäugte mich nun misstrauisch. „Die Anruferin hat darauf beharrt, dass es zwei waren."

„Sie können gerne mit reinkommen und sich selbst überzeugen, aber hier wohnt außer der Katze wirklich nur noch ein Vierbeiner.“ Ich sollte mir mehr Mühe geben und etwas netter zu ihm sein. Immerhin war es nicht seine Schuld, dass die neue Nachbarin so durchgeknallt war.

„Und welcher wäre das? Der gestreifte oder der riesige schwarze …“ Er hielt kurz inne, um seine Notizen zu überprüfen. „Höllenhund?“

Bei dieser Beschreibung konnte ich mir ein Grinsen nicht verkneifen. „Wissen Sie was? Ich hole ihn kurz raus, zusammen mit dem nötigen Papierkram. Dann können Sie sich selbst von seinem Aussehen überzeugen.“

Als ich mit Paisley auf dem Arm zurückkehrte, brach der Mann in schallendes Gelächter aus. „Riesig? Der dürfte doch selbst nass nicht mehr als zweieinhalb Kilogramm wiegen.“ Noch immer lachend, überprüfte er die Chipnummer und sah die Dokumente durch.

„Da hier alles in Ordnung ist, werde ich es heute bei einer Verwarnung belassen“, erklärte er schließlich.

Ich wollte schon erleichtert aufatmen, als mir der Sinn seiner Worte bewusst wurde. „Eine Verwarnung wofür?“

„Ihre Nachbarin hat auf eine Anzeige wegen Hausfriedensbruch bestanden“, erklärte er und presste die Lippen zu einem festen Strich zusammen.

„Das kann nicht Ihr Ernst sein! Ich bin doch nur kurz rübergegangen, um sie zu begrüßen und ihr ein paar selbstgebackene Muffins zu bringen.“

„Nicht gegen Sie.“ Er deutete mit dem Kinn in Richtung

Paisley, die nach wie vor in meinen Armen lag. „*Sondern gegen den Hund.* Technisch gesehen, lautet die Anklage auf „Freilaufender Hund."

„Das ist doch lächerlich!", wetterte ich und war nahe dran, direkt hinüberzumarschieren und der alten Krähe die Meinung zu geigen.

Er sog die Luft durch die Zähne ein und schüttelte bedauernd den Kopf. „Grundsätzlich ist die Dame leider im Recht. Ihr Hund hat auf deren Grundstück nichts zu suchen."

„Aha, okay." Ich sah hinunter auf den zappelnden Welpen in meinen Armen, während ich weitersprach. „Wir hatten uns einfach so daran gewöhnt, dass das Anwesen nebenan leer steht, aber gut. Ich werde dafür sorgen, dass Paisley sich künftig nicht mehr dort hinüber wagt."

„Das wäre für alle Beteiligten besser." Der Beamte streckte die Hand aus, um die Kleine zwischen den Ohren zu kraulen. „Es tut mir echt leid, dass Sie mit diesen Problemen zu kämpfen haben. Hoffentlich wird die Dame mit der Zeit etwas entspannter, obwohl ich das ehrlich gesagt bezweifle. Vielleicht sollten Sie über einen Zaun oder einen speziellen Hundeauslauf nachdenken?"

Das Ganze war absurd. Ich selbst hatte ja kein Glück gehabt, aber vielleicht konnte Grandma die Alte irgendwie zur Vernunft bringen? Dieser kleine Disput sollte sich doch gütlich regeln lassen, oder?

5

Wie sich leider schon bald herausstellte, war der Streit mit der neuen Nachbarin nichts, was sich so einfach beilegen ließ.

Nur wenig später kam Grandma von dem Tulpenfest zurück, dass sie mit ihrem Liebsten besucht hatte, und schwebte nach wie vor auf Wolke sieben. Kaum dass ich ihr von dem Wortwechsel mit der Alten und dem Besuch des Tierschutzbeauftragten erzählt hatte, setzte sie sich hinter das Steuer ihres kleinen roten Sportwagens und fuhr auf direktem Weg nach Misty Harbor, um aus dem dortigen Little Dog Diner ein paar unserer Lieblings-Hummerbrötchen zu besorgen.

„Die arme Frau muss von dem großen Umzug doch völlig erschöpft sein“, mutmaßte sie nach ihrer Rückkehr und hielt die weiße Papiertüte mit den Köstlichkeiten in die Höhe.

„Und mit Sicherheit auch kurz vorm Verhungern. Ich bin überzeugt, dass es nichts gibt, was sich nicht mit ein wenig nachbarschaftlicher Liebenswürdigkeit aus der Welt schaffen lässt."

Zwar versuchte ich noch, sie vor diesem meiner Meinung nach verhängnisvollen Plan abzubringen, aber sie ließ sich nicht beirren.

Stattdessen rügte sie mich, ich solle etwas mehr Mitgefühl zeigen, nahm Paisley an die Leine und verschwand in Richtung des angrenzenden Anwesens. Octocat und ich ließen uns derweil am Esstisch nieder und verputzten unseren Anteil.

Ich war gerade dabei, mir nach dem letzten Bissen auch noch die Finger abzuschlecken, als Grandma mit einer zerknitterten, verschmutzten Tüte zurückkam.

„In meinem ganzen Leben … ", polterte sie los und feuerte ihr gut gemeintes Mitbringsel in den Müll, „habe ich noch nie eine so verbitterte, widerliche, böse alte Hexe getroffen."

Paisley folgte ihr dicht auf den Fersen, den Schwanz zwischen die Beine geklemmt und den Körper tief auf den Boden gedrückt.

„So schlimm?", fragte ich mitfühlend.

„Schlimmer", erwiderte sie und verzog angewidert das Gesicht.

Irgendwie widerstand ich dem Drang, ihr ‚Hab ich's dir nicht gesagt …' an den Kopf zu werfen und machte mir schon einmal im Geist eine Notiz, bei nächster Gelegenheit in den Gelben Seiten nach einem Zaunbauunternehmen zu suchen und mir ein oder zwei Angebote einzuholen. Abgesehen davon gab es nicht viel, was ich oder andere tun konnten, außer zu hoffen und zu beten, dass die Nachbarin – deren Namen wir nach wie vor nicht kannten –wieder verschwinden möge.

Je früher, desto besser.

Für den Rest des Tages passierte nichts mehr, was sich später als seltene und willkommene Erholungsphase erweisen sollte, denn bereits am nächsten Morgen stand die Tierschutzbehörde erneut auf der Matte. Dieses Mal war es ein anderer Beamter mit Fotos in Händen, die den unwiderlegbarer Beweis dafür lieferten, dass Paisley die unsichtbare Grenze zwischen unseren beiden Grundstücken um sage und schreibe sieben Zentimeter überschritten hatte.

Besagte Grenze verlief durch den Wald und war komplett von Gestrüpp und Sträuchern verdeckt. Ich wusste ehrlich gesagt nicht einmal, wo unser Garten endete und der des Nachbarn anfing. Sie offensichtlich schon, denn sie hatte sogar Überwachungskameras aufgestellt, die jede Bewegung entlang dieser unsichtbaren Linie erfassten. Jedenfalls wurde mein Argument, dass es sich dabei um eine Verletzung *meiner* Privatsphäre handelte, direkt entkräftet. Offensichtlich stand ich wieder einmal auf der falschen Seite des Gesetzes.

Natürlich versuchte ich, diese weitere unangenehme Sache aus dem Kopf zu bekommen, aber dieser Tag war genauso ruiniert wie der vorherige.

Am darauffolgenden Tag bekam ich zwar keinen ungebetenen Besuch, dafür flatterte mir ein Brief ins Haus. Darin stand, dass meine Weigerung, besser auf meinen Hund aufzupassen, dazu geführt hatte, dass dieser einen Hirsch von ihrem Grundstück verscheuchen konnte. Was bitte war das nur für eine Frau, die Hunde so sehr hasste und gleichzeitig verzweifelt versuchte, sich mit einem der Waldtiere anzufreunden?

Der Zettel war handgeschrieben, jedoch nur mit der Adresse versehen, ohne Angabe eines Namens. Noch irritierender war die Tatsache, dass der Umschlag eine Briefmarke und einen Poststempel trug. Die verbitterte Alte musste ihn also zur Post gebracht haben, anstatt einfach kurz vorbeizukommen und ihn einzuwerfen, oder – Gott bewahre –, nochmals das Gespräch mit uns zu suchen.

Nach dieser kleinen Überraschungslieferung fuhr ich direkt zur Tierhandlung und kaufte einen großen Vorrat an Pinkelunterlagen. Bis wir den Zaun gesetzt hatten, würde Paisley ihr Geschäft wohl oder übel drinnen verrichten müssen. Das war zwar nicht ideal, aber so ziemlich die einzige Option, die uns blieb.

* * *

Ein paar Tage nach dem irritierenden Schreiben tauchte die Tierschutzbehörde ein drittes Mal auf und legte uns Fotos von Octocat vor, wie er sich auf der Veranda der Nachbarin erleichterte.

Als ich ihn damit konfrontierte, grinste er mich nur selbstzufrieden an. „Jemand musste dieser Frau ja mal die Quittung für ihr Verhalten präsentieren. Sie hat dich verärgert, also habe ich auf ihre Veranda gepinkelt. So etwas nennt sich ausgleichende Gerechtigkeit."

Einerseits war ich gerührt von seinen Bemühungen, meine Ehre zu verteidigen, andererseits aber auch verärgert, dass er uns dadurch nur noch mehr Probleme bereitete.

Also versiegelten wir im nächsten Schritt die Katzenklappe, denn so ein Zaun würde meinen Kater mit Sicherheit nicht von weiteren Exkursionen zum Nachbargrundstück abhalten. Das hatte ich bereits auf die harte Tour lernen müssen – und zwar schon viele Male: Wenn ich ihm einen Befehl erteilte, tat er genau das Gegenteil davon.

Wenn nur bald jemand auftauchen würde, um besagten Zaun zu setzen! Bisher war ich bei keiner der Firmen, die ich kontaktiert hatte, erfolgreich gewesen. Sie alle behaupteten, aufgrund des warmen Wetters ellenlange Wartelisten zu haben, und diese Aufgabe allein mit Grandma zu bewältigen, erschien mir ein Ding der Unmöglichkeit. Nicht bei solch einem riesigen Anwesen. Vielleicht fände Charles die Zeit, uns zu helfen, sobald er seinen aktuellen Fall abgeschlossen hatte.

Was auch immer, ich war ziemlich verzweifelt.

* * *

Die arme Paisley wurde mit jedem Tag, den sie drinnen verbringen musste, deprimierter. Selbst Octocat, der es im Allgemein vorzog, im Haus zu bleiben, fing nun, da er nicht mehr die Wahl hatte, an, lautstark zu protestieren. Und das ohne Unterlass. Dank der lächerlichen Erwartungen unserer neuen Nachbarin fühlte sich mein Zuhause nicht mehr wie meines an.

„Zumindest du ziehst ja in einem knappen Monat von hier weg in ein neues Heim, und dort wird wieder alles so sein wie immer", tröstete ich Paisley und versuchte, sie aufzumuntern. Das jedoch erinnerte sie nur erneut daran, dass wir die Haushalte nach der Hochzeit aufteilen würden, und stürzte sie in eine noch größere Verzweiflung.

Es zerriss mir das Herz, sie so zu sehen, aber ehrlich gesagt wusste ich nicht, was ich sonst noch hätte tun können, um die Lage zu verbessern, vor allem, weil die Tierschutzorganisation mich bei jedem Besuch daran erinnerte, dass die neue Nachbarin trotz ihres kleinlichen Verhaltens technisch gesehen im Recht war. Zudem wurde ich für Octocats Aufsässigkeit auch noch zu einer saftigen Geldstrafe verdonnert, was mir schon gar nicht einleuchten wollte.

Wer bitte hatte denn seine Katze Tag und Nacht unter Kontrolle?

* * *

Nach vollen zwei Tagen ohne weitere Zwischenfälle bekamen wir Besuch von der Polizei. Bei ihnen war eine Lärmbeschwerde eingegangen. Offenbar hatte Pringle zu laut ferngesehen. Nach dem ganzen Drama mit der Nachbarin, das sich bereits über eine Woche hinzog, hatte ich natürlich völlig vergessen, meine Drohung wahrzumachen und ihm seine elektronischen Geräte wegzunehmen. Man wies uns an, den Ton zukünftig leiser zu stellen und mehr Rücksicht zu nehmen. Allerdings konnte ich seinen Fernseher in unserem Haus nicht hören ... Wie also um alles in der Welt sollte das der Alten dort drüben möglich sein?

* * *

Tags darauf stand erneut die Tierschutzbehörde vor unserer Tür. Dieses Mal waren sie auf der Suche nach dem zweiten Hund, von dem die Nachbarin schwor, dass er in ihrem Garten herumstreunte und ihre Mülltonnen umwarf. Vielleicht sollte die Gute mal ihr Augenlicht überprüfen lassen.

Ich bat die Beamten herein, so dass sie sich selbst davon überzeugen konnten, dass es keinen weiteren Vierbeiner gab, und schlug höflich vor, doch so allmählich einmal in Erwägung zu ziehen, der Alten ihre Zeit in Rechnung zu stellen.

Im Ernst, je mehr wir versuchten, desto schlimmer wurde

es. Nicht einmal meine liebenswerte Großmutter schaffte es, sich die Gunst dieser Frau zu sichern. Grandma war nach dem Gespräch und den nicht enden wollenden Besuchen der Tierschützer dermaßen aufgebracht, dass sie sogar einen befreundeten Makler engagierte, der in Erfahrung bringen sollte, ob wir der Alten das Haus nebenan nicht direkt zu einem vernünftigen Preis abkaufen könnten. „Dann trenne ich mich einfach von meinem alten Heim und ziehe drüben ein. Somit wären wir Nachbarn und gleichzeitig das weltweit größte Ärgernis los."

Leider kam dieses Geschäft nicht zustande, und am nächsten Tag erhielten wir per Post einen weiteren Brief:

„Ich weiß, dass Sie es waren.

Unterschrift:

Haus Nr. 304

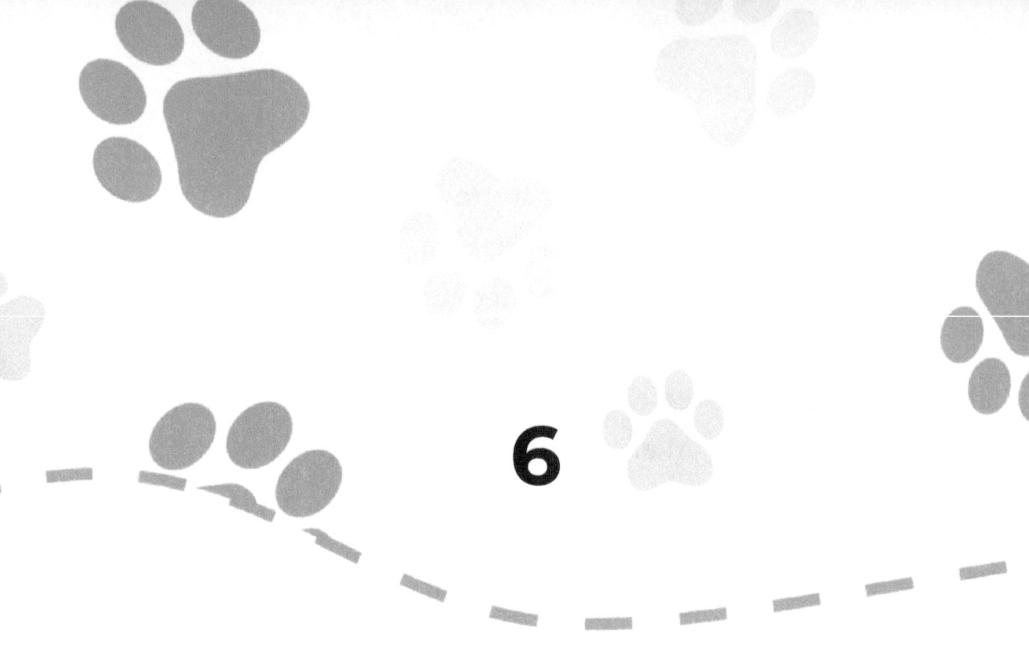

6

Die Kontrollbesuche der Tierschutzbehörde und Polizei wurden zu einem festen Ritual, und allmählich war ich so weit, dass ich am liebsten selbst auf die Veranda der zänkischen Alten gepinkelt hätte. Wenn ich schon wiederholt für Dinge bestraft wurde, für die ich nichts konnte, sollten sie mich zu Abwechslung doch einmal für etwas zur Rechenschaft ziehen, *das* ich getan hatte.

Diese Vorstellung amüsierte mich, aber natürlich würde ich mich nie dazu herablassen. Genau genommen unternahm ich überhaupt nichts, außer mich bis zum Abwinken bei Charles zu beschweren und damit zu ruinieren, was eigentlich als romantischer Abend angedacht war.

Außerdem fragte ich meinen Anwalt-Verlobten, ob ich die doofe Nachbarin nicht wegen Belästigung oder seelischer

Qualen verklagen könnte ... Ob es nicht irgendetwas gab, um sie dazu zu bringen, uns in Ruhe zu lassen.

Er versprach, sich bei einigen Präzedenzfällen schlau zu machen, befürchtete aber, es wäre nicht den Aufwand und die Kosten eines Gerichtsverfahrens wert. Immerhin erklärte er sich bereit, uns bei unserem Zaunprojekt zu helfen, sollte ich bis zum Wochenende keine Firma gefunden haben.

Das setzte natürlich voraus, dass ich bis dahin überlebte und nicht an meiner Wut erstickte, was mir zum aktuellen Zeitpunkt als eine ziemlich hohe Erwartung an mich selbst erschien.

Als ich an diesem Abend von meinem Date zurückkehrte, war ich erschöpft und wütend auf mich selbst, weil ich es zuließ, dass diese verrückte Alte mich so runterzog. Und diese Wut steigerte sich ins Unermessliche, als ich Polizeilichter vor dem Nachbaranwesen aufblinken sah.

Meine Güte! Was war denn jetzt schon wieder vorgefallen? Nun ja, das würde ich noch früh genug erfahren, wenn die Beamten im Anschluss bei mir vorbeikamen, um mich aufgrund eines neuerlichen Vergehens zu verwarnen.

Diese Frau machte mich wahnsinnig, und inzwischen hatte ich die Nase gestrichen voll von ihren Mätzchen. So beschloss ich, anstatt den Besuch der Polizisten abzuwarten, direkt hinüberzugehen und selbst herauszufinden, was los war. Allerdings würde ich diesmal nicht die Abkürzung durch den Wald, sondern brav die Straße nehmen.

Normalerweise war ich kein streitlustiger Mensch, aber

diese Dame hatte es einfach zu weit getrieben. Mit ansehen zu müssen, wie meine Tiere von Tag zu Tag mürrischer und apathischer wurden, ohne die geringste Aussicht auf Besserung der Situation, hatte das Fass zum Überlaufen gebracht. Ich musste und würde etwas unternehmen, um meinen Besitz und meine Lieben zu verteidigen und unser Leben wieder in normale Bahnen zu lenken. Was wäre ich denn sonst für eine Tierhalterin?

Als ich die Auffahrt hinaufstürmte, bemerkte ich neben mehreren Autos auch noch einen Krankenwagen. Da schien sich die alte Hexe ja etwas ganz Besonderes ausgedacht zu haben.

Zum Glück entdeckte ich in der Menge meinen alten Freund, Officer Bouchard. Er hatte mir bei unserer allerersten Begegnung das Leben gerettet. Vielleicht gelang ihm heute Ähnliches, was meinen Verstand anbelangte.

Ich winkte, rief ihm einen knappen Gruß zu und beschleunigte mein Tempo, um den Abstand zwischen uns zu verringern. Seltsamerweise konnte ich meine Nachbarin nirgends entdecken, obwohl sie doch normalerweise mitten im Geschehen zu finden war.

„Hör zu“, begann ich, während ich mich erfolglos bemühte, eine freundliche Miene zur Schau zu tragen, „welche Beschwerde auch immer diese schreckliche Frau dieses Mal vorgebracht haben mag, ich versichere dir, sie ist völlig unbegründet. Seit sie hier eingezogen ist, hat sie nichts anderes getan, als mir das Leben zu Hölle zu machen. Sie … “

Officer Bouchard legte mir eine Hand auf die Schulter und brachte mich damit zum Schweigen. „Sie ist tot", erwiderte er und räusperte sich dezent.

Im ersten Moment war ich mir sicher, mich verhört zu haben. „Tot?" Wie konnte das möglich sein? Das war sicher nur ein weiterer ihrer Tricks. Mittlerweile würde ich es ihr sogar zutrauen, ihr Ableben vorzutäuschen und das ebenfalls mir anzuhängen.

„Mausetot", bestätigte mein Freund in Blau. „Komm mit." Er deutete mir an, ihm hinters Haus zu folgen, wo ein kleiner Schuppen stand. Der gesamte Bereich war mit einem leuchtend gelbem Tatortband abgesperrt.

Hmm. Wenn das tatsächlich ein Trick war, dann aber ein extrem raffinierter.

„Wir müssen natürlich noch den offiziellen Bericht des Gerichtsmediziners abwarten, sind uns aber ziemlich sicher, dass die Todesursache ein Unfall war", erklärte er und zeigte mit dem Finger ins Innere. „Sieh selbst."

Ich wagte mich näher an das Hüttchen heran und entdeckte meine Nachbarin auf dem Boden liegend. Ihre Beine waren in die Luft gestreckt, und ein riesiger Leinensack bedeckte Gesicht und Brust. Was auch immer sich darin befinden mochte, sah schwer aus.

„Was ist passiert?", murmelte ich, unfähig, meinen Blick abzuwenden.

„Anscheinend ist dieser Sack mit Wildfutter überraschend aus dem obersten Regal heruntergefallen und hat sie am Kopf getroffen, so dass sie bewusstlos wurde.“ Er zeigte auf den scharfen Metallrahmen des gegenüberliegenden Regals. „Bei ihrem Sturz hat sie sich dann eine schwere Schädelverletzung zugezogen und ist verblutet, bevor Hilfe eintreffen konnte.“

Tatsächlich, eine klebrige Pfütze hatte sich auf den Holzdielen ausgebreitet und sie rot gefärbt. Ein ekelerregender Geruch nach Eisen lag in der Luft, und ich kämpfte gegen die aufsteigende Übelkeit an. Wäre ich zu Hause gewesen, hätte ich den Aufprall gehört? Wäre ich herübergekommen, um nach ihr zu sehen? Nein, erkannte ich mit düsterer Gewissheit. Ich hätte mir nicht einmal die Mühe gemacht, über das ungewohnte Geräusch nachzudenken.

Ich trat zurück und wandte mich, eine Hand fest gegen die Brust gepresst, von der grausigen Szene ab. Officer Bouchard folgte mir und sprach mir sein Beileid aus, obwohl eigentlich schon die Worte bei meiner Ankunft am Tatort hätten deutlich machen müssen, dass ich alles andere als ein Fan der alten Dame gewesen war.

„Darf ich dich mal was fragen?“, erkundigte ich mich, nachdem ich die aufsteigende Galle erfolgreich hinuntergeschluckt hatte. Als er zustimmend nickte, fuhr ich fort: „Wie hieß sie eigentlich? Das hat sie uns nämlich nie verraten.“ Irgendwie schien es mir wichtig, ihren Namen zumindest jetzt zu erfahren.

Er sah in seinen Notizen nach und stieß einen leisen Pfiff aus. „Anscheinend handelt es sich um eine Miss Miller, Angela Miller.“

Wie bitte? Angela? Das war ja unglaublich!

Gut, es war natürlich kein sonderlich ausgefallener Name, trotzdem berührte mich die Erkenntnis, dass meine Erzfeindin genauso hieß wie ich, auf seltsame Weise. Trotz all der Scherereien, die sie mir in den letzten zwei Wochen bereitet hatte, machte diese simple Enthüllung sie irgendwie menschlicher. Und plötzlich überkam mich eine gewisse Traurigkeit.

Was mochte im Leben dieser Angela passiert sein, dass sie zu einer solch hartherzigen Frau wurde? Einer Person, für die es einfacher war, einen Brief per Post nach nebenan zu schicken, anstatt einfach vorbeizukommen und zu reden? Sie musste unglücklich und einsam gewesen sein. Sehr, sehr einsam.

Hätte ich etwas anders machen können? Vielleicht etwas mehr Geduld aufbringen und ihr mehr Zeit geben sollen, sich uns gegenüber zu öffnen. Wäre das überhaupt möglich gewesen?

„War es ein schneller Tod?“, fragte ich und hob die Hand, um an einem eingerissenen Nagel herumzukauen, der mich schon den ganzen Tag über nervte.

„Ich fürchte nein, aber da sie ja scheinbar bewusstlos war, hat sie den Schmerz hoffentlich nicht richtig wahrgenommen.“

„Oh.“ Ich schaute zurück in den Schuppen, auf die unglückliche Leiche, den schweren Sack auf ihrer Brust und das Blut unter ihr. An der rückwärtigen Wand entdeckte ich diverse Gartengeräte, Beutel mit Dünger und ein paar weitere Leinensäcke wie jener, der die alte Angela bewusstlos geschlagen hatte. Allesamt waren wesentlich kleiner. Warum hatte sie ausgerechnet nach dem größten Sack gegriffen, wenn es noch andere, leichtere gab, die sie hätte nehmen können? Dann wäre sie jetzt noch am Leben.

Ich konnte mich nicht einmal darüber freuen, dass meine Probleme schlagartig aus der Welt geschafft waren ... nicht, wenn jemand dafür sterben musste.

Gerade, als ich mich bei dem Officer bedanken und nach Hause zurückkehren wollte, um Grandma und den Haustieren die Neuigkeiten mitzuteilen, drang ein schreckliches Donnern an unsere Ohren, gefolgt von einer Art panischen Gebrülls.

Officer Bouchard griff nach seiner Waffe und zielte in die Richtung, aus der das Geräusch gekommen war, wobei er mich aufforderte, hinter ihm in Deckung zu gehen.

Ich jedoch ignorierte seinen Befehl und rannte schnurstracks in den Wald hinein ...

7

Immer tiefer arbeitete ich mich in das Dickicht vor, wobei ich einer Spur aus seltsamen gelben Luftschlangen folgte. Die Polizei und die Sanitäter blieben zurück, aber sie wussten ja auch nicht, was hier vor sich ging. Ich hingegen schon.

„Warte“, rief ich, während ich vorsichtig über einen heruntergefallenen Ast stieg, mir dabei aber trotzdem den Knöchel verrenkte. „Lass mich dir helfen!“

Leider konnte ich nicht mit dem Objekt meiner Verfolgung mithalten, und bald war es mitsamt der tanzenden gelben Bänder aus meinem Blickfeld verschwunden.

„Was war das denn?“, fragte Officer Bouchard, als ich unverrichteter Dinge zu der kleinen Menschenmenge im rückwärtigen Garten meiner verstorbenen Nachbarin zurückkehrte. „Und warum in Gottes Namen bist du ihm hinterhergelaufen?“

Ich beugte mich nach unten und stützte mich mit den Händen auf den Knien ab. Selbst nach dieser kurzen Anstrengung war ich wieder einmal völlig außer Puste. Grandma würde mir eine saftige Standpauke halten, wenn sie erfuhr, wie sehr ich mich seit der Beendigung unserer morgendlichen Joggingrunden hatte gehen lassen.

„Ein großer Hirsch“, keuchte ich. „Er kam zu nahe heran und hat sich mit seinem Geweih in dem Band rund um den Tatort verheddert. Der arme Kerl war zu Tode erschrocken.“

Bouchard seufzte und schüttelte den Kopf. „Ein verängstigtes Tier ist gefährlich, was bedeutet, dass du bei dieser gedankenlosen Aktion schwer verletzt hättest werden können. Was glaubst du, was deine Großmutter mit mir anstellen würde, wenn dir unter meiner Aufsicht etwas zustieße?“

Ich richtete mich wieder auf und schluckte schwer. „Du hast völlig recht. Tut mir leid.“ Es war einfacher, sich zu entschuldigen, als zu erklären, warum mir mit Sicherheit nichts passiert wäre. Grandma liebte es ja, allen möglichen Personen von meiner geheimen Gabe zu erzählen, aber ich hielt lieber den Mund.

Der Beamte klopfte mir freundschaftlich auf die Schulter. „Na ja, es ist ja nichts geschehen, aber du solltest zukünftig etwas vorsichtiger sein, versprochen? Wir haben nur eine

Angie Russo in dieser Stadt, und ich würde sie gerne behalten."

Ich würde mich bemühen. Leider hatte ich es in den letzten paar Jahren schon mit jeder Menge Leichen zu tun gehabt. Und die von Miss Miller schlug mir mehr aufs Gemüt als alle anderen zusammen. Was vielleicht an dem gemeinsamen Namen lag. Oder eben daran, dass ich sie so sehr gehasst hatte und mich deswegen jetzt irgendwie schuldig fühlte.

Was auch immer der Fall sein mochte, ich wollte nur noch nach Hause.

„Ich lasse euch dann mal weiterarbeiten", verkündete ich mit einem recht verkrampften Lächeln. „Und bitte melde dich, wenn Großmutter und ich etwas tun können, um bei den Ermittlungen zu helfen."

Er streckte die Hände über den Kopf und gähnte herzhaft. „Es wird keine Ermittlungen geben. Für uns ist das ein klarer Unfalltod. Sobald wir das Verfahren eingestellt haben, werden wir die Sache an die nächsten Angehörigen übergeben, vorausgesetzt, wir finden welche."

„Oh." Ich wusste nicht, was ich darauf sagen sollte. Die ganze Situation war einfach nur traurig und unerfreulich. „Dann viel Glück."

Mit hängendem Kopf machte ich mich auf den Rückweg und fragte mich unterwegs immer wieder, ob ich nicht doch unwissentlich zu dem vorzeitigen Ableben der anderen

Angela beigetragen hatte. Immerhin hatte ich ihr in den letzten Wochen viele negative Gedanken geschickt und mir des Öfteren gewünscht, sie möge ein für alle Mal verschwinden. Aber natürlich hätte ich nie gewollt, dass sie deswegen gleich stirbt, nur weil sie mir auf die Nerven ging. Okay, sie ging mir schon gehörig auf die Nerven, aber trotzdem ... Egal, für all diese Überlegungen war es jetzt eh zu spät.

Den Blick nach wie vor fest auf den Boden geheftet, umrundete ich das herrschaftliche Anwesen, mehr als bereit, nach Hause zurückzukehren, in meinen Lieblingspyjama zu schlüpfen und die Neuigkeiten mit den anderen zu teilen. Wäre ich normal gelaufen, hätte ich die staubigen Spuren, die zum Kellerfenster führten, auch nie bemerkt. So jedoch stachen sie mir direkt ins Auge. Ich hielt abrupt inne und betrachtete stirnrunzelnd die Villa. Vielleicht hatte sich die alte Frau irgendwann einmal ausgesperrt und nach einer Alternative gesucht, wieder hineinzugelangen, aber irgendwie hatte ich meine Zweifel an dieser Theorie. Die Abdrücke waren riesig, viel größer als meine eigenen und auch größer als die zierlichen Füße, die aus dem Schuppen herausragten.

Jemand, wahrscheinlich ein Mann, hatte sie ausspioniert. Aber warum?

Von den Umzugsleuten, die sie so mies behandelt hatte, konnte es keiner gewesen sein. Der heftige Regen vor ein paar Tagen hätte ihre Spuren längst weggespült. Nein, wer auch immer das war, musste erst kürzlich hier herumgeschlichen sein.

Sicherlich, die Tierschutzbehörde war ebenfalls ein regelmäßiger Gast auf dem Anwesen. Aber welchen Grund sollten die Beamten gehabt haben, durchs Kellerfenster zu spähen? Alles sehr merkwürdig.

Einen Moment lang überlegte ich, ob ich meine Beobachtung mit Officer Bouchard teilen sollte, aber der war ja der festen Überzeugung, dass es sich bei Miss Millers' Tod um einen Unfall handelte. Ich jedoch hatte da so meine Zweifel. Wenn die neue Nachbarin sich Grandma und mich so schnell zu Feinden gemacht hatte, wie viele weitere musste sie sich im Laufe ihres Lebens noch geschaffen haben? Der Art und Weise nach zu urteilen, wie sie allein mit den Leuten von der Umzugsfirma umgesprungen war, würde ich mal vermuten, dass die Wenigsten mit ihr zurechtkamen. Das ließ die Liste der Verdächtigen natürlich unendlich lang werden.

Wo also sollte ich anfangen? Im Prinzip wusste ich rein gar nichts über diese Angela Miller, weder über ihre Vergangenheit noch über die kurze Zeit, in der sie hier gewohnt hatte. Die Ermittlungen würden also einem Blindflug gleichen.

Nein, ich musste die Polizei über meine Entdeckung informieren. Der standen immerhin ein paar mehr Kanäle zur Verfügung als einer kleinen, unerfahrenen Privatdetektivin.

Ich war bereits weit über den Punkt der geistigen Erschöpfung hinaus, als ich in den hinteren Garten zurückkehrte und Officer Bouchard plaudernd mit einer der am Tatort befindlichen Sanitäterinnen vorfand.

„Hast du etwas vergessen?“, erkundigte er sich mit einem wissenden Funkeln in den Augen. Klar, er kannte mich lange genug, um zu ahnen, dass mir die Sache keine Ruhe ließ.

Eine leichte Brise streifte mich und ließ mich frösteln. Schnell schlang ich die Arme um meinen Oberkörper und erklärte: „Ich habe etwas Seltsames entdeckt und mich gefragt, ob du dir das nicht kurz mal ansehen könntest?“

Er murmelte etwas in Richtung seiner Gesprächspartnerin und folgte mir dann nach vorne.

„Schau mal, hier.“ Ich deutete auf die Stiefelabdrücke vor dem Kellerfenster. Gut. Jetzt wusste er Bescheid, und ich konnte den Fall getrost in seine Hände legen. Miss Miller hatte mich sowieso gehasst und mit Sicherheit nicht gewollt, dass ich in Sachen ihres Ablebens ermittle.

„Was genau soll ich mir ansehen, Angie?“ Officer Bouchard blinzelte und ging in die Hocke.

„Die Spuren zeigen in Richtung Fenster. Jemand muss versucht haben, entweder hineinzuschauen oder sogar ins Innere zu gelangen.“ Mit weit aufgerissenen Augen verkündete ich meine Theorie, aber er schien weder sonderlich interessiert noch beunruhigt. Er schüttelte nur den Kopf und erwiderte: „Hmm. Das glaube ich eher nicht.“

Merkwürdig. Warum tat er meine Bedenken so schnell ab? Ich kannte ihn nach all den Jahren gut genug, um kein falsches Spiel zu vermuten, aber dass er nicht einmal gewillt war, den neuen Beweis in Betracht zu ziehen, fand ich definitiv seltsam.

„Was macht dich so sicher, dass es keine Spur ist? Ich meine, überleg doch mal. Womöglich war ihr Tod doch kein Unfall." Nervös biss ich mir auf die Unterlippe und wartete auf seine Antwort.

Er jedoch hob lediglich einen Fuß hoch und zeigte mir seine Schuhsohle. „Das Profil stimmt mit dem Abdruck überein, siehst du?"

Ich verglich die Mischung aus geraden Linien und Spiralen auf dem Boden mit der auf der Unterseite seines Stiefels. Tatsächlich, eindeutig identisch ... bis auf ein winziges Detail.

„Aber deine Sohle ist viel kleiner als dieses Paar hier", merkte ich an und hoffte, diese Äußerung würde ihn nicht beleidigen. Männer waren ja manchmal etwas eigen, was Größenverhältnisse anbelangte.

„Gut möglich, aber sie könnten von jemand anderem aus meinem Team stammen. Wir tragen alle die gleiche Art Stiefel." Er setzte den Fuß wieder ab und runzelte die Stirn. „Ich befürchte, du suchst nach Rauch, wo kein Feuer ist, Angie. Ich weiß, dieser Vorfall ist beängstigend, aber sei versichert, dass es sich bei dem, was deiner Nachbarin widerfahren ist, um nichts anderes als gutes, altmodisches Pech handelt."

„Tja, wenn du dir sicher bist ... " Ich schlang die Arme erneut um den Oberkörper, weil mir das ein klein wenig Trost gab. Ob Officer Bouchard mir nun zustimmte oder nicht, irgendetwas fühlte sich hier komplett falsch an.

Er bedachte mich mit einem freundlichen Lächeln. „Mehr

als sicher. Oder kannst du dir vorstellen, dass jemand einen Futtersack als Mordwaffe verwenden würde?“

Leider konnte ich das nur zu gut.

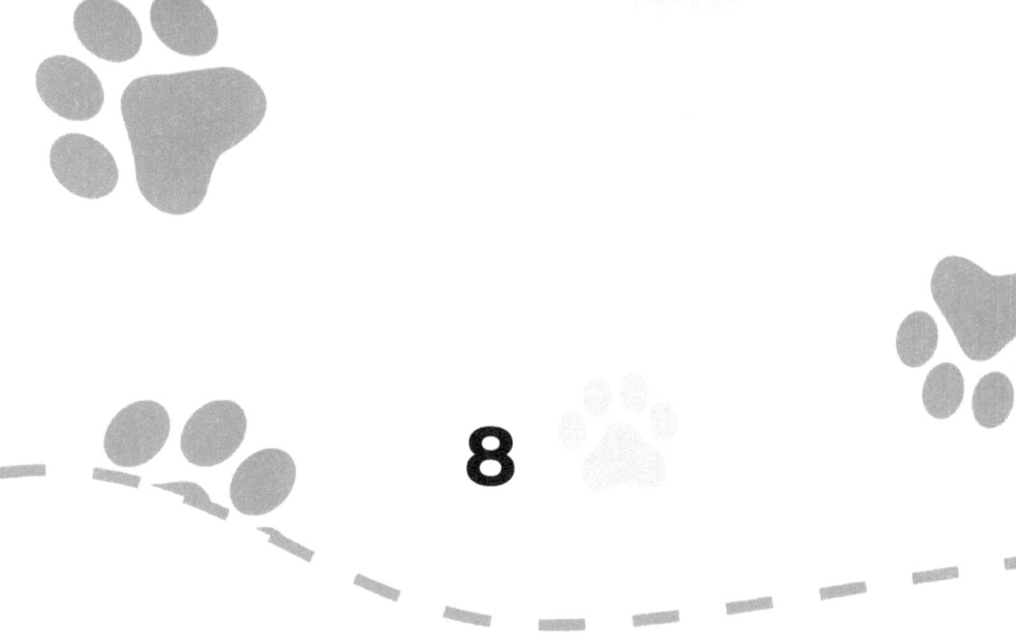

8

„Ist deine Dating-Nacht nicht so gut verlaufen wie erhofft?“, fragte Grandma, als ich mich schweren Schrittes ins Haus schleppte. „Sag bloß nicht, die Hochzeit ist geplatzt!“

„Nein, zwischen Charles und mir ist alles in Ordnung“, murmelte ich, streifte meine Schuhe ab und lehnte mich seufzend gegen die Tür. „Auf unsere Nachbarin trifft das allerdings weniger zu.“

Im Handumdrehen war sie an meiner Seite. „O nein, was hat die böse Hexe sich denn jetzt wieder ausgedacht? Ich hätte gute Lust, rüberzugehen und ihr eine reinzuhauen. Es ist doch nur … “

„Grandma“, unterbrach ich sie und holte erst einmal tief Luft, bevor ich die grausame Wahrheit aussprach. „Sie ist tot.”

Ein erstickter Laut entrang sich ihrer Kehle und verriet

mir, dass sie sich ähnlich fühlen musste wie ich vorhin, als ich die schreckliche Nachricht erhielt.

Octocat kam fröhlich die Treppe heruntergetrabt, den Schwanz hoch erhoben. „Nun, ein Problem weniger."

Ich drehte mich so schnell zu ihm um, dass ich fast den Halt verloren hätte und nach dem Geländer greifen musste, um mich abzufangen. „Octavius Maxwell Ricardo Edmund Frederick Fulton Russo, und bald auch noch Longfellow ... Wie kannst du es wagen, so zu reden? Eine Frau ist tot!"

Er ließ sich auf die unterste Stufe plumpsen und bedachte mich mit einem eisigen Blick. „Erstens: Ich werde *nicht* Kotzbrockens Namen annehmen. Noch einmal so ein blöder Vorschlag, und ich lasse auch Russo wieder aus meinem offiziellen Titel entfernen." Er legte eine dermaßen lange Pause ein, dass ich ihm fast geantwortet hätte, wüsste ich nicht, dass mein Kater ungehalten reagierte, wenn man ihn inmitten seines Monologs unterbrach. Und tatsächlich, irgendwann nach einer gefühlten Ewigkeit fuhr er fort.

„Zweitens: Diese Hexe hat uns das Leben zur Hölle gemacht. Natürlich könnten Grandma und du jetzt so tun, als wärt ihr geschockt, aber ich kenne die Wahrheit. Ihr habt sie gehasst und seid ebenso froh wie wir Tiere, dass sie weg ist."

„Jetzt reicht's aber!" Mit diesen Worten hatte er mich dermaßen wütend gemacht, dass ich sogar zu zittern anfing. Wie konnte er nur so gleichgültig daherreden? Das sah selbst ihm nicht ähnlich. „Geh sofort auf dein Zimmer und denk über dein unangemessenes Verhalten nach."

Er jedoch lachte nur schadenfroh auf. „Mein Haus, meine Regeln. Oder hast du vergessen, dass du hier lediglich geduldet bist?“ Eine weitere lange Pause unterstrich diese unverschämte Bemerkung. „Ich verstehe natürlich, dass du all das erst noch verarbeiten musst, aber das ist noch lange kein Grund, deine Launen an mir auszulassen. Wenn du mir jetzt bitte mein Evian auffüllen würdest? Ich bin nämlich durstig.“

„Ich nehme an, er hat gerade etwas Gemeines gesagt?“, mutmaßte Grandma neben mir. Manchmal beneidete ich sie wirklich darum, dass sie seine permanenten gehässigen Kommentare über unser Leben nicht verstehen konnte.

„Sagt er je etwas Nettes?“, fragte ich und hätte ihn am liebsten mit meinen Blicken erdolcht.

Er jedoch verlagerte lediglich sein Gewicht von einer Pfote auf die andere und wirkte nach wie vor gelangweilt. „Ihr Menschen seid manchmal so was von schwach, weil ihr euch stets an eure Moralvorstellungen klammert. Und dann beschwert ihr euch ständig darüber, dass das Leben nicht fair sei. Eine Katze hingegen, als das überlegene intellektuelle Wesen, das sie nun mal ist, sieht die Welt genauso, wie sie ist. Meiner Meinung nach wurde der Gerechtigkeit Genüge getan und die Alte hat genau das bekommen, was sie verdiente. Und jetzt hör auf, auf mir herumzuhacken.“ Mit diesen Worten machte er auf dem Absatz kehrt und schlenderte davon.

„Habe ich dir nicht gesagt, du sollst dich von Twitter fernhalten?“, brüllte ich ihm noch hinterher. Es war definitiv ein schwerer Fehler gewesen, ihm beizubringen, wie man Apps auf ein iPad herunterlädt. Zwar bezweifelte ich, dass er in der Lage war, seine eigenen Tweets zu tippen und einzustellen, aber es reichte schon, dass er sich den Slang derartiger Foren angeeignet hatte. Sollten Pringle und er jemals die Köpfe zusammenstecken und erkennen, dass der Kater über das nötige technische Wissen und der Waschbär über die flinken Finger verfügte, dann gute Nacht Internet!

Wie auch immer, das war im Moment nicht mein vorrangiges Problem. „Die Polizei sagte, es sei ein Unfall gewesen“, informierte ich Grandma im Flüsterton, damit Octocat nichts davon mitbekam und noch weitere schräge Kommentare abgeben konnte.

Sie zog eine Augenbraue hoch. „Und du bist anderer Meinung, oder?“

„Du kennst mich einfach zu gut“, seufzte ich, wobei diese Aussage normalerweise von einem Lachen begleitet wurde. „Ja, aufgrund der großen Fußabdrücke vor dem Kellerfenster. Jemand hat hineingeschaut oder vielleicht sogar einen Einbruch geplant.“

„Meinst du, dass ...?“

„Angela!“, fauchte mein Kater und unterbrach unsere Unterhaltung auf ziemlich unhöfliche Weise. „Wo bleibt mein Evian? Wenn ich nicht bald etwas zu trinken bekomme, besteht die Gefahr, dass ich ein weiteres meiner wenigen verbliebenen Leben durch Austrocknen verliere. Und das wollen wir doch wohl beide nicht."

Stöhnend setzte ich mich in Bewegung. „Bin gleich zurück. Seine königliche Nervensäge hat einen Wunsch, der nicht warten kann."

„Das habe ich gehört!", murrte er protestierend.

„Umso besser!" Manchmal fühlte ich mich wirklich, als wäre ich die Mutter des widerspenstigsten Teenagers der Welt. Aber so war ich wenigstens schon mal auf das Schlimmste gefasst, sollten Charles und ich eines Tages Kinder bekommen.

Entnervt stapfte ich hinüber in die Küche, wusch seine Lieblingstasse per Hand aus, holte eine frische Flasche Evian aus der Speisekammer und schenkte ihm eine ordentliche Portion ein. Während der gesamten Prozedur strafte mich der kleine Schurke mit eisigem Schweigen. Das nächste Mal, so schwor ich mir, würde ich ihm Toilettenwasser kredenzen.

Da dieser Job nun erledigt war, verließ ich eiligen Schrittes den Raum und gesellte mich wieder zu Grandma, die mittlerweile mit einer schniefenden Paisley auf dem Schoß im Wohnzimmer auf der Couch saß.

„Ich nehme an, du hast mitbekommen, was mit der neuen Nachbarin passiert ist?", fragte ich die kleine Hündin und blickte sie neugierig an.

Sie schaute mit großen, funkelnden Augen zu mir auf. „Ist sie meinetwegen gestorben?"

„Aber nein!“, antwortete ich mit Nachdruck. „Dich trifft überhaupt keine Schuld.”

Trotzdem hörte sie nicht auf zu wimmern. „Vielleicht hat sie sich bei meinem Anblick zu Tode erschreckt.“

„Nein, mein Schatz. Ein riesiger Futtersack fiel auf sie herunter. Sie wurde bewusstlos, stürzte zu Boden und schlug sich dabei den Kopf auf. Und da die Wunde sehr groß war, ist sie verblutet“, fasste ich die Ereignisse in knappen Worten zusammen. Natürlich taten wir alle immer so, als wäre Paisley gar nicht so winzig, vor allem, weil sie sich selbst für einen großen, furchteinflößenden Hund hielt. Diese Unsitte schienen alle kleinen Hunde innezuhaben. Dennoch durfte ich nicht zulassen, dass sie sich für etwas verantwortlich fühlte, das absolut nichts mit ihr zu tun hatte.

„Autsch! Das klingt übel“, warf Grandma ein. Auch sie hörte die genaueren Umstände des Todes jetzt, als ich sie dem Hündchen schilderte, zum ersten Mal, da ich vorher noch keine Zeit für ausführliche Erklärungen gehabt hatte.

„Dennoch bin ich mir sicher, dass es nicht so abgelaufen ist.“ Schulterzuckend brach ich ab, weil ich für die beiden stark sein wollte, obwohl ich innerlich noch immer total aufgewühlt war.

„Mami, was ist eigentlich die Hölle?“, fragte die Kleine mit ihrer süßen, singenden Stimme.

Natürlich wählte Octocat genau diesen Moment für einen seiner weiteren großen Auftritte. „Das ist dort, wo die alte … “

„Halt die Klappe, Octocat!“, brüllte ich, bevor er seinen

Gedanken laut aussprechen konnte. Dann wandte ich mich wieder dem verängstigten Hündchen zu und fragte leise: „Wie kommst du ausgerechnet jetzt auf die Hölle?"

„Die alte Dame. Sie hat mich doch einen Höllenhund genannt. Ich weiß, was ein Jagdhund ist, aber die Bedeutung von Hölle kenne ich nicht. Was also meinte sie damit, Mami?"

„Ach du meine Güte." Großmutter setzte einen besorgten Gesichtsausdruck auf, während sie Paisley über das Köpfchen streichelte. „Eigentlich wollte ich die Tiere nicht mit Religion belästigen, aber da sie ja sprechen können, haben sie diese Dinge anscheinend auch verstanden. War das meine Schuld? Hätte ich die beiden schon längst einmal mit in die Kirche nehmen sollen?"

„Versuch es, und du bist tot", knurrte Octocat und machte sich schnellstens aus dem Staub.

„Mami?", fragte Paisley erneut. „Erzählst du mir jetzt etwas über die Hölle?"

Ehrlich gesagt wusste ich nicht, wem meiner Gefährten ich zuerst antworten sollte. Wir hatten es mit einem möglichen Mord zu tun, und der Schock darüber hatte uns allen heftig zugesetzt. Von daher schien mir jetzt kaum der richtige Zeitpunkt dafür, solch existentiellen Fragen auf den Grund zu gehen.

Also setzte ich mich zu Grandma aufs Sofa und legte ihr eine Hand auf die Schulter, während ich mit der anderen ebenfalls das kleine Hündchen kraulte. „Lasst uns dieses Gespräch auf einen anderen Tag verschieben, okay?", bat ich, an beide gewandt und hoffte, dass sie sich damit vorerst zufriedengeben würden. Wesentlich mehr Sorgen machte ich mir um die psychische Verfassung meines Katers nach all dem, was er geäußert hatte. Doch auch um dieser Sache weiter nachzugehen, fehlte mir im Moment die nötige Energie.

Nur im Moment? Eigentlich immer.

Egal ... ich brauchte jetzt erst einmal eine Mütze voll Schlaf, um wieder zu mir selbst zu finden. Vielleicht wäre ich nach einer erholsamen Nacht wieder in der Lage, die Dinge klarer zu sehen.

9

Als ich am nächsten Morgen erwachte, stellte ich überrascht fest, dass es schon ziemlich spät war. Obwohl unruhig, hatte ich doch sehr lange geschlafen. Und nicht einmal die Tiere hatten mich wie üblich früh geweckt.

Auf Zehenspitzen schlich ich die Treppe hinunter und fand ein leeres Haus vor. Grandma und Paisley waren wohl unterwegs, aber wo steckte mein Kater?

Nach einem kurzen Moment des Zögerns entriegelte ich die Katzenklappe. Jetzt, da Miss Miller nicht mehr da war, um sich über jeden noch so unbedeutenden Verstoß aufzuregen, brauchte ich die beiden nicht länger drinnen einzusperren. Trotzdem fühlte es sich irgendwie komisch an, so schnell zur Normalität zurückzukehren.

„Octavius?“, rief ich in die scheinbar verlassene untere Etage unseres Hauses.

Stille. Also begab ich mich in die Küche, um nachzusehen, ob Grandma mir etwas zum Frühstück hingestellt hatte.

Dort entdeckte ich einen blauen Keramikteller mit drei frisch gebackenen Vanille-Scones ... und darunter lugte ein Zettel hervor. Gierig schnappte ich mir eines der süßen Teilchen und biss herzhaft hinein. Dann las ich die Zeilen:

Flashmob im Park.

Habe Paisley mitgenommen.

Ach, natürlich. Grandma hatte vor ein paar Monaten angefangen, Hip-Hop-Tanzunterricht zu nehmen und war überglücklich gewesen, als ihre Klasse eingeladen wurde, bei einem Sneak-Dance-Event aufzutreten. Aber was Paisley dabei sollte? Wahrscheinlich war sie dazu verdammt, mit Grant an der Seitenlinie zu stehen und Großmutter bei ihren Versuchen zu Twerken und zu Grinden anzufeuern.

Prüfend schaute ich an mir herunter. Ausgebeultes T-Shirt, alte Shorts. Meine Großmutter war so viel cooler als ich. Eigentlich hätte mich das stören sollen, tat es aber nicht. Dafür spukte mir gerade viel zu viel im Kopf herum.

Nach wie vor konnte ich meinen Kater nirgends entdecken und beschloss, den Suchradius auszudehnen. Dazu holte ich mir eine Tüte mit Leckerlis aus der Speisekammer und machte das von ihm heiß geliebte raschelnde Geräusch, in der

Hoffnung, ihn aus welchem Versteck auch immer herauszulocken.

Unten war er schon mal nicht, ebenso wenig in meinen Zimmer, und selbst in seinem eigenen Raum nicht, wo er sich so gerne zusammengerollt schlafen legte. Schließlich fand ich ihn im Büro, versteckt unter dem Schreibtisch, wo ein dunkler Schatten ihn weitgehend unsichtbar machte.

„Sind die für mich?“, murmelte er und kam auf zittrigen Beinen auf mich zu geschlichen.

Ich schüttelte drei auf meine flache Hand und streckte sie ihm entgegen. „Was machst du denn hier drinnen?“

„Konnte nicht schlafen“, entgegnete er schniefend und trotz der Tatsache, dass er noch kaute – tat also genau das, wofür er mich erst vor kurzem gerügt hatte. Offensichtlich stand er irgendwie neben sich.

„Alpträume?“, bot ich mit einem unterstützenden Stirnrunzeln an.

Er schüttelte den Kopf.

„Reue?“, versuchte ich es erneut. Mein Stirnrunzeln vertiefte sich, als ich mich an unser Gespräch von gestern Abend erinnerte.

Octocat hörte auf zu fressen und bedachte mich mit einem seltsamen Blick. „Warum sollte ich jemals Reue empfinden? Ich bin eine Katze, schon vergessen?“

„Wie könnte ich das je vergessen? Allerdings hast du dich letzte Nacht, als du die Nachricht vom Tod der alten Frau gehört hast, ziemlich widerwärtig benommen.“

Er lachte bitter auf, fing an zu würgen, hustete ein wenig Essen hoch und fuhr dann fort: „Widerwärtig? Wie kannst du es wagen, mich mit solch einem Attribut zu belegen? Und mir quasi vorzuwerfen, ich sei fehlbar? Außerdem, bist du sicher, dass die Alte auch wirklich tot ist?“

„Natürlich bin ich das. Immerhin habe ich die Leiche mit eigenen Augen gesehen.“ Wie konnte er das überhaupt in Frage stellen? In den letzten Jahren hatten wir beide schon genug Tote gesehen, um deren seltsame Wächsernheit von dem gesunden Hautton eines lebendigen Menschen unterscheiden zu können.

„Soso. Wie erklärst du dir dann die Lichter, die letzte Nacht dort drüben ewig geflackert haben, so dass es mir nicht möglich war, Schlaf zu finden?“

Diese Äußerung überraschte mich. „Das wird die Polizei gewesen sein.“

Er fauchte, wusste es aber besser, als mich anzugreifen, während ich ihn fütterte. „Hältst du mich für einen Idioten? Ich weiß genau, wie die Blaulichter der Polizei aussehen. Das gestern war etwas völlig anderes. Sie waren wesentlich kleiner … los, mehr Leckerlis!“

„Was?” Manchmal wünschte ich, ich könnte knurren, aber das Einzige, was ich als Antwort auf seinen Mangel an Anstand herausbrachte, war ein frustriertes Stöhnen.

„Und zwar dalli-dalli!“ Um seine Forderung zu unterstreichen, peitschte er ungeduldig mit dem Schwanz auf den Boden.

Ich stöhnte erneut auf und schüttelte mir noch mehr von den kleinen Fleischhappen auf die Hand, damit er sich darüber hermachen konnte. „Übrigens, gern geschehen“, fügte ich spitz hinzu.

Ein leises Grollen entwich seiner Kehle. „Ich glaube, die Dinger heißen Fackeln“, ergänzte er, bevor er sich wieder dem Futter widmete.

Ich blinzelte überrascht und stellte mir direkt einen wütenden Mob vor, der, Fackeln und Mistgabeln schwingend, ein Gebäude stürmte. Das jedoch ergab null Sinn, es sei denn …

„Hey, Octocat, was hast du dir eigentlich in den letzten Wochen im Fernsehen angeschaut?“, fragte ich, da ich wusste, wie leicht beeinflussbar und theatralisch er sein konnte. Seine Fernsehgewohnheiten könnten mir Aufschluss darüber geben, welche Art von Slang er sich dieses Mal angeeignet hatte.

Interessiert spitzte er die Ohren. „Angela, was bin ich froh, dass du dich danach erkundigst. Normalerweise interessierst du dich ja nicht für meinen Medienkonsum, obwohl dieser so viel anspruchsvoller ist als deiner.“

„Aha.“ Ich unterdrückte den Drang, mich mit ihm zu streiten, schien er doch Informationen zu haben, die ich dringend brauchte.

Er richtete sich auf und sah mich aus großen, glühenden Augen an. „In letzter Zeit hat mich so ein freches kleines

Drama gefesselt, das in London spielt. In dieser Serie geht es um … "

„Natürlich! Das ist die Erklärung! Sie läuft auf BBC."

„Ja, aber was hat das mit … "

„Als du verstärkt auf Twitter unterwegs warst, hast du den dort vorherrschenden Slang übernommen. Jetzt schaust du englisches Fernsehen und sprichst genauso wie die Briten. Jetzt verstehe ich!"

Er kniff die Augen zusammen und musterte mich mit prüfender, beinahe drohender Miene. „Das Englisch der Königin ist das einzig richtige Englisch."

Ich wedelte mit dem Finger vor seinem Gesicht herum. „Darüber lässt sich streiten. Und ignorieren wir einmal die Tatsache, dass du noch nie einen Fuß außerhalb der USA gesetzt hast. Was ich mit der Aussage, dass jetzt alles einen Sinn ergibt, andeuten wollte, ist: Du sagtest Fackeln, meintest jedoch stattdessen Taschenlampen."

„Bitte um Verzeihung?" Jetzt, wo ich ihn darauf aufmerksam gemacht hatte, zog er wirklich die komplette britische Masche ab. Gott steh mir bei.

„Warte hier", wies ich ihn an und streute noch ein paar weitere Leckerlis auf den Boden, um sicherzustellen, dass er sich nicht von der Stelle rührte. Dann eilte ich in den Flur, wo wir im Schrank immer eine Taschenlampe für Notfälle aufbewahrten, schnappte sie mir und schaltete sie ein. Mit dem blinkenden Teil in Händen lief ich zurück zu meinem tierischen Gefährten. „Ist es das, was du gesehen hast?“, fragte ich und ließ den Lichtkegel durchs Zimmer wandern.

„Ja, das ist eine Taschenlampe, die ich eben auch als Fackel bezeichne, Angela. Brillant kombiniert.“ Bei diesen Worten verdrehte er spöttisch die Augen. Sollte ich auf sein schleimiges Gehabe eingehen, ihm einen Tee anbieten und mich nach seiner Mutter erkundigen? Nein, ich hatte definitiv Wichtigeres zu tun, als mich mit der Vorliebe meines Katers für Theatralik auseinanderzusetzen.

„Weißt du noch, wann ungefähr du die Lichter gesehen hast? Und bist du dir hundertprozentig sicher, dass sie von nebenan kamen?“, drängte ich auf weitere Erklärungen.

„Sehr spät, oder eher ziemlich früh. Gegen zwei oder drei Uhr morgens vielleicht. Und sie waren definitiv zuerst vor dem Haus, bevor sie im Wald verschwanden.“

„Haben sie sich auch unserem Anwesen genähert?“, fragte ich, und erneut brach mir der Angstschweiß aus. Immerhin hatten die Nachbarin und ich den gleichen Namen. Was, wenn derjenige da draußen es eigentlich auf mich abgesehen und nur aus Versehen die Alte erwischt hatte? Was, wenn er es nochmals probieren würde?

Die Frau war tot, und trotzdem kreisten die Geier noch über dem Tatort. Wer waren sie, und was könnten sie wohl noch wollen?

Octocat vertilgte die restlichen Happen und begann sich, wie nach jeder Mahlzeit, ausgiebig zu putzen. Nach mehreren Zungenstrichen über seinen Schwanz hielt er nachdenklich inne. „Ich muss sagen, meine liebe Angela, mir scheint, da ist etwas Seltsames im Gange.“

„Definitiv, mein Lieber. Ich selbst hätte es nicht besser auszudrücken vermocht.“ Bei dieser überspannten Äußerung musste sogar ich grinsen. Auch wenn mein Kater heute wieder einmal ziemlich nervig war, zeigte er zumindest Interesse. Was bedeutete, dass er mir helfen würde, trotz seines Schlafmangels. Und wie man so schön sagt: Vier Augen sehen mehr als zwei, auch wenn eines dieser Augenpaare in einem Fellkopf saß.

10

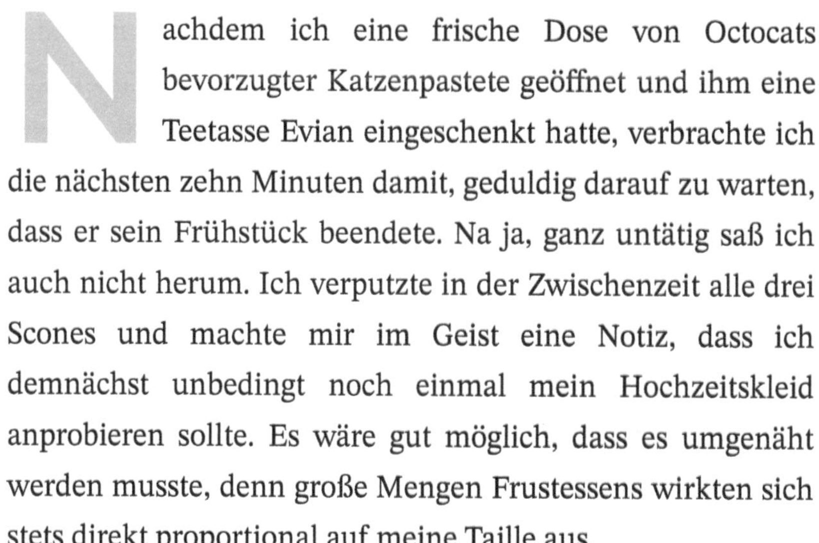

Nachdem ich eine frische Dose von Octocats bevorzugter Katzenpastete geöffnet und ihm eine Teetasse Evian eingeschenkt hatte, verbrachte ich die nächsten zehn Minuten damit, geduldig darauf zu warten, dass er sein Frühstück beendete. Na ja, ganz untätig saß ich auch nicht herum. Ich verputzte in der Zwischenzeit alle drei Scones und machte mir im Geist eine Notiz, dass ich demnächst unbedingt noch einmal mein Hochzeitskleid anprobieren sollte. Es wäre gut möglich, dass es umgenäht werden musste, denn große Mengen Frustessens wirkten sich stets direkt proportional auf meine Taille aus.

Nach der Mahlzeit widmete sich mein Kater erst einmal ausführlich seiner Morgentoilette. Das bisschen Körperpflege, das er während unseres Gesprächs im Büro betrieben hatte, reichte bei weitem nicht aus, um seiner Vorstellung von Intimpflege gerecht zu werden.

Während er sich also ausgiebig säuberte, verfasste ich eine Nachricht an Charles, um ihn über die Vorkommnisse nach unserem gestrigen Treffen zu informieren. Der arme Kerl arbeitete zurzeit meist rund um die Uhr, um sicherzustellen, dass er sich für unsere Flitterwochen vierzehn Tage freinehmen konnte. Eigentlich sollte ich ihn nicht auch noch mit meinen Problemen belästigen, wusste aber, er würde es mir nie verzeihen, wenn ich ihm etwas dermaßen Wichtiges vorenthielt.

Also schilderte ich die Situation so knapp wie möglich und drückte auf Senden, und nicht einmal eine Minute später poppte seine Antwort auf. Es waren nur wenige Zeilen auf dem Display zu erkennen, denen ich jedoch bereits entnehmen konnte, dass es besser wäre, den kompletten Text zumindest nicht sofort zu lesen.

Was auch immer du zu tun gedenkst, misch dich nicht in …

Ja. Nein. Natürlich nicht. Besser, ich öffnete sie gar nicht erst, denn dann sähe er ja, dass ich seinen Ratschlag zwar gelesen, jedoch ignoriert hatte. Charles kannte mich inzwischen gut genug, um genau zu wissen, was ich vorhatte. Deshalb versuchter er auch, mich davon abzubringen.

Was also sollte ich tun? Die Polizei anrufen und über diese neuen Beobachtungen informieren? Würden sie diesen nachgehen? Eher unwahrscheinlich, nachdem Officer Bouchard gestern ja bereits meine Bedenken wegen der Schuhabdrücke so schnell abgetan hatte.

Anscheinend war ich die Einzige, die den Unfalltod von Miss Miller anzweifelte. Aber wie Octocat bereits treffend festgestellt hatte, irgendetwas Seltsames ging dort drüben vor sich, und ich wollte und würde herausfinden, was es war.

„Bist du bereit, Angela?“, fragte mein Kater, nachdem er sich ein letztes Mal über seine Pfote geleckt hatte. Wie Charles wusste auch er ganz genau, was in meinem Kopf vor sich ging. Das war auch einer der Gründe, warum wir, was das Arbeitstechnische anbelangte, so perfekt zusammenpassten ... wenn wir uns nicht gerade in den Haaren lagen.

Ich nickte. „Lass uns rübergehen und nachsehen.“

„Tut, tut. Cheerio.“ Also ehrlich, diese ganze englische Nummer ging mir mittlerweile gehörig auf die Nerven. Ich brauchte einen Ermittler an meiner Seite und keinen fehlgeleiteten Schauspieler. Zum Glück fiel mir wieder ein, wie ich die Sache beenden und es dabei so aussehen lassen konnte, als wäre es seine Idee gewesen.

„Cheerio ... Wie witzig. Das erinnert mich an die Zeit, als Pringle sich selbst zum Ritter schlug und beschloss, im Namen der Königin Waldungeheuer aufzuspüren und zu eliminieren. Was hat er damals doch gleich gesagt? Ach ja, richtig.“ Ich bemühte mich, den schrecklichen Akzent so gut wie möglich nachzuahmen und dabei exakt die Fratze zu schneiden, die Pringle immer zur Schau stellte: „Pip, pip, cheerio, mein treuer Kamerad."

Mein Kater verzog das Gesicht zu einer angespannten Grimasse.

„Sehr witzig. Könnten wir bitte nicht weiter über diesen verdammten Waschbären reden", forderte er mich auf, wobei er erfreulicherweise wieder zu seinem normalen Ostküsten-Slang zurückkehrte. „Eher möchte ich an einem Haarballen ersticken, als mich noch länger mit diesem Individuum und seinen Taten zu befassen."

Na also, ging doch. Ich grinste heimlich in mich hinein, während wir Seite an Seite das Haus verließen und den Wald durchquerten.

„Warum genau wollen wir gleich noch mal auf dem Nachbargrundstück ermitteln?", fragte Octocat, während das Laub bei jedem unserer Schritte unter unseren Füßen raschelte. Das rottete seit letztem Herbst vor sich hin, aber wir konnten ja auch schlecht den kompletten Wald harken.

„Weil die Alte, die dort einzog, tot ist und es Mord gewesen sein könnte", erinnerte ich ihn, ziemlich überrascht, dass er unsere Mission so schnell vergessen oder verdrängt hatte.

„Ja, schon, aber wir haben sie doch alle gehasst. Solltest du dich nicht lieber um deine Hochzeitsvorbereitungen kümmern?" Er blieb stehen, um an einem alten Baumstumpf zu schnuppern, und ich wartete geduldig.

„Hass ist ein so heftiges Wort", erwiderte ich.

Er verzog das Gesicht. „Aber doch genau das passende, oder?“

Natürlich hatte er recht damit, und ich wusste nicht, was ich konkret darauf antworten sollte. Also suchte ich nach einer Ausrede. „Selbstverständlich haben die Feierlichkeiten für mich oberste Priorität, aber ich kann doch nicht einfach einen Mord ignorieren.“ Außerdem hatte ich den problematischsten Teil bereits bewältigt ... Die Gästeliste stand und die Einladungen waren verschickt.

„Warum nicht? Die Polizei macht das ständig“, erwiderte er schroff, und wieder einmal fragte ich mich, wie viel Zeit mein Kater wohl mit Surfen auf Twitter zubringen mochte.

Genauso wenig, wie ich motiviert war, mit meinen Tieren über Religion zu diskutieren, wollte ich mich auf politische Debatten einlassen. „Sag doch nicht so was! Die Beamten tun ihr Bestes, aber eben nicht jeder Fall ist lösbar.“ Streitgespräche mit Octocat liefen nie gut ab, egal, um welches Thema es sich auch handelte. Für ihn waren Fakten nur dann stichhaltig, wenn sie den Standpunkt bestätigten, den er ohnehin vertrat.

Irgendwann wandte er sich von dem seltsam riechenden Baum ab, setzte seinen Weg durch den Wald fort und übernahm die Führung. „Worauf also stützt sich deine Vermutung, dass dieser hier lösbar sein könnte?“

So kamen wir nicht weiter! Es war ein Trugschluss, anzunehmen, mein Kater besäße so etwas wie ein menschliches Gewissen. Er war nichts weiter als ein kaltblütiges, von Logik diktiertes Wesen, das sich selbst immer ungeachtet der Umstände an erste Stelle setzte. Allerdings hatte ich im Laufe unserer gemeinsamen Jahre gelernt, dass er zwei tragische Schwächen hatte: Stolz und Neugierde. Und aufgrund Letzterer befand er sich momentan an meiner Seite, aber sobald er das Interesse verlor, wäre ich wieder auf mich allein gestellt. Es sei denn ... Ich musste lediglich einen Weg finden, an seinen Stolz zu appellieren, so dass er die Sache mit mir bis zum Ende durchzog.

„Keine Ahnung, ob dem so ist“, erwiderte ich und gab mich bewusst bestürzt. „Aber unsere Chancen, den Fall aufzuklären, stehen wesentlich besser, wenn wir zusammenarbeiten. Du weißt doch genau, dass mir das ohne dich nicht gelingen kann, Octavius.“

Er nickte zustimmend, völlig ahnungslos, dass ich bereits Katz und Maus mit ihm spielte. „Wie wahr, Angela, Du brauchst mich. Das war schon immer so.“

„Zweifellos“, stimmte ich ihm vehement zu. „Und außerdem ist dieses Verbrechen direkt nebenan passiert. Was, wenn der Mörder zurückkommt und als Nächstes versucht, in unser oder besser gesagt dein Haus einzubrechen?“

Er bäumte sich auf und schlug mit den Vorderpfoten in die Luft wie ein kleiner, ungeschickter Ninja-Kämpfer. „Dann wird er diese Krallen zu spüren bekommen! Niemand betritt ohne meine Erlaubnis unser Heim.“

Jetzt war ich diejenige, die wie ein Wackeldackel mit dem Kopf nickte, als ich mein letztes schlagkräftiges Argument vortrug. „Ich kann ja nicht mit Sicherheit sagen, dass es Mord war. Deshalb ist es mir so wichtig, dass du dir den Tatort ansiehst und mir deine Meinung dazu sagst. Vorrangig gilt es, auch unser Zuhause zu schützen, und dafür brauche ich deine Hilfe, Octavius."

„Zweifellos brauchst du die, liebe Angela. Warum hast du das nicht gleich gesagt?"

Ich zuckte gleichgültig mit den Schultern, während ich innerlich jubilierte. Wieder einmal hatte ich es geschafft, meinen eigenen Stolz beiseitezuschieben und mir die grenzenlose Selbstüberschätzung meines Katers zunutze zu machen. Zudem war er derjenige, der letzte Nacht die Taschenlampen entdeckt hatte und außerdem problemlos das Gelände erkunden konnte, ohne entdeckt zu werden oder irgendwelche Spuren zu hinterlassen. Und so gerne ich der Sache auch selbst auf den Grund gegangen wäre, musste ich doch zugeben, dass Octocat dafür besser geeignet war. Und ... wenn er sich erst einmal in einen Fall verbissen hatte, ließ er nicht eher locker, bis er die Antworten gefunden hatte, die er suchte.

Vielleicht war die neue Nachbarin ja tatsächlich nicht ermordet worden. Aber dieses Risiko wollte ich nicht eingehen, nicht, wenn sich all dies so unmittelbar neben unserem Zuhause abspielte. Die Polizei hatte Angela Millers Tod meiner Meinung nach zu schnell als Unfall abgetan ... Ich hingegen wollte weitere Beweise dafür suchen.

11

Octocat und ich beendeten unsere Wanderung durch den Wald und näherten uns der großen Veranda des Nachbarhauses. Topfpflanzen flankierten die Stufen, und diverse Ampeln mit bunten Blumenarrangements luden zum Eintreten ein, was so gar nicht zu dem barschen Verhalten der Besitzerin Besuchern gegenüber gepasst hatte. Irgendwie fühlte es sich unheimlich an, den Bereich zu betreten, in dem sie insbesondere uns nicht haben wollte.

„Okay, wo sollen wir anfangen?“, fragte ich meinen tierischen Begleiter und blickte mich erst einmal um, um mir einen Überblick über die Terrasse und den Garten zu verschaffen. Die Polizei war verschwunden, wir sollten also ungestört sein.

„Geh doch mal zur Tür und sieh nach, ob sie offen ist“,

schlug Octocat in einem hochnäsigen Tonfall vor, der darauf hindeutete, dass ich auch allein auf diese Idee hätte kommen können.

Ich schüttelte den Kopf. „Damit würde ich Fingerabdrücke hinterlassen."

„Seit wann kümmert dich das?", antwortete er höhnisch. „Du hinterlässt doch eh ständig irgendwelche DNA-Spuren."

„Schon, aber normalerweise habe ich kein Motiv, das mich mit dem Mord in Verbindung bringen könnte." Diesen Umstand hatte ich bis jetzt noch nicht wirklich in Betracht gezogen, aber plötzlich wurde er zu einer sehr realen Sorge. Meine Streitereien mit der Nachbarin waren amtlich dokumentiert. Wieso in aller Welt versuchte ich also, ein Verbrechen nachzuweisen, wenn sogar die Polizei von einem Unfall ausging?

„Die Beamten sind der Ansicht, es war keiner", erinnerte mich Octocat, als hätte er meine Gedanken gelesen. Wie gut er mich doch kannte! Das Problem war aber, dass ich einfach zu neugierig war, um die Sache auf sich beruhen zu lassen. Dennoch würde ich äußerst vorsichtig vorgehen.

„Das sagen sie jetzt, aber was, wenn sie ihre Meinung doch noch ändern?" Ich zuckte mit den Schultern. „Ich möchte mich nicht selbst belasten, wenn ich es irgendwie verhindern kann."

Mein Kater sprang auf das Geländer der Veranda und fing an, dort auf und abzuwandern. „Na schön. Was möchtest du dann tun?"

Ich überlegte kurz. „Lass uns nach hinten gehen. Ich zeige dir den Schuppen, in dem die Leiche lag."

Mehr brauchte ich gar nicht zu sagen. Mit einem Satz hüpfte er von der Balustrade herunter und rannte in einem Affentempo in Richtung des rückwärtigen Gartens, so dass ich beinahe joggen musste, um ihn einzuholen.

„Es riecht schrecklich", sagte er, als wir unser Ziel erreichten.

„Offensichtlich hat die Alte auch jede Menge Blut verloren." Ich hob schnuppernd die Nase, konnte aber außer dem beißenden Gestank der chemischen Reinigungsmittel nichts Ungewöhnliches feststellen.

„Nein, das meine ich nicht. Blut macht mir nichts aus, da ich ja, wie du weißt, ein Fleischfresser bin. Für mich ist es in etwa so wie für euch Menschen eine leckere Sauce."

Bei dieser Äußerung erschauderte ich, und wieder einmal überlegte ich, ob ich nicht besser Vegetarierin werden sollte. Dieser Gedanke war mir, seit ich meine seltsame Gabe erhielt, schon des Öfteren gekommen. „Okay, was ist es dann?"

Er schnüffelte und schüttelte sein Fell. „Keine Ahnung. Ich weiß nur, dass ich den Geruch nicht mag."

Das brachte uns nicht wirklich weiter.

„Es ist nicht gerade hilfreich, wenn du … "

„Sei still, Angela." Er hob den Kopf, spitzte die Ohren und erstarrte.

„Was ist?" Panisch blickte ich mich um, konnte aber nichts Außergewöhnliches entdecken.

Mein Kater jedoch stand nach wie vor wie festgefroren da. „Psst, da draußen ist etwas oder jemand“, flüsterte er eindringlich.

Ich drehte mich in die Richtung, in die er den Kopf gewandt hatte, nämlich hin zum Wald, konnte aber weder etwas sehen noch hören. „Was ist es denn? Etwas Gefährliches?“

„Kannst du nicht leise sein?“, brüllte er mich an und vergaß komplett seinen eigenen Befehl, sich ruhig zu verhalten.

In dem Moment schallte eine seltsame, verzerrte, mir unbekannte Stimme zu uns herüber, und irgendetwas am Waldrand blitzte gelb auf. „I … ich … ich … bin doch schon so leise wie irgend möglich!“, versicherte sie uns, bevor der dazugehörige Sprecher ebenfalls in Sichtweite kam.

„Du bist es!“, rief ich aus und war plötzlich ganz aufgeregt. „Du warst doch gestern schon hier und hast bestimmt gesehen, was Miss Miller passiert ist.“ Das war natürlich nur eine Annahme, aber irgendetwas schien den Hirschen erschreckt zu haben, und ich wollte herausfinden, was das war. Beide Hände beschwichtigend nach vorne gestreckt, um zu demonstrieren, dass ich ihm nichts Böses wollte, trat ich vorsichtig auf ihn zu.

„Nein!“, brüllte er und schüttelte wild den Kopf, wobei ihm das gelbe Klebeband um die Ohren flog. „Lass mich in Ruhe!“

Mit diesen Worten machte er auf dem Absatz kehrt und

rannte zurück in den Wald, das sich erneut verheddernde Tatortband hinter sich her ziehend.

„Gut gemacht, Sherlock“, stichelte Octocat, und ich fühlte mich noch schlechter, weil ich unseren womöglich einzigen Zeugen verscheucht hatte. Aber immerhin hatte er mich Sherlock genannt, denn normalerweise war ich in seinen Augen nur Watson, der liebenswerte Handlanger, jedoch nie der Held.

„Glaubst du, er hat den Vorfall beobachtet?“, fragte ich und kaute nachdenklich auf meiner Unterlippe herum.

„Keine Ahnung, aber ich bin zumindest überzeugt, dass er es war, den ich gerochen und als eklig eingestuft habe. Pfui Teufel!“ Dabei scharrte er mit den hinteren Pfoten über den Boden und warf die Hinterbeine in die Luft, wie er es nach der Benutzung der Katzentoilette zu tun pflegte.

„Wir müssen ihn unbedingt dazu bringen, mit uns zu reden“, sinnierte ich.

Octocat schüttelte den Kopf und tat meinen Vorschlag direkt ab. „Er sieht sich selbst als Beute, Angela. Wenn du ihm hinterherrennst, läuft er nur noch weiter vor dir weg.“

„Okay, was schlägst du dann vor?“ Ernsthaft, warum machte ich mir überhaupt die Mühe, eigene Ideen vorzubringen, wenn er mich sowie immer runtermachte?

Er seufzte. „Also ehrlich, dieser Schuppen enthält nichts Brauchbares für uns. Ich vermute, die Bullen haben alles, was einen Hinweis darstellen könnte, bereits mitgenommen. Und da du nicht gewillt bist zu probieren, ob sich die Haustür öffnen lässt, damit wir uns innen mal umsehen könnten, weiß ich auch nicht, was wir hier noch wollen."

„Warte kurz, ich hätte da eine Idee. Komm mit." Ich warf einen Blick zurück über die Schulter, um mich zu vergewissern, dass er mir folgte, während ich um die Hausecke bog. Glücklicherweise entschied er sich, mitzukommen, und so führte ich ihn an genau die Seite, wo ich vor dem Kellerfenster die Stiefelabdrücke entdeckt hatte. Wie beinahe erwartet, waren sie inzwischen nicht mehr auszumachen, aber ich wollte dennoch etwas probieren.

„Spring da runter", befahl ich Octocat und deutete auf ein Kiesbett in dem Schacht, „und schau nach, ob das Fenster verriegelt ist."

„Na klar, für derartige Jobs muss mal wieder ich herhalten. Aber auch verständlich, immerhin bin ich gewandter, leichter und schlauer als du." Zwar beschwerte er sich wie üblich, tat das jedoch mit einem Grinsen im Gesicht und hüpfte pflichtbewusst nach unten, um nachzusehen.

„Es gibt keinen Fliegenschutz", rief er zu mir herauf und begann, am Rahmen zu fummeln. „Und anstatt nach innen öffnet es sich nach außen. Da musst du wohl oder übel selbst ran."

„Unmöglich! Ich darf keine Fingerabdrücke hinterlassen", erinnerte ich ihn.

„Tja, dann kommen wir auch auf diese Weise ebenfalls nicht ins Haus. So einfach ist das."

„Ich werde mir etwas einfallen lassen“, versicherte ich ihm. „Klettere erst einmal wieder nach oben.“

Mit einem eleganten Satz hüpfte er aus dem Schacht zu mir herauf und bedachte mich mit einem abschätzenden Blick.

„Das war wohl ebenfalls eine Sackgasse“, gab ich zu.

Er verdrehte genervt die Augen. „Nein. Es handelt sich lediglich um eine Straßensperre, und aus welchem Grund auch immer weigerst du dich, sie zu umgehen.“

War ich in Bezug auf mögliche Spuren zu übervorsichtig? Eigentlich hatte ich ja nichts verbrochen, und Officer Bouchard kannte mich gut genug, um zu wissen, dass ich den Sachen nur zu gerne auf den Grund ging. Zudem stand ich im Begriff, den besten Anwalt der Stadt zu heiraten. Ich würde wahrscheinlich nicht großartig Ärger bekommen – wenn überhaupt –, trotz alledem war ich skeptisch.

Und wenn ich als Privatdetektivin eines gelernt hatte, war es, auf mein Bauchgefühl zu hören. Und mich zudem auf meinen Partner zu verlassen.

„Fällt dir noch etwas ein, das wir übersehen haben könnten?“, fragte ich meinen Kater.

Er nickte, als wäre er tief in Gedanken versunken. „Wir kannten sie ja nur ein paar Wochen, also denk einmal an deine allererste Begegnung mit ihr zurück.“

„Es gab nur eine Einzige, und zwar an dem Tag ihres Einzugs. Jegliche weitere Kommunikation lief über den Tierschutz oder die Polizei ab. Oder eben schriftlich in Form von Briefen."

„Ich habe ihr nie von Angesicht zu Angesicht gegenübergestanden, es jedoch genossen, auf ihre Veranda zu pinkeln", sagte er mit einem selbstzufriedenen Grinsen.

„Moment mal … " Wir kamen der Sache näher, das spürte ich in meinen Knochen. „Wenn sie dich nie dabei erwischt hat, woher wusste sie es dann?"

Er neigte den Kopf zur Seite und musterte mich misstrauisch. „Wusste was?"

„Dass du dort gepinkelt hast." In diesem Moment fiel mir auch ein, dass die Tierschützer mir mehr als einmal Beweisfotos vorgelegt hatten. Eilig rannte ich hoch zur Veranda und ließ meinen Blick über die Dachsparren wandern.

„Was bitte hast du vor?", verlangte er zu wissen.

Ich wandte mich kurz um und erklärte es ihm in knappen Worten. „Ich suche nach einer versteckten Kamera."

„Die befindet sich da oben", sagte er und deutete mit der Nase in eine der Ecken.

„Was? Wo? Und woher weißt du das? Ich für meinen Teil hatte keine Ahnung davon."

Er rümpfte die Nase. „Das Teil glänzt so merkwürdig und sticht heraus wie ein wunder Daumen. Sag bloß, du siehst es nicht?"

Ich schüttelte den Kopf und zeigte wahllos nach oben. „Heiß oder kalt?"

Erneut entnervt ließ er sich auf den Hintern plumpsen

und zuckte wild mit dem Schwanz. „Ich weiß nicht, welches Spiel du hier spielst, Angela, aber es gefällt mir nicht!"

Frustriert stampfte ich mit dem Fuß auf. „Ich will doch nur wissen, ob ich nah dran oder weit entfernt bin."

Endlich kapierte er es und wies mir den Weg zu dem Aufzeichnungsgerät. Beherzt griff ich danach und vergaß für einen Moment völlig meine Angst wegen der Fingerabdrücke. *Mist!*

„Die nehmen wir auf jeden Fall an uns, obwohl ich vermute, dass sie auf dem Grundstück noch weitere aufgestellt hat. Einige der Fotos, die man mir vorlegte, wurden nämlich aus anderen Blickwinkeln aufgenommen." In diesem Moment wünschte ich mir, die Tierschützer hätten mir die Bilder dagelassen, damit ich anhand dieser die übrigen Kamerapositionen hätte aufspüren können.

Octocat grinste verschlagen. „Gib es schon zu ... Du brauchst mich, um sie zu finden, oder?"

„Definitiv, aber lass uns erst einmal diese nach Hause bringen und das Filmmaterial sichten."

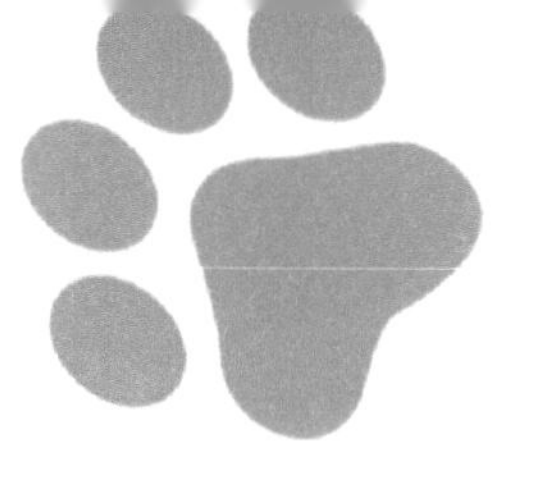

12

Zu Hause angekommen, machte ich mich im Internet direkt über die Marke und das Modell der Überwachungskamera schlau, die wir auf Miss Millers Veranda entdeckt hatten. Als ich so halbwegs verstand, wie das Ding funktionieren sollte, begann ich, es auf der Suche nach Beweisen auseinanderzunehmen. Und obwohl ich die Anweisungen genauestens befolgte, konnte ich die Speicherkarte nirgends finden.

„Habe ich sie übersehen?“, wandte ich mich ratlos an Octocat, aber der war ebenfalls überfragt.

Ein schabendes Geräusch am Fenster ließ mich aufblicken. Pringle stand draußen, winkte mir mit einer Hand zu und deutete mit der anderen auf die Tür. Auch wenn ich ihm seine Aktion mit der Geiselnahme letzte Woche noch lange nicht verziehen hatte, wollte ich doch hören, ob er irgendwelche Theorien zu den Vorkommnissen auf dem Nachbargrundstück anbieten konnte. Sein Verstand lief ja stets auf Hochtouren. Normalerweise war das zu meinem Nachteil, aber manchmal konnte sich seine Fähigkeit, alles übergründlich und sekundenschnell zu analysieren, auch als nützlich erweisen.

Also stellte ich die Kamera auf dem Tisch ab, ging zur Haustür und trat hinaus auf die Veranda, wobei ich mich bemühte, den Durchgang zu versperren, damit er sich nicht an mir vorbei ins Innere quetschen konnte.

Octocat folgte mir durch die Katzenklappe. Er war zwar kein Fan des Waschbären, aber definitiv ein Fan von Dramen.

„Hast du dir ein neues technisches Spielzeug zugelegt?“, fragte Pringle interessiert und rieb sich dabei die Pfoten, als würde er sich die Hände unter fließendem Wasser waschen „Darf ich es mir mal anschauen?“

Natürlich. Er war nicht nur besessen von Klatsch und Tratsch, sondern auch von jeglicher Form von Technik. Was ihn zu einem perfekten Spion machte, vorausgesetzt, ich schaffte es, ihn für den Fall zu begeistern. Und vielleicht vermochte er sich auch besser in Angela Miller hineinversetzen, denn er konnte manchmal ähnlich bösartig sein wie sie. Ich hingegen verstand nach wie vor nicht, was in deren Kopf vorgegangen sein musste.

Ja, ich brauchte seine Hilfe. Unbedingt.

„Ich hätte einen Job für dich“, begann ich und betete, dass ich diese Entscheidung später nicht wieder bereuen würde.

„Das wird dich aber einiges kosten." Inzwischen bewegten sich seine Hände in solch einem Tempo, dass er mich an einen Süchtigen erinnerte, der sehnlichst auf den nächsten Schuss wartete.

Früher war ich immer auf seine verrückten, überzogenen Forderungen eingegangen, aber mittlerweile, da ich ihn besser kannte, wusste ich, dass ich ihn mit Leichtigkeit noch runterhandeln konnte. „Ich lasse dich mit meinem coolen neuen Gerät spielen, wenn du mir vorher einen kleinen Gefallen tust."

„Einen Gefallen, ja klar", rief er begeistert, und seine Augen weiteten sich. Wahrscheinlich sah er es im Geiste bereits vor sich, wie er sich darauf stürzte.

Genau genommen gab es sogar drei Sachen, bei denen ich seine Hilfe benötigte, aber wenn ich ihm jetzt die komplette Liste vorlegte, würde er mindestens zwei davon direkt wieder vergessen. Und wenn ich nicht die richtige Reihenfolge einhielt, war zu befürchten, dass er sich mit den Beweisen aus dem Staub machte, anstatt sie mir zu übergeben. Es war wie bei einem Rätsel mit einer seltsamen Logik, bei dem es nur eine richtige Antwort gab.

Kurz überlegte ich, ob mein Plan aufgehen könnte und welche Details ich dem hyperaktiven Waschbären mitteilen sollte, ohne zu viel zu verraten oder ihn zu langweilen.

„Draußen im Wald lebt ein großer Hirsch", begann ich und sprach jedes meiner Worte langsam und deutlich aus. „Er hat sich gestern Abend in den Garten der Nachbarin verirrt und ist mit seinem Geweih in dem Klebeband rund um den Tatort hängen geblieben, was ihn offensichtlich ziemlich erschreckt hat. Wir müssen dringend mit ihm sprechen, aber beide Male, als wir auf ihn trafen, ist er verängstigt davongelaufen. Kannst du ihn zum Reden bringen?"

„Du brauchst ein Geständnis? Nichts leichter als das." Er nickte energisch. „Ich könnte ihn foltern oder … "

„Nein!", brüllte ich so laut, dass sogar das Haus hinter mir zu erbeben schien. „Er ist ein potenzieller Zeuge, kein Verdächtiger. Also KEIN Verhör, verstanden? Ich muss nur wissen, was er beobachtet hat. Das könnte der Schlüssel zur Klärung dieses Falls sein."

Plötzlich wurde Pringle stocksteif und hob den Blick. „Und was springt dabei für mich raus?"

„Du kannst ein wenig mit der neuen Technologie herumspielen und sie sogar behalten, sobald sie als Beweismittel ausgedient hat."

Er trat einen Schritt zurück und schien mein Angebot abzuwägen. „Und worum genau handelt es sich? Was kann diese neue Technologie alles?"

„Das ist ein Geheimnis, die große Überraschung." Ich riss die Augen auf und lächelte ihn breit an. „Also, bist du dabei?"

Er hob eine Hand und fuhr sich übers Kinn, dann jedoch machte er einen Luftsprung und rief: „Ich mach es", bevor er sich umwandte und davonstob. Blieb nur zu hoffen, dass er den armen Hirschen, der eh schon Panik schob, nicht zu hart anpackte.

Octocat rieb sich an meinem Bein, um meine Aufmerksamkeit auf sich zu ziehen. „Warum hast du ihm nicht aufgetragen, ins Haus zu gehen und nach dem fehlenden Speicherteil zu suchen?“

Ich zuckte mit den Achseln. „Lieber hinterlasse *ich* überall meine Fingerabdrücke, als diesem kleinen Banditen die Chance zu geben, sich in einer großen Villa voller Schätze auszutoben und sich zu bereichern.“

„Gutes Argument. Also übernehmen doch wir beide das?“ Ein Grinsen breitete sich zwischen seinen Schnurrhaaren aus, und es war offensichtlich, dass ihm so ein kleiner Einbruch diebischen Spaß bereiten würde.

„Ich habe dir doch bereits erklärt … “

Er fauchte, als er merkte, dass ich nach wie vor auf stur schaltete. „Ich bitte dich, Angela, dann zieh dir doch einfach ein Paar Handschuhe an. Das kann doch nicht so schwer sein. Und es wäre wichtig, dass wir auch noch die anderen Kameras finden, oder etwa nicht?“

„Ich bin in Gedanken immer noch bei diesem Hirschen. Er kommt immer wieder auf das Grundstück, obwohl ihn doch etwas erschreckt zu haben scheint. Warum, glaubst du, ist dem so?“

Er stieß einen langen, tiefen Seufzer aus. „Das habe ich dir doch bereits erklärt: Der Kerl ist ebenfalls ein Opfer, und nicht gerade die hellste Kerze auf der Torte. Eigentlich verwunderlich, dass er sich nicht auch in dem Schuppen befand.“

„Im Schuppen. Das ist es!“ Endlich hatte er mir einen Hinweis geliefert, dem ich nachgehen konnte, ohne selbst verdächtig zu erscheinen.

Er legte den Kopf schief und musterte mich mit großen, goldenen Augen. Ganz offensichtlich konnte er mir nicht folgen. „Was ist was?“

„Miss Miller ist in diesem Geräteschuppen umgekommen, erschlagen von einem riesengroßen Sack mit Tierfutter“, erinnerte ich ihn.

„Und?“

„Sie war erst seit ein paar Wochen in der Stadt und hat es trotzdem geschafft, sich mit dem Hirschen anzufreunden. Und wie oft hat sie sich darüber beschwert, dass Paisley durch ihr Gebell die Rehe von ihrem Grundstück vertrieb.“ Je mehr ich zu erklären versuchte, desto verwirrter wurde Octocats Miene.

„Und? Was hat das mit dem Mord zu tun?“, fragte er und zuckte wild mit dem Schwanz. „Glaubst du, er hat sie umgebracht, weil sie ihn ausnahmsweise mal nicht rechtzeitig fütterte?“

Okay, jetzt war ich ebenfalls irritiert. „Nein, natürlich nicht“, jammerte ich, denn auch mir gingen so allmählich die Begründungen aus. „Ich habe ja bereits gesagt, dass ich das Tier nicht verdächtige. Aber ihre offenkundige Besessenheit von den hiesigen Waldtieren ist die beste Spur, die wir momentan haben.“

Erneut verdrehte mein Kater die Augen. Das war schon

beinahe ein neuer Rekord, wie oft er mich an einem einzigen Tag abblitzen ließ. „Meiner Meinung nach wäre die beste Spur diese Fundgrube an Beweisen, die buchstäblich direkt vor unserer Nase auf uns wartet."

Ich überlegte kurz. Sein Argument war logisch, aber irgendetwas in mir drängte mich, auf mein Bauchgefühl zu hören.

„Teilen wir uns einfach auf", schlug ich vor. „Ich konzentriere mich auf den Hirschen, und du durchsuchst das Haus nach weiteren Kameras und der fehlenden Speicherkarte."

„Eine brillante Idee! Bleibt nur noch die ewige Frage, wie ich dort hineinkomme?" Bei diesen Worten gähnte er herzhaft. Wenn ich nicht schnell handelte, würde ich einen weiteren Nachmittag verlieren, weil er in absehbarer Zeit auf sein Nickerchen bestünde.

„Ich hole meine Handschuhe ... "

13

Gerade als ich im Begriff stand, in meine klapprige alte Limousine zu klettern, um der Tierhandlung einen Besuch abzustatten, kam Grandma von ihrer Flashmob-Veranstaltung zurück. „Wo willst du denn jetzt wieder hin?", fragte sie, verließ die Garage und eilte, eine fröhliche Paisley im Schlepptau, auf mich zu.

„Ich ermittle in einem Fall", erklärte ich wichtig und konnte das Grinsen nicht unterdrücken, das sich auf meinem Gesicht breitmachte. Ich fühlte mich wirklich immer dann am wohlsten, wenn es ein Rätsel zu lösen galt.

Grandma betrachtete mich prüfend aus zusammengekniffenen Augen. „Du schnüffelst der Nachbarin hinterher, meinst du wohl."

Erschrocken zuckte ich zusammen. Wie war das? Sie hatte

meine Ermittlungsmethoden doch immer gebilligt. Wieso dieser plötzliche Sinneswandel?

Meine Befürchtungen wurden jedoch schnell zerstreut, als sie mich mit einem breiten Lächeln von oben bis unten musterte und sagte: „Sehr gut. Ich wünsche dir viel Erfolg. Warum nimmst du nicht Paisley mit? Ein zweites Paar Augen und Ohren könnten durchaus hilfreich sein."

Als die Kleine ihren Namen hörte, fing sie vor Freude an zu bellen und rannte im Kreis um uns herum.

„Und was hast du in der Zwischenzeit vor, so ganz allein?", fragte ich und kicherte über die Eskapaden des kleinen Hündchens.

„Ich arbeite an einer Überraschung für Grant und traue dir eh nicht. Du könntest dich verplappern." Obwohl sie mir mit dem Finger vor der Nase herumwedelte, lachte sie gutmütig auf. „Es ist eh verwunderlich, dass ich es so lange geheim halten konnte. Wir reden nach deiner Rückkehr weiter, okay?"

Ich nickte, klemmte mich hinters Steuer und rief den winzigen Chihuahua zu mir. „Komm schon, Paisley, Fahren wir zu den Tiergeschäften." Wie üblich musste ich sie ins Auto heben, denn obwohl dieses tiefer gelegt war, traute sie sich nicht selbst hineinzuspringen ... Eine Tatsche, die ihr Octocat bei jeder sich bietenden Gelegenheit unter die Nase rieb.

„In welche Läden gehen wir denn, Mami?", erkundigte sie

sich und machte es sich auf meinem Schoß bequem, während wir die lange Auffahrt hinunterrollten.

„Ich weiß es ehrlich gesagt noch nicht. Vielleicht fangen wir einfach mit den Zoohandlungen an, und dann schauen wir weiter. Ich hoffe, ein paar Informationen über die örtlichen Wildtiere sammeln zu können, nur für den Fall, dass unsere Nachbarin aufgrund ihrer Verbundenheit zu ihnen getötet wurde", erklärte ich und bog in die Hauptstraße ein.

Paisley stemmte sich kurz gegen die Kurve, richtete sich dann jedoch wieder auf und wedelte aufgeregt mit dem Schwanz. „O ja. Die Hirsche hier in der Gegend sind sehr nett. Und sie würden nie jemandem etwas zuleide tun."

Ich verlangsamte das Tempo und schaute auf sie hinunter. „Kennst du die etwa näher, Schätzchen?"

„Natürlich. Manchmal unterhalten sie sich mit mir, obwohl ich doch eigentlich ein Raubtier bin. Aber wahrscheinlich halten sie mich aufgrund meiner Größe für nicht sonderlich gefährlich." Normalerweise würde die Kleine alles tun, um zu beweisen, dass sie ein stattlicher Hund war, aber jetzt schien sie fast ein wenig stolz darauf zu sein, aufgrund ihrer winzigen Gestalt neue Gefährten gefunden zu haben.

Seltsam, dass Angela Miller sich mehr als einmal darüber beschwert hatte, dass Paisley die Hirsche verscheuchte, obwohl diese doch sogar mit den heimischen Tieren befreundet war. Und Asche über mein Haupt, dass ich nicht schon früher auf die Idee gekommen war, sie zu befragen.

„Kennst du ein besonders großes Exemplar, das hier

irgendwo in der Gegend lebt?“ Ich fuhr noch eine Spur langsamer, so dass wir uns nur noch im Schritttempo fortbewegten, weil ich mich auf unser Gespräch konzentrieren wollte.

„Klar kenne ich den“, nickte sie und bellte kurz auf. „Das ist Irving. Früher haben wir oft miteinander geredet, aber in letzter Zeit ist er so verängstigt, dass er nicht einmal mehr Hallo zu mir sagt.“

Ja, es handelte sich definitiv um denselben Hirsch.

Ich fuhr rechts ran und hielt den Wagen an. Sollte Paisley sämtliche Informationen haben, die ich brauchte, konnte ich mir die Fahrt zu den Tiergeschäften eigentlich sparen. „Wieso verängstigt? Aus welchem Grund?“

Sie hüpfte hoch, drückte ihre Vorderpfoten an die Autotür und spähte neugierig nach draußen. „Keine Ahnung. Wie gesagt, er spricht ja nicht mehr mit mir.“

„Stimmt.“ Na ja, einen Versuch war es wert. Ich kurbelte das Fenster für meine kleine Hundefreundin herunter und fuhr wieder an.

Als Erstes begaben wir uns zu einer neu eröffneten Tierhandlung am anderen Ende der Stadt. Die zweite, die es schon länger gab, mieden wir geflissentlich, weil sich dort vor einigen Jahren ein grausamer Mord zugetragen hatte, an dessen Aufklärung wir beteiligt waren. Blueberry Bay war einfach voller Erinnerungen an vergangene Fälle. Aber jetzt galt es, ein neues Rätsel zu lösen, und das erforderte unsere ungeteilte Aufmerksamkeit.

Plötzlich begann mein Handy, dass ich in den Becherhalter gesteckt hatte, zu summen und zu vibrieren. Irgendwie widerstand ich dem Drang, die neuen Nachrichten sofort zu lesen, bis ich auf den Parkplatz vor dem Tiergeschäft einbog und den Wagen abstellte.

„Sind wir da, Mami?“, erkundigte sich Paisley schwanzwedelnd, stützte sich erneut mit den Pfoten am Seitenfenster ab und schaute interessiert hinaus. Sie genoss Autofahrten, aber noch mehr liebte sie es, neue Orte zu besuchen – eigentlich jeden Ort, an den wir sie mitnahmen.

Die verpassten Nachrichten waren allesamt von Charles, aber anstatt sie zu öffnen, rief ich ihn kurz an. Wenn er Zeit zum Tippen fand, dann bestimmt auch für ein kurzes Telefonat.

„Na endlich meldest du dich“, begrüßte er mich leicht ungehalten, aber ich konnte an seinem Ton hören, dass er grinste.

„Ja, bitte entschuldige“, antwortete ich mit einem liebeskranken Lächeln im Gesicht, lehnte den Kopf zurück und seufzte tief auf.

„Also“, forderte Charles mich auf, „erzähl mir mehr darüber.“

„Worüber?“ Ich kicherte leise vor mich hin, als ob das meine Unschuld beweisen würde.

„Ich weiß ganz genau, dass du dich in die Ermittlungen eingemischt und meine Nachrichten absichtlich nicht gelesen hast.“ Er klang bestimmt, aber glücklicherweise nicht wütend. Eher sogar amüsiert. Und obwohl ich mich so gut wie möglich zu verstellen versucht hatte, wurde ich wieder einmal enttarnt.

Ups. „Ja, tut mir leid."

„Du musst dich nicht entschuldigen. Deine intellektuelle Neugierde und dein unerschütterlicher Einsatz für die Gerechtigkeit sind doch gerade die Wesenszüge, für die ich dich liebe. Aber sei bitte vorsichtig, okay? Und lass mich wissen, wenn ich dir irgendwie helfen kann."

„Ich liebe dich auch", sagte ich, überglücklich bei der Vorstellung, dass dieser großartige Mann in wenigen Wochen der Meine sein würde. „Und was du da gerade über mich gesagt hast ... dürfte ich das auf meiner Geschäftswebsite aufführen, um neue Kunden zu gewinnen?"

„Alles, was mein ist, ist auch dein, und dazu gehören auch meine Worte."

Ich kicherte erneut und machte mir direkt eine mentale Notiz, meine Website zu aktualisieren, sobald dieser Fall abgeschlossen war. Dann setzte ich ihn nochmals ausführlich über die Vorkommnisse der vergangenen Nacht ins Bild. Abschließend berichtete ich über unsere bisherigen Ermittlungen und meine Vermutung, dass die Hirsche etwas damit zu tun haben könnten.

„Ich weiß nicht, Angie", sagte mein Verlobter nach einer langen Pause. „Sie ist gestürzt und hat sich den Kopf aufgeschlagen? Für mich klingt das nach einem Unfall. Und die Polizei scheint ja der gleichen Meinung zu sein."

„Trotzdem werde ich das Gefühl nicht los, dass irgendetwas an der Sache faul ist.“ Ich seufzte. Irgendwie hatte ich gehofft, er würde ein kleines Detail heraushören, das ich übersehen haben könnte. Dass ich den Fall mit seiner Hilfe würde aufklären können.

„Natürlich ist es frustrierend, wenn keine der Spuren dich so richtig weiterbringt.“ Seine Antwort war aufrichtig, aber gleichzeitig schien auch er enttäuscht, dass er mir dieses Mal keine wirkliche Hilfe zu sein schien. „Geh noch einmal sämtliche Hinweise durch, die du entdeckt hast. In der Kamera befand sich nicht einmal ein Film. Die Stiefelabdrücke stimmen mit denen von Officer Bouchard überein, und für die ominösen Lichter von Taschenlampen gibt es nur einen einzigen Zeugen … Deinen Kater, von dem wir wissen, dass er nicht gerade der Zuverlässigste ist. Was, wenn er sich das nur ausgedacht hat, um sich auf deine Kosten zu amüsieren?“

„So etwas würde er nie tun“, verteidigte ich ihn, obwohl wir beide wussten, dass er das würde und auch schon oft getan hatte. War meine Suche zum Scheitern verurteilt? War mein Bauchgefühl eher Einbildung und schlechtes Gewissen als detektivischer Spürsinn?

Charles zumindest schien das zu glauben. „Womöglich war es gar nicht real und er hatte lediglich einen schlimmen Traum?“

Nervös zupfte ich an der Haut meines Ellbogens herum. Nein! Auch wenn alle anderen den Fall abtaten, war ich mir sicher, dass an dieser Sache etwas nicht stimmte. Irgendetwas war vorgefallen, und ich würde nicht eher ruhen, bis ich herausgefunden hatte, ob es sich bei diesem Etwas um Mord handelte oder nicht.

14

Ich nahm Paisley an die Leine, die ich immer im Auto liegen hatte, und ging mit ihr hinein in den Laden. Diese Tierhandlung war viel kleiner als die andere, bekanntere Filiale einer Ladenkette, die in diversen Städten vertreten war. Die einzigen Haustiere, die man hier kaufen konnte, waren verschiedene Arten von Süßwasserfischen. Ansonsten umfasste das Sortiment fast ausschließlich Heimtierbedarf.

Von der schmalen Schaufensterfront aus zogen sich drei lange, enge Gänge in den hinteren Bereich, und vor einem großen Aquarium mit tropischen Fischen befand sich ein Tresen, auf dem lediglich eine altmodische Registrierkasse stand.

Paisley zerrte heftig an ihrer Leine, und so folgte ich ihr in den Mittelgang zu der Auslage mit den Hundeleckerlis. „O

Mami, schau doch mal. Darf ich eines haben?“, bettelte sie und stellte sich auf die Hinterbeine.

„Ja, sobald wir das gefunden haben, wofür wir hergekommen sind“, versprach ich ihr, in der Hoffnung, sie würde sich zumindest diesmal ein Teilchen aussuchen, das ihrer Größe entsprach. Zwar fand ich es entzückend, der Kleinen dabei zuzusehen, wie sie sich an überdimensionalen Knochen versuchte, aber den letzten musste ich dann irgendwann entsorgen, weil er bereits zu stinken anfing.

„Kann ich Ihnen helfen?“ Ein Mann, der mir bisher noch gar nicht aufgefallen war, streckte seinen Kopf um die Ecke und strahlte mich an. Einen Moment lang machte ich mir Sorgen, dass er die Diskussion zwischen Paisley und mir mitbekommen haben könnte. Andererseits war auch er ein Tierliebhaber, und für so jemanden war es völlig normal, dass ein Hundehalter sich mit seinem Vierbeiner unterhielt. Und glücklicherweise hatte ich auch nichts gesagt, was darauf schließen ließ, dass ich mit Tieren sprechen konnte. Mein Geheimnis war also nach wie vor sicher, zumindest, was diesen Fremden anbelangte.

„Hallo“, antwortete ich daher mit einem freundlichen Winken. „Ich bin Angie. Mir ist aufgefallen, dass Ihr Geschäft neu in der Stadt ist, und da dachte ich mir, ich schaue einfach mal vorbei.“ Tatsächlich gab es den Laden schon seit einigen Wochen, und mit Sicherheit war Großmutter bereits hier gewesen. Nur ich hatte es bisher noch nicht geschafft. Sonderlich gut schienen seine Geschäfte allerdings nicht zu laufen, denn ich konnte keine weiteren Kunden entdecken. Ich musste mich wirklich mehr bemühen, die lokalen Händler zu unterstützen ... Schließlich war ich ja selbst so etwas in der Art.

„Hallo", entgegnete der Mann und winkte überschwänglich zurück. „Ich bin Frank, und bevor Sie fragen ... ja, Beans ist bestimmt auch irgendwo hier in der Nähe."

„Beans?", erkundigte ich mich ein einem schrilleren Tonfall als mir lieb war.

„Ja, deshalb heißt der Laden auch Frank and Beans. Meine Mutter meinte zwar, es würde die Leute nur irritieren, aber ich fand den Namen einfach süß. Sie nicht auch?"

„Ja, auf jeden Fall. Er hat mich direkt angesprochen." Das war natürlich eine glatte Lüge, denn ich hatte vor dem Eintreten gar nicht auf das Namensschild geachtet. Wieder etwas, das nicht unbedingt für meine detektivischen Fähigkeiten sprach.

Inzwischen hatte Frank sich zu mir in den Gang mit dem Hundezubehör gesellt, und ich konnte ihn endlich in voller Größe in Augenschein nehmen. Zu einer etwas zu langen Khakihose, wovon die aufgerissenen, schmutzigen Säume zeugten, trug er ein langärmeliges, kariertes Kragenhemd, und darüber ein T-Shirt mit Aufdruck. Das Anime-Motiv auf dem Shirt sagte mir zwar nichts, aber die vollbusige Dame mit den geschürzten Lippen und dem koketten Augenaufschlag war wohl kaum ein passendes Arbeitsoutfit. Die armen

Single-Frauen in Blueberry Bay sollten sich besser vor diesem Typen in Acht nehmen.

„Ist Beans Ihr Hund?“, fragte ich im Plauderton, unfähig, meinen Blick von dem Cartoon zu lösen.

„Nein, er ist eine Katze!“ Als Frank bemerkte, wie ich ihn unverwandt anstarrte, errötete er und verschränkte die Arme vor der Brust, um das Bild zu verdecken. „Sein voller Name lautet Toby Toe Beans McGillicutty. Er ist ein wenig schüchtern, aber ich kann ihn gerne holen, wenn Sie ihn mal sehen möchten.“

„Leider habe ich heute nicht allzu viel Zeit und hatte lediglich gehofft, ich dürfte Ihnen eine kurze Frage stellen. Ich werde aber auf jeden Fall wiederkommen, um Toe Beans kennenzulernen, das verspreche ich.“ Dieses Angebot erschien mir passend und freundlich genug. Ob mir sein T-Shirt nun gefiel oder nicht, Frank schien ein netter Kerl zu sein, und es gab absolut keinen Grund, sich ihm gegenüber abweisend zu verhalten. Außerdem trug ich ja meinen diamantenen Verlobungsring, welcher ihn, falls nötig, in seine Grenzen verweisen würde.

„Nur Beans“, korrigierte er mich, und endlich schaffte ich es, ihm wieder ins Gesicht zu schauen.

„Richtig.“ Ich nickte einmal, dann ein zweites Mal.

Endlich ließ er die Hände fallen, machte eine große, ausladende Geste und erkundigte sich: „Prima. Und wie lautet Ihre Frage? Ich helfe gerne, wo immer ich kann. Mom predigt mir zwar seit Wochen, dass es nicht einfach werden wird, mit den großen landesweiten Ketten zu konkurrieren, aber ich sage immer, dass nichts, was sich lohnt, jemals einfach ist."

„Ja, da stimme ich Ihnen voll und ganz zu." Ich griff nach unten und schnappte mir eine Tüte Leckereien für Paisley, die vor lauter Vorfreude direkt laut zu jaulen anfing. „Ich nehme die hier. Und zudem hatte ich gehofft, noch etwas Futter für Hirsche mitnehmen zu können. Ich wohne nämlich unmittelbar am Wald, und viele von ihnen spazieren täglich durch meinen Garten. Da dachte ich mir, dass ich mich vielleicht mit ihnen anfreunden könnte, wenn ich ihnen etwas zu Fressen hinstelle."

„Ach ja, sie sind solch bemerkenswerte Kreaturen." Er fuchtelte wild mit den Armen herum und holte eine kleine Tüte mit Leckerchen aus dem Regal. „Ich würde Ihnen wirklich zu gerne helfen, und wenn Sie kurz vor Weihnachten nochmals wiederkommen, kann ich das auch. Im Moment jedoch habe ich kein reguläres Futter auf Lager, wegen der Vorschriften und so."

Ich zog eine Augenbraue in die Höhe. „Vorschriften?"

„Es ist Jagdsaison, was bedeutet, dass das Füttern der Hirsche verboten ist. Andernfalls hätten wir eine ganze Schar von Schützen, die die armen Dinger ködern und ihnen dann am Trog die Köpfe wegblasen." Er hob einen Zeigefinger und richtete ihn, dem Lauf einer Pistole gleich, auf mich. Dann runzelte er die Stirn und steckte die Hände wieder in seine Hosentaschen.

„Sie sind demnach kein Fan der Jagd?“, wagte ich zu fragen.

„Nein, ganz im Gegenteil – überzeugter Vegetarier. Für Beans allerdings mache ich eine Ausnahme. Es wäre ungesund, ihm sämtliche natürliche Nahrung zu verweigern, also bekommt er zumindest ab und zu Fisch.“

Die arme Katze. Octocat liebte zwar ebenfalls seine Garnelen, seinen Thunfisch und die berühmten Hummerbrötchen, aber er würde mir den Kopf abreißen, sollte ich versuchen, seine Mahlzeiten in irgendeiner Weise einzuschränken. Das eine Mal, als ich ihm kalorienreduziertes Futter vorsetzte, hatte er mir jeden Tag das Bett vollgekotzt, bis ich wieder auf das fette Vollwertzeugs umstellte.

„Hätten Sie einen Tipp für mich, wo ich es sonst bekommen könnte?“, fragte ich und versuchte, unser Gespräch wieder zurück auf das ursprüngliche Thema zu lenken.

„Entschuldigung, vielleicht habe ich mich nicht verständlich genug ausgedrückt. Mutter sagt immer, ich rede zu schnell, und dadurch läuft jedes Gespräch aus dem Ruder. Eine ziemlich seltsame Formulierung, finden Sie nicht auch? Was haben Unterhaltungen mit Booten zu tun? Wie dem auch sei, ich kann Ihnen im Moment kein derartiges Futter anbieten. Das kann niemand, da der Kauf und Verkauf derzeit illegal wäre.“ Frank schniefte und fuhr sich mit der Hand durchs Haar, das ziemlich lang war. Ließ er es sich bewusst wachsen oder hatte er einfach keine Zeit gehabt, zum Frisör zu gehen?

Kurz überlegte ich, inwieweit ich bereit war, mich meinem neuen Bekannten gegenüber zu öffnen. Obwohl er ein wenig seltsam rüberkam und extrem redselig zu sein schien, war er definitiv freundlich. Allerdings war nicht auszuschließen, dass er sich mit jedem, der seinen Laden betrat, über private Dinge austauschte. Das konnte und wollte ich nicht riskieren.

Also machte ich auf cool und lachte. „Okay, wieder was gelernt. Meine Nachbarin bat mich nämlich, ihr auch noch einen Sack mitzubringen, aber diese Vorschriften hat sie mir gegenüber nicht erwähnt. Sie hat nämlich nur noch einen übrig, so einen großen Leinensack, der bis zum Rand mit was auch immer gefüllt ist … Einer Art Getreide, denke ich."

Plötzlich kniff er die Augen zusammen und sah mich misstrauisch an. War ich mit meinen Fragen zu weit gegangen? „Bestimmt hat sie sich den vor Beginn der Jagdsaison besorgt."

„Vermutlich. Wissen Sie, wo sie ihn gekauft haben könnte? Gibt es noch andere Geschäfte in der Stadt, die außerhalb der Saison Wildfutter anbieten?"

„Die großen Handelsketten führen es nicht, das kann ich Ihnen versichern. Die haben zwar hunderte verschiedene Sorten von Hundefutter im Angebot, aber nicht das. Und soviel ich weiß, auch sonst niemand. Sie werden wohl oder übel bei Frank and Beans kaufen müssen. Ich habe sogar schon einen schönen Vorrat auf Lager, da mein Lieferant die Sendung versehentlich Monate vor dem vereinbarten Termin rausgeschickt hat. Das war natürlich ein dummer Fehler, aber immerhin hat er mir kostenlosen Lagerraum zur Verfügung gestellt, so dass ich nicht die komplette Charge zurückschicken musste. Wie auch immer ... sobald die Vorschriften aufgehoben werden, kann ich Ihnen in dieser Sache behilflich sein. Und in der Zwischenzeit, wie wäre es mit ein wenig Saatgut für Wildvögel?“ Er wandte sich dem nächsten Gang zu, und ich trottete gehorsam hinterher.

„Vögel dürfen nämlich das ganze Jahr hindurch gefüttert werden. Man muss nur darauf achten, dass die Eichhörnchen den Körnermix nicht klauen“, erklärte Frank und deutete auf die entsprechenden Beutel. „Für die hätte ich aber auch etwas Spezielles, wenn das etwas für Sie wäre?“

„Vielen Dank. Das war sehr lehrreich.“ Ich wählte eine kleine Tüte mit Vogelfutter aus, stellte sie dann jedoch wieder zurück. „Wäre es okay, dass ich mich erst noch ein wenig umschaue? Ich melde mich dann, wenn ich bereit bin zu bezahlen.“

Er nickte begeistert. „Na klar. Nehmen Sie sich alle Zeit, die Sie brauchen. Ich muss sowieso noch neues Material sortieren. Rufen Sie einfach, wenn Sie so weit sind.“

Kaum dass Frank endlich durch die Schwingtüren verschwunden war, die den vorderen Teil des Ladens von dem rückwärtigen trennten, nahm ich Paisley auf den Arm und flüsterte: „Und jetzt suchen wir uns die Leckereien heraus, die du wirklich haben möchtest.“

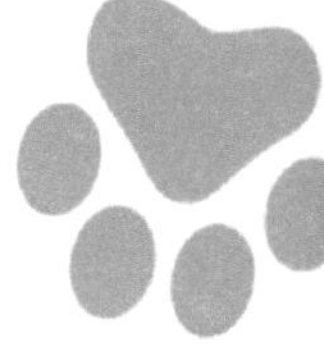

15

„Psst“, ertönte eine leise, fremde Stimme aus dem nächsten Gang. Ich senkte den Kopf und blickte mich suchend um, konnte aber niemanden entdecken.

„Irgendwie riecht es nach Katze“, erklärte Paisley, und just in diesem Moment fuhr eine kleine Pfote zwischen all den Schachteln und Beuteln mit Leckerlis hervor und tippte mir auf den Arm.

„Kein Wort“, drängte die Stimme erneut. „Ich habe vorhin gehört, wie du mit dem Hund gesprochen hast, was darauf schließen lässt, du kannst auch mich verstehen.“ Im rückwärtigen Teil des Regals blitzten ein Paar funkelnde grüne Augen auf, den restlichen Körper jedoch verhüllte die Dunkelheit.

„Beans?“, fragte ich und beugte mich nach vorne, um einen besseren Blick auf ihn zu erhaschen.

„Psst!“ Ein langer, schlaksiger Körper mit orange-weißen Streifen bewegte sich vorsichtig auf uns zu. „Nicht so laut, sonst kommt mein Mensch zurück und ruiniert alles. Hör einfach zu, okay? Nicke zum Zeichen, dass du verstanden hast.“

Ich schürzte die Lippen, nickte wie befohlen und wartete, dass Beans mit seinem Anliegen herausrückte.

Er sprach extrem leise, was die ganze Begegnung noch unheimlicher machte. „Wie ich mit angehört habe, willst du außerhalb der Saison Futtermittel kaufen, und ich kann das für dich arrangieren.“

Ich nickte erneut und streckte die Daumen nach oben.

„Großartig. Ich beschaffe dir die nötigen Informationen, wenn du mir gibst, was ich brauche.“ Oha. Das Ganze fühlte sich mehr und mehr wie ein Schwarzmarkthandel an. Wer hätte gedacht, dass die Leidenschaft der Nachbarin für die Fütterung der örtlichen Wildtiere mich in diesen seltsame Kaninchenbau führen würde?

„Was brauchst du denn?“, erkundigte ich mich, begierig, dieser Spur zu folgen, und mochte sie auch noch so seltsam sein.

Er knurrte und richtete sich drohend auf. „Psssst, du sollst doch nicht reden!“

Ich seufzte ergeben. So nervig Octocat auch sein mochte, Toby Toe Beans McGillicutty war weitaus schlimmer.

„Frank hat dir doch von meinem kleinen Problem erzählt, oder? Du weißt schon, die blöde Fisch-Diät? Mann, ich könnte sterben für ein Steak. Komm später nochmals vorbei und bring mir ein schönes Stück aus der Rippe, und ich werde sehen, was ich bis dahin tun kann, um dir dein Futter zu organisieren." Damit machte er auf dem Pfotenabsatz kehrt und tauchte wieder in die Dunkelheit der Regale ab.

Ich wollte ihm noch etwas hinterherrufen, um weitere Details bezüglich des vorgeschlagenen Arrangements abzusprechen, aber just in dem Moment kam Frank mit einer großen Ladung Katzendosenfutter zurück.

„Noch alles in Ordnung bei Ihnen?", fragte er, obwohl er mich kaum zehn Minuten allein gelassen hatte.

„Ja, ich glaube, ich würde jetzt dann zahlen", sagte ich und hoffte, dass die Leckereien, die ich bereits in der Hand hielt, nach Paisleys Geschmack waren. Immerhin hatte ich mein Versprechen, sie selbst etwas aussuchen zu lassen, durch Beans' Auftauchen nicht einhalten können.

Frank, einen alten Rock Song vor sich hin summend, scannte die von mir gewählten Artikel, kassierte, und wünschte mir dann grinsend einen schönen Tag. „Beehren Sie mich bald wieder", rief er noch, als ich mich bereits der Tür zuwandte, „und helfen Sie mir, Mutter zu beweisen, dass ich mit meiner Entscheidung zur Eröffnung eines eigenen Ladens richtig lag!"

Sobald wir im Auto saßen, öffnete ich die Tüte mit den Leckerlis und bot Paisley eines an. Freudig mit dem Schwanz wedelnd, schnappte sie danach.

„Das war ziemlich seltsam, was?", fragte ich.

„Katzen sind immer ziemlich seltsam“, murmelte sie, während sie an meiner Hand leckte. „Aber ich mag sie trotzdem!“

Ich wartete, bis sie fertig genascht hatte, dann startete ich den Wagen und fuhr los in Richtung Mall. Hoffentlich war Beans gewillt, ein rohes Steak zu verspeisen, denn ich hatte keine Zeit, es extra für ihn zuzubereiten. Außerdem könnten die Gewürze, die ich normalerweise verwendete und die Octocat liebte, ihm nicht schmecken, und am Ende würde er auf eine neue Belohnung bestehen. Ihn kannte ich vielleicht nicht gut, aber Katzen im Allgemeinen umso besser.

Am Supermarkt angekommen, ließ ich Paisley kurz im Auto und rannte hinein, um das Bestechungsfutter zu besorgen. Dieses wickelte ich in einen Packen Servietten, die ich immer im Handschuhfach mit mir führte, steckte das Päckchen in meine Handtasche und kehrte auf direktem Weg zurück zu der Tierhandlung.

Frank hatte mich offenbar bereits bemerkt und wartete an der Ladentür auf mich. Mit einem riesigen Grinsen auf dem Gesicht hielt er sie für mich auf, wodurch ich mich gezwungen sah, mich an ihm vorbeizuquetschen. „Willkommen zurück. Irgendwie war mir klar, dass ich Sie wiedersehen würde. Allerdings hätte ich nicht erwartet, dass es so bald wäre.“

„Na ja, ich habe nochmals nachgedacht und festgestellt, dass ich bei all den gefiederten Freunden, die täglich meinen Garten besuchen, auf jeden Fall eine größere Tüte Vogelfutter benötige. Und da ich nicht will, dass jemand zu kurz kommt, beschloss ich, mir einen größeren Vorrat zuzulegen."

Er wackelte begeistert mit dem Kopf. „Eine ausgezeichnete Idee. Ich kann Ihnen ein Produkt namens Parks empfehlen. Kommen Sie mit, ich zeige Ihnen, wo es steht." Er bog in einen der Gänge ab und gab mir ein Zeichen, ihm zu folgen.

„Ehrlich gesagt würde ich ganz gerne die einzelnen Marken mit den entsprechenden Online-Rezensionen vergleichen, um sicherzustellen, dass ich eine fundierte Entscheidung treffe", erwiderte ich, da ich auf die Schnelle eine plausible Erklärung finden musste, um ihn loszuwerden. „Ich hoffe, Sie nehmen mir das nicht übel?"

„Solange Sie im Anschluss etwas kaufen, können Sie hier tun und lassen, was Sie wollen. Und sollten Sie auf die Meinung eines Experten Wert legen, wissen Sie ja, wo Sie mich finden." Mit einem letzten anzüglichen Zwinkern ließ er mich stehen und ging zurück in den vorderen Bereich des Geschäfts. Glücklicherweise befand sich das Vogelfutter ziemlich weit hinten, was mir ein wenig Privatsphäre verschaffte, um mit dem gefräßigen Beans das Tauschgeschäft Fleisch gegen Informationen abzuwickeln.

Ich ging also in die Hocke, drehte mich mit dem Rücken in Richtung Eingang, holte mein Handy aus der Tasche und presste es mir ans Ohr. In dieser Position konnte ich das Steak unbemerkt auspacken und hätte zudem noch eine Ausrede, sollte Frank mich mit den Tieren reden hören.

Dann schnalzte ich mit der Zunge und lockte: „Hier, Kätzchen, Kätzchen."

Paisley wedelte mit dem Schwanz und bellte kurz und lauf auf.

„Sei still!", wies ich sie an, denn ich war mir ziemlich sicher, dass ihr Gekläffe die Aufmerksamkeit des Ladenbesitzers erregen würde.

„Psst, ich bin hier drüben."

Also drehte ich den Kopf in die Richtung, aus der die Stimme kam, aber Beans fuhr mich ungehalten an. „Nein, sieh nicht her. Hör einfach zu."

Ich nickte ergeben, fragte mich jedoch, warum jede Interaktion mit diesem Kater so ablief, dass er von mir verlangte, ich solle einen meiner primären Sinne abschalten.

„Du hast die Ware, ich kann sie riechen. Also bitte mach jetzt Folgendes: Packe das Steak aus und leg es vor dich auf den Boden. Ich prüfe, ob alles in Ordnung damit ist, und dann werde ich dir erzählen, was du wissen wolltest.

Ich nickte, griff in meine Handtasche, befreite das Steak von sämtlicher Verpackung und legte es vor mir ab. Den verräterischen Müll nahm ich natürlich wieder an mich. Dann wartete ich …

„Mami?", juchzte Paisley freudig erregt. „Ist das für mich?"

Schnell hob ich sie mit einer Hand hoch, damit sie sich nicht über unsere Bestechungsmahlzeit hermachte, bevor der angedachte Empfänger sie sich holen konnte.

Trotz der strikten Anweisung, nicht nach links oder rechts zu schauen, riskierte ich einen Blick zur Seite und sah, wie er sich in geduckter Haltung näherte.

Dicht vor mir hielt er inne und leckte ein paar Mal über das Fleisch. „Ja, genau so etwas hatte ich erwartet."

Während er sich der Leckerei widmete, tippte ich auf meinem Telefon herum und sagte: „Hallo? Ja. klar. Was wolltest du mir gleich nochmals sagen?"

Beans musterte mich abschätzend und nickte dann anerkennend. „Cleverer Trick, obwohl der gar nicht nötig wäre, um Frank zu überlisten. Glaubst du etwa, es war seine Idee, diesen Laden zu eröffnen? O nein! Das war Teil meines Plans, um etwas Abwechslung in meine Diät zu bringen, damit ich mich nicht den Rest meiner sieben Leben von Fisch ernähren muss. Wie auch immer ... der Lagerist heißt Steve. Er kommt zweimal pro Woche vorbei, um Ware zu liefern. Leider war er erst gestern hier, was bedeutet, dass er erst in ein paar Tagen wieder aufkreuzen wird. Er fährt einen großen weißen Truck mit dem Bild einer Krabbe und eines Leuchtturms darauf."

„Ja, ich würde nur zu gerne ein Treffen arrangieren", sage ich zu dem imaginären Gesprächspartner am anderen Ende der Leitung. „Wann würde es Steve und Ihnen am besten passen?"

„Das kann ich dir leider nicht sagen. Er hat keine festen Tage. Und, ganz ehrlich, irgendetwas an dem Kerl riecht nicht richtig, wenn du verstehst, was ich meine. Aber sollte er Franks Hirschfutter irgendwo gelagert haben, wird er es dir ganz sicher verkaufen ... Natürlich gegen einen entsprechenden Aufschlag."

„Danke", sagte ich, verstaute das Handy wieder in meiner Tasche und streichelte dem orangefarbenen Kater über den Kopf.

Er jedoch schnappte sich schnell den riesigen Fleischbrocken und rannte davon, um ihn irgendwo in Ruhe zu verspeisen. Und ich griff nach der größten Tüte mit Vogelfutter, die ich entdecken konnte, mehr als bereit, von hier zu verschwinden und die nächste Phase meines Plans in die Tat umzusetzen.

16

„Okay, mein Guter, was hast du für mich?“, fragte ich meinen Webbrowser, nachdem ich Google aufgerufen und meine Suchbegriffe eingegeben hatte. *Krabbe, Leuchtturm, Lagerhaus, Blueberry Bay, Maine.*

Die ersten Ergebnisse bezogen sich auf echte Leuchttürme, Fischmärkte und lokale Restaurants, aber auf der zweiten Seite wurde ich fündig: Ich entdeckte eine Link zu Scotch on the Docks Storage Service, das einem gewissen Steven Scotch gehörte. Das musste es sein, auch wenn mir nicht einleuchtete, was die Krabbe in dem Logo mit dem Unternehmen zu tun hatte. Egal, mein Bauchgefühl sagte mir, dass ich auf der richtigen Spur war.

Leider handelte es sich bei der Adresse lediglich um ein Postfach, und als ich die Nummer wählte, die online vermerkt war, meldete sich lediglich eine Computerstimme, die mich informierte, dass diese nicht mehr aktuell sei.

Sehr seltsam für jemanden, von dem ich aus erster Hand wusste, dass er noch aktiv im Geschäft war. In Ermangelung einer besseren Idee beschloss ich, die Docks abzufahren und hoffte, dass ich Glück hatte.

Also machte ich mich auf in Richtung der Bucht, die dieser Region ihren Namen gab, und fragte mich, ob Octocat bei seiner Inspektion des Nachbaranwesens wohl erfolgreicher gewesen sein mochte als ich. Hatte er die fehlende Speicherkarte und die restlichen Kameras schon gefunden? Oder war ihm langweilig geworden und er war nach Hause zurückgekehrt, um sein wohlverdientes Nickerchen zu halten? Beides war möglich, aber das würde ich noch früh genug herausfinden. Dann wanderten meine Gedanken weiter zu Pringle. War es ihm wohl gelungen, den verängstigten Hirschen beziehungsweise Zeugen zum Reden zu bewegen? Schon seltsam, dass wir drei diesen Fall aus völlig unterschiedlichen Blickwinkeln angingen. Aber hoffentlich bekämen wir ihn gerade deshalb in kürzester Zeit gelöst. Und sollten sowohl der Waschbär als auch mein Kater versagt haben, kam zumindest ich – beziehungsweise Paisley und ich – gut voran.

Ich fuhr auf einen großen, fast verlassenen Parkplatz, stellte den Motor ab, atmete mehrmals tief durch und machte mich dann auf den Weg in Richtung Docks. Dabei fühlte ich mich alles andere als wohl in meiner Haut, erinnerte mich dieser Gang doch an meinen letzten Besuch hier, als ich dank einer bewaffneten Verrückten fast ertrunken wäre. Dieses Mal jedoch war es anders. Es war helllichter Tag, und ich hatte mich aus freien Stücken hierher begeben. Und ich kam in Begleitung von Paisley, die zusätzlich für meine Sicherheit sorgen würde. Sicher, die kleine Hündin konnte in einem Kampf nicht viel ausrichten, hatte aber die Angewohnheit, bei der kleinsten vermeintlichen Bedrohung lautstark zu bellen. Meist schlug sie allerdings schon bei Nichtigkeiten wie knisterndem Laub oder dem sich nähernden Postboten Alarm, aber es war gut zu wissen, dass sie die Umgebung im Auge behielt, so dass ich mich auf meine Mission konzentrieren konnte.

Nach einem kurzen Fußmarsch stieß ich auf die Besatzung, die gerade die Ladung eines großen Schiffes löschte, und marschierte beherzt auf sie zu. „Entschuldigung? Ich suche Steve Scotch, Inhaber der Firma Scotch on the Docks Storage. Wisst ihr vielleicht, wo ich ihn finden kann?"

Zuerst schien es so, als hätte niemand von ihnen mich gehört. Eine Handvoll stämmiger Männer und Frauen beförderte weiter Waren vom Schiff an Land und ignorierte mich komplett. In ihren einheitlichen dunkelblauen Overalls und den schweren Stiefeln mit Stahlkappen glichen sie einer kleinen, effizienten Armee. Mit Sicherheit machte ich mit meinem gepunkteten Maxikleid, den Schaumstoff-Flipflops und meinem Chihuahua-Begleiter einen beinahe schon lächerlichen Eindruck auf sie, aber für meinen Modegeschmack entschuldigte ich mich nicht bei ihnen. Eher für die Störung, wo sie doch offensichtlich so viel zu tun hatten.

„Hallo, Verzeihung", versuchte ich es erneut und hob die Hand, um ihre Aufmerksamkeit zu erregen. „Kann mir vielleicht jemand sagen, wo sich Steve Scotch aufhält?"

Diesmal hatten sie mich definitiv gehört. Ein paar der Männer knurrten einander etwas zu, während sie mit finsteren Blicken zu mir herüberstarrten, wodurch ich mich äußerst unbehaglich fühlte. Als ich gerade beschloss, es anderswo zu probieren, setzte eine der Frauen ihre Fracht ab und kam auf mich zu. „Sei vorsichtig, nach wem du hier fragst. Steve Scotch ist Persona non grata, nachdem er uns bei unserem letzten Job über den Tisch gezogen hat."

Bei dieser Erklärung zuckte ich zusammen. „Das tut mir wirklich leid."

Sie wischte sich mit dem Unterarm den Schweiß von der Stirn und atmete schwer aus. „Ist ja nicht deine Schuld, aber soweit ich weiß, hat der Typ sein Geschäft aufgegeben. Wir haben ihn seit fast einem Monat nicht mehr zu Gesicht bekommen."

Ich nickte. „Danke für die Info." Kein Wunder, dass die anderen Arbeiter über meine Anwesenheit verärgert schienen. Ich war wie aus dem Nichts aufgetaucht und hatte üble Erinnerungen wachgerufen. Mit Sicherheit nahmen sie an, ich sei auf der Suche nach dem Kerl, weil er ein Freund wäre, nicht jedoch, weil ich ihn des Mordes verdächtigte. Aber diese Einzelheiten brauchten sie auch nicht zu wissen.

Er war also offensichtlich nicht mehr in dieser Branche tätig, aber Beans hatte mir bestätigt, dass er nach wie vor zweimal die Woche mit neuer Ware in die Zoohandlung kam und sogar erst gestern dort gewesen sei. Was war hier los? Und was hatte all das mit Angela Millers Tod zu tun? Ich war so nah dran, diesen Fall zu lösen, dass ich es förmlich riechen konnte. Ich muss nur noch einmal zurück in die Tierhandlung gehen und mit Frank oder seinem Kater reden … Oder mit beiden.

Wie aber sollte ich meine Fragen begründen? Beans war nur eine Katze. Ich hatte Glück, dass er so viel wusste und bereit gewesen war, diese Informationen gegen ein geradezu lächerliches Schmiergeld mit mir zu teilen. Frank hingegen war die Vorstellung, während der Jagdsaison Futtermittel zu verkaufen, eindeutig unangenehm. Wenn ich also noch einmal zurückkäme und auf weitere Details drängte, müsste ich wohl oder übel alles erklären …

Oder ich könnte Grandma dazu bringen, reinzugehen und sich gezielt nach dem Typen zu erkundigen. Vielleicht, indem sie behauptete, dass sie dringend ein paar Sachen einlagern müsste und Steve ihr empfohlen wurde. Leider wäre er telefonisch nicht erreichbar, allerdings hätte sie seinen Lieferwagen am Tag zuvor vor der Tierhandlung gesehen und von daher gehofft, Frank könnte den Kontakt herstellen. Ja, das wäre auf jeden Fall besser und unauffälliger, als sich an den Docks auf die Lauer zu legen und neugierige Fragen zu riskieren. Also würde ich jetzt wieder nach Hause fahren, Grandma meinen

Entschluss, sie ins Boot zu holen, mitteilen, und schauen, was die anderen beiden mittlerweile in Erfahrung bringen konnten.

Ich bedankte mich noch einmal bei der Hafenmitarbeiterin und machte mich auf den Weg zurück zum Wagen. Just in diesem Moment fing Paisley an zu knurren. Ich schaute zu ihr hinunter und sah, wie sich ihr Fell im Nacken aufstellte und sie die Zähne fletschte.

Sofort machte sich Panik in mir breit. Ich hielt die Luft an und erkundigte mich: „Was ist los, Kleines?"

Sie knurrte erneut, riss sich von der Leine los und stürzte in fieberhaftem Tempo davon. Zwar war ich mir nicht sicher, ob sie auf etwas zu- oder vor etwas weglief, sprintete jedoch direkt hinterher.

Sie stürzte sich in einen Schwarm Möwen, die sich auf dem Pier versammelt hatten, und bellte dermaßen laut und wütend, bis sie auch noch den letzten der Vögel verjagt hatte.

Als ich endlich zu ihr aufschloss, nahm ich sie hoch und drückte sie an mich. „Was hatte das denn zu bedeuten? Ist alles in Ordnung?"

„Sie haben gemeine Dinge über dich gesagt, Mami", winselte sie und wandte sich in meinen Armen. „Einer von ihnen wollte dir sogar auf den Kopf kacken!"

Eine der Möwen schwebte wieder herab und ließ sich auf dem Holzgeländer nieder. „Wie ich gehört habe, wirst du heiraten, Angie Russo", sprach sie mich mit einer unheimlich vertrauten Stimme an. *Alpha!* Es handelte sich um dieselbe

Möwe, der ich die Führung über ihren Verband entzogen hatte, nachdem Charles und Pringle ihr üble Machenschaften nachweisen konnten. Sie hatte doch tatsächlich eine Katze angeheuert, um einen rivalisierenden Schwarm auszulöschen und damit ihr Revier zu vergrößern. Mit ihrem Nachfolger, Bravo, und dessen Adoptivtochter, Abigull, waren wir mittlerweile eng befreundet. Den ehemaligen Oberhäuptling jedoch hatte ich seitdem nicht mehr zu Gesicht bekommen.

„Was kann ich für dich tun?", fragte ich mit vor Angst zitternder Stimme. Dieser Kerl hatte Dutzende seiner eigenen Artgenossen kaltblütig ermorden lassen und mit Sicherheit noch ein Hühnchen mit mir zu rupfen, weil ich seine Verbrechen aufdecken konnte und er dadurch ins Exil verbannt wurde.

„Oh, du hast schon mehr als genug für mich getan", höhnte er. „Und da dachte ich mir, es wäre an der Zeit, dass ich mich revanchiere. Wir sehen uns dann bei der Zeremonie." Mit diesen Worten schwang er sich in die Lüfte und verschwand.

Paisley bellte ihm hinterher, bis er außer Sichtweite war, und ich fügte meiner mentalen To-do-Liste einen weiteren wichtigen Punkt hinzu: Ich musste unbedingt dafür sorgen, dass meine Hochzeit im Freien möwensicher war. Das sollte doch machbar sein, oder?

17

Als ich zu Hause ankam, war ich ziemlich erschöpft, aber zum Ausruhen blieb keine Zeit. Ich musste weitermachen, vor allem, weil ich das Gefühl hatte, ich stünde kurz davor herauszufinden, was der alten Miss Miller von nebenan tatsächlich passiert war.

Ich war kaum durch die Tür, als auch schon Octocat auf mich zugestürzt kam, ein spöttisches Grinsen auf dem pelzigen Gesicht.

„Wieso hast du so lange gebraucht?“, fragte er mit halb geöffnetem Mund, in dem seine scharfen Schneidezähne aufblitzten.

Ich ließ meine Handtasche auf die Bank neben der Tür fallen und streifte meine Schuhe ab. „Zuerst waren wir in der Stadt in dieser neuen Tierhandlung. Das Gespräch mit dem

Besitzer brachte keine wirklich neuen Hinweise, aber dann … “

„Vergiss es, Angela, das interessiert mich nicht.“

Erstaunt schaute ich zu ihm hinunter und bemerkte, wie er mich anstarrte. Was auch immer ihn verärgert haben mochte, er gab eindeutig mir die Schuld dafür. „Aber du hast doch gerade gefragt … “

„Noch einmal, deine Ausführungen sind mir egal.“ Knurrend schlenderte er davon. „Du hast schon genug von meiner wertvollen Zeit vergeudet. Jetzt folge mir einfach.“

Er führte mich zum Esszimmertisch, wo ich sowohl meinen Laptop als auch die Kamera, die wir von der Veranda der Nachbarin hatten mitgehen lassen, abgelegt hatte. Und direkt daneben befand sich ein dritter Gegenstand.

„Ist das etwa …?“, fragte ich, unfähig meine Überraschung zu verbergen.

„Natürlich! Ich konnte die mir übertragene Aufgabe innerhalb kürzester Zeit erfüllen. Dem folgte eine qualvolle Wartezeit, während du anscheinend nichts weiter getan hast als Daumen zu drehen … Daumen, die ich wohlgemerkt sehr gut hätte gebrauchen können. Und jetzt spiel endlich das Video ab. Ich bin so gespannt, es zu sehen, dass ich den ganzen Tag über kaum etwas essen konnte. Nicht einmal mein übliches Nickerchen habe ich gemacht.“ Er seufzte lautstark auf und gähnte demonstrativ, um seine Aussage zusätzlich zu unterstreichen.

Ich schluckte eine sarkastische Bemerkung bezüglich

seines Gewichts und seines Aktivitätsgrades hinunter, denn schließlich war ich ebenso neugierig wie er, was wir auf dem Filmmaterial vorfinden würden.

Also steckte ich den kleinen Chip in den SD-Kartenschlitz meines Laptops und wartete, bis er das Video geladen hatte. Die meisten Aufnahmen waren langweilige Szenen von Miss Millers Veranda, auf denen sich rein gar nichts tat. Gelegentlich kam sie heraus, um ihre Blumen zu gießen oder in ihr Telefon zu brüllen … zweifellos ging es bei diesen Gesprächen größtenteils um mich, aber sicher war ich mir nicht, da unserem Feed der Ton fehlte. Ich zoomte immer schneller durch die beweglichen Bilder und war schon knapp davor, aufzugeben, als …

„Da!“, rief Octocat und deutete mit der Pfote auf das Display. „Halt an und spul noch mal ein Stück zurück.“

Ich tat, wie mir geheißen, und sah mit stummem Entsetzen, wie mein Kater auf der Bildfläche erschien, sich mitten auf den Holzvorbau hockte und sein Geschäft verrichtete.

„Haha, nicht schlecht, oder?“, jubelte er seinem anderen Ich selbstgefällig zu.

„Nein, einfach nur ekelhaft“, erwiderte ich und schüttelte den Kopf. „Wenn du das hier nicht ernst nimmst, können wir direkt wieder abbrechen.“

Ich spulte weitere Minuten vor und gelangte zu dem besagten Tag, an dem die schrullige Alte später tot aufgefunden wurde. Und endlich tat sich etwas. Ein großer Mann stieg die Stufen zur Veranda hinauf und klopfte an ihre Tür.

Er schien einer von der rauen Sorte zu sein, mit Glatze, dichtem Bart und abgetragener Kleidung.

Könnte das womöglich …?

Ich zoomte in das Foto hinein, um weitere Einzelheiten auszumachen, aber dadurch wurde es leider nur noch unschärfer. Frustriert hielt ich inne und blickte zu meinem Fellgefährten hinüber. „Octocat, kannst du erkennen, was er da auf dem Arm hat?"

„Natürlich kann ich das. Nicht nur vom Gehör her ist die Katze dem Menschen weit überlegen, sondern auch vom Sehvermögen, dem Intellekt, der Schönheit, der … "

„Bitte verzeiht, dass ich Euch so brüsk unterbreche, Eure Großartigkeit", fiel ich ihm schnaubend ins Wort, „aber ich muss wissen, was das da auf seinem Arm ist. Wärst du so liebenswürdig, es mir zu sagen?"

Er gluckste und schüttelte den Kopf. „Ganz ehrlich, Angela, was würdest du nur ohne mich machen? Du hast es doch klar und deutlich vor Augen und kannst trotzdem nicht erkennen, dass es sich bei dem Ding auf seinem Oberarm um die Zeichnung einer Krabbe handelt?"

„Eine Zeichnung? Wie ein Tattoo?"

„Woher soll ich das wissen? Du bist ja bedauerlicherweise nicht cool genug, um dir selbst eines stechen zu lassen. Von daher habe ich noch nie eines in natura gesehen."

Also das konnte ich jetzt nicht auf mir sitzen lassen und verteidigte mich vehement. „Wenn ich dich korrigieren dürfte:

Cool genug wäre ich schon, aber nicht mutig genug. Das ist ein großer Unterschied."

Er zuckte lediglich mit den Schultern, wandte sich ab und verdrehte mit Sicherheit wieder die Augen. Egal.

Ich startete das Video erneut und sah, wie Angela Miller die Tür öffnete und offensichtlich einen hitzigen Wortwechsel mit dem Mann führte. Dabei drehte der sich ein wenig, wobei sein Arm deutlicher zu sehen war, und in dem Moment machte es bei mir Klick.

Schnell schnappte ich mir mein Handy und öffnete erneut die Webseite, die ich vorher am Parkplatz vor der Tierhandlung gefunden hatte. Auch wenn sie völlig veraltet schien, befand sich zumindest das Firmenlogo darauf. Ich vergrößerte es und hielt mein Telefon neben den Bildschirm des Laptops.

„Was meinst du?", fragte ich meinen Partner, während meine Augen zwischen den beiden Bildern hin und her wanderten. „Sind die beiden Krabben identisch?"

„Ohne Zweifel", bestätigte er.

„Steve Scotch", brach es erleichtert aus mir heraus, weil ich den geheimnisvollen Besucher endlich identifiziert hatte. „Er ist definitiv unser Mann."

Mein Kater warf mir einen irritierten Blick zu. „Sehr schön, aber wer bitte ist Steve Scotch?"

„Das wüsstest du bereits, wenn du mich vorhin von meinem Tag hättest erzählen lassen, anstatt mich einfach so unhöflich abzuwürgen."

„Dann erzähl es mir einfach jetzt“, erwiderte er genervt, wobei ihm die Ironie meiner Aussage offensichtlich entging.

Ich seufzte, tat ihm jedoch den Gefallen. Im Moment gab es zu viel zu tun, um die Zeit damit zu verschwenden, ihm Manieren beizubringen. Und außerdem stellte er seine pelzgefütterten Ohren eh stets auf Durchzug, wenn er sich nicht für die Dinge interessierte, die ich zu sagen hatte.

Im Moment jedoch besaß ich seine volle Aufmerksamkeit.

„Angela“, keuchte er, nachdem ich geendet hatte. „Warum hast du mir nicht schon früher davon berichtet? Das sind wichtige Fakten für unsere Ermittlungen.“

„Ich habe es doch versucht, aber ... “

Er hob eine Pfote, um mich erneut zum Schweigen zu bringen, sprang dann vom Tisch herunter und sah zu mir herauf. „Wir haben eindeutige Beweise, die diesen zwielichtigen Lagertypen mit der Leiche in Verbindung bringen. Es ist an der Zeit, die Polizei einzuschalten.“

„Ja, klar. Und wie sollen wir denen erklären, wie wir auf diese Beweise gestoßen sind oder warum wir sie überhaupt für bedeutsam halten? Bei meinem Schlüsselinformanten handelt es sich um einen Kater namens Beans, und das Videomaterial wurde von einer weiteren Fellnase sichergestellt, noch dazu auf illegale Art und Weise. Bei der Sachlage brauche ich nicht einmal Charles, um zu wissen, dass wir damit vor Gericht keine Chance haben. Wir mögen eine mögliche Connection entdeckt haben, aber es gibt kein Motiv. Zumindest noch nicht. Vorrangig müssen wir die anderen

Kameras finden und hoffen, dass sie uns mehr verraten." Ich hasste diese Worte, noch während ich sie aussprach. Wir waren so nah dran, aber auch diese Vermutung reichte für die Behörden noch nicht aus.

„Die habe ich bereits gefunden", antwortete Octocat und bedachte mich mit einem spitzen Blick.

Ich glaubte, meinen Ohren nicht zu trauen, und mein Puls schoss vor Aufregung in die Höhe. „Wirklich? Braves Kätzchen. Aber, äh, wo sind sie denn?"

„Die konnte ich natürlich ohne deine Hilfe nicht abmontieren", entgegnete er knurrend. „Aber da du dich ja endlich entschieden zu haben scheinst, für diesen Job etwas zu riskieren ... lass uns gehen."

Ich schluckte meine Erwiderung hinunter, nahm mir aber eines fest vor: Sobald dieser Fall gelöst war, würde ich ihm gründlich die Leviten lesen und sagen, wie sehr sein Verhalten mich oftmals verletzte.

Es war zwar nicht zu erwarten, dass ihn das sonderlich interessierte, aber zumindest ich würde mich danach besser fühlen.

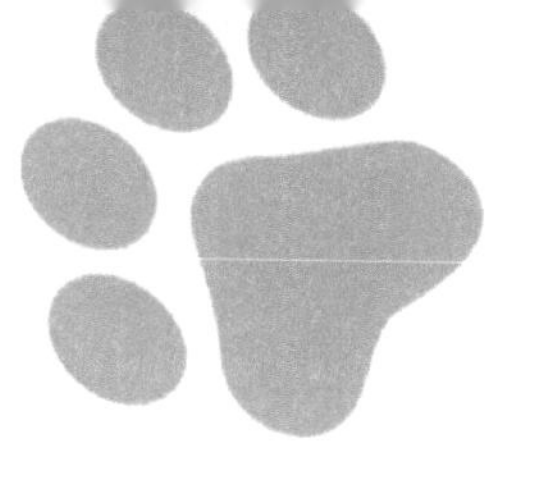

18

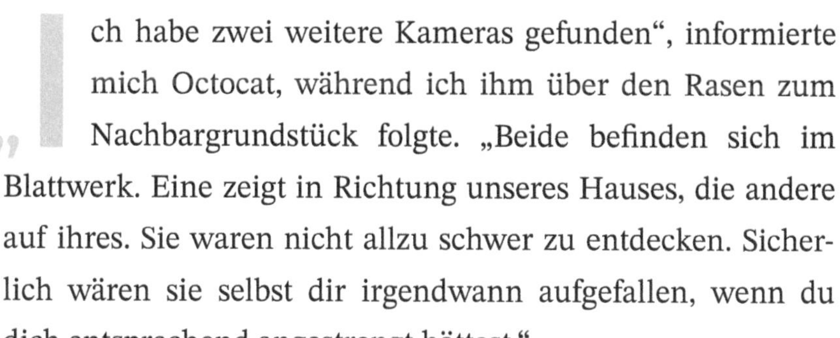

„Ich habe zwei weitere Kameras gefunden“, informierte mich Octocat, während ich ihm über den Rasen zum Nachbargrundstück folgte. „Beide befinden sich im Blattwerk. Eine zeigt in Richtung unseres Hauses, die andere auf ihres. Sie waren nicht allzu schwer zu entdecken. Sicherlich wären sie selbst dir irgendwann aufgefallen, wenn du dich entsprechend angestrengt hättest.“

„Gut gemacht. Zeig mir wo“, sagte ich, obwohl er sich bereits einen Weg durch den Wald bahnte. Vor einem dicken hohen Baum hielt er inne, und tatsächlich befanden sich an dessen Stamm zwei Kameras.

Ich stellte mich vor die erste und versuchte mit geneigtem Kopf, deren Aufzeichnungswinkel zu bestimmen. Trotz des Dickichts konnte ich einen Blick auf unsere Veranda erhaschen.

Dann ging ich auf die andere Seite, um auch hier die Ausrichtung zu überprüfen, als mir ein heller gelber Blitz ins Auge stach. Er kam aus dem rückwärtigen Garten der Nachbarin. Unser Zeuge!

Ganz vorsichtig schlich ich mich näher, um den Hirschen nicht wieder zu verscheuchen, bevor ich eine Gelegenheit fand, mit ihm zu sprechen.

„Ähm, entschuldige bitte, was ist jetzt mit den Kameras?“, zischte Octocat, schloss sich mir aber doch an.

Der Waldbewohner schien nicht bemerkt zu haben, dass wir auf ihn zukamen, sondern konzentrierte sich auf etwas vor ihm. Zwar versperrte sein massiger brauner Körper mir die Sicht auf das, was auch immer es sein mochte, aber bald schon verrieten mir meine Ohren, was meine Augen nicht sehen konnten.

„Sag mir auf der Stelle, was du weißt, oder ich mache Wildbret aus dir!“, brüllte Pringle und warf die Arme hoch über den Kopf, um noch bedrohlicher zu wirken.

Irving schüttelte den Kopf, und das gelbe Tatortband, das nach wie vor sein Geweih zierte, baumelte hin und her. „Bitte bitte glaub mir doch. Ich weiß wirklich nichts.”

O nein! Ich hätte dem Waschbären niemals eine so wichtige Aufgabe anvertrauen dürfen. Dieser Hirsch war eh schon verängstigt genug, da bedurfte es nicht auch noch Pringles Drohung, ihn aufzufressen. Leider wusste er nicht, dass sein maskierter Gegner eine Vorliebe für verarbeitete Lebensmittel hatte. Er würde nie und nimmer frisches Wildfleisch zu sich nehmen, nicht, solange er jede Woche in den Mülltonnen ausreichend Nachschub an Dosen und ähnlichem fand.

„Pringle, verschwinde von hier“, stieß ich zwischen zusammengebissenen Zähnen hervor, bedacht darauf, meine Stimme nicht zu erheben und die Situation noch bedrohlicher zu machen, als sie eh schon war. Dann wandte ich mich in leisem Ton an den Hirsch. „Irving, bitte entschuldige. Niemand wird dir etwas zuleide tun.“

W… Woher kennen Sie meinen Namen?“, stammelte er.

Ich lächelte, um ihm zu zeigen, dass ich ihm freundlich gesinnt war. „Ich glaube, wir haben eine gemeinsame Freundin namens Paisley.“

„Die kleine Hündin? Ja, die mag ich sehr gerne, ihn hingegen nicht.“ Irving wandte sich mit großen Augen Pringle zu, als wäre er plötzlich von entgegenkommenden Scheinwerfern geblendet „Ganz und gar nicht“, fuhr er fort und bewegte beim Reden kaum die Lippen.

Exakt in diesem Moment kam Paisley angesaust und griff ins Geschehen ein. „Hast du mich gerufen, Mami? Oh, hallo Irving.“

Der Hirsch stand nach wie vor wie versteinert da und starrte verängstigt auf den Waschbären.

„Belästigt dich dieser Idiot?“, fragte die kleine Maus mit scharfer Stimme. Als Irving nichts darauf erwiderte, stürzte sie sich mit gefletschten Zähnen und aufgestellten Nackenhaaren auf den Waschbären. „Hau ab, du mieser Mistkerl!“, schrie sie kläffend und inszenierte einen riesigen Aufstand.

„Ich wollte doch nur helfen“, verteidigte sich Pringle, bevor er sich deprimiert in die Wälder zurückzog.

„Wow“, merkte Octocat anerkennend an, obwohl seine Miene eher Langeweile ausdrückte. „Dem hast du es aber gezeigt, Paisley. Ich bin beeindruckt.“

Sie wedelte fröhlich mit dem Schwänzchen und gab ihrem großen Bruder einen Kuss auf die Wange, nicht ahnend, dass seine Worte eigentlich beleidigend gemeint waren.

„Igitt! Wie oft soll ich dir das noch sagen? Katzen stehen nicht auf Küsschen!“ Wie erwartet, war er bei ihrem Beweis der Zuneigung zusammengezuckt, wovon die Kleine sich jedoch nicht abschrecken ließ. Sie leckte ihn gründlich ab und trabte dann davon, um sich in einem frischen Haufen Hirschkot zu wälzen. Wie ekelhaft! Da war nach unserer Rückkehr nach Hause ein Bad fällig!

Vorrangig jedoch musste ich meinen Zeugen befragen.

„Irving, ich verstehe vollkommen, dass du Angst hast, aber ich verspreche dir, dass keiner von uns dir wehtun wird“, versicherte ich ihm, um ihn zu beruhigen. „Wir versuchen lediglich herauszufinden, was mit deiner Freundin passiert ist, die hier in diesem Haus gewohnt hat.“

„Sie ist gestorben“, flüsterte er ehrfürchtig. „Und ich habe alles mit angesehen. Es war einfach nur schrecklich.“

„Bist du deshalb in letzter Zeit so furchtsam?“, wagte ich zu fragen.

Er schüttelte den Kopf, und erneut flatterte ihm das inzwischen schon ziemlich zerfledderte Tatortband um die Krone.

Ganz langsam näherte ich mich ihm. „Wäre es okay für dich, dass ich das entwirre, während wir uns unterhalten?", fragte ich und hob zaghaft die Hand.

„Nur zu. Es stört mich schon die ganze Zeit, dennoch habe ich es nicht schafft, mich davon zu befreien."

Also machte ich mich an die Arbeit, während Irving so allmählich auftaute und zu reden begann.

„Und um eure Frage zu beantworten ... Ich habe Angst, weil die Jagdsaison begonnen hat. Jedes Jahr gelingt es mir irgendwie, den Jägern zu entkommen, aber mit jedem Jahr bin ich eine noch attraktivere Beute für sie. Sie haben es auf mein Geweih abgesehen, oder aber beabsichtigen, mich abzuschlachten. Welch schreckliche, barbarische Tradition." Er erschauderte und erstarrte erneut.

Ich gab ein leises zischendes Geräusch von mir und tätschelte ihm sanft die Flanke. „Das tut mir so leid. Es muss hart sein, so zu leben ... in ständiger Panik, dass man erwischt werden könnte."

Ich wartete, bis er sich wieder etwas entspannt hatte, und fuhr dann fort, das Chaos aus seinem Geweih zu lösen.

„Ich mag diese Wälder, weil es hier keine wirklichen Raubtiere gibt", erklärte er. „Außer natürlich den Menschen. Und als ich dann Angela kennenlernte, beschloss ich, mich hier niederzulassen. Sie versorgte mich jeden Abend mit Essen und war sehr nett zu mir. Dann allerdings ... " Ein Schluchzen entrang sich seiner Kehle.

„Was geschah dann?“, hakte ich nach, während ich nach wie vor mit dem Tatortband kämpfte.

„Es ist alles meine Schuld“, jammerte er. „Wie jeden Abend wollte sie mir mein Abendessen bringen, als ihr der Sack aus den Händen glitt. Er hat sie zu Tode gequetscht, alles war voller Blut. Natürlich habe ich versucht, ihr zu helfen, aber dann bekam ich es mit der Angst zu tun und bin weggerannt. Und als ich später zurückkam, wimmelte es nur so von Polizeibeamten.“

„Und dann hast du dich in dem Absperrband rund um den Schuppen verheddert“, beendete ich den Satz für ihn. Alles, was er gesagt hatte, klang logisch, erklärte jedoch nicht die Beweise, auf die wir gestoßen waren.

„Seitdem bin ich auf der Flucht. Ab und an schaue ich vorbei, um mich davon zu überzeugen, dass sie tatsächlich nicht mehr da ist. Und dem scheint so zu sein. Sie wird mir fehlen“, schniefte er, wobei er sich versehentlich bewegte, so dass mir sein Geweih aus den Händen flutschte. „Sie war der netteste Mensch, dem ich je begegnet bin.“

In diesem Moment taten mir beide leid, sowohl Irving als auch Miss Miller. Und wieder einmal zeigte es sich, welch unglaublich komplexe Wesen Menschen doch sein konnten. Ein und dieselbe Dame war für mich der Feind, für den Hirschen jedoch ein Freund. War das überhaupt möglich?

„Du sagtest, sie hat das Gleichgewicht verloren? Es war also ein Unfall?“

Irving nickte. „Ja, dessen bin ich mir absolut sicher. Oh, es war einfach nur schrecklich. Ich darf gar nicht daran denken."

„Ich verspreche, dich auch nicht mehr lange zu quälen", versicherte ich ihm und schaffte es endlich, ihn von dem Überresten des zerfetzten Band zu befreien. „Nur noch eine allerletzte Frage: Bist du dir absolut sicher, niemanden sonst in der Nähe gesehen zu haben? Jemanden, der Angela etwas angetan haben könnte?" Schon klar, ich legte meinem Zeugen sozusagen die Antwort in den Mund, aber wir waren hier ja nicht vor Gericht. Wenn Miss Millers Tod tatsächlich ein Unfall gewesen war, was hatte es dann mit dem zwielichtigen Typen aus dem Lagerhaus auf sich, der ihr einen Besuch abstattete?

Irving rieb sich das Geweih an dem nächststehenden Baum und seufzte erleichtert auf. Mit einem Ausdruck, als würde er lächeln, wandte er sich mir zu, dann jedoch wurde seine Miene wieder schlagartig ängstlich, als er verkündete: „Ich habe tatsächlich jemanden gesehen, aber erst, nachdem sie bereits tot war. Er kam letzte Nacht mit einem hellen Licht … "

19

Nach diesem Gespräch mit Irving wandten Octocat, Paisley und ich uns wieder dem Wald zu. Zwar schaffte ich es nicht, die Überwachungskameras von dem dicken Stamm abzubekommen, aber zumindest konnte ich sie öffnen und die Speicherkarten herausnehmen.

Meine beiden pelzigen Kumpane waren natürlich scharf auf die Aufzeichnungen unseres Hauses, um sich selbst im Film zu bewundern. Ich jedoch würgte ihre Bitte ab und nahm mir die von Miss Millers Garten vor.

Tatsächlich tauchte Irving jeden Abend zur gleichen Zeit auf, um sich sein Abendessen abzuholen, und die alte Frau verbrachte eine ganze Weile damit, bei ihm zu stehen und auf ihn einzureden. Leider konnte ich diese Worte ebenfalls nicht hören. Auch erlaubte die Kamera zwar keinen Blick auf den Schuppen, der sich ja hinter dem Haus befand, aber das panische Hin- und Hergerenne des Hirschen zu einem späteren Zeitpunkt ließ darauf schließen, dass seine Gönnerin tot war … und niemand sonst in der Nähe sein konnte.

„Es war also tatsächlich kein Mord", schlussfolgerte ich seufzend. Eigentlich hätte ich glücklich darüber sein sollen, aber das Endergebnis war dasselbe: Eine Frau war tot.

„Na also", sagte Octocat und grinste unglücklich. „Fall abgeschlossen. Ich kann nicht glauben, dass du mich völlig umsonst durch die Gegend gehetzt hast. Dafür erwarte ich eine Gehaltserhöhung."

„Aber wir mussten doch auf Nummer sicher gehen. Immerhin hat sich all das sozusagen direkt vor unserer Nase abgespielt", erinnerte ich ihn.

Er zeigte sich nicht sonderlich überzeugt. „Warum? Niemand hat uns dafür bezahlt. Wir mochten die Dame nicht einmal. Du hast mich reingelegt, indem du mir zu verstehen gabst, wie überlegen ich euch anderen bin. Tja, das war mir eine Lehre. Nur weil du mich brauchst, heißt das noch lange nicht, dass es umgekehrt auch der Fall ist."

Ich presste dramatisch eine Hand aufs Herz. „Autsch, mein Lieber, diese Worte tun verdammt weh. Ich dachte, wir wären Freunde. Außerdem, wenn du mich nicht brauchst, wer bitte soll dann deine Konservendosen öffnen? Sich so um dich kümmern, wie ich es immer tue? Wer würde …?"

„Mami!", bellte Paisley in diesem Moment auf, und ich drehte mich mit einem fragenden Blick zu ihr um. „Tut mir leid, dass ich euer Gespräch störe, aber sieh mal!"

Ich wandte meine Aufmerksamkeit wieder dem Bildschirm zu. Die Übertragung zeigte jetzt die Nacht an, aber durch die hinteren Bewegungsmelder war alles hell erleuchtet.

„Warte kurz“, forderte die Kleine mich mit großen, funkelnden Augen auf. „Er war gerade schon zu sehen, und mit ziemlicher Sicherheit taucht er gleich nochmals auf.“

Tatsächlich, ein großer Kerl schlenderte durch den Garten und verschwand in Richtung Schuppen. Als er wieder zum Vorschein kam, hielt er mehrere kleine Leinensäcke aufeinander gestapelt in den Armen. Sein Tattoo, die Krabbe, konnte ich zwar nicht erkennen, war mir aber auch so sicher, dass das unser Mann war.

„Deshalb sah der Schuppen wie leergeräumt aus“, erinnerte ich mich. „Wir dachten, es sei die Polizei gewesen, aber nein: Steve Scotch kam zurück, um das Wildfutter zu holen. Aber warum? Wollte er es erneut verkaufen?“

„Das scheint mit kaum ein profitables Unterfangen zu sein“, spottete Octocat.

„Hier geht definitiv etwas Seltsames vor sich. Wir wissen jetzt zwar, dass es sich nicht um Mord handelte, aber lasst uns nochmals scharf nachdenken.“ Auch wenn ich alle Puzzleteile beieinander hatte, schienen sie nicht wirklich zusammenzupassen. Was hatte ich bisher über diesen Kerl und das Wildfutter in Erfahrung bringen können? Ich zermarterte mir das Hirn, wie ich die kleinen Details meinen tierischen

Helfern am besten präsentieren konnte, so dass sie Sinn ergaben.

„Und? Ich bin ganz Ohr," brummte mein Kater ungeduldig.

Paisley blieb ruhig, wedelte jedoch aufmunternd mit dem Schwänzchen und forderte mich ebenfalls auf, loszulegen.

„Okay, dann wollen wir mal", sagte ich und hob die Hände, um die einzelnen Punkte an meinen Fingern abzuzählen. „Angela Miller fütterte den Hirsch nebenan, aber derzeit gibt es hier in der Gegend keine Geschäfte, die Wildfutter verkaufen, da dies während der Jagdsaison verboten ist."

„Sie hätte das Futter beim Einzug bereits dabeigehabt haben können", argumentierte mein Kater und klopfte mit dem Schwanz auf den Boden. Natürlich wollte er immer derjenige sein, der alle Hinweise zusammentrug, aber dieses Mal war ich schneller gewesen.

Ich schüttelte den Kopf. „Könnte sie natürlich, aber ich glaube nicht, dass dem so war."

„Okay, du Genie", zischte er. „Wie lautet dann deine Theorie?"

„Sie ist in die Tierhandlung gegangen, in der auch wir heute waren, in der Hoffnung, dort etwas zu bekommen. Und Frank wird ihr genau das Gleiche gesagt haben wie mir. So wie wir sie kannten, dürfte sie daraufhin eine ziemliche Szene gemacht haben."

Er nickte. „Gut vorstellbar. Insofern stimme ich dir zu."

„Okay, an dieser Stelle müssen wir unsere beiden Fäden zusammenführen. Die Katze, Beans, erwähnte, dass der Lagermann am Tag zuvor bei ihnen im Geschäft war, also exakt an dem Tag, an dem Angela starb. Ich vermute, dass er den Streit der beiden mitbekam, ihr anschließend, als sie den Laden verließ, auflauerte und ihr anbot, sie illegal zu beliefern. Natürlich gegen einen erheblichen Aufschlag."

„Aber du sagtest doch, sie hätte kein Futter mitgebracht, als sie umzog." Octocat grinste, weil er sich sicher war, er hätte mich bei einer Ungereimtheit ertappt. Dem jedoch war nicht so.

„Gut möglich, dass sie eine kleine Menge vorrätig hatte, aber die ging schnell zur Neige, als jeden Abend ein riesiger Hirsch auftauchte und sein Abendessen einforderte. Also musste sie ihre Vorräte auffüllen, weil sie sonst ihren neuen Freund verloren hätte."

„Ach, wie traurig!", mischte Paisley sich ein und ließ die Ohren hängen. Ehrlich gesagt war ich mir nicht einmal sicher, ob sie überhaupt zugehört hatte, da sie nach wie vor gebannt auf den Bildschirm starrte.

„Nicht nur traurig, sondern ausgesprochenes Pech. Als ich mit Frank sprach, erwähnte er, dass sein Lieferant das Futter versehentlich mehrere Monate zu früh geschickt hatte, wegen dieses Fehlers jedoch für die Lagerhaltung bezahlte. Von daher, so versprach er, würde er mich beliefern, sobald es wieder verkauft werden dürfte. Hier kommt ein dritter Faden ins Spiel."

Ich hielt inne, aber beide Tiere schwiegen.

„Nachdem ich den Namen der Einlagerungsfirma herausgefunden hatte, sah ich sie mir im Internet einmal genauer an. Die Adresse war lediglich ein Postfach, die Telefonnummer existierte nicht mehr. Also machte ich mich auf zu den Docks, um mich nach Steve Scotch zu erkundigen. Dort erfuhr ich von einer der Arbeiterinnen, dass er seit einem Monat spurlos verschwunden sei, nachdem er sich geweigert hatte, sie für einen Auftrag ordentlich zu bezahlen. Alle Anzeichen deuten also darauf hin, dass er nicht mehr im Geschäft ist ... “

„Trotzdem tauchte er immer noch zweimal die Woche in der Tierhandlung auf, und mindestens einmal hat er unsere Nachbarin besucht“, fasste Octocat meine Ausführungen zusammen.

„Ganz genau.“

Er gähnte. „Aber was bedeutet das jetzt für uns?“

„Ich glaube, Steve Scotch hat seinen Job gewechselt, weil er auf ein besseres Angebot stieß. Dennoch brauchte er eine Art Fassade, und so beschloss er, die Firma Scotch on the Docks weiterlaufen zu lassen.“

„Eine Fassade für was?“ Er gähnte erneut. Ich sollte mich besser beeilen, sonst wäre es vorbei mit seiner Aufmerksamkeit.

„Genau das versuche ich gerade herauszufinden. Was auch immer es ist, irgendwie steckt Frank da womöglich mit drinnen.“

„Glaubst du, er ist ein Bösewicht?“, jammerte Paisley. „Auf mich machte er einen so netten Eindruck.“

„Keine Ahnung. Vielleicht weiß er auch wirklich nicht, was da vor sich geht. Wenn er eine Schuld trüge, hätte er kaum so offen über all die Details geredet. Und hätte er mir dann nicht auch das Futter unter der Hand verkauft, als ich ihn danach fragte?“

„Was meinst du mit *unter der Hand*?“, wollte Paisley wissen und fing an, herumzuzappeln, um einen besseren Blick auf das Video erhaschen zu können.

„Es ist nur ein Ausdruck dafür, wenn Menschen Dinge machen, die falsch sind“, erklärte ich ihr.

Enttäuscht ließ sie den Schwanz sinken, und mir wurde das Herz schwer.

„Ich hätte da eine Idee. Lasst uns noch mal alle zusammen zu der Tierhandlung gehen. Hättest du Lust auf einen weiteren Ausflug mit dem Auto?“, wandte ich mich mit übertrieben babyhafter Stimme an die kleine Maus, und sie wurde direkt ganz aufgeregt.

„Ich passe“, entgegnete Octocat, sprang mit einem Satz vom Tisch herunter und schlenderte davon. „Es ist Zeit für mein Mittagsschläfchen. Ihr könnt mir ja hinterher berichten, wie es gelaufen ist. Ach ... und vergiss meine Gehaltserhöhung nicht.“

20

Als ich kurze Zeit später bei Frank and Beans ankam, parkte dort bereits ein Polizeiwagen.

Im Inneren fand ich Officer Bouchard auf der einen Seite des Tresens stehend vor, und Frank auf der anderen. Keiner der beiden hatte meine Ankunft bemerkt.

„Das habe ich Ihnen doch bereits versichert, Officer. Ich würde niemals Wildfutter außerhalb der Saison verkaufen. Das würde schon meine Berufsethik nicht zulassen." Plötzlich entdeckte er mich und schenkte mir ein breites Grinsen. „Oh, hallo noch mal. Drei Besuche innerhalb eines Tages. Geben Sie zu, Sie sind entweder süchtig nach mir oder nach meinem Laden."

Auf diese Aussage ging ich nicht weiter ein. „Was ist denn hier los?", fragte ich, hob Paisley hoch und drückte sie an meine Brust, um ihr einen besseren Blick auf die Szene zu bieten.

Bouchard runzelte die Stirn. „Das ist jetzt nicht wirklich … “

„Man beschuldigt mich des Verkaufs gestohlener Waren“, unterbrach Frank ihn, mehr als begierig darauf, sich zu erklären. „Können Sie sich das vorstellen? Ausgerechnet mich, der ich mich genauestens an das Gesetz halte.“

Und da war es, das letzte Puzzleteil, dass das Bild zusammenfügte. Ich wandte mich meinem Polizeifreund zu, unfähig, meine Aufregung zu verbergen. „In dem großen Sack, der Angela Miller das Leben kostete, war noch etwas anderes als nur Wildfutter, oder?“

„Aber woher …? Angie, sag bloß, du hast wieder auf eigene Faust ermittelt, nicht wahr?“ Er stemmte beide Hände in die Hüften und starrte mich missbilligend an.

Ich zuckte nur grinsend mit den Schultern.

Er seufzte auf. „Also gut. Sag uns einfach, was du herausgefunden hast, aber nicht wie! Sonst muss ich dich am Ende noch zum Verhör mitnehmen.“

Ich nickte und erzählte ihm alles, was ich bisher in Erfahrung bringen konnte.

„Du willst also damit andeuten, dass dieser Steven Scotch die Tierhandlung als Tarnung für seine Schwarzmarktaktivitäten benutzt hat?“, fasste Officer Bouchard meine Ausführungen zusammen.

„Ja, denn er hat sich seit ungefähr einem Monat nicht

mehr an den Docks blicken lassen, also ungefähr ab dem Zeitpunkt, als Frank seinen Tierhandel eröffnete. Und obwohl alles darauf hindeutet, dass er seine Geschäfte eingestellt hat, kommt er nach wie vor zweimal die Woche hier vorbei."

Bouchard bedachte Frank mit einem prüfenden Blick. „Haben Sie dieser Geschichte noch etwas Wichtiges hinzuzufügen?"

„Moment", schaltete ich mich erneut ein. „Frank ist unschuldig. Steve hat ihn und seine Räumlichkeiten lediglich benutzt, um seine Hehlerware zu verstecken. Deshalb tauchte er auch in regelmäßigen Abständen hier auf. Ich vermute, er hat das Streitgespräch zwischen Angela Miller und Frank mitbekommen, als letzterer nicht bereit war, ihr das geforderte Wildfutter zu verkaufen, und packte die Gelegenheit beim Schopf. Er bot ihr an, das Gewünschte zu einem bestimmten, mit Sicherheit überhöhten Preis zu besorgen. Dann jedoch machte er einen gravierenden Fehler: Er händigte ihr die falschen Säcke aus. Deshalb suchte er sie am Tag des Unfalls vormittags auch nochmals auf, um die Ware zurückzufordern."

„Woher weißt du …?" Dann jedoch schüttelte er stirnrunzelnd den Kopf. „Nein, sag es mir lieber nicht. Sprich weiter."

„Nachdem Miss Miller sich offensichtlich weigerte, kam er spät in der Nacht nochmals wieder, fand den Schuppen unverschlossen vor und nahm die verbliebenen Futtersäcke an sich", schloss ich meine Ausführung und hätte am liebsten triumphierend die Hände über dem Kopf zusammengeschlagen. Zum Glück jedoch schaffte ich es, mich zurückzuhalten.

Der Polizist nickte nachdenklich. „Vielen Dank. Du hast mir gerade die letzten fehlenden Informationen geliefert. Dann werde ich mir mal Steve Scotch schnappen. Einen schönen Tag noch“, verabschiedete er sich, an Frank gewandt, drehte sich aber auch nochmals mir zu. „Und du halte dich von weiterem Ärger fern, verstanden?“

Nachdem er gegangen war, standen Frank und ich uns einige Augenblicke lang schweigend gegenüber. Schließlich schüttelte er den Kopf, lachte und sagte: „Okay, und was darf ich Ihnen jetzt noch verkaufen?“

„Eigentlich ...“, gestand ich und kam mir fast ein wenig schäbig vor, „bin ich nur vorbeigekommen, um Nachforschungen anzustellen. Bei der Verstorbenen handelte es sich nämlich um meine Nachbarin.“ Ich zog eine Visitenkarte aus meiner Handtasche und reichte sie ihm.

„Angie Russo, Pet Whisperer, P.I.“, las er sichtlich beeindruckt. „Sie können also mit Tieren sprechen?“

Ich zwang mich zu einem Lachen. „Natürlich nicht, ich bitte Sie! Es ist nur eine Wortspielerei und Ausrede dafür, dass ich meinen Hund und meinen Kater immer bei sämtlichen Ermittlungen dabeihabe.“ Nach wie vor war ich stinksauer, dass Grandma und Mom mir diesen Namen aufgedrückt hatten, der so nahe dran war, mein Geheimnis zu lüften.

Frank riss erstaunt die Augen auf. „Sie haben auch eine

Katze? Wir sollten uns mal verabreden, dann könnten Beans und er miteinander spielen.“

„Klar, warum nicht?“ Ich wusste jetzt schon, dass Octocat sich mit aller Macht dagegen sträuben wurde, Zeit mit einer anderen Fellnase zu verbringen, besonders mit einer, die so seltsam war wie dieser Beans. Doch würde ich diese Idee im Hinterkopf behalten, falls ich jemals einen kreativen Weg finden musste, ihn zu bestrafen.

„Jetzt muss ich aber wirklich nach Hause“, sagte ich zu Frank, der noch immer reglos dastand und meine Karte studierte, als würde sie ihm sämtliche Geheimnisse des Universums offenbaren. „Aber ich verspreche, dass ich bald zurückkomme, um dann richtig einzukaufen.“

Anscheinend hatte er mich nicht gehört, denn er reagierte nicht weiter auf meine Verabschiedung. Also schlich ich auf leisen Sohlen nach draußen und fuhr zurück zu unserem Heim, um den anderen von den Neuigkeiten zu berichten.

„Es war also kein Mord“, fasste Grandma meine Erzählung zusammen und nippte an ihrem Tee. Wir saßen inzwischen zusammen im Wohnzimmer, während ich die Begegnung mit Officer Bouchard und Frank im Tierladen nochmals Revue passieren ließ. Octocat schien nach wie vor irgendwo zu schlafen, was bedeutete, dass ich später alles noch einmal erzählten musste, aber gut.

Ich schüttelte den Kopf. „Nein, aber ihr Tod hat ein weiteres Verbrechen aufgedeckt."

„Das ist ja lustig." Sie schlang beide Hände um ihre Tasse und seufzte auf. „Genau aus diesem Grund meditiere ich, weißt du?"

Verwirrt verzog ich die Brauen hoch. Sie schaffte es immer wieder, mich zu irritieren, aber genau das machte auch einen Teil ihres Charmes aus. Sie jedoch bedachte mich mit einem wissenden Blick. „Angela ist wegen eines dummen Unfalls gestorben. Sie ist ausgerutscht, stieß sich den Kopf und war weg. Das ist ein ziemlich schlechtes Karma."

„Sie hatte einfach nur Pech."

„O nein, das hat nichts mit Pech zu tun. Karma ist eine der stärksten Kräfte im Universum. Diese Frau hat jede Menge negativer Energie ausgesandt, und plötzlich kam sie zu ihr zurück." Sie trank einen weiteren Schluck von ihrem Tee und schwieg, und da ich nicht wusste, was ich darauf erwidern sollte, zuckte ich lediglich mit den Schultern und suchte verzweifelt nach einem Weg, das Thema wechseln zu können.

Ein sanftes Klopfen am rückwärtigen Fenster erregte meine Aufmerksamkeit. Draußen auf dem Sims saß Pringle, einen Blumenstrauß in Pfoten haltend. Als er sah, dass ich ihn bemerkt hatte, hielt er ihn in die Höhe und deutete damit in Richtung Tür.

„Bin gleich wieder da", versicherte ich Grandma, die nach wie vor tief in Gedanken zu sein schien, und schlich davon in Richtung Veranda.

„Die sind für dich", sagte Pringle und hielt mir die Blumen entgegen.

„Vielen Dank. Sie sind wunderschön."

„Ich habe sie aus dem Garten der Nachbarin geholt, denn die wird sie jetzt ja nicht mehr brauchen."

Es kostete mich große Mühe, ein Stöhnen zu unterdrücken, und ich versuchte, mich auf die Tatsache zu konzentrieren, dass der Waschbär mir ein Friedensangebot zu unterbreiten versuchte, anstatt darauf, dass er wieder einmal etwas Illegales getan hatte.

„Es tut mir leid", sagte er, und seine Stimme war kaum mehr als ein Flüstern. Dann ließ er sich sogar auf die Knie fallen und erklärte mit einer theatralischen Geste: „Nein, das trifft es nicht annähernd. Es tut mir sogar wahnsinnig leid!"

Ich trat von einem Fuß auf den anderen und glaube, meinen Ohren nicht zu trauen. „Was tut dir leid?"

„Alles! Ich möchte mich für all die Male entschuldigen, wo ich dich oder die anderen durch mein Verhalten verletzt habe. Nach dem Zwischenfall mit dem Hirsch habe ich lange und gründlich nachgedacht."

„Und nach dem, was du mit Paisley getrieben hast", fügte ich mit grimmiger Miene hinzu.

„Ganz genau, und nach der Aktion mit Paisley", bestätigte er. „Bitte glaube mir, ich wollte euch keinen Ärger bereiten. Jedes Mal, wenn du mich in einen Fall einbeziehst, freue ich mich wahnsinnig, aber manchmal gehe ich es einfach komplett falsch an."

Ich bedachte ihn mit einem freundlichen Lächeln. „Vielen Dank, Pringle, ich weiß die Entschuldigung wirklich zu schätzen."

„Ich habe mich gerade zu einem Zwölf-Schritte-Programm angemeldet", fuhr er mit einem Grinsen fort. „Die Möwen haben mir davon erzählt. Wenn ich damit durch bin, werde ich kein Alkoholproblem mehr haben."

Ich musste mir das Lachen verbeißen. „Aber Pringle, das hast du doch eh nicht!"

„Ach ja, richtig! Egal. Normalerweise hilft dieses Programm Menschen, die ihren Alkoholkonsum in den Griff bekommen wollen, aber einer der Vögel schlug vor, ich könne es ja auch einmal in Bezug auf meine Verhaltensprobleme versuchen. Es gibt da eine nette Gruppe von Leuten, die sich jeden Abend in einer Kirche nicht weit von hier treffen. Ich habe die Örtlichkeit bereits ausgekundschaftet und einen perfekten Platz am Fenster entdeckt, von wo aus ich hineinschauen und alles beobachten und mitanhören kann."

„Das klingt wunderbar, Pringle. Ich halte dir die Daumen, dass es etwas bringt."

„Danke. Weißt du, dieser Alpha ist eigentlich gar kein so übler Typ."

„Moment mal ... du sagtest, die Möwen hätten dich auf diese Möglichkeit der Therapie aufmerksam gemacht?"

„Ja, nun, eigentlich nur eine Möwe. Alpha. Erinnerst du dich an ihn?"

Panik machte sich in mir breit. Das war derselbe Vogel,

der mich vormittags bedroht hatte. Wollte er jetzt den Waschbären benutzen, um an mich ranzukommen? Aber wie wollte er es anstellen, um mir letztendlich durch dessen Hilfe zu schaden? Was hatte er vor?

„Nochmals vielen Dank, Pringle." Ich hob die Blumen und roch daran, um ihm meine Wertschätzung zu demonstrieren. „Ich bin richtig stolz auf dich."

„Juhu, ich schaffe es!", jubelte er, bevor er von der Veranda sprang und aus meinem Blickfeld verschwand.

Ich ging zurück ins Haus, um den unrechtmäßig erworbenen Strauß ins Wasser zu stellen. Gerade erst hatte ich einen Fall abgeschlossen, und anscheinend schon wieder den nächsten an der Backe kleben.

Was nur hatte diese hinterhältige Möwe geplant?

WIE GEHT ES WEITER?

Alles begann damit, dass eine auf Rache sinnende Möwe mit zwielichtiger Vergangenheit mir androhte, meine Hochzeit zu boykottieren. Ab da ging alles ziemlich rasant den Bach runter.

Eigentlich hatte ich immer davon geträumt, wie perfekt mein besonderer Tag sich gestalten würde, aber jetzt hoffe ich nur noch, ihn ohne größere Katastrophen hinter mich zu bringen.

Was sich als relativ schwierig erweist, wenn man permanent vier übermütige Katzen um sich herum hat ... zwei davon dermaßen liebestoll, dass man es schon nicht mehr mit anschauen kann, und zwei weitere, die nicht gewillt sind, mich als ihre neue Stieftiermutter zu akzeptieren und sich nicht scheuen, mir das bei jeder sich bietenden Gelegenheit unter die Nase zu reiben.

Als dann auch noch eine gewisse Freundin samt Filmteam auf der Matte steht, um der nach wie vor erfolglosen Reality-Show ihres Katers zu weiterer Publicity zu verhelfen, möchte ich mich eigentlich nur noch verkriechen.

Wie wird dieser Tag wohl enden? Schaffe ich es vor den Alter, um dem Mann meiner Träume mein Jawort zu geben? Werde ich nicht nur *Ich will*, sondern auch noch *Ich kann* sagen und damit mein größtes Geheimnis preisgeben müssen … meine Fähigkeit, mit Tieren sprechen zu können?

Hole dir noch heute dein persönliches Exemplar und fange direkt an zu lesen. Oder blättere einfach weiter und stürze dich direkt in das erste Kapitel.

Viel Spaß!

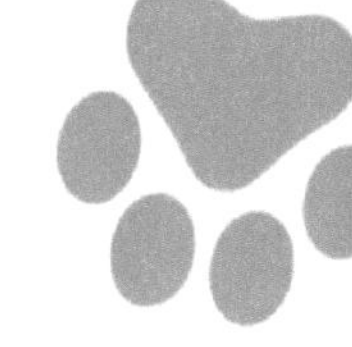

KURZE VORSCHAU

DIE SCHLITZOHRIGE SPHYNX

Mein Name ist Angie Russo, und in wenigen Tagen werde ich Mrs Charles Longfellow III. sein. Eigentlich kommt es mir wie eine Ewigkeit vor, seit ich in der Kanzlei auf den neuen, gut aussehenden Mitarbeiter aus Kalifornien traf. In Wirklichkeit sind seit jenem schicksalhaften Tag nur ein paar Jahre vergangen.

Und während ich mich sofort Hals über Kopf in Charles verliebte, brauchte er ein wenig länger, um zu begreifen, dass ich diejenige war, mit der er den Rest seines Lebens verbringen würde. Alles begann damit, dass er mich erpresste, ihm bei einem schwierigen Doppelmordfall zu helfen. Er war erst die zweite Person, die von meiner seltsamen Fähigkeit erfuhr, mit Tieren sprechen zu können – selbst ich hatte es damals noch nicht so richtig drauf –, aber anstatt mich anzugaffen oder sogar auflaufen zu lassen, beschloss er, sich diese zunutze zu machen.

Mittlerweile haben wir viele Fälle gelöst, sowohl gemeinsam als auch getrennt, und uns dabei unsterblich ineinander verliebt. Er ist inzwischen der Hauptpartner der Kanzlei. Und ich bin von einer kleinen Anwaltsfachgehilfin zur Vollzeit-Privatdetektivin mutiert ... zumindest theoretisch.

Praktisch lebe ich hauptsächlich vom Treuhandfonds meiner Katze, gebe jedoch mein Bestes, um stets neue Rätsel zu lösen, unabhängig davon, ob meine Hilfe erwünscht ist oder nicht. Erst im Frühjahr habe ich den Tod an meiner Nachbarin aufgeklärt ... das war abermals eine harte Nuss!

Glücklicherweise hatten wir in den folgenden Wochen nur wenig Arbeit, sodass ich mich voll und ganz auf die Hochzeitsplanung konzentrieren konnte.

So viel zu meiner Person – ehemalige Rechtsanwaltsgehilfin, derzeitige Privatdetektivin, zukünftige Braut. Ach so, ihr wolltet noch etwas über die Sache mit den Tieren wissen?

Nun, alles fing damit an, als ich bei einer eher ungewöhnlichen Testamentseröffnung auf Octocat traf. Das war allerdings noch, bevor Charles in die Kanzlei eintrat. Erst er bezog mich in die Ermittlungen seiner Fälle ein. Davor war ich nichts weiter als eine unbedeutende kleine Bürokraft und an jenem Tag war es meine Aufgabe, Kaffee zu kochen. Irgendwie liefen die Dinge ziemlich aus dem Ruder, denn das defekte alte Teil versetzte mir einen derartig heftigen Stromschlag, dass ich das Bewusstsein verlor. Seitdem habe ich eine völlig rationale und sicherlich nachvollziehbare Angst vor derartigen Geräten.

Wie auch immer … als ich wieder zu mir kam, war nichts mehr wie vorher. Plötzlich konnte ich mit Tieren reden, und das erste Exemplar, eine Katze mit großen bernsteinfarbenen Augen und nach Thunfisch stinkendem Atem, hatte es sich bereits auf meiner Brust bequem gemacht. Ja, der Hauptnutznießer bewussten Nachlasses war ein Kater, und als er merkte, dass ich ihn verstand, engagierte er mich vom Fleck weg, um den Mord an seiner Besitzerin aufzuklären.

Seitdem sind wir ein Herz und eine Seele … Nein, lasst es mich lieber so formulieren: An den meisten Tagen kommen Octocat und ich ganz gut miteinander klar. Manchmal allerdings kann er ein richtiger Stinker sein. Trotzdem würde ich ihn oder irgendeinen Teil meines Lebens um nichts in der Welt missen mögen.

Meine wirklich beste Freundin ist meine Grandma. Sie hat mich großgezogen, während meine Eltern sich auf ihre Karrieren konzentrierten. Und dabei ist sie nicht einmal meine leibliche Großmutter, eine Tatsache, die ich erst kürzlich herausgefunden habe. Nach monatelanger Suche und mit ein wenig Hilfe eines militanten Möwenschwarms durfte ich endlich meine Oma Lyn kennenlernen, die Mama meiner Mom.

Beide werden sich auf der Hochzeit das erste Mal begegnen, was hoffentlich nicht zu peinlich wird. Zumindest werden genügend andere Gäste anwesend sein, sodass wir die beiden so weit wie möglich auseinander halten können.

Grandmas Hund Paisley, ein dominierend schwarzer, dreifarbiger Chihuahua, den sie aus dem Tierheim gerettet hat, soll während der Zeremonie als Blumenmädchen fungieren. Pringle, der Waschbär, der in einem Baumhaus in meinem Garten wohnt, ist zwar nicht eingeladen, wird aber mit Sicherheit trotzdem auftauchen. Unsere Möwenfreunde Bravo und Abigull werden von einem Baum aus zusehen.

Eine weitere Möwe, Alpha, mit der wir nicht gerade im Guten auseinandergegangen sind, hat damit gedroht, die ganze Veranstaltung zu sabotieren. Außerdem hat er sich kürzlich mit Pringle angefreundet und ihn ermutigt, an einem Zwölf-Schritte-Programm teilzunehmen, das ihm helfen soll, seine Verhaltensprobleme in den Griff zu bekommen. Ich bin mir nicht sicher, was hinter diesem Motiv steckt, aber die Gruppentherapie zeigt bei dem kleinen Waschbären definitiv schon Wirkung.

Auf meiner Hochzeit möchte ich ihn trotzdem nicht dabeihaben.

Lieber kümmere ich mich um meine anderen Gäste, die von nah und fern anreisen werden. Das wären beispielsweise meine alte Freundin Bethany Peters und meine Cousine Maggie, Mags genannt, die den langen Weg aus Georgia auf sich nehmen, um den bisher glücklichsten Tag meines Lebens mit mir zu feiern.

Dann natürlich Charles‘ Familie aus Kalifornien, und

auch unsere Freundin Sharon, die mit ihrem Wohnmobil durchs Land tourt, hat versprochen vorbeizuschauen. Genau genommen werden alle da sein, die uns etwas bedeuten ... alte Bekannte, liebe Verwandte, frühere Klienten ... sogar die Besitzerin der Freundin meines Katers will aus Colorado kommen, um uns ihre Glückwünsche persönlich zu übermitteln.

Anstelle von Trauzeugen werden unsere drei Samtpfoten mit uns vor den Altar treten. Ich habe entzückende Fliegen für Octocat und Jacques und einen Miniatur-Spitzenschleier für Jillianne aufgetrieben. Charles besitzt noch nicht so lange Katzen wie ich, aber er ist ganz vernarrt in die beiden haarlosen Haustiger, die er von meiner ersten verstorbenen Nachbarin, Senatorin Harlowe, geerbt hat.

In den letzten Monaten habe ich den beiden nackten Fellnasen Sprechunterricht erteilt, um ihnen ihren seltsamen Dialekt auszutreiben – aber nicht aus reiner Herzensgüte, o nein, sondern auf Octocats Drängen hin. Der gab mir nämlich sehr deutlich zu verstehen, dass weder Charles noch seine tierischen Mitbewohner in unserem Haus willkommen seien, wenn die beiden nicht aufhören würden, nur in Rätseln und Reimen miteinander zu kommunizieren.

Das war eine ziemliche Herausforderung, aber ich bin es ja gewohnt, von meinem Kater herumkommandiert zu werden. Und diese Bedingung war für das, was er sonst so fordert, ausnahmsweise mal nicht völlig überzogen. Außerdem bot sich mir dadurch endlich die Gelegenheit, mich Jacques und Jillianne anzunähern, bevor wir alle eine große, glückliche Familie werden.

Zu Beginn waren sie nicht sonderlich angetan von mir, aber ich denke, ich habe es geschafft, sie für mich zu gewinnen ... Zumindest hoffe ich das.

„Hast du schon meinen Schleier aus der Reinigung geholt?“, fauchte ich Grandma an, während ich auf ein Klingeln hin die Treppe nach unten stürzte.

„Steht auf meiner To-do-Liste für heute Nachmittag!“, brüllte sie zurück. Ich riss die Tür auf und knallte volle Kanne mit dem Gesicht gegen einen riesigen rosa Luftballon.

„Upps, tut mir leid. Der ist mir entwischt“, stöhnte der Helium-Jongleur auf, verzweifelt bemüht, den Rest seines schwebenden Straußes mit beiden Händen festzuhalten. „Wo sollen die hin?“

„Nach hinten. Kommen Sie mit, ich zeige es Ihnen.“

Der Ballonmensch trat einen Schritt zurück, und ich eilte hinaus auf die vordere Veranda und die Stufen hinunter, wobei ich zu spät bemerkte, dass ich vergessen hatte, mir Schuhe anzuziehen. Der kalte Morgentau ließ meine Zehen prickeln und mich frösteln, aber egal ... Ich war eine Frau auf einer Mission.

Nur noch achtundzwanzig Stunden bis zu dem großen Ereignis. Und ich würde nicht zulassen, dass sich irgendjemand zwischen mich und meinen zukünftigen Ehemann stellt. Schon gar nicht diese bösartige Möwe, die geschworen hatte, sich an mir zu rächen. Obwohl sie es selbst war, die ihren Schwarm zugrunde richtete und ich lediglich die Wahrheit ans Licht brachte.

Deshalb hatte ich beschlossen, den Garten, statt mit Blumen mit Hunderten von Luftballons zu schmücken, die am Himmel schwebten und so eine Art Baldachin bildeten. Der sollte unerwünschte gefiederte Gesellschaft fernhalten.

„Ist Ihre Hochzeit nicht erst morgen?", fragte der junge Mann, während er die Ballons an der gewünschten Stange des massiven Metallgestells befestigte. „Wenn jetzt das Wetter schlecht wird, sind sie ruiniert."

„Keine Sorge, das wird nicht geschehen", erwiderte ich. „Ich habe bereits entschieden, dass das Wetter heute und morgen perfekt sein wird."

„Aber das können Sie doch gar nicht kontrollieren ..."

„Es bleibt schön, und damit basta!", fuhr ich ihn an. Natürlich hatte ich versucht, eine Firma zu finden, die die Dekoration erst am Morgen der Hochzeit aufbaute, was mir jedoch leider nicht gelungen war. So blieb mir nichts anderes übrig, als auf den Vortag auszuweichen, wenn ich die Feier nicht verschieben wolle – was natürlich überhaupt nicht in Frage kam. Nicht, nachdem ich so lange darauf gewartet hatte, um für immer und ewig Mrs Charles Longfellow III. zu werden!

„Wenn Sie meinen ..." Mit einem Schulterzucken machte

er sich wieder an die Arbeit, aber seine Miene sprach Bände. *Der Kunde hat immer recht …*

Ich rang die Hände, schaffte es aber zumindest, meine Zunge im Zaum zu halten. Normalerweise war ich nicht so unhöflich, aber es war eben mein großer Tag, an dem einfach alles perfekt sein musste. Und ein Damoklesschwert schwebte bereits über mir … eine gewisse mordlustige Möwe und deren Drohung, alles zu ruinieren.

Hoffentlich konnte ich zumindest den Rest kontrollieren und vermeiden, dass sonst noch irgendetwas schieflief.

Ups. Ich hätte es besser wissen müssen, als das Schicksal herauszufordern. Sobald ich das Haus umrundete, um wieder nach innen zu gehen, sah ich zwei riesige Wohnmobile in meine Auffahrt einbiegen.

Und schlagartig wurde mir klar, dass das nichts Gutes bedeuten konnte.

Hole dir noch heute dein persönliches Exemplar und fange direkt an zu lesen.

ÜBER MOLLY FITZ

Obwohl USA-Today-Bestsellerautorin Molly Fitz genau genommen nicht mit Tieren sprechen kann, führen sie und ihre drei tierischen Co-Autoren oft tiefgründige und lebhafte Gespräche, während sie den alltäglichen Dingen des Lebens nachgehen.

Molly lebt mit ihrem Kind und ihrem eigenen Privatzoo irgendwo in der Wildnis von Alaska. Gelegentlich wagt sie sich hinaus, um ein exquisites Essen zu genießen, einen guten Kaffee zu trinken oder neue Tierfreunde zu treffen.

Erfahre mehr über Molly und ihre deutschen Veröffentlichungen, indem du dich gleich für ihren Newsletter anmeldest:

www.katzengeheimnisse.com

MISS DOLITTLES GEHEIMNIS

Angie Russo hat sich gerade mit dem ersten sprechenden Katzendetektiv von Blueberry Bay zusammengetan. Gemeinsam mit seiner bunt zusammengewürfelten Schar menschlicher und tierischer Helfer ist Octocat fest entschlossen, jede Situation zu retten – solange sie nicht mit seinem persönlichen Zeitplan kollidiert.

Viel Spaß mit Band 1 – **Kommissar Katerchen**

MERLINS MAGISCHE ABENTEUER

Gracie Springs ist keine Hexe ... ihr Kater hingegen schon. Jetzt muss sie alles in ihrer Macht Stehende tun, um sein Geheimnis zu wahren, oder sie riskiert, den Rest ihres Lebens in einem magischen Gefängnis zu verbringen. Zu dumm, dass sie den Ärger geradezu magnetisch anzuziehen scheint!

Viel Spaß mit Band 1 – **Merlin findet eine Vertraute**

AGENTUR FÜR PARANORMALE ZEITARBEIT

Tawny Bigfords gewöhnlich zu nennendes Leben nimmt eine magische Wendung, als sie über die Leiche ihrer Vermieterin stolpert und von einer sprechenden schwarzen Katze rekrutiert wird, die Rolle der Verstorbenen als offizielle Stadthexe von Beech Grove, Georgia, zu übernehmen.

Viel Spaß mit Band 1 – **Eine Hexe für alle Gelegenheiten**

DAS GEISTERHAFTE GÄSTEHAUS (MIT TRIXIE SILVERTALE)

Sydney Coleman hat alles erreicht – und doch steht sie irgendwann vor dem Nichts. Gerade, als sie ihr neues Bed and Breakfast eröffnen will, stellt sich ihr ein Geistertrio auf Schritt und Tritt in den Weg. Die Geister bestehen darauf, dass sie den Mord an ihrer Herrin aufklärt, aber Sydney braucht dringend Geld. Wenn nicht bald ein paar zahlende Gäste eintreffen, ist ihre Spukvilla dem Untergang geweiht.

Viel Spaß mit Band 1 – ***Mörderischer Mondschein***

VERBINDE DICH MIT MOLLY

Wenn du ebenfalls ein großer Fan von spannenden, schrägen Tierkrimis bist, sollten wir unbedingt Freunde werden.

Wie wäre es, wenn du direkt einmal meine Facebook-Seite besuchst, die ich speziell für meine treuen deutschen Leser eingerichtet habe? Hier der Link dazu:

Facebook.com/Katzengeheimnisse

Oder melde dich für meinen Newsletter an und sichere dir als Abonnent gratis ein digitales Geschenkpaket, einschließlich einer exklusiven Kurzgeschichte über Octocat:

Katzengeheimnisse.com/Abonnieren

www.ingramcontent.com/pod-product-compliance
Lightning Source LLC
Chambersburg PA
CBHW020716310726
48979CB00004B/944

* 9 7 8 1 6 4 4 5 1 5 6 3 1 *